Sternschnuppen über

dem Meer

Ella Lane

STERN-SCHNUPPEN
über dem Meer

ELLA LANE

Impressum

Bibliografische Information der Deutschen Nationalbibliothek:
Die Deutsche Nationalbibliothek verzeichnet diese Publikation in der
Deutschen Nationalbibliografie; detaillierte bibliografische Daten
sind im Internet über http://dnb.dnb.de abrufbar.

Sternschnuppen über dem Meer
2. Auflage
© 2019 Ella Lane
c/o Friederike Prenzlow
Alt Großziethen 51
12529 Schönefeld

© Cover- und Umschlaggestaltung:
Buchgewand | www.buch-gewand.de
Verwendete Grafiken/Fotos:
davidschrader – depositphotos.com
jineekeo – depositphotos.com
nubephoto – depositphotos.com
pressmaster – depositphotos.com
n_eri – shutterstock.com

Herstellung und Verlag: BoD – Books on Demand, Norderstedt

ISBN: 978-3-7412-7589-0

Das Werk ist urheberrechtlich geschützt. Alle Rechte, inklusive die
des vollständigen oder teilweisen Nachdrucks, vorbehalten. Die Verwendung von Cover und Klappentext für Rezensionen und Buchvorstellungen ist erlaubt. Hast du Fragen, Kritik, Anregungen – dann
schreibe mir unter: autorin.ella.lane@gmail.com

Für alle Sternschnuppenwünsche und

Träume, die wahr werden.

Für die erste Liebe.

KAPITEL 1

»Es tut mir leid, wirklich«, sagt die männliche Stimme am anderen Ende, die doch so vertraut klingt, aber der Inhalt seiner Worte passt so gar nicht zu dem, was ich erwartet hatte.

Ich brauche frische Luft! Eilig öffne ich die Balkontür und atme tief ein. Durch den Tränenschleier verschwimmt die winterkarge Landschaft vor meinen Augen.

Ein metallenes Lasso wirbelt durch meinen Bauch und zieht sich fest um meinen Magen.

Ich halte das Handy umklammert und drücke es gegen mein Ohr. Weiße Wölkchen steigen auf, als ich ausatme und fröstele. Innerlich zittere ich, ein unangenehmes Vibrieren, wie wenn bei einer Rede ein Glas angeschlagen wird. Nur wird es nicht leiser, sondern immer stärker.

»Es tut dir leid? Ehrlich? Was genau meinst du?« Meine Stimme bricht und Tränen kriechen mir über das Gesicht.

Schweigen.

»Hol morgen deine Sachen ab und lass dich danach nie wieder hier blicken!«, fauche ich ins Handy und werfe es auf die Couch, als würde es etwas dafür können.

Die Schlinge in meinem Bauch zieht sich noch ein wenig fester, bis mir übel wird. Das Kribbeln hinter meiner Stirn ist der dunkle Vorbote für das, was gleich passieren wird.

Wie in Trance laufe ich ins Bad, reiße den Klodeckel hoch und hocke mich davor. Wie gut, dass ich gerade mit dem Putzen fertig war. Meine Locken fallen mir ins Gesicht und ich halte sie mit der Hand zur Seite, bevor ich mich übergebe. Die

Säure brennt unangenehm in meinem Hals, lässt mich nach Luft ringen. Den widerlichen Geschmack im Mund versuche ich, mit Leitungswasser herrunterzuspülen, doch er bleibt.

Alex' Anruf heute kam unerwartet. Nicht, dass er anrief, eher das, was er sagte, hat meine Welt ins Wanken gebracht. Im wahrsten Sinne des Wortes. Mir ist so schwindelig, dass ich mich an der Waschmaschine festhalten muss.

Ich hatte mich auf einen entspannten Abend eingestellt, wollte einen schönen Liebesfilm sehen und hatte mir schon Popcorn in der Mikrowelle warm gemacht. Der Duft hängt noch in der ganzen Wohnung, nur ist mir der Appetit vergangen.

Für Alex' Rückkehr morgen habe ich trotz des langen Arbeitstages im Büro die Wohnung auf Vordermann gebracht und einen Tisch bei unserem Lieblingskroaten reserviert. Sogar einen Blumenstrauß habe ich gekauft und auf den Esstisch gestellt.

Die Übelkeit steigt erneut in mir auf. Neun Jahre – und nun ist es von jetzt auf gleich vorbei?

Ich lasse mich auf die Couch fallen, greife nach dem Kissen und drücke es gegen meinen Bauch, halte mich daran fest. In meinem Kopf ziehen dunkelgraue Wolken auf, vertreiben alle bunten Bilder und türmen sich zu bedrohlichen Sturmwolken auf.

Es kommt mir nicht lange vor, wie ich da verharre, doch als ich auf die Uhr schaue, sind bereits zwei Stunden verstrichen. Als hätte ich in einem Wachkoma vor mich hinvegetiert, prasseln nun all die Worte und Gefühle erneut auf mich ein.

Sie fühlen sich an wie Fausthiebe in den Magen. Ich will mich nicht noch einmal übergeben, weil ich jedes Mal glaube, dabei zu ersticken.

Alex ist mit seinen Kollegen auf Mallorca. Ballermann. So wie jedes Jahr machen sie dort ihren Männerurlaub, sie nennen es Team-Event. Ich nenne es Saufen und Partymachen. Ich ließ ihn immer ungern allein dorthin reisen. Es ist nicht so, dass ich ein eifersüchtiger Mensch bin.

Na gut, bin ich vielleicht doch.

Vermutlich hatte ich immer die unterschwellige Angst, er könne mich dort betrügen, doch in den letzten Jahren gab es dafür keinerlei Anzeichen.

»Es gibt da eine andere Frau ... sie ist schwanger ... von mir ...«, hallen mir seine Worte durch den Kopf – immer und immer wieder.

Wieso tut er mir das an? Das ist nicht echt, nicht real. Das kann nicht passiert sein! Oder war das nur ein böser Scherz?

Zuzutrauen wäre es ihm, seinen Humor versteht oftmals nur er selbst.

Doch mein Handy bleibt still.

Wie kann er mich einfach so wegschmeißen?

Meine Hände ballen sich zu Fäusten. Wut steigt in mir auf, sie brennt tief in meiner Bauchmitte.

Am liebsten würde ich jetzt irgendwo gegenboxen oder etwas durch die Gegend schmeißen, doch ich habe keine Lust, nochmal von vorn mit dem Putzen zu beginnen.

Für einen kurzen Moment kommt mir der Gedanke, seine elektrische Zahnbürste durch die Toilette zu ziehen, doch dann fällt mir ein, dass er diese mitgenommen hat.

Meine Augen wandern durch die Wohnung und bleiben an den Blumen hängen. Ich packe den penetrant riechenden Strauß und feuere ihn in den Mülleimer.

Als der durchdringende Ton der Klingel beharrlich durch die Wohnung schallt, zucke ich zusammen. Mit Blick auf die Uhr frage ich mich, wer das sein könnte.

Vielleicht Alex, der schon einen Tag früher nach Hause kommt und mir gleich lustig »Haha, verarscht« entgegenruft?

»Ja, wer ist da?«, frage ich skeptisch durch die

Gegensprechanlage.

»Post, Paket!«, knurrt mich die grimmige Stimme unseres älteren Paketboten an. Eine Sekunde lang überlege ich, ob es nicht Alex sein könnte, der seine Stimme verstellt, um mich zu verwirren. Doch vor dem Haus steht das gelbe DHL-Auto.

So wie ich gerade aussehe, werde ich die Tür ganz sicher nicht öffnen. Habe ich überhaupt etwas bestellt? Ich glaube nicht. Das Paket muss für Alex sein und ist ab jetzt nicht mehr meine Angelegenheit.

»Falsch verbunden«, sage ich und knalle den Hörer der Sprechanlage auf die Station. Er springt mir jedoch wieder entgegen und wegen des ausgeleierten Kabels fällt er auf den Boden. Beim Aufheben klackert es ungewöhnlich. Entnervt verdrehe ich die Augen und hänge den Hörer langsam zurück an seinen Platz. Dieses Mal bleibt er auch dort.

Der Paketbote klingelt noch drei lange und kräftige Male und gibt dann endlich auf.

Ich muss kurz nachdenken, was ich vorhatte, bevor mich der DHL-Mann aus meinen Gedanken gerissen hat, und dann fällt es mir ein. Ich renne zum Kleiderschrank, der Alex gehört beziehungsweise gehört hat. Hastig reiße ich seine Klamotten heraus, verteile sie auf dem Boden und trampele mit meinen Füßen darauf herum.

Das tut gut!

Doch das Glücksgefühl hält nur für einen kurzen Moment. Ohne zu überlegen, greife ich mir eine Schere und schneide vorne in jede Unterhose ein großes Loch.

Ja! Schon besser!

Ich stelle mir bildlich vor, wie er sie eilig anzieht und sein Gemächt frei baumelnd wieder herausfällt. Seinen Blick dabei würde ich zu gerne sehen.

Aber eigentlich sind das nur die alten Shorts, die er eh kaum noch getragen hat. Nichts, was er schmerzlich vermissen würde. Seine guten Boxershorts hat er mit auf die Insel genommen.

Ich mache mich auf den Weg zum Keller, um ein paar Umzugskartons zu holen. Dabei komme ich im Wohnzimmer am Fernseher vorbei. Auf halber Strecke halte ich in der Bewegung inne. Mein rechtes Bein hängt noch halb in der Luft, als sich mein Kopf langsam zur TV-Bank dreht und meine Augen an dem schwarzen, schmalen Gerät unter dem Fernseher hängen bleiben. Schelmisch grinsend ziehe es hervor. Ich könnte es im Keller verstecken und sagen, es gab einen Einbruch und Diebe haben es gestohlen.

Doch kurz vor der Tür verheddere ich mich in den Kabeln, gerate ins Schlingern und lasse die von Alex heiß geliebte Playstation fallen. Schmerzhaft stoße ich mit der Schulter gegen die Wand. Mit einem lauten Scheppern knallt das Gerät auf den Boden. Erschrocken ziehe ich die Luft ein.

Im Gehäuse klafft ein langer Riss und das Gerät klappert verdächtig. Ob gestohlen oder kaputt, ist letztendlich auch egal. Ich werfe es auf den Haufen für den Müll. Dieses Teil war mir eh immer ein Dorn im Auge. Wie viele Stunden Alex mit dem Zocken irgendwelcher Ballerspiele vergeudet hat, will ich gar nicht wissen. Ich habe es gehasst. Der Verlust wird sein Männerherz bluten lassen.

Eine gewisse Genugtuung wärmt mein Innerstes.

Dann hole ich aus dem Keller zwei Umzugskartons hoch und knülle als erstes seine Kleidung hinein, seine DVDs und Spiele werfe ich hinterher. Auch seine Kosmetikartikel und ein paar Biergläser aus der Küche packe ich ein. Wenn ich jetzt schon alles in Kisten verstaue, muss Alex sich morgen nicht so lange in der Wohnung aufhalten und ich laufe nicht Gefahr, auf ihn zu treffen.

Nur was mache ich in der Zeit? Shoppen! Das steht eh schon

lange auf meiner To-do-Liste. Jetzt habe ich so viel Platz in den Schränken, sie schreien förmlich danach, neu gefüllt zu werden. Zum Glück ist morgen Samstag.

Am Kühlschrank hängen unsere Bilder. Urlaubsfotos, die uns als lachendes Pärchen zeigen. Der Geschmack bitterer Galle liegt mir auf der Zunge. Ich habe die Fotos immer geliebt. Jetzt ertrage ich Alex' Anblick nicht mehr. Weder auf Papier noch in echt. Kurzerhand zerreiße ich die Bilder und streue die Schnipsel in die Kiste.

Meine Wut ist geschrumpft, ein winziges bisschen zumindest.

Im Bad sieht mir mein Spiegelbild verheult und aufgequollen entgegen, auf den Wangen haben sich rote Stellen gebildet, die ich immer von den salzigen Tränen bekomme. Ich versuche, mit kaltem Wasser die Spuren meiner Gefühle wegzuwaschen, was mir aber nicht wirklich gelingt.

Bilder tauchen vor meinem inneren Auge auf, wie Alex mit einer anderen Frau schläft, und mein ganzer Körper zittert angeekelt auf. Es hilft nichts, die Übelkeit ist so stark, ich muss mich doch ein zweites Mal übergeben. Gerade noch rechtzeitig erreiche ich die Toilette.

Ich weiß nicht, wie lange ich auf den kalten Fliesen kauere und mit feuchten Augen auf den Duschvorhang mit den roten Punkten starre.

Irgendwann erhebe ich mich dann aber doch und lasse mich erschöpft auf die Couch fallen.

Mein Blick schweift durch die Wohnung. Ohne die Dinge von Alex wirkt der Raum irgendwie verlassen. Die hässliche rote Couch in der Ecke und die zusammengewürfelten Möbel wie Couchtisch, Kommode und TV-Bank erscheinen mir mit einem Mal trist und langweilig. Sie sind ein Überbleibsel aus Zeiten, in denen wir nicht viel Geld hatten, und sind ausrangierte Möbel unserer Eltern.

»Wir sparen irgendwann auf was Neues und kaufen uns dann was richtig Schönes«, hatte Alex damals gesagt. Ich lache heute noch über den Witz.

Morgen werde ich ein paar Deko-Teile kaufen. Momentan stehen nur ein paar Kerzen herum und die haben wir geschenkt bekommen. Wenn mir im Laden ein Bild oder eine Figur gefiel, meinte Alex nur: »Boa, nee. So einen Kitsch brauchen wir nicht.«

Wir. Ein Wort, das es nun nicht mehr gibt, wie mir schmerzlich bewusst wird. Ich dachte, Alex wäre die Liebe meines Lebens und wir würden gemeinsam alt und bekämen drei Kinder. Die Vorstellung, dass eine andere Frau bereits von ihm schwanger ist, macht mich krank.

Oh Gott! Kribbelnde Panik steigt in mir hoch. Ruckartig setze ich mich auf. Ist mir deswegen so übel? Ich hatte die Pille bereits abgesetzt. Auf meinem Handy suche ich die App, die mir anzeigt, wann ich mit meiner Periode rechnen darf.

»Seit drei Tagen überfällig«, steht dort. Scheiße! Bitte, lass es nicht schon passiert sein, nicht jetzt.

»Schwangerschaftstest« ergänze ich auf meiner Einkaufsliste für morgen.

Ich gehe ins Schlafzimmer, möchte mich nur noch in meinem Bett verkriechen und mich in meinem Elend wälzen.

Im Türrahmen bleibe ich stehen. Dieser Raum ist genauso spartanisch eingerichtet wie der Rest der Wohnung: ein Bett, ein Schrank, und ein großer Schreibtisch. Nichts passt zusammen, alles wirkt irgendwie lieblos zusammengewürfelt, aber uns hat das immer ausgereicht. Hauptsache wir hatten uns.

Oben auf dem Schrank entdecke ich zwei weitere Kisten – da ist doch auch noch etwas von Alex drin, sein

Männerspielzeug – Drohnen und Hubschrauber. Ich hole mir einen Stuhl und klettere darauf. Vorsichtig hebe ich die Box an. Sie ist schwerer, als ich dachte. Ich muss mich auf Zehenspitzen stellen. Der Stuhl unter mir gerät ins Wanken, ich verliere das Gleichgewicht, greife daneben und reiße die zweite Kiste herunter. Krachend landet sie auf dem Bett, dabei fällt der Deckel ab, während ich mich gerade noch so am Schrank festhalten kann, um nicht hinterher zu stürzen. Zum Vorschein kommen meine Tagebücher aus Teenagerzeiten. Ich wusste gar nicht mehr, dass ich sie aufgehoben habe. Zehn Bücher habe ich vollgeschrieben, bekritzelt, bemalt und beklebt. Alles, was mich damals beschäftigt hat, steht dort drin. Sie haben mich durch eine sehr verwirrende Phase voller verrückter Gefühle begleitet. Verzückt lächle ich und mache es mir mit den Büchern auf dem Bett gemütlich. Wie einen kleinen Schatz nehme ich das oberste Buch in die Hand und drücke es an mich, bevor ich darin zu blättern beginne.

KAPITEL 2

Tagebuch – 14 Jahre

03.08. - Liebes Tagebuch,
morgen fliege ich mit meinen Eltern in den Urlaub. Es geht nach Portugal, nach Albufeira. Schade, dass meine Freundin Tamara nicht mitkommen darf. Ihre Eltern haben sie zu einer Sprachreise nach England geschickt, dabei hätte ich sie so gerne mal wiedergesehen. Sie fehlt mir, seit sie im Internat wohnt.
Urlaub, alleine mit meinen Eltern - wie langweilig ...

Doch der Urlaub sollte nicht so langweilig werden, wie gedacht.

Bereits auf dem Hinflug lernten wir eine Mutter mit ihren zwei Töchtern, Reni und Nina, kennen, die dasselbe Hotel wie wir gebucht hatten. Wir verstanden uns gut und unternahmen jeden Tag etwas gemeinsam.

An ihrem letzten Abend verabredeten wir uns zu einem Bummel durch die Altstadt.
Auf den Straßen wimmelte es wie in einem Ameisenhaufen. Wir liefen durch die engen Gassen, die mit Stühlen und Tischen vollgestellt waren. Ein Mann kreierte mit Lackfarben und seinen

Händen echte Kunstwerke und auf dem Marktplatz tanzte eine Gruppe zu lauter Musik. Wir blieben stehen und betrachteten die kleine Show.

Später bettelten wir unsere Eltern an, in eine der Bars gehen zu dürfen, aus denen so fremdartige Musik schallte, und als unsere Eltern es uns endlich erlaubten, klopfte mein Herz wie eine Buschtrommel. Ich kam mir so erwachsen vor, mein erster Besuch in einer Bar, ohne Eltern.

Wir mischten uns zwischen die Leute, die am Rand standen und einer Gruppe Jugendlicher zusahen, welche eine einstudierte Performance in der Bar hinlegte. Wir beobachteten sie staunend, während die anderen Gäste klatschten und die Truppe anfeuerten. Ich kam mir vor wie in einem dieser Musical-Filme.

Stühle und Tische suchte man hier drinnen vergebens, die standen draußen auf der Straße. Hier befand sich ausschließlich eine einzige große Tanzfläche vor der Theke.

Unter den Tänzern fiel mir ein Junge auf. Sein Lächeln und seine Begeisterung verzauberten mich von der ersten Sekunde an und ich konnte meinen Blick nicht von ihm abwenden.

Am liebsten hätte ich mich dazu gestellt und mitgemacht, doch es wirkte, als hätten sie wochenlang dafür geübt.

Als der Song endete und in einen neuen überging, löste sich die Gruppe auf und die Umstehenden begaben sich wieder auf die Tanzfläche. Der Bass vibrierte in meinem Bauch und brachte meine Beine in Bewegung.

Während wir tanzten, ließ ich den Jungen nicht mehr aus den Augen. Er stach heraus unter seinen Freunden, denn er war der einzige, der helle Haare hatte. Sie waren eher dunkelblond, frech verstrubbelt nach oben gestylt und erinnerten mich an Karamell.

Als wir auf dem Weg zur Bar an ihm vorbeiliefen, bemerkte ich, dass wir in etwa gleich groß waren. Ich beobachtete ihn verstohlen aus den Augenwinkeln und atmete eine Wolke seines Parfums ein, das süß und herb zugleich war.

Wir bestellten alkoholfreie Cocktails. Sie schmeckten einfach himmlisch, wie ein Urlaub in der Karibik.

Mit unseren Gläsern verzogen wir uns in eine Ecke mit einem Stehtisch. Ich stellte mich mit dem Rücken zur Wand, so konnte ich immer ein Auge auf den Jungen mit dem verschmitzten Schmunzeln werfen.

Er trug eine tief hängende Jeans, die an mehreren Stellen aufgerissen war, und das enge, weiße Shirt ließ unter dem kurzärmeligen Karo-Hemd einen athletischen Körperbau erahnen. Seine Haut war, mehr noch als meine, tief gebräunt und um den Hals schmiegte sich eine zierliche, schwarze Kette.

Es dauerte nicht lange, da erweckten wir Aufmerksamkeit bei einem dunkelhäutigen Typen, der auch bei der Choreografie mitgemacht hatte und offenbar ein Freund von dem süßen Jungen war.

Er kam zu uns rüber und sprach uns auf Englisch an, wollte wissen, wie alt wir waren und woher wir kamen.

»Ich heiße Will«, stellte er sich vor und ließ gekonnt seine Hüften schwingen.

Wir lachten und Nina übernahm das Reden für uns, wofür ich ihr sehr dankbar war. Ich war in der Schule nicht die Schlechteste im Englischunterricht, doch hier diese Sprache direkt anzuwenden, traute ich mich nicht.

Zu meinem Jammer redete er mich immer wieder direkt an, woraufhin ich zur Antwort nur nickte, mit dem Kopf schüttelte oder ein paar wenige Wortfetzen hinwarf.

Er blendete mich unentwegt mit seinem strahlenden Lachen, kam näher, tanzte sich eng an mich heran und war mir schon ein wenig zu aufdringlich, wenn auch auf eine charmante Art.

Leider war er so gar nicht mein Typ.

Am liebsten hätte ich ihn beiseitegeschoben und seinen Freund zu mir gezogen. Doch ihm warf ich aus der Ferne nur feige Blicke zu. Wieso sollte er sich ausgerechnet für mich scheues Reh interessieren?

Mit einer Zigarette in der Hand stand er in der Nähe des Eingangs. Auch wenn ich Rauchen abgrundtief verabscheute, zu ihm passte es irgendwie. Er sah so lässig dabei aus. Ich hätte zu gern gewusst, wie er heißt.

Als ein Mädchen ankam und sich ihm um den Hals schlang, erstarrte ich. Sie küssten sich.

Ob sie seine Freundin war? Sicher war so ein gut aussehender Typ vergeben.

Ich drängelte mich durch zur Toilette. Ein enttäuschtes Gesicht sah mich aus dem Spiegel an. Mein wild hüpfendes Herz wurde langsamer und kristallisierte zu einem Eiswürfel.

Es war immer so. Jungs, für die ich schwärmte, waren entweder vergeben oder interessierten sich nicht für mich.

Seufzend kehrte ich zu Reni und Nina zurück.

Das Mädchen war immer noch an seiner Seite und Will war in meiner Abwesenheit zu seinen Leuten zurückgegangen, doch als er mich entdeckte, kam er schnurstracks wieder auf mich zu. Ich sah über seine Schulter und fing den Blick von IHM auf. Es dauerte wahrscheinlich nur eine Sekunde, doch mir kam es vor, als hätte jemand auf die Zeitlupentaste gedrückt. Ein Schauer zog über meinen Rücken und als sich sein ernster Ausdruck zu einem Lächeln verwandelte, sprang Will vor meine Nase. Er sagte etwas zu mir, das ich nicht verstand.

Kurz darauf kamen unsere Eltern in die Bar und sammelten uns ein. Wir liefen am Meer entlang zurück zum Hotel.

»He, seht mal dort!«, rief ich und zeigte nach oben. Am Sternenhimmel leuchtete ein langer Lichtschweif auf.

»Das ist ja eine ungewöhnliche Sternschnuppe«, sagte meiner Mutter.

»Fast schon ein Komet«, fügte mein Vater hinzu.

Egal, was das war, ich hatte einen Wunsch frei und ich wusste sofort, was ich mir wünschen würde. Ich schloss die Augen und dachte ganz fest an den Jungen aus der Bar. Auch wenn ich wusste,

dass ich ihn eh nie wiedersehen würde. Und selbst wenn, er hatte eine Freundin.
Am nächsten Morgen mussten wir uns von unseren neuen Freunden verabschieden. Sie hatten nur eine Woche gebucht und die war nun vorbei.
Nach einem letzten gemeinsamen Frühstück traten wir vor das Hotelgebäude und mit Tränen in den Augen umarmten wir uns.

»Schreib uns noch deine Adresse auf, dann können wir uns Briefe schicken«, hatte Nina gesagt und Zettel und Stift aus ihrem Rucksack gekramt.

Die Koffer der drei ratterten über den Boden, während wir ihnen hinterher winkten. Kurz darauf stiegen sie in den Shuttle-Bus ein und fuhren davon. Mit ihnen reiste meine Urlaubsfreude ab.

Die nächsten Tage erschienen mir, als hätte jemand die Farbe aus dem Wassereis gesaugt, trist und öde. Mit meinen Eltern lag ich am Strand und langweilte mich zu Tode.

Nur meine Bücher munterten mich ein wenig auf, denn sie gewährten mir Einblicke in die Welt der Verliebten und ersten Beziehungen. Etwas, das meinem echten Leben völlig fremd war.

Ein wenig Abwechslung brachte ein Ausflug in die Altstadt. Die Sonne stand hoch am Himmel und meine Eltern überredeten mich, auf dem Marktplatz vor einem Künstler Model zu sitzen. Er zeichnete mich mit Kohle und machte dabei schwungvolle Bewegungen. Die Zeit kroch wie eine Schnecke langsam dahin und mein Po schmerzte bereits auf dem unbequemen Hocker.

Plötzlich entdeckte ich zwei mir bekannte Gesichter. Will und ER liefen über den Platz. Der süße Typ entdeckte mich zuerst, schlug Will gegen die Schulter und zeigte in meine Richtung. Als sie näherkamen, riefen sie mir zu, dass ich wieder in die Bar kommen solle. Meine Wangen glühten und fragend sah ich meine Eltern an.

»Heute nicht«, sagte meine Mutter. »Heute wollen wir Karten spielen.«

Meine aufflammende Freude verglomm sofort. Ich fühlte mich, als stünde ich unter einer Eimerdusche mit eiskaltem Wasser. Blödes Kartenspiel!

Als der Künstler fertig war, präsentierte er mir das Bild. Es sah mir überhaupt nicht ähnlich. Nicht mal Locken hatte der Stümper mir gezeichnet. Mich starrte von dem Blatt eine hässliche Karikatur mit einer riesigen Nase an.

Am nächsten Tag hatte ich mehr Glück, ich konnte meine Eltern dazu überreden, abends wieder in die Altstadt zu gehen. Ohne Nina und Reni war mir aber schon etwas mulmig zu Mute. Als wir an der Bar vorbeikamen, winkte mir Will bereits zu.

Vorsichtig sah ich zu meinen Eltern, deren Zweifel ich förmlich riechen konnte. »Darf ich?«

Ich durfte. Wir vereinbarten eine Zeit, zu der mich meine Eltern wieder abholen würden, und mein Vater begleitete mich in die Bar hinein, bestellte mir einen Piña Colada, der mir mit einem einen Meter langen Strohhalm geliefert wurde. Es war gar nicht so einfach, daraus zu trinken und beim ersten Schluck zuckte ich überrascht zusammen. Der Cocktail schmeckte anders als die, die ich damals mit Nina und Reni getrunken hatte. Ich spürte das Brennen von Alkohol auf der Zunge. Ob sich der Barkeeper vertan oder mein Vater den falschen Drink bestellt hatte?

Dann zwinkerte mir mein Papa zu und ging zu meiner Mutter hinaus.

Will begrüßte mich mit offenen Armen, tänzelte die ganze Zeit um mich herum und ließ mir kaum Luft zum Atmen.

Seine Nähe verursachte ein beklemmendes Gefühl in meiner Brust. Ganz offensichtlich machte er sich Hoffnungen, ich würde ebenso für ihn empfinden, doch da musste ich ihn enttäuschen, dem war nicht so.

Meine Augen suchten immer wieder nach dem hübschen Karamell-Jungen.

Das Mädchen war nicht zu sehen. Ich schielte jedoch immer zum Eingang, für den Fall, dass sie plötzlich auftauchte.

Will musste mitbekommen haben, dass meine Aufmerksamkeit nicht wirklich ihm galt. Er fragte mich: »Magst du ihn?« Er zeigte in SEINE Richtung.

Oh Gott, er wollte doch jetzt nicht wirklich eine Antwort?

Doch er stand weiter abwartend vor mir.

Ich druckste herum, schob unsichtbare Krümel mit meinem Schuh hin und her und kam mir vor wie bei einer mündlichen Prüfung. Der Schweiß brach mir aus. Meine Wangen waren heiß wie Herdplatten. Doch irgendwann quetschte Will ein »Ja« aus mir heraus.

Dann wollte er wissen: »Magst du mich?«

Natürlich mochte ich ihn, aber nicht so, wie er es wohl gerne hätte. Innerlich brüllte ich auf. Wieso muss er mich das fragen? Ich verschränkte meine Hände hinter dem Rücken und sah auf den Boden. Ich wollte ihn nicht verletzen. Er war so lieb und freundlich und wer war ich, dass ich ihn einfach zurückwies? Fast unmerklich schüttelte ich den Kopf. Ich hätte heulen können.

Plötzlich verschwand Will in der Menge.

Ich fühlte mich wie ein Häufchen Elend. Wieso hatte ich nicht den Mund halten können? Nun hatte ich den einzigen Menschen, der sich für mich interessierte, weggestoßen. Ich drehte mich um, um nach draußen zu gehen und meine Eltern zu suchen.

Da spürte ich eine Berührung an meinem Arm, es war Will.

Eine Hand legte sich in meine.

Ich drehte mich zurück. Als ich hochsah, blickte ich direkt in die braunen Augen, die ich nur aus der Ferne kannte. ER lächelte mich unsicher an. Kochend heißes Wasser mit Eiswürfeln floss über meinen Rücken.

Will berührte noch immer unsere Arme und ich sah verwirrt zu ihm.

Er lächelte und sah überhaupt nicht enttäuscht oder verletzt aus, was mich noch mehr irritierte. Ich verstand die Situation überhaupt nicht. Meine Augen wanderten zwischen den beiden *unterschiedlichen Freunden hin und her.*

»That's your boyfriend!«, sagte Will und wollte, dass ER und ich zusammen tanzen, doch ich stand steif vor Schreck einfach nur da. Wahrscheinlich grinste ich blöd vor mich hin.

Er beugte sich zu mir vor und fragte mich irgendetwas, wovon ich nur »name« verstand und mit »Jojo« antwortete. Dann deutete ich mit meinem Zeigefinger auf ihn und er beugte sich erneut zu mir herüber. Es schien, als hätte der DJ die Musik extra laut gedreht. Ich verstand ihn nicht. Aber ich traute mich auch nicht, noch einmal nachzufragen. So hieß er ab diesem Moment Tiago für mich. Dann wollte er wissen, wie alt ich war. Ich hielt meine Hände in die Höhe, zeigte erst zehn Finger und dann vier.

Er deutete auf seine Brust und öffnete dann zwei weitere Finger an meinen Händen. Sechzehn war er also schon.

Am liebsten hätte ich ihn gefragt, wer das Mädchen beim letzten Mal war, doch mir fielen nicht die passenden Vokabeln ein, und bevor ich mich blamierte, sagte ich lieber gar nichts.

Mit den nächsten Beats erkannte ich den Song, zu dem damals er und seine Kumpels diese einstudierten Schritte vorgeführt hatten. Und auch jetzt teilte sich die Menge, als wäre Moses persönlich anwesend. Tiagos Hand löste sich bedauerlicherweise von mir und er betrat die leere Tanzfläche. Als hätten sie sich telepathisch abgesprochen, formierten sich die Jungs.

Ich stand mittig vor ihnen und war fasziniert, wie synchron sie sich bewegten. Doch anders als beim ersten Mal, hatte ich das Gefühl, Tiago würde nur für mich tanzen. Unsere Augen waren wie durch ein unsichtbares Band verbunden. Trotzdem saß jeder Schritt von ihm.

Ich blendete alle anderen Tänzer aus, für mich gab es nur noch ihn.

Als das Lied vorbei war, füllte sich die Tanzfläche wieder und Tiago kam zu mir zurück, nahm meine Hand und zog mich weiter in die Ecke. Er war noch ganz außer Atem und der Schweiß lief ihm über die Brust, was mich aber nicht störte.

»Wow«, sagte ich und klatschte in die Hände.

Er verbeugte sich gespielt höflich vor mir und ich musste grinsen. Das hatte irgendwie das Eis zwischen uns gebrochen. Wir tanzten und lachten, bis Tiago gehen musste. Ich folgte ihm zum Ausgang. Kurz davor drehte er sich zu mir um, sah mich erst schüchtern an, als würde er zögern oder etwas überlegen.

Doch dann küsste er mich.

Auf den Mund.

Es war der Wahnsinn.

Dieser Kuss traf mich so unvorbereitet. Mich hatte noch nie zuvor ein Junge geküsst. Ich merkte erst kurz danach, wie in meinem Bauch ein Feuerwerk zündete. Es war wie ein Signalfeuer, das Amor zeigte, wo er seinen Pfeil hin schießen sollte, und er traf mich mitten ins Herz. Ich schwebte nicht mehr auf Wolke Sieben, ich trieb schwerelos im Universum.

Ich musste betteln, um meine Eltern zu überreden, am nächsten Abend wieder zur Bar gehen zu dürfen. Aber sie erlaubten es.

Ich entdeckte meinen »boyfriend« in einer anderen Bar gegenüber.

Er gab mir zur Begrüßung wieder einen Kuss, dann stellte er mich seinen Freunden und dem DJ vor, »the best DJ of Albufeira«. Dabei legte er mir seinen Arm um die Schultern.

Diese selbstverständliche Geste fühlte sich an wie ein elektrisches Summen, direkt unter meiner Haut. So ungewohnt und irgendwie doch so, als sei es vollkommen selbstverständlich und nie anders gewesen. Alles in mir kribbelte. Ich sog den Duft seines Parfums ein und er vernebelte mir die Sinne.

Ich konnte es kaum fassen, ein so süßer Junge mochte mich, stand öffentlich zu mir, er sah sogar richtig stolz aus.

Es war wundervoll und weckte in mir wieder dieses Gefühl, schwerelos im Weltall zu schweben.

Seine Freunde wollten nur ständig, dass ich meinen Mund aufmachte, damit sie meine feste Zahnspange sehen konnten. Kannten die so etwas hier nicht? Ich hatte eine Nichtanlage von vier Zähnen im Frontbereich, die zweiten Schneidezähne hatten sich einfach entschieden, nicht zu wachsen. Anstelle der Zähne prangten dort große Lücken. Es war mir so unangenehm und ich traute mich gar nicht mehr, zu reden. Ich hatte Angst, Tiago damit zu vergraulen. Vielleicht fand er mich bei genauerer Betrachtung abstoßend?

Doch Tiago übernahm für mich das Sprechen und erzählte auf Englisch, was er schon über mich wusste. Ich war überrascht, wie gut hier alle Englisch sprachen.

Später gingen wir rüber in die »Twist Bar«.

Da es abends doch manchmal frisch werden konnte, trug ich einen Pullover und eine knackig enge Jeans. Als ich in der Bar meinen Pulli auszog und mein glitzerndes Top zum Vorschein kam, erhaschte ich Tiagos bewundernden Blick. So hatte mich noch nie ein Junge angesehen. Ich war völlig überfordert mit so viel offen gezeigten Gefühlen und war nur froh, dass ich an diesem Tag bereits einen kleinen Sonnenbrand bekommen hatte, der hoffentlich verdeckte, dass ich rot wurde.

Doch es war nicht nur Tiago. An diesem Abend sprachen mich viele seiner Kumpels an und wollten wissen, wer ich war und woher ich kam. Will nahm sogar dem Rosenverkäufer, der dort jeden Tag alle Bars abklapperte, den ganzen Blumenstrauß ab und überreichte ihn mir. Natürlich nur zum Spaß, die Rosen waren sauteuer. Aber die Geste berührte mich sehr und ich war froh, dass er mir nichts übelnahm. Noch nie zuvor bekam ich so oft zu hören: »You are so beautiful.« Ich konnte es gar nicht glauben.

Zu Hause in Deutschland hatte das noch nie einer zu mir gesagt. Da waren die Jungs etwas knausriger, was Komplimente anging. Vor allem in der Gruppe.

Hier warfen sie mit Honigworten um sich und nannten mich wunderschön. Ich »beautiful«, mit meiner festen Zahnspange, vier fehlenden Zähnen und mit den weißen Flecken auf den Beinen. Aber die konnte man zumindest durch die lange Hose nicht sehen.

Kurz nachdem Will die Rosen dem Verkäufer zurückgegeben hatte, kam Tiago auf mich zu und küsste mich. Einfach so. Aber richtig, mit Zunge!

Mein erster Zungenkuss! Und es war einfach nur schön. Gar nicht eklig, wie ich es in meinen Büchern manchmal gelesen hatte.

Zu Hause wollte mich keiner küssen. Selbst beim Flaschendrehen auf Klassenfahrt erhielten alle Mädchen aus meiner Klasse einen Kuss. Ich bekam keinen.

Das, was die deutschen Jungs davon abhielt, schien Tiago überhaupt nicht zu stören. Im Gegenteil. Die Küsse waren unbeschreiblich gut und katapultierten uns in eine Welt, in der nur noch wir beide existierten.

Tanzen, Küssen, alles war eins, wir waren eins.

Es fühlte sich an wie in einem Märchen. Das kleine hässliche Entlein hatte einen wunderschönen Prinzen gefunden und kam sich vor wie ein aufblühender Schwan. Noch nie zuvor hatte ich mich so akzeptiert und schön gefühlt.

Wenn ich doch mal ein Auge öffnete und einen Blick durch die Bar warf, konnte ich erkennen, wie Tiagos Freunde bereits die Köpfe über uns schüttelten.

Als meine Klamotten nur noch so an mir klebten, drängelte ich mich durch die Leute zu der einzigen Toilette für Damen und erfrischte mich mit kaltem Wasser.

Es klopfte.

Ich öffnete die Tür und sah hinaus. Tiago stand davor. Er zwängte sich hindurch und zog die Tür hinter sich zu. Mir entschlüpfte ein überraschtes Kichern.

Wir tanzten auf der Toilette weiter. Unsere Lippen waren untrennbar verbunden.

Inzwischen war sicher schon eine Viertelstunde vergangen.

Plötzlich fasste er an den Bund meiner Hose und machte sich an dem Knopf zu schaffen, doch ich haute lachend auf seine Finger.

Schließlich hatte ich gerade meinen ersten richtigen Kuss bekommen, für mehr war ich da definitiv noch nicht bereit.

Er akzeptierte es und unternahm nichts mehr in dieser Richtung. Es blieb bei Küssen, obwohl mein ganzer Körper prickelte, als stünde ich unter einer Sektdusche.

Als es erneut an der Tür klopfte, öffnete Tiago und lachte mich spitzbübisch an. Vor der Toilette stand eine lange Schlange genervter Frauen.

Tiago verließ zuerst den Raum und ich folgte ihm.

Ich spürte die starrenden Blicke auf mir und war sicher so rot angelaufen wie ein Kirschlolli.

Um Mitternacht holten meine Eltern mich ab. Ich suchte meine Sachen zusammen und stellte fest, dass meine blaue Sonnenbrille verschwunden war. Sicher wurde sie geklaut. Unter anderen Umständen wäre ich todunglücklich gewesen.

Mein Papa schoss noch ein paar Fotos, zum Glück auch eins von Tiago, bevor wir die Bar verließen.

Ich war völlig verschwitzt und mein Herz schlug so laut, dass ich befürchtete, meine Eltern könnten erahnen, was ich den ganzen Abend getrieben hatte. Doch sie sagten nichts.

Er war der schönste Abend meines Lebens! Doch leider war es auch der letzte Abend unseres Urlaubs.

An dieser Stelle hatte ich das Foto von Tiago eingeklebt, was mein Papa geschossen hatte. Mein Bauch kribbelt noch immer, wenn ich ihn so ansehe. Komisch, dass nach so vielen Jahren, in denen ich nicht mal an ihn gedacht habe, ein Blick auf sein Bild genügt und all die Gefühle sind sofort wieder da. In diesem Urlaub habe ich nicht nur meine Sonnenbrille verloren, sondern auch mein Herz.

Ich seufze laut und lese die Seite zu Ende, bei der ich mich noch genau erinnern kann, wie ich mich damals gefühlt habe. Auf meinen Unterarmen bildet sich eine Gänsehaut.

19.08. - Liebes Tagebuch,
Nun bin ich wieder zu Hause. Und es geht mir beschissen. Am letzten Tag bin ich noch einmal in die Altstadt gegangen und habe Tiago gesucht, ich wollte mich unbedingt verabschieden. Ich hatte ihm gar nicht gesagt, dass ich schon abreise.
Ich habe alle Plätze und Ecken abgesucht. Leider habe ich Tiago nicht gefunden. *heul*
Unser Rückflug ging nachmittags. Die Busfahrt und den ganzen Rückflug heulte ich Rotz und Wasser. Es war mir egal, dass mich alle Leute anstarrten. Ich bin so verliebt und mir war klar, dass ich Tiago nie wiedersehen werde. Ich habe nicht mal seine Nummer oder irgendeine Kontaktmöglichkeit. Dafür habe ich etwas Großes verloren, was ich erst kurz zuvor gefunden hatte.
Und jetzt sitze ich hier wieder in Deutschland fest. Zurück in meinem turbulenten und wenig romantischen Alltagsleben.
Ciao, Jojo

Die Landung auf dem harten Boden der Tatsachen war, als wäre ich in einer wunderschönen Blase gewesen, die plötzlich zerplatze und mich tief fallen ließ. Als hätte man einem Kind einen leckeren Lutscher geschenkt. Das Kind darf mal daran lecken und dann wird ihm der Lutscher auch schon wieder weggenommen. Ohne, dass es weiß, wie es jemals wieder an ihn herankommt.

Fast muss ich mir eine Träne wegwischen. Diese Ereignisse liegen so viele Jahre zurück und doch fühlt es sich so an, als hätte ich das Ganze ein zweites Mal durchlebt.

KAPITEL 3

Am nächsten Morgen ramme ich mir beim Umdrehen im Bett die harte Ecke des Tagebuches in den Oberarm, verziehe das Gesicht und reibe mir die schmerzende Stelle. Ich nehme das Buch, lege es auf den Nachttisch und drehe mich noch einmal um, wobei ich mir die Decke über die Augen ziehe. Aber wach ist wach, ich kann nicht wieder einschlafen.

Ich seufze.

Schleierhaft wabern Erinnerungen aus dem Traum der letzten Nacht in mein Bewusstsein. Nach und nach verknüpfen sich immer mehr Bruchstücke zu einem Gesamtbild.

Tiago hat mich in meinem Traum besucht oder eher ich ihn, denn wir waren am Strand von Albufeira. Dort stand im Meer eine riesige Wasserrutsche, die es in Wirklichkeit natürlich nicht gibt, aber in meinem Traum war sie da und fühlte sich richtig an.

Der jugendliche Tiago und ich – so wie ich heute aussehe – sind die Leiter zur Rutsche hochgeklettert. Er war hinter mir, kniff mir leicht in den Po und ich kicherte wie ein Teenager. Als wir oben ankamen, war mir irgendwie mulmig zumute, denn es war höher, als es von unten aussah. Höhenangst hatte ich also selbst in meinen Träumen.

»Wir können ja zusammen rutschen«, schlug Tiago auf Deutsch vor, jedenfalls verstand ich ihn ohne Probleme. Er nahm mich zwischen seine Beine, wir sausten los und in der ersten Kurve drehte er mich um und ich landete auf ihm. Er küsste mich tief und innig, bis wir laut klatschend im sprudelnden Meerwasser landeten. Prustend kamen wir wieder an die Wasseroberfläche.

An dieser Stelle muss der Wecker mich zurück in die Realität gerissen haben. Mit dem Gedanken an Tiago kuschle ich mich lächelnd in meine warme Decke, doch dann prasseln die Erinnerungen an die Ereignisse vom Vortag auf mich ein.

Alex. Er hat mich verlassen.

Schlagartig spüre ich einen stechenden Schmerz, dort, wo mein Herz wohnt und es ist, als würde es zu Stein werden.

Tief einatmen und ausatmen!

Es dauert, bis ich wieder einigermaßen klar denken kann, und aufstehe, um ins Bad zu gehen.

Ich lasse Wasser in die Badewanne ein. Wellness ist immer gut, doch auch in der Wanne kreisen meine Gedanken um Alex und die Trennung und landen immer wieder bei der Frage: Wieso? Wie konnte es soweit kommen? Was hatte ich falsch gemacht? Hatte ich ihn zu lange mit seinem Kinderwunsch hingehalten? Doch um eine Antwort darauf zu erhalten, müsste ich ihn anrufen und fragen. Aber das werde ich nicht tun.

Sollte ich meine Eltern über den aktuellen Stand der Dinge informieren? Vermutlich schon.

Ich hänge mich über den Badewannenrand und angele mir mein Handy von der Waschmaschine. Das Wasser rinnt mir den Arm herunter und bildet eine Pfütze auf dem Boden. Alex hätte jetzt wieder über meine Unachtsamkeit gemeckert, aber er ist nicht hier und ich kann kleckern, so viel ich möchte.

Ich schreibe meiner Mama eine SMS, da meine Eltern sich weigern, Smartphones anzuschaffen. »Alex hat sich von mir getrennt, er hat eine Neue und sie ist schwanger – von ihm. Ich will nicht reden!«

Gleich danach schalte ich mein Handy aus. Meine Mama wird sicher meinen letzten Hinweis ignorieren und sofort zurückrufen, sofern sie die SMS bemerkt. Ich möchte aber wirklich nicht reden, denn ich muss diese ganze Situation erstmal selber verarbeiten.

Nach einem kargen Frühstück ziehe ich mir das schönste Outfit an, das ich finden kann und gehe zurück ins Bad, um mich zu schminken. Danach schaut mich eine – zugegeben etwas übertrieben – dunkle Jojo aus dem Spiegel an. Genauso düster wie meine Laune. Noch einmal frische ich meine langen Locken auf und dann schnappe ich mir meinen Mantel sowie die Handtasche und verlasse das Haus.

Mit Musik auf den Ohren ziehe ich von Laden zu Laden und nur die unbeantworteten Anrufe meiner Mutter unterbrechen das durchgängige Gedudel meiner Playlist.

Die Tüten in meiner Hand werden von einem Geschäft zum nächsten immer mehr und schwerer: Schuhe, Klamotten und Deko für die Wohnung habe ich bekommen. Auch an den Schwangerschaftstest habe ich gedacht. Wieder ist da dieses flaue Gefühl im Bauch, diese Angst, alleinerziehende Mutter zu werden. So war das nicht geplant.

Schnell schiebe ich den Gedanken weit von mir weg.

Zum Schluss finde ich mich ganz spontan auf dem Stuhl eines Frisiersalons wieder.

»Die Haare auf Kinnlänge, bitte«, sage ich. Der Friseur guckt etwas irritiert, sagt aber nichts und folgt meinen Wünschen.

Als ich jedoch sehe, wie viele Haare unten auf dem Boden liegen, zweifle ich, ob diese Kurzschlussentscheidung wirklich richtig war. Aber nun ist es eh zu spät.

Meine Hand liegt auf dem Bauch. Im Spiegel sehe ich, wie ich die Augen weit aufreiße. Ist dieses Handauflegen schon ein

Schwangerschaftssymptom? Und dieses Ziehen im Unterleib, ist das normal?

Schließlich reißt der Frisör mich aus meinen Gedanken und ruft: »Voilà! Es ist vollbracht und es sieht sehr vorteilhaft aus, finde ich. Was sagen Sie?«

Ich schlucke.

»Wow!« Oh Gott, ist das kurz geworden.

Aber doch, es sieht ganz gut aus, ich muss mich nur daran gewöhnen. Meine Locken springen wieder viel mehr.

Zufrieden schnappe ich meine Beutel und verlasse nach dem Bezahlen den Laden.

Es ist bereits siebzehn Uhr, Alex wird sicher schon seine Sachen abgeholt haben und meine Beine tun mir inzwischen so weh, dass ich beschließe, nach Hause zu fahren.

Dort angekommen, bemerke ich als erstes die verschwundenen Umzugskartons. Ich rufe: »Hallo?«

Aber niemand antwortet.

Wieder fühle ich diesen unsichtbaren Fausthieb in den Magen. Irgendwie habe ich innerlich wohl doch noch gehofft, dass die Trennung ein Scherz war und Alex mich vielleicht mit einem Heiratsantrag überrascht, wenn ich die Wohnung betrete. Meine Fantasie malt mir immer wieder die dümmsten Ideen in den Kopf.

So ein Quatsch, so etwas zu denken! Natürlich meint Alex alles ernst, was er mir gestern am Telefon gesagt hat.

Sofort spüre ich die mir bekannte Übelkeit und mir fällt der Schwangerschaftstest ein, der noch in einer meiner Einkaufstaschen liegt. Ich durchwühle die Beutel und, als ich ihn finde, reiße ich die Packung auf und überfliege den Beipackzettel.

Dann setze ich mich auf das Klo und pinkle auf den Teststreifen. Nun heißt es warten. Ich lege den Test beiseite, programmiere auf meinem Handy einen Timer für die angegebene Wartezeit und überfliege die Neuigkeiten bei Facebook. Ablenken ist immer gut.

Nach drei Minuten – ich staune immer wieder, wie schnell die Zeit mit Stöbern auf Facebook vergeht – dudelt die fröhliche Melodie meines Telefons. Für mich klingt sie jedoch eher wie "Spiel mir das Lied vom Tod".

Ich nehme den Test wieder in die Hand und drehe ihn langsam um.

»NICHT SCHWANGER«, prangt dort in großen Buchstaben und ich atme erleichtert auf, doch im gleichen Moment laufen mir Tränen über das Gesicht, die ich mir irritiert wegwische.

Ich sollte mich glücklich schätzen, dass ich nicht schon schwanger bin und allein mit dem Kind dastehe, doch ich bin das Gegenteil von glücklich.

So habe ich mir mein Leben nicht vorgestellt. Ich habe mir so sehr ein Kind gewünscht, ein Kind von Alex, ein Kind mit Alex. Dieses Kind wird nun nie existieren.

Stattdessen wird eine andere Frau sein Baby in ihrem Bauch spüren und auf die Welt bringen. Ich sollte doch diese Frau sein, die es unter dem Herzen trägt. Doch dieser Wunsch ist eine geplatzte Seifenblase.

Wäre Alex zu mir zurückgekommen, wenn auch ich ein Kind von ihm bekäme? Da bin ich mir eigentlich ziemlich sicher. Aber diese Frage stellt sich nicht. Ich bin nicht schwanger, ich werde es nie von ihm sein und ich werde nie erfahren, wie er sich entscheiden würde. Basta.

KAPITEL 4

Am Abend schalte ich den Fernseher ein. Mir ist jetzt irgendwie danach, einen schönen Film zu gucken – mit ganz viel Liebe. Geweint habe ich gestern genug. Ich suche mir »Dirty Dancing 2 – Heiße Nächte auf Kuba« raus. Die Tanzszenen erinnern mich an Tiago und immer wieder ertappe ich mich dabei, wie meine Gedanken während des Films nach Portugal fliegen.

Ich frage mich, was aus Tiago wohl geworden ist und ob er immer noch so gut aussieht. Doch leider kenne ich seinen Nachnamen nicht, ich bin mir ja nicht mal sicher, ob er wirklich Tiago heißt, weil ich so gut wie kein Wort mit ihm gesprochen habe. Worte – wozu brauchte man die schon, wenn Küssen so viel besser war?

Ich nehme mein Handy und gebe »Tiago« in die Suchleiste bei Facebook ein. Oje, es ploppt eine unendlich lange Liste seiner Namensvetter auf. Auch in Ergänzung mit dem Ortsnamen, es gibt einfach zu viele Tiagos in Albufeira. Ohne den Familiennamen komme ich nicht weiter.

Doch mir kommt eine Idee und ich suche nach einer Facebook-Gruppe für Albufeira, was mir ebenso viele Treffer einbringt, aber ich wähle die mit möglichst vielen Mitgliedern, denn die Chance, dass ihn jemand kennt, ist somit größer. Dann klicke ich auf den Button für eine Beitrittsanfrage und warte. Und warte und warte. Genervt trommle ich mit den Fingern auf der Couch. Das dauert wohl länger mit der Bestätigung.

Solange überlege ich mir, wie ich meinen Suchaufruf formulieren könnte.

Ich fotografiere das Bild von Tiago aus meinem Tagebuch ab und öffne meinen Laptop. Auf einer leeren Word-Seite tippe ich einfach darauf los, dann kopiere ich den Text und füge ihn in das Fenster der Übersetzungshilfe ein. Sicher wird die Übersetzung furchtbar klingen, aber besser als gar nichts. Dann speichere ich den fremd klingenden Text ab und schließe den Laptop wieder, denn noch immer wurde ich nicht in die Gruppe aufgenommen.

Später im Bett überlege ich, ob ich wieder Tagebuch führen sollte. Damals hat mir das Aufschreiben meiner Gedanken bei dem Verarbeiten meiner Probleme geholfen. Ich greife zu einem Stift. Hinter dem letzten Tagebucheintrag von damals kritzele ich das Datum und notiere die Trennung von Alex. Das ist zwar kein richtiger Eintrag, aber ich bin zu müde, um längere Texte zu formulieren, doch da es in diesen Büchern sehr viel um Alex geht, gehört das Ende der Beziehung irgendwie mit rein, finde ich.

Während der nächsten Tage lenke ich mich hauptsächlich mit Arbeiten und Filme schauen ab.

Von Alex habe ich seit seinem Auszug nichts mehr gehört und ich stelle mir vor, wie er wahrscheinlich mit seiner Neuen auf Wolke Sieben schwebt. Ich dränge die Gedanken beiseite, doch es fällt mir schwer und immer wieder tauchen Bilder in meinen Kopf auf, wie eine andere Frau ohne Gesicht in seinen Armen liegt. Die Arme, an die ich mich so gewöhnt, die ich lieben gelernt habe.

Einige Tage später habe ich die Gruppenanfrage schon fast wieder vergessen und sehe erstmal irritiert auf mein leuchtendes Handy mit der Aufnahmebestätigung der Facebook-

Gruppe. Es ist schon später Abend und eigentlich hat mein Bett mich gerade so verführerisch angelächelt, doch als ich endlich kapiere, was ich nun für Möglichkeiten habe, bin ich hellwach.

Ich schalte meinen Laptop an, füge die gespeicherte Übersetzung meiner Suchanfrage in das Kommentarfeld ein sowie das Foto von Tiago und sende es ab. Es passiert erst einmal eine ganze Weile gar nichts, keine Reaktion, kein Like, nichts.

Na toll.

Nach einer halben Stunde beschließe ich, nun doch ins Bett zu gehen, da kommt eine Antwort. Ich kopiere den Text und lasse ihn mir von der Übersetzungsmaschine dolmetschen.

Ich ziehe eine Augenbraue in die Höhe und versuche, zu verstehen, was der Typ meint. So, wie ich das verstehe, kannte er ihn früher, er hat aber anscheinend keinen Kontakt mehr.

Die Antwort bringt mich auch nicht weiter, aber ich gebe die Hoffnung nicht auf. Vielleicht melden sich ja morgen noch mehr Leute.

Gleich nach dem Aufwachen schaue ich auf mein Handy. Leider hat niemand weiter geantwortet. Ich aktualisiere die Seite fünf Mal hintereinander, doch ich erhalte immer das gleiche Ergebnis.

Geduld ist keine meiner Stärken. Ob er noch in dem Ort lebt oder lebt er überhaupt noch?

Während ich mir die verrücktesten Möglichkeiten ausmale und weiter die Suchergebnisse nach Tiagos Namen durchgehe, trudelt eine neue Antwort ein. Aufgeregt sehe ich nach. Eine Andreia schreibt mir und ich jage den portugiesischen Text sofort in die Übersetzungs-App und – bin wieder nicht wirklich schlauer. Die Sätze ergeben überhaupt keinen Sinn: »Ich weiß! Ich bin mir fast sicher. Weißt du, ob es Tiago war? Es ist Tiago Moises. Aber ich habe sein Gesicht nicht.«

Ich schreibe ihr: »Ich verstehe leider nicht alles, kannst du auch auf Englisch antworten? Heißt er Moises mit Nachnamen?«

Als Antwort kommt nur: »No.« Danach schreibt sie nicht mehr.

Ich seufze.

Dann gebe ich Tiago Moises in die Suchfunktion ein. Es erscheinen wieder hunderte Suchergebnisse. Stöhnend schlage ich mir die Hände vor das Gesicht. Wie soll ich ihn so finden?

Neugierig durchstöbere ich die ersten Profile, aber keiner ähnelt dem süßen Jungen von meinem Foto. Der ist es nicht, der nicht, der nicht, der auch nicht ...

Irgendwann blicke ich auf die Uhr und erschrecke. »Mist«, rufe ich und springe auf. Ich muss doch zur Arbeit. Im Turbogang mache ich mich im Bad fertig, schlüpfe in eine Jeans und greife ein T-Shirt, das im Schrank obenauf lieg. Die Haare noch schnell mit Gel durchgeknetet, was trotz der Eile gar nicht so übel aussieht, wie ich finde. Meine Locken springen voller Elan auf meinem Kopf herum. Für so ein Ergebnis stehe ich sonst stundenlang im Bad und bekomme es trotzdem nicht hin.

Atemlos erreiche ich die Bushaltestelle, doch ich sehe den Bus nur noch um die Ecke biegen und weg ist er. »Verdammt!«, fluche ich. Ich öffne meine Tasche und durchwühle sie. Mein Handy ist nicht da. Noch einmal suche ich den ganzen Inhalt durch. »Verdammt, verdammt, verdammt!«, brülle ich erneut.

Die ältere Frau aus dem Nachbarhaus, die sich neben mich stellt, guckt mich entsetzt an.

»Sorry«, stammle ich und merke, wie meine Wangen heiß werden.

Jetzt kann ich nicht mal auf Arbeit anrufen und Bescheid sagen, dass ich später komme. Zurück nach Hause zu laufen, schaffe ich auch nicht mehr. Der nächste Bus müsste bald kommen und den will ich nicht auch noch verpassen.

Zu allem Überfluss fängt es an, zu regnen. Meine Locken liegen platt auf meinem Kopf, als der Bus endlich angerollt kommt.

An der U-Bahnstation lacht mich die elektronische Anzeige aus:»Fünfzehn Minuten Verspätung.«

Heute läuft auch alles schief, was schieflaufen kann.

Mit anderthalb Stunden Verspätung – die U-Bahn hat noch eine gefühlte Ewigkeit im Tunnel festgesteckt – komme ich endlich ins Büro gehetzt.

»Die Chefin möchte dich sprechen!«, ruft mir Tanja, unsere Sekretärin, zu.

Das drückende Gefühl in meiner Magengegend verdoppelt sich. Zögerlich klopfe ich an die Bürotür meiner Chefin. Nach ihrem »Herein!«, betrete ich das Büro und werde prompt mit einem bösen Blick gestraft. Sie zieht ihre Brille herunter und guckt mich über die Gläser hinweg an.

Leise sage ich: »Guten Morgen.«

Sie hält mir ein A4-Blatt vor die Nase.

Mit zittrigen Fingern nehme ich es ihr ab, erkenne, dass es ein Brief ist und werfe einen Blick auf den Betreff.

»Abmahnung« steht darauf.

Mein Herz setzt für einen Moment aus und wieder macht sich die mir inzwischen gut bekannte Übelkeit bemerkbar.

»Sie sind zu spät und halten es noch nicht einmal für nötig, sich zu melden! Ich muss Ihnen eine Abmahnung erteilen«, sagt sie, ohne Zeit zu verlieren.

Mir fällt die Kinnlade herunter. »Es tut mir leid, aber Bus und Bahn haben mich heute total im Stich gelassen. Und ich habe mein Handy zu Hause vergessen«, versuche ich, zu erklären. »Muss es denn gleich eine Abmahnung sein? Ich komme doch sonst immer pünktlich.« Verzweiflung lässt meine Stimme zittern.

»Ach, hören Sie mir auf mit irgendwelchen Ausreden. Mir ist auch in letzter Zeit aufgefallen, dass Sie nicht ganz bei der Sache sind. Das wird hier nicht gern gesehen. Lassen Sie ihr Privatleben zu Hause und konzentrieren Sie sich wieder voll auf die Arbeit. Sonst wird das für Sie hier schwer!«, droht sie mir.

Ich nicke und verlasse mit wackligen Beinen das Zimmer, während mir Tränen in die Augen schießen. Schnell renne ich auf die Toilette und setze mich auf den geschlossenen Deckel. Hier lasse ich meinen Gefühlen kurz ihren Lauf.

Als eine Kollegin hereinkommt und die Nebenkabine betritt, wische ich mir mein Gesicht sauber und verlasse die Toilette, um ungesehen in mein Büro zu huschen.

Mich auf die Arbeit zu konzentrieren, fällt mir heute noch schwerer als sonst.

Ich hasse meine Chefin. Mein Leben ist gerade zerbrochen und sie fragt nicht mal, was los ist. Stattdessen setzt sie gleich noch eins oben drauf. Am liebsten würde ich meine Sachen packen und wieder nach Hause fahren, aber pflichtbewusst quäle ich mich weiter durch den Tag.

In der Mittagspause treffe ich Mila. Wir haben uns während der Ausbildungszeit kennengelernt. Ich war im Team der Kaufleute für Büromanagement, sie war die einzige Auszubildende als Fachangestellte für Medien- und Informationsdienste. Als sie die Ausbildung ein Jahr nach mir begann, nahm ich sie unter meine Fittiche, damit sie nicht so alleine war. Sie ist so etwas wie meine beste Freundin, aber nur im Büro oder eher nur während der Mittagspause. Privat sind Mila und ich noch nie ausgegangen. Vielleicht sollte ich sie fragen, ob sie mit mir ins Kino oder tanzen geht?

»Hey, neue Frisur? Steht dir! Mensch, wir haben uns jetzt aber lange nicht gesehen! Was ist los? Du siehst ja furchtbar aus!«, begrüßt sie mich.

»Vielen Dank, das baut mich auf.« Ich lächle gequält und drücke sie ganz fest an mich, um nicht sofort loszuheulen. »Ach, ich habe einen richtigen Scheiß-Tag! Ich bin zu spät gekommen und habe eine Abmahnung bekommen.«

Mila reißt die Augen auf. Während wir hinausgehen und uns eine Bank in der Sonne suchen, erzähle ich ihr von der Trennung von Alex und meinem Tag heute und suche in meiner Tasche nach etwas Essbarem. Doch in meiner Eile heute Morgen habe ich mir gar nichts eingepackt. Dafür finde ich in der Tasche etwas anderes und halte in meiner Bewegung inne. Dort liegt doch tatsächlich mein Handy!

»Oh Mann, das ist echt heftig, was Alex da mit dir abgezogen hat. So viele Jahre weggeschmissen, einfach so? Wegen einer anderen Frau? Weißt du denn, wer sie ist? Und er hat es dir am Telefon gesagt? Das geht gar nicht! So ein Arsch! Und nun, wie geht es weiter? Dass es dir total schlecht geht, sieht man doch.«

»Äh, hm?«, frage ich geistesabwesend.

»Hallo, hörst du mir überhaupt zu?« Mila klopft leicht mit der Faust gegen meine Stirn und ihre Stimme klingt leicht säuerlich.

»Ich blöde Kuh habe heute früh nicht richtig geguckt«, sage ich und ziehe das schmale Gerät aus meiner Tasche heraus. Die Abmahnung, all den Ärger, hätte ich mir ersparen können. Fassungslos sehe ich Mila an.

»Heute ist echt nicht dein Tag«, stellt sie fest. »Aber zurück zu meinen Fragen: Wie lange warst du mit Alex zusammen? Doch schon eine Ewigkeit, oder? Und was genau hat er am Telefon gesagt?« Sie holt kurz Luft, um weitere Fragen zu stellen, doch ich unterbreche Mila. Wenn es einen Award für das Schnellsprechen geben würde, Mila stünde auf dem Siegertreppchen. Am Ende ihrer Monologe weiß sie oft selbst nicht mehr, was die erste Frage war.

»Es waren jetzt neun Jahre. Ich war damals sechszehn, als wir fest zusammenkamen.«

»Wahnsinn. Unglaublich.« Sie schüttelt den Kopf.

»Und seinen genauen Wortlaut kann ich gar nicht mehr wiedergeben. Er sagte, auf Mallorca sei eine andere Frau aufgetaucht und sie sei schwanger von ihm.«

»Hä? Wie soll das denn gehen? Er war doch nur eine Woche im Urlaub.«

»Team-Event.« Ich rolle die Augen. Doch dann sickert langsam die Botschaft durch, die Mila mir gerade verklickern möchte. »Stimmt, du hast recht! Mich hat das alles so durcheinandergebracht, dass ich darüber gar nicht nachgedacht habe. Wie soll sie wissen, ob sie in der kurzen Zeit schon schwanger geworden ist? Es sei denn ...« Ich stütze mein Kinn auf die Faust.

»Es sei denn, er war gar nicht mit seinen Kollegen dort, sondern mit ihr, weil er sie schon länger kennt. War das eine längere Affäre?«

Diese Frage ist wie ein Schlag ins Gesicht. Bisher war ich davon ausgegangen, er hätte dort jemanden kennengelernt.

»Also, seine Kollegen habe ich gesehen, ich habe ihn ja zum Flughafen gebracht, die sind definitiv mitgeflogen und eine Frau war nicht dabei.«

»Wie lief denn eure Beziehung in letzter Zeit so? Hattet ihr Probleme? Gab es Streit? War er viel unterwegs?«

»Sie lief ... gut, würde ich sagen. Alles war wie immer«, sage ich und schweige einen Moment. »Alex war mein zweiter fester Freund und ich habe wirklich geglaubt, das hält für immer. Mit siebzehn Jahren meinte er schon zu mir: ›Ich will Kinder mit dir, lass uns Kinder machen!‹ Ich hatte damals nur gelacht und gesagt: ›Lass mich erstmal das Abi machen und eine Ausbildung finden. Danach können wir weiterreden‹. Wir hatten viele glückliche Jahre. Er ist mein Freund und meine beste Freundin in Einem gewesen. Das ist auch der Grund, warum ich nach der Trennung niemanden anrufen konnte. Er war sonst derjenige, den ich anrief, mit dem ich alles teilte.«

Als ich das ausspreche, wird mir bewusst, wie viel ich wirklich mit einem Schlag durch die Trennung von Alex verloren habe und meine Stimme wird mit jedem Satz brüchiger.

»Ach Mensch, komm mal her. Ich sag dir was, du kannst mich immer anrufen, wenn der Schuh brennt, ja?«

»Danke, das ist lieb.« Auf den Fehler in der Redewendung weise ich jetzt nicht hin, denn das passiert ihr ständig.

»Wir haben sogar schon mit der Familienplanung begonnen, ich habe die Pille abgesetzt. Jetzt bin ich nur froh, dass ich nicht schwanger geworden bin.«

»Ist nicht dein Ernst! Ihr wolltet wirklich Kinder?« Sie sieht mich fast so an, als hätte ich ihr erzählt, dass ich meinen nächsten Urlaub auf dem Mond verbringen möchte.

Dann fährt sie fort: »Also, Piet und ich haben uns gegen Kinder entschieden. Definitiv. Viel zu viel Arbeit und Stress. Dann sind die ständig krank und diese stinkigen Windeln ... Kinder, nee, danke!« Sie verzieht angewidert das Gesicht.

Diese Seite an Mila ist mir neu. So hätte ich sie gar nicht eingeschätzt, aber sie ist ja auch noch jung und vielleicht ändert sich ihre Ansicht mit der Zeit.

»Na, sehen wir es positiv, du bist nicht schwanger, du bist knackige fünfundzwanzig Jahre alt und siehst heiß aus. Wie geht's weiter bei dir?«

Ich lächle, das erste Mal an diesem Tag, doch dieses Lächeln hält nur einen Augenblick. »Was meinst du?«

»Na, willst du jetzt erstmal Single bleiben, dich austoben? Oder suchst du einen neuen, festen Partner?«

»Keine Ahnung. Am liebsten würde ich einfach die Zeit zurückdrehen und versuchen, diese Frau von Alex fernzuhalten.« Ich mache einen gequälten Gesichtsausdruck. »Ach, ich weiß auch nicht. Ich merke nur, ich bin nicht gerne allein, denn ich ertrage diese Stille nicht. Ich rede schon ständig mit mir selbst.«

»Uuuh, ich glaube, wir sollten mal etwas zusammen unternehmen und dich ablenken. Worauf hast du Lust? Kino? Disco?«

»Und dann? Soll ich wild irgendwelche Kerle anmachen?« Ich schüttle den Kopf. »So bin ich nicht. Ich kann das gar nicht. Ich bin total schüchtern, was Männer betrifft und außerdem war ich seit neun Jahren mit Alex zusammen. Flirten – was ist das? Ich bin doch völlig aus der Übung.« Ich zucke die Schultern und wische mit meinen Händen über mein Gesicht, als könnte ich mich so vor all meinen Problemen verstecken. Will ich das überhaupt – jemand Neues kennenlernen? Das mit Alex und mir war einmalig. So etwas werde ich doch nie wieder erleben ...

»Oh, Jojo, ich merke schon, du brauchst Unterstützung und ganz viel Nachhilfe in Sachen Dating. Aber zum Glück hast du ja mich!«

Ich ziehe eine Augenbraue in die Höhe. Keine Ahnung, ob diese Unterstützung etwas Gutes ist oder nicht.

»Wir gehen heute nach der Arbeit etwas trinken! Ich muss jetzt leider zurück. Steck den Kopf nicht in den Dreck. Bis später!«

»Ja, bis später und danke!«, rufe ich ihr hinterher. Mila winkt mit erhobenem Arm anstelle einer Erwiderung und telefoniert bereits.

Bevor ich ins Büro zurückgehe, kaufe ich mir ein belegtes Brötchen beim Bäcker und mit wenigstens etwas im Magen bringe ich diesen miesen Tag irgendwie hinter mich.

Nach der Arbeit warte ich am Ausgang auf Mila. Sie kommt auf mich zugestürmt, nimmt mich in den Arm und drückt mir ein Küsschen auf die Wange. »Ich würde sagen, wir gehen jetzt zur After Work Party.« Sie hakt mich unter, wir gehen los und ich tue so, als würde ich wissen, was sie damit meint.

»Ein Glück ist ja morgen frei. Was machst du über die Osterfeiertage?«

Erschrocken bleibe ich stehen. »Ostern? Oje, daran habe ich ja gar nicht mehr gedacht. Ich habe noch gar nicht mit meinen Eltern gesprochen. Ich denke, ich werde zu ihnen fahren.« Ich ziehe den Mantel enger und klappe den Kragen hoch. Meine Haare werden vom Wind ganz verstrubbelt, als Mila mich eine lange Treppe hinunterführt.

Über dem Eingang prangt das schwarz-goldene Schild der Bar.

Obwohl sich der Club nicht weit entfernt von meinem Arbeitsgebäude befindet, war ich noch nie hier, denn nach der Arbeit ging es normalerweise gleich nach Hause – zu Alex.

Als wir den Clubraum betreten, staune ich nicht schlecht. Das Lichterspiel ist beeindruckend, alles scheint zu leuchten und zu funkeln. Sogar die vielen weiblichen Gäste blitzen um die Wette und ich komme mir in Jeans und T-Shirt etwas underdressed vor.

Wir verkrümeln uns in eine Ecke und setzen uns auf eine weiße Polstercouch.

Vorfreudig nehme ich die Getränkekarte in die Hand und mir stockt der Atem, denn die günstigste Flasche Sekt kostet hundertfünfzig Euro und Sekt in Gläsern wird nicht mal angeboten.

Mila bestellt ein Bier für vier Euro.

Ich bestelle auch eins, obwohl ich Bier überhaupt nicht mag, aber ich möchte nicht unhöflich sein und Mila alleine Alkohol trinken lassen.

Wir beobachten das Treiben, wippen mit unseren Köpfen zur Musik und ab und an kichern wir über die eine oder andere aufgetakelte Tussi, die ganz offensichtlich auf der Suche nach einem reichen Mann ist.

Als mein Handy aufleuchtet und ich einen Blick darauf werde, versteife ich mich und gebe einen erstickten Schrei von mir.

»Was ist?«, fragt Mila.

»Ich muss dir noch etwas erzählen. Ist eine etwas längere Geschichte ...«

»Ich habe den ganzen Abend für dich reserviert! Schieß los!« Mila setzt sich bequem hin und sieht mich erwartungsvoll an.

Ich berichte ihr von meinem Portugalurlaub und meiner Suche nach Tiago.

»Zeig doch mal ein Foto von ihm!«, fordert sie mich auf und ich zeige ihr das abfotografierte Bild in meiner Galerie. »Der ist ja wirklich mega süß! Also den würde ich auch finden wollen. Hat der noch einen Bruder?« Mila kichert.

»Du hast doch einen Freund!«, antworte ich mit gespieltem Entsetzen und wackle mahnend mit dem Zeigefinger. »Ich habe keine Ahnung, ob er einen Bruder hat. Damals habe ich nur Schwestern gesehen.«

Ich suche die Nachricht heraus, die ich Mila zeigen wollte und erkläre nebenbei: »Ich habe mich in einer Facebook-Gruppe angemeldet und dort nach ihm gefragt. Bisher habe ich aber noch keine brauchbare Antwort erhalten. Aber gerade hat noch jemand etwas geschrieben. Warte, ich lasse das mal übersetzen.«

Irritiert gucke ich auf mein Handy und lese Mila vor: »Ich ihn kenne. Was du willst? Sicher du willst Kontakt? Er hat sein Leben Drogen haben Sachen. Ich nicht gesehen lange.« Ich runzle die Stirn.

»Oh Gott, ist der ein Dealer? Ich verstehe nur Bahnhof!« Mila klingt wahrlich entsetzt.

»Wer weiß, vielleicht übersetzt die App das völlig falsch, bestimmt heißt das etwas ganz Anderes in diesem Kontext«, versuche ich, das Entsetzen von Mila zu relativieren. Ich möchte nicht glauben, dass er ein übler Gauner geworden ist.

»Es klingt aber nicht so, als ob er dort noch lebt, alle haben ihn schon lange nicht mehr gesehen. Oder er lebt gar nicht mehr.«

»Ja, kein Wunder, wenn der so drauf war, da wurde er bestimmt erschossen.«

Ich rolle mit den Augen. »Und was soll ich jetzt machen? Nach Portugal fliegen und alle Friedhöfe abklappern?«

»Warte doch erstmal ab, ob dir noch jemand schreibt. Ich weiß, Geduld zählt nicht zu deinen Stärken. Aber: Kommt Zeit, kommt Tat!«

Ich schmunzle und frage mich, ob sie diese Versprecher extra einbaut oder ob sie es wirklich nicht bemerkt.

Wir nippen weiter an unserem Bier und beobachten die Menschen um uns herum. Plötzlich tippt Mila mir an meine Schulter. »Siehst du den Typen? Da vorne an der Bar?«

Mein Blick folgt ihrem. Ein schlanker Kerl mit dunklem Haar und Anzug unterhält sich mit der Barkeeperin.

»Ja, was ist mit dem? Kennst du den? Arbeitet er auch bei uns?«

Mila schüttelt den Kopf. »Keine Ahnung, aber du gehst jetzt einfach mal zur Bar rüber, stellst dich neben ihn und studierst die Getränkekarte. Sicher spricht er dich an und lädt dich auf einen Drink ein.«

»Spinnst du? Das mache ich nicht! Was soll ich denn sagen?«

»Sieh es einfach als Training an. Guck, was er sagt und dann antworte irgendwas Lustiges darauf! Los, Übung macht den Profi!«

»... den Meister! Du und deine Sprichwörter!« Dieses Mal korrigiere ich sie dann doch.

»Aber es stimmt doch. Und den Kerl siehst du danach eh nie wieder! Wir leben hier in Berlin!«

Widerwillig erhebe ich mich und gehe zu dem Mann hinüber. Ganze zehn Minuten starre ich auf die Karte und ignoriere die Nachfragen der Bardame, doch der Kerl macht überhaupt keine Anstalten, mich anzusprechen.

Deprimiert lege ich die Karte wieder hin, bestelle noch einmal zwei Bier und gehe zurück zu Mila.

»Ich sag's ja. Ich kann das nicht.«

»Hm, der Typ ist komisch, vielleicht ist er schwul.« Mila zuckt die Schultern.

Das Handy in meiner Tasche vibriert und ich hole es hervor. Ich fasse es nicht! »Ich glaube, er hat mir geschrieben«.

»Wer? Der Typ an der Bar? Woher soll er deine Nummer haben, ihr habt doch gar nicht geredet.«

Ich schenke Mila ein Augenrollen. »Ich glaube, du solltest kein Bier mehr trinken! Nein, ich meine ER, Tiago.«

»Waaas? Ehrlich? Was schreibt er? Zeig her!«

Ich tippe auf sein Profilbild, das sich augenblicklich vergrößert. Ein Mann lacht spitzbübisch in die Kamera.

»Ja, das ist er, ganz eindeutig! Sieht der gut aus! Was schreibt er denn?« Mila rutscht unruhig neben mir hin und her.

»Er fragt, wer ich bin und was ich möchte.«

»Ui, ui, da hat wohl jemand Angst, du könntest ihm ein Kind unterjubeln?«

»So ein Quatsch, ich würde auch wissen wollen, wer mich sucht und warum«, sage ich.

Mila nickt zustimmend. »Hast ja recht. Was antwortest du?«

»Puh, vielleicht, dass wir uns kennengelernt haben, als ich als Vierzehnjährige in Albufeira in der Twist Bar war und ich neugierig bin, wie er jetzt aussieht?«, schlage ich vor und kippe dabei fast die Bierflasche um.

»Ja, schreib das, aber dann zeig mir mal die anderen Fotos von ihm!«, fordert Mila mich auf.

Meine Finger sind ganz zittrig und feucht, als ich die Antwort tippe und abschicke. Dann wische ich durch seine Galerie. »Viele hat er leider nicht. Mehr Werbung für einen Club. Aber auf dem hier sieht er immer noch ziemlich heiß aus, oder?« Wir betrachten das Bild, auf dem er mit Kopfhörern und ohne Shirt auf einem Schiff steht.

»Aber hallo!« Mila pfeift bewundernd.

Ich kneife die Augen zu. Er hat sich verändert, keine Frage, er ist größer, muskulöser und vor allem bärtiger, hat aber immer noch dieses schelmische Lächeln auf den Lippen.

Während ich auf eine Reaktion von ihm warte, trinke ich mein Bier schneller, als beabsichtigt. Immer mehr Menschen strömen durch den Eingang und es wird enger, stickiger, lauter. Zwei Blondinen torkeln zu unserem Tisch. »Sorry, ist hier noch frei?« Ohne eine Antwort abzuwarten, setzen sie sich zu uns.

Mila und ich schütteln die Köpfe über so viel Dreistigkeit und wenig später verkünde ich: »Du, sei mir nicht böse. Ich möchte lieber nach Hause, es ist mir hier zu ... voll.« Ich will nur noch raus hier.

Mila sieht mich schmollend an. »Du willst ja nur mit Tiago schreiben.«

»Das auch«, gebe ich zu, »aber ich bin auch echt fertig heute.«

»Ja, ich will auch nach Hause, hier ist heute zu viel Tussi-Alarm«, sagt Mila und ich muss lachen.

Wir holen unsere Jacken und gehen zur U-Bahnstation.

»Aber du erzählst mir, was Tiago antwortet, ja?« Mila verabschiedet sich mit einem Küsschen auf meine Wange und steigt in ihre Bahn. Leider wohnt sie in der entgegengesetzten Richtung und wir können nicht zusammen fahren.

Kurz darauf rollt auch meine Bahn ein.

Während der Fahrt meldet sich Tiago wieder und ich tippe mir die Finger wund.

KAPITEL 5

Widerwillig schlage ich die Augen auf und strecke mich.

Mein Handy zeigt mir an, dass ich heute schon sehr gefragt war. Mehrere Nachrichten von Mila ploppen auf.

Ich muss schmunzeln. Neugierig ist sie wohl überhaupt nicht.

Mila – 08:06
Hallo Süße, was gibt's Neues? Was schreibt Tiago?

Mila – 08:10
Hallo, schläfst du etwa noch?

Mila – 08:12
Spann mich doch nicht so auf die Folter!

Ich – 10:45
Sorry, heute war ausschlafen angesagt. Wieso bist du schon so früh wach? Wir haben die halbe Nacht auf Englisch Nachrichten geschrieben. Damals sagte er mir doch, er wäre sechzehn Jahre alt gewesen. Er hat gelogen! In seinem Facebook-Profil steht, er wurde im gleichen Jahr wie ich geboren. Er war also auch erst vierzehn. So ein Schlingel! Er wollte Bilder von mir sehen, aber er kann sich leider nicht an mich erinnern. Tiago arbeitet jetzt als DJ in einer Bar von Albufeira und ist Single. Er hat meinen Suchaufruf gesehen und sich daraufhin gemeldet. So, ist deine Neugierde erstmal befriedigt?

Mila – 10:47
Er kann sich nicht mehr an dich erinnern? Was ist das denn für ein Casanova? Hat der jede Woche eine neue Urlauberin abgeschleppt? Als DJ hat er ja sicher immer viel Auswahl.

Ich – 10:47
Naja, er war jung, zeig mir einen Kerl, der sich nicht ausprobiert hat. Er hat mir so süße Fotos geschickt. Und dass er DJ geworden ist, passt auch total. Ich kann mich noch erinnern, wie begeistert er mir damals die DJs vorgestellt hat.

Mila – 10:48
Sag jetzt nicht, du bist verknallt?! Das ging aber schnell. Was hast du ihm geschrieben?

Ich – 10:49
So ein Quatsch, ich fand ihn nur damals unglaublich süß und wir wurden so abrupt getrennt ohne Abschied oder so. Das war nie abgeschlossen. Verstehst du, was ich meine?
Ich habe ihm ein wenig von mir erzählt, dass ich nun auch wieder Single bin. Vielmehr habe ich aus meinem langweiligen Leben zwischen Büro und Bett ja nicht zu berichten.

Mila – 10:52
Melde mich später wieder. Wir sind gleich bei Piets Eltern in Chemnitz zum Essen eingeladen.

Ich – 10:53
Ach, ihr seid in Chemnitz. Dann viel Spaß euch und FROHE OSTERN.

Weil Mila erstmal nicht mehr antwortet, packe ich mein Handy zur Seite, stehe auf und mache mir einen Schoko-

Cappuccino. Danach kuschle ich mich in mein Bett zurück und nehme mir das nächste Tagebuch vor, das schon auf meinem Nachttisch auf mich wartet.

Es handelt sich um jenes aus der Zeit, in der Alex und ich uns nähergekommen waren. Die ganzen Erinnerungen an meine alte Clique huschen szenenhaft durch mein Gedächtnis. Ich habe schon lange nicht mehr an sie gedacht, außer an Alex natürlich, der als Einziger einen dauerhaften Platz in meinem Leben ergattert hatte.

Als ich in die fünfte Klasse kam, zog ich mit meinen Eltern aus Berlin raus, aufs Land.

Wir lebten unweit der großen Stadt in einem Dorf, in dem der öffentliche Nahverkehr nur aus Bussen bestand und diese fuhren nicht oft oder hielten sich nur selten an die Fahrpläne. Ich saß dort fest und hatte keine große Auswahl, mit wem ich meine Freizeit verbringen konnte. Also hielt ich mich an die Jungs-Clique bei uns im Ort, deren Kern aus Manu, Daniel und Alex bestand. Sie behandelten mich eher wie ein Junge, aber es war besser, als nur alleine im Zimmer zu hocken, dachte ich damals.

Daniel, der Sohn des Bürgermeisters, war einer der vernünftigsten von den Jungs. Er sah nicht nur gut aus, er war auch immer für einen Lacher gut.

Manu dagegen wirkte irgendwie cool und unnahbar, jedenfalls für mich. Er roch immer ein wenig nach Benzin, weil er sehr viel mit seinem Moped unterwegs war.

Alex, der lange Junge mit den eisblauen Augen war mir schon auf dem Schulhof der Grundschule aufgefallen. Obwohl er der jüngste der Jungs war, überragte er alle seine Freunde. Mit sechzehn Jahren war er bereits fast zwei Meter groß.

Und da war ich: das kleine Mädchen mit den Schokolocken. Anders als die Jungs kam ich auf ein Gymnasium in Berlin.

Nachdem ich mit zwölf Jahren etwas in die Breite gegangen war, hatte ich mir durch viel Sport einen flachen, muskulösen Bauch erarbeitet.

Hässlich war ich eigentlich nicht, bis ich meinen Mund aufmachte oder kurze Hosen trug.

Doch an meinen zwei Schönheitsmakeln, den fehlenden Zähnen und der Pigmentstörung, konnte ich nicht viel ändern.

Sicher, ich rannte ständig zum Kieferorthopäden, um meine Spangen nachziehen zu lassen, doch es dauerte acht lange und schmerzhafte Jahre, bis ich endlich ein schönes Lächeln bekam.

Außerdem hatte ich jede Bräunungscreme ausprobiert, die ich finden konnte, doch zufrieden war ich mit dem Ergebnis nie. Ich stank wie ein mariniertes Stück Putenbrust und war scheckig wie ein Dalmatiner geworden. Irgendwann habe ich meine gefleckte Haut einfach akzeptiert und mit den Jahren sind die Stellen immer unauffälliger geworden.

Ich überlege kurz, ob ich mir wirklich antun sollte, gerade jetzt das alles zu lesen, aber ich habe das Gefühl, dass viele meiner Erinnerungen mit der Zeit verblasst sind.

Tagebuch – 15 Jahre

29.09. - Liebes Tagebuch,

neuerdings flattern ganz viele Schmetterlinge durch meinen Bauch, wenn Daniel in meiner Nähe ist. Er ist einer der lustigsten Menschen, die ich je getroffen habe. Mit ihm ist Bauchmuskelkater am nächsten Tag garantiert. Er lockt mir in jeder Stimmung ein herzhaftes Lachen hervor, vor allem wegen seiner Tollpatschigkeit.

Ich weiß gar nicht, wann das so passiert ist. Ich weiß nur, in

seiner Gegenwart fühle ich mich wie auf einer Wolke. Es macht mich glücklich, Zeit mit ihm zu verbringen.
Aber ich glaube, er empfindet nicht so für mich wie ich für ihn.
Heute gehe ich in den Jugendclub, denn dort ...

... fand eine Party statt. Mutti, wie sich die Betreuerin selbst nannte, feierte ihren Geburtstag nach. Laute Musik dröhnte durch die Lautsprecher und die Dorfjugend tanzte. Daniel konnte ich leider nicht entdecken, aber Alex saß auf der Couch vor dem Fenster.

Ich stürzte mich ins Getümmel, begrüßte bekannte Gesichter und genoss die Partyatmosphäre.

Lief irgendwo Musik, so wanderten die Vibes durch meine Venen, verteilten sich im ganzen Körper und ganz automatisch begannen meine Hüften zu wippen. Solche Feiern waren eine Seltenheit und ich nahm mir vor, jede Minute zu genießen.

Obwohl der Raum groß war, verursachten die vielen hüpfenden Personen enorm stickige Luft. Mit der Zeit bekam ich Kopfschmerzen und ich ging zum Fenster, um es zu öffnen.

Irgendjemand drängelte sich an mir vorbei und gab mir dabei einen Stoß. Ich verlor das Gleichgewicht und fiel über die Lehne der Couch auf den Schoß von Alex. Da ich eine Pause brauchte und er nichts sagte, blieb ich einfach dort sitzen, atmete tief die frisch hereinströmende Luft ein und beobachtete, was die Anderen so trieben.

Ständig kam jemand vorbei, sah uns verdutzt an oder fragte: »Seid ihr jetzt zusammen?«

Konnten zwei Freunde nicht mal etwas enger sitzen? Ich verneinte und Alex sagte gar nichts.

Nach der Party standen wir noch eine Weile mit ein paar anderen Jugendlichen aus dem Dorf draußen vor dem Haus des Jugendclubs und unterhielten uns. Plötzlich spürte ich, wie sich kräftige Arme um mich schlangen und als ich hochsah, blickte ich mit großer Überraschung in die gletscherblauen Augen von Alex. Es fühlte sich komisch an und war ein ganz neues Gefühl – ungewohnt gut. Bis auf meine Mutter hatte mich lange keiner mehr in den Arm genommen und ich genoss die Wärme, die er ausstrahlte. Als er eine Weile so verharrte, fragte ich mich, warum mein Herz mit einem Mal so viel schneller schlug. Daniel war doch der, dem mein Herz gehörte und Alex bloß ein Kumpel.

Als ich wieder zu Hause war und mir im Bad die Zähne putzte, schrieb mir meine Freundin Lisa eine Nachricht.

Lisa ging mit den Jungs auf die Gesamtschule und hatte zwei Besonderheiten: Als Kind hatte sie die Windpocken gehabt, die ihr hässliche Narben hinterlassen hatten. Sie litt sehr darunter, denn sie wurde deswegen – gerade von den Jungs auf ihrer Schule – viel gehänselt. Daher schminkte sie sich mit einer dicken Schicht Theaterschminke, die die Narben gut verdeckte. Aber man sah das Make-up natürlich deutlich, was zu neuen Hänseleien führte. Doch sie sagte immer, sie fühle sich damit wohler und stellte sich jeden Morgen ewig vor den Spiegel und modellierte ihr Gesicht.

Die zweite Sache war etwas unauffälliger. Am rechten Fuß waren zwei Zehen zusammengewachsen. Es war nicht weiter störend und kaum einer wusste davon, aber sie trug deshalb nie offene Schuhe oder ging baden, wenn einer der Jungs dabei war. Ich war eine der Wenigen, die eingeweiht waren, und ich habe es nie jemandem verraten.

Lisa – 21:47
Ich habe gehört, Alex soll voll mit dir geflirtet haben. Stimmt das?

Ich – 21:48
Er hat nicht mit mir geflirtet, er hat mich nur mal in den Arm genommen. Wo warst du heute eigentlich?

Lisa – 21:48
Ich war zum Geburtstag bei meiner Oma. Hatte ich dir das nicht gesagt?

Nein, das hatte sie nicht. Ich antwortete nicht darauf.

Lisa – 22:03
Alex hat mir gerade geschrieben. Er wird nichts mit dir anfangen. Nicht, solange du noch deine Zahnspange hast.

Wie hypnotisiert starrte ich auf die Zeilen auf dem Display. Immer wieder blinzelte ich, doch die Wörter standen tatsächlich dort und veränderten sich nicht. Wie kam Lisa dazu, ihn darauf anzusprechen? Waren wir jetzt das große Dorfgespräch?

Das zu lesen, war, als würde sich ein Holzpfahl langsam tief in mein Herz bohren.

Enttäuscht warf ich mein Handy auf mein Bett und schwang mich gleich hinterher.

Was sollte ich darauf auch antworten?

Es war nicht so, dass ich in Alex verliebt war, aber es tat weh, so etwas zu hören.

Und noch eines kam mir in den Sinn: Wenn er so dachte, sahen das die anderen Jungs vermutlich auch so.

Vor allem Daniel.

Eine einsame Träne rollte über mein Gesicht, landete auf meinem Kopfkissen und versank in dem Stoff.

Ich war fünfzehn Jahre alt. Mein Kieferorthopäde hatte beim letzten Besuch gemeint, dass die Behandlung noch mindestens zwei weitere Jahre dauern würde. In dieser Zeit würden meine Zahnlücken noch größer werden, damit irgendwann Zahnimplantate eingesetzt werden konnten.

Sollte ich mich darauf einstellen, dass sich so lange kein Junge für mich interessieren würde?

Ich dachte an Tiago, vermisste ihn umso schmerzlicher und verfluchte jeden einzelnen Kilometer, der zwischen uns lag und uns trennte.

Am nächsten Tag erhielt ich eine Nachricht, die mich überraschte.

Alex – 14:09
Na, mein Schatz! Ich fand's auf der Geburtstagsfeier sehr schön, es hat Spaß gemacht. Habe dich mega doll lieb. Sehen uns hoffentlich demnächst, vielleicht heute im Club? hdgdl

Verwirrt zog ich die Augenbrauen zusammen. Erst schrieb er Lisa, ich wäre ihm zu hässlich und dann schickte er mir so eine SMS? Hatte er es sich auf einmal anders überlegt? Oder hatte Lisa nur Mist erzählt? Vielleicht hatte er sie auch einfach angelogen.
   Aber warum machte ich mir auch Gedanken über Alex? Ich war in Daniel verliebt.

Später am Nachmittag kam ich mit dem Fahrrad vom Zeitungen austragen zurückgefahren, da entdeckte ich die Jungs an der Bushaltestelle vor dem Jungendclub und ging zu ihnen.
   »Wir wollten gerade nach Hause gehen«, sagte Manu und er und Daniel verabschiedeten sich und warteten darauf, dass auch Alex ihnen folgte.
   »Ich kann ja noch einen Moment bleiben«, sagte er und ich bemerkte die überraschten Blicke seiner Freunde.
   »Ich habe meinen Schlüssel vergessen und meine Mutter kommt heute erst später nach Hause«, fügte er als Erklärung hinzu.
   Ich tat betont lässig, doch innerlich freute ich mich wie ein kleines Kind über diesen Zufall.
   Und so blieben Alex und ich alleine in der Bushaltestelle zurück. Wir saßen dort noch eine weitere Stunde und redeten über dies und jenes, obwohl es ganz schön kalt geworden war. Ich zog meine Jacke

fester um mich, aber dann nahm mich Alex in den Arm und ich ließ ihn gewähren. Es war irgendwie schön, aber ich wusste gar nicht, was ich denken sollte und traute mich auch nicht, ihn auf die Nachricht an Lisa anzusprechen.

Ich versuchte, nicht mehr daran zu denken, und kuschelte mich enger an ihn ran, doch irgendwas bohrte sich in meine Seite und ich drückte den Inhalt seiner Jackentasche zur Seite. Ich hörte ein verräterisches Klimpern.

Er öffnete den Reißverschluss, zog seinen Schlüsselbund hervor und steckte in die andere Tasche.

Am nächsten Tag kamen Daniel und Alex zu mir nach Hause. Die beiden mussten eine Buchvorstellung für die Schule vorbereiten und hatten mich gefragt, ob ich ihnen Bücher ausleihen konnte, da sie selbst nie lasen.

Als die beiden wieder gegangen waren, entdeckte ich, dass Daniel etwas auf meinen Block auf dem Schreibtisch gekritzelt hatte. Es sah aus wie ein krummes Herz mit einem Gesicht und Flügeln.

Mein Herz klopfte ganz wild. Wollte er mir damit etwas sagen? Ich schnitt die Zeichnung aus und klebte sie in mein Tagebuch.

Einige Tage später trafen die Jungs und ich uns wieder draußen, doch da Schneeregen einsetzte, gewährte Daniel uns Obdach bei sich zu Hause. Es war das erste Mal, dass ich in seiner Wohnung war und in seinem Zimmer entdeckte ich, dass er diese Herzchen auch hier überall auf seine Schreibtischunterlage gekritzelt hatte.

Ich fragte ihn, was das sein sollte. Mein Herz pochte wie ein Metronom mit zweihundert Beats pro Minute.

Als er einen Arm um mich legte und grinsend sagte »Das ist ein Arsch mit Ohren« setzte es für mehrere Schläge aus.

Ich schluckte.

Was ich als eine heimliche Liebesbotschaft gedeutet hatte, war für ihn eine lächerliche Comic-Figur gewesen.

Die Erkenntnis war bitter.
Wieso konnte Daniel nicht in mich verliebt sein? Doch ich wusste es: Weil ich hässlich war mit meinen Zähnen und der Pigmentstörung.
Trotzdem machte er immer wieder so zweideutige Bemerkungen in meine Richtung, die mich völlig verwirrten und den kleinen Haufen Glut in mir am Lodern hielten.

Auf dem Heimweg traf ich Lisa. Es war schön, sie mal ohne die Jungs zu sprechen. Ich hatte den Eindruck, sie wurde immer mehr meine beste Freundin, und so nahm ich all meinen Mut zusammen und verriet ihr, dass ich in Daniel verliebt war.

Sie sah mich einen Moment schweigend an und legte ihr Kinn auf ihre Faust. Dann schüttelte sie den Kopf. »Ich kann mir nicht vorstellen, dass er was für dich empfindet«, sagte sie und sprach meine Befürchtung damit aus. »Aber was nicht ist, kann ja noch werden.«

Ich ließ die Schultern hängen, ich glaubte nicht daran.

»Ich bin seit heute übrigens mit Toni zusammen«, berichtete sie mir freudestrahlend.

»Oh, toll«, brachte ich nur hervor. Auch wenn ich Toni nicht sonderlich mochte, freute ich mich für sie. Lisa berichtete mir jedes Detail darüber, wie sie zusammengekommen waren. Sie erzählte und erzählte, doch ich hörte ihr gar nicht mehr richtig zu.

Alle Mädchen in meinem Alter hatten schon einen Freund und nicht erst den ersten. Wann war ich endlich an der Reihe? Waren alle Jungs nur auf Äußerlichkeiten bedacht? Oder was stimmte mit mir nicht?

Erst als Lisa ihre Stimme senkte und sehr geheimnisvoll tat, lauschte ich wieder auf.

»Ich muss dir etwas sagen. Aber wehe, du verrätst es jemandem!«
Ich nickte und schüttelte gleichzeitig den Kopf.
»Ich weiß nicht, ob du es damals mitbekommen hattest. Mein Ex-Freund hatte nach der Trennung in der Schule herumerzählt, dass ich nicht küssen könne.«

»Was? Ehrlich? Oh, wie gemein.« Ich war ehrlich bestürzt.

»Ja, und irgendwie habe ich jetzt total Angst davor, Toni zu küssen. Ich will mich nicht blamieren. Ich habe mit seiner Schwester darüber geredet und sie hat mir angeboten, mit mir zu üben.«

Ich starrte sie mit aufgerissenen Augen an. Mein Mund schnappte auf, aber ich brauchte mehrere Anläufe, bis ich verständliche Wörter hervorbringen konnte. »Küssen üben? Mit seiner Schwester? Und von ihr kommst du gerade?«

Lisa nickte und erklärte: »Sie sagt, ich küsse gar nicht so schlecht.«

Später am Abend meldete sich Alex noch einmal bei mir.

Alex – 22:19
Ich glaube, das mit uns würde nicht funktionieren. Lass uns lieber Freunde bleiben.

Ich wusste nicht, was ihn dazu bewog, mir das zu schreiben, doch ich war da ähnlicher Meinung. Ich war schließlich in Daniel verliebt.

Am Tag, an dem Daniel die Motorrad-Führerscheinprüfung nicht bestanden hatte, verkündete Lisa mir, dass sie Daniel mal ein wenig für mich ausgehorcht hatte. »Der will nichts von dir. Er ist in Chantal von unserer Schule verknallt.« *Sie sah mich mit einem bedauernden Gesichtsausdruck an.*

Ich hätte in dem Moment losheulen können, doch ich drückte krampfhaft die Tränen zurück. Auch wenn ich es geahnt hatte, es dann aber so zu hören, war wie eine unvorhersehbare Ohrfeige. Ich lächelte und sagte etwas wie: »Ach, egal. Alles gut.«

Um von diesem Thema abzulenken, fragte ich: »Wie läuft es denn mit Toni? Habt ihr euch schon geküsst?«

»Ja, schon, aber nicht mit Zunge.« *Sie sah zu Boden und ließ die Schultern sinken.* »Ich traue mich einfach nicht.«

Ich legte ihr den Arm auf den Rücken. »Das wird schon noch.« Ich gab mir Mühe, überzeugend zu klingen, doch ich brachte nur ein unechtes Lächeln zustande. Das war vermutlich die einzige Gefühlsregung, zu der mein Herz noch fähig war, denn es war auf die Größe einer Rosine geschrumpft.

Am Mittwoch kam ich erst spät vom Schulchor nach Hause. Ich schloss gerade das große silberne Hoftor auf, da knatterte ein Moped die Straße entlang. Ich drehte mich herum und hielt verwundert inne, als es langsam auf mich zurollte und neben mir zum Stehen kam. Der Fahrer schob das Visier seines Helmes hoch und nahm die Brille ab.

»Daniel! Ich habe dich gar nicht erkannt. Hast du deine Führerscheinprüfung bestanden?«

Er strahlte und nickte. »Ich komme gerade von der Prüfung.«

»Herzlichen Glückwunsch. Und seit wann trägst du eine Brille?« Das sah irgendwie süß aus, vor allem in der Kombination mit seiner rotgefrorenen Nase.

»Die brauche ich nur zum Fahren. Aber ich bin so happy, dass ich es geschafft habe. Sollen wir mal eine Runde drehen?«

Dass ich ihn tatsächlich mal alleine traf, ohne die anderen Jungs im Nacken, konnte ich kaum glauben. Und dann wollte er mich sogar auf eine Spritztour mitnehmen. Am liebsten wäre ich sofort auf die Maschine gesprungen, doch er hatte keinen zweiten Helm dabei und mein Papa kam gerade mit seinem Auto um die Ecke gebogen. Er erlaubte es mir nicht.

Ich hätte Daniel gern gefragt, ob er noch mit rein zu mir kommen wollte, um sich aufzuwärmen, doch ich traute mich nicht und so fuhr er kurz darauf weiter nach Hause.

Am Wochenende verabredeten wir uns alle auf dem Weihnachtsmarkt an der Kirche. Es fing an, zu schneien, dicke Flocken tobten um uns herum. Es roch nach Waffeln und Glühwein.

Die Jungs starteten eine Schneeballschlacht und wir Mädchen flüchteten lachend. Später aßen wir Bratwürstchen mit Senf und Ketchup. Daniel ließ wieder ganz den Komiker raushängen, vor allem, als er als Letzter in der Schlange, aber als der mit dem größten Hunger, endlich sein Würstchen erhielt und es vor dem ersten Bissen in den Schnee fallen ließ.

Danach gingen wir zu mir und ich holte meine Sachen für die Übernachtung bei Lisa ab. Manu und Alex begleiten uns. Schon auf dem Weg zu Lisas Haus warf Alex mir einen provozierenden Spruch nach dem anderen zu und wir begannen, uns zu kabbeln. So ging es den ganzen Abend.

Lisa rollte schon entnervt die Augen. »Wollen wir noch einen Film gucken?«, fragte sie, suchte eine DVD heraus und steckte sie in den DVD-Player.

Alex und ich setzten uns auf die Couch, Lisa und Manu davor auf den Boden.

Keine Ahnung, wie es dazu kam, aber irgendwann lagen Alex und ich uns plötzlich im Arm. Es war so schön, sich an jemanden anlehnen zu können. Auch wenn es nur freundschaftlich war, tat diese Nähe unendlich gut.

Als Manu aufstand und sich streckte, nahm Alex schnell seinen Arm von mir und sprang ebenso auf. »Lass uns gehen!«, sagte er mit Blick auf die Uhr.

Nachdem wir die Jungs verabschiedet hatten, meinte Lisa zu mir: »Alex hat dich die ganze Zeit angestarrt. Ich glaube, er steht auf dich.«

»Ach, Quatsch«, sagte ich mit einer wegwerfenden Handbewegung und hoffte, das Thema damit beendet zu haben.

Doch Lisa hakte weiter nach. »Doch, ich meine es ernst. Wie er dich immer geärgert hat und dann hat er sich so an dich gekuschelt. Ich konnte euch im Spiegelbild des Fernsehers sehen.« Sie verzog ihr Gesicht zu einem provozierenden Grinsen. »Was sich neckt, das liebt sich!«

»Hör jetzt auf«, sagte ich und warf ein Kissen nach ihr. Meine Ohren glühten. »Alex steht nicht auf mich, das weiß ich genau.«

Einen Tag vor Weihnachten standen Alex und Daniel vor meiner Tür. Ihre Gesichter waren rot und ihre Hände eiskalt.

»Darf ich mal bei euch aufs Klo?«, fragte Daniel und drängte sich an mir vorbei, ohne auf eine Antwort zu warten. Er verschwand im Bad, während Alex und ich hoch in mein Zimmer gingen.

Alex ließ sich auf meinem Stuhl fallen und zog mich auf seinen Schoß.

»Was habt ihr denn gemacht?«, wollte ich wissen.

»Ach, wir waren mit dem Moped unterwegs und das ging irgendwann aus und wir mussten laufen.«

Plötzlich wanderte seine Hand immer weiter mein Bein entlang, unerhört hoch.

Als ich sie ergriff und wegzog, raunte er mir zu: »Da lässt du mich nicht ran? Zu Silvester dann aber!«

Sprachlos drehte ich meinen Kopf, sah ihm ins Gesicht und versuchte, zu ergründen, wie er das gemeint hatte.

Seine eisblauen Augen waren ganz glasig, doch er hielt meinem Blick stand.

Mir wurde mulmig zumute und mein Herz raste mit einem Mal. Das konnte er vergessen! Ich würde zu Silvester gar nichts machen – jedenfalls nicht mit ihm!

Bevor ich antworten konnte, stand Daniel wieder im Raum und ich sprang hoch.

»Du kommst doch zu unserer Silvesterparty, oder?«, fragte Daniel.

Nach der Aktion ganz bestimmt nicht. »Ich muss erst meine Eltern fragen«, sagte ich.

Zu meinem Erstaunen erlaubten meine Eltern mir, zu der Silvesterparty der Jungs zu gehen, aber nur, wenn Lisa und Tamara mit-

gingen. Ich überlegte tagelang hin und her, doch da mir die Alternative zu dieser Party fehlte und ich nicht mit meinen Eltern feiern wollte, sagte ich zu.

KAPITEL 6

»Hallo ... Mama?«, frage ich, als das Freizeichen verstummt und nur noch Stille zu hören ist. Aus mir unbekannten Gründen wird die Telefonleitung immer erst freigeschaltet, nachdem sie die Anrufer schon begrüßt haben. Ich verdrehe die Augen.

Ich war so in meine Tagebücher vertieft und habe gar nicht gemerkt, dass meine Mutter mich bereits fünf Mal angerufen hatte. Mein Handy war natürlich mal wieder auf lautlos gestellt.

»Kind, hallo, wie geht es dir?«, fragt sie besorgt. »Du hast dich ja nie gemeldet oder bist ans Telefon gegangen! Was ist passiert? Ich habe mir solche Sorgen um dich gemacht!«

Während ich telefoniere, packe ich bereits meine Tasche. »Ja, tut mir leid, ich brauchte wirklich Zeit für mich und musste die ganze Sache verdauen. Die Kurzform ist: Alex hat sich in eine andere Frau verliebt und sie ist auch schon schwanger von ihm. Ich habe ihn rausgeschmissen«, sage ich schnell, um nicht gleich wieder in Tränen auszubrechen.

Am anderen Ende ist erst einmal Ruhe.

Es kommt selten vor, dass meine Mutter sprachlos ist, aber dies ist wohl so ein Moment.

Doch dann schießt sie mit den Fragen los.

Ich unterbreche sie aber schnell und sage: »Mama, bitte, ich möchte nicht weiter darüber reden, sonst heule ich sofort wieder. Ich rufe eigentlich an, weil ich fragen wollte, ob ich morgen zu euch kommen kann? Es ist ja Ostern.« Meine

Stimme klingt schon verdächtig brüchig und ich bin froh, dass sie nicht weiter auf ihren Fragen beharrt.

»Aber natürlich, Liebes. Wir wollen morgen zum Osterfeuer bei der Feuerwehr gehen. Das wird sicher schön. Aber zu Ostern keine Geschenke, hörst du, ja?«

»Ja, ich habe sowieso ganz vergessen, etwas zu besorgen«, sage ich mit trauriger Stimme.

Nach dem Telefonat grübele ich, was ich mit dem restlichen freien Tag anfangen kann.

Bis zum Mittag habe ich in meinem Tagebuch gelesen, bis mir alles wehtat vom vielen Liegen. Der Hunger hat mich hochgetrieben und ich habe mir eine Tiefkühlpizza in den Ofen geschoben.

Nun ist mir nach einem Schoko-Cappuccino, mit dem ich mich im Wintermantel auf den Balkon setze. Die tief stehende Sonne schickt noch ein paar Sonnenstrahlen zwischen die leer gefegten Baumkronen hindurch. Kleine weiße Wölkchen steigen vor meinem Gesicht auf. Ich öffne das Facebook-Profil von Tiago und sehe, dass er mir bereits geschrieben hat.

Ich erzähle ihm von Alex und der Trennung. Er hat ebenso gerade eine Trennung hinter sich.

Er erzählt mir lustige Geschichten über seine drei Schwestern und sendet mir ein Foto, das den Eingang zu einer Bar zeigt mit blauem Himmel und Sonnenschein im Hintergrund – wie bei mir. Nur mit dem Unterschied, dass bei ihm schon zwanzig Grad sind und bei mir kalte drei Grad.

In mir regt sich der Wunsch nach Urlaub, Sonne, Strand und Meer.

Hallo, Fernweh!

Warum fliege ich nicht einfach nach Portugal? Ich bin ja nicht mehr von Alex und seinen Wünschen abhängig und kann tun und lassen, was ich möchte.

Mit meinem Handy suche ich Flüge raus und schaue, welche Hotels in der Nähe der Altstadt sind. Etwas zu buchen, traue ich mich dann aber doch nicht. Was Tiago sagen würde, wenn ich einfach vor ihm stehe? Ich will ja auch nicht, dass er mich für eine verrückte Stalkerin hält.

Ich schreibe Mila von meiner Überlegung, alleine zu verreisen.

Mila – 14:02
Du? Alleine wegfliegen? Mit deiner Flugangst? Glaubst du, das ist eine gute Idee? Wo willst du denn überhaupt hin?

Ich – 14:03
Ach, ich weiß auch nicht. Ich muss einfach mal raus hier. Den ganzen Mist vergessen. Vor allem Alex vergessen. Mir fällt hier die Decke auf den Kopf. Ich sehne mich nach Sonne und Meer. Portugal wäre doch ein schönes Ziel, da sind schon 20 Grad.

Mila – 14:05
Zu Tiago? Jetzt verstehe ich, was du vorhast. HAHA. Ob das so eine gute Idee ist? Aber einen Versuch wäre es wert. Ich würde ja mitkommen, aber wir haben eine Deadline für dieses wichtige Projekt. Da kann ich momentan nicht weg. Leider.

Schade, ich hatte ein wenig gehofft, dass Mila sagt, sie komme mit. Alleine werde ich wohl nicht so eine Reise wagen.

Da ich keine Lust habe, weiter zu Hause zu hocken und zu grübeln, packe ich kurzerhand meine Tasche fertig und beschließe, heute Abend schon zu meinen Eltern zu fahren.

Im Auto drehe ich die Musik laut auf und gröle die Songs mit – egal, ob ich den Text kenne oder nicht. Ich genieße diese Freiheit.

Alex hasste es, wenn ich laut mitgesungen habe, und so habe ich es mir in den letzten Jahren immer verkniffen.

Auf dem Hof rollt mein Auto langsam die Einfahrt entlang, damit nicht eine der drei Katzen meiner Eltern unter meine Räder gerät. Ich parke meinen silbernen Skoda Fabia Combi vor dem hübschen rot verklinkerten Haus. Das Dach ist zwar noch nicht so alt, aber man sieht doch schon deutlich den dunklen Moosbefall.

Ich steige aus und laufe den Steinweg entlang, vorbei an dem großen Goldfischteich zum Haus. Die Kiesel knirschen unter meinen Schuhen.

Meine Mutter öffnet mir die Tür, schaut mich mit großen Augen an und fragt: »Was machst du denn schon hier? Du wolltest doch morgen erst kommen!«

»Ich habe es zu Hause nicht mehr ausgehalten«, sage ich.

Sie nimmt mich in den Arm und drückt mich fest an sich. Ich atme dabei den vertrauten Geruch ihres Parfüms ein und fühle mich gleich wieder ein Stück geborgen.

»Na, dann komm mal rein, wir essen gerade. Du kannst gerne mitessen. Dann können wir heute ja einen Spieleabend machen, wenn du magst.«

Mama holt für mich einen vollen Teller, bevor sie sich auch wieder an den Tisch setzt. Es gibt Spaghetti und es ist sehr lecker. Mama ist die beste Köchin, die ich kenne. Papa kocht auch nicht schlecht und was sie zusammen kochen, wird genial. Alex hat nie mit mir gekocht. Schnell schiebe ich den Gedanken an ihn zur Seite.

»Beim Aufräumen des Dachbodens habe ich noch etwas von dir gefunden, es liegt in einer Kiste im Wohnzimmer. Kannst du dir nach dem Essen gerne ansehen«, sagt meine Mutter mit einem geheimnisvollen Lächeln auf den Lippen.

Skeptisch ziehe ich eine Augenbraue hoch. »Was ist es denn?«

Doch sie ignoriert meine Frage und sagt nur: »Später.«

Ich rolle genervt mit den Augen und esse meinen Teller leer, was meine Mutter mit einem Lächeln freudig quittiert.

Während Mama das Chaos in der Küche beseitigt, hole ich mir die angekündigte Kiste hervor. Darin steht eine alte Spieldose mit einer Ballerina. Sie hat Innenwände, die mit blauem Samt bezogen sind und spielt beim Öffnen eine mir sehr vertraute Melodie. In diesem Kästchen liegen meine Zahnspangen, ich habe tatsächlich alle aufgehoben. Es ist komisch, die Dinger nach so vielen Jahren wiederzusehen. Sie haben mich in meiner Kindheit und Jugendzeit so lange begleitet und mir geholfen, meine Zähne so schön hinzubekommen, wie sie jetzt sind.

Außerdem liegt in der Kiste noch ein weiteres Tagebuch, das ich schon vermisst hatte. Das muss ich bei meinem Umzug vergessen haben.

Ich blättere ein wenig darin, doch dann kommt Papa mit einem Spiel um die Ecke, »Die Siedler von Catan«.

»Das habe ich ja schon ewig nicht mehr gespielt«, rufe ich begeistert und klatsche wie ein kleines Kind in die Hände.

Es ist fast wie früher, als ich noch zu Hause gewohnt habe. Aber nur fast. Wir haben damals oft Spieleabende gemacht und das habe ich geliebt.

Als wir mit der zweiten Runde Catan fertig sind – ich habe zwei Mal verloren – puste ich stoßhaft die Luft aus meinen Wangen. »Gute Nacht«, sage ich und gehe ins Bett.

Am nächsten Abend machen wir uns fertig für das Osterfeuer. Als wir den Platz neben der Feuerwehr betreten, sind erst wenige Leute dort.

Das Gras unter meinen Füßen ist nass und quietscht unter meinen Schuhen. Mehrere Feuerwehrmänner sind damit beschäftigt, den großen Holzhaufen zum Brennen zu bekommen. Der Duft von Glühwein und Suppe aus der Gulaschkanone zieht mir in die Nase.

Ich entdecke eine junge Frau, die mir sehr bekannt vorkommt, doch ich brauche eine Weile, bis mir ihr Name einfällt.

Ravenna, aus meinem Deutsch-Leistungskurs damals auf dem Gymnasium.

Auch sie sieht mich fragend an.

Ich gehe zu ihr und begrüße sie.

»Mensch, Jojo, wie geht es dir? Wir haben uns ja schon ewig nicht mehr gesehen. Bist du noch mit Alex zusammen? Was machst du beruflich?«

»Nicht so viele Fragen auf einmal«, sage ich lächelnd. »Nein, ich bin nicht mehr mit Alex zusammen. Wir haben uns vor Kurzem getrennt. Ansonsten arbeite ich im Büro und ich wohne gerade mal zehn Minuten entfernt von hier in Berlin.«

Ich bestelle mir einen Glühwein und eine Kartoffelsuppe.

»Für mich bitte dasselbe«, sagt Ravenna und wendet sich dann wieder mir zu. »Ihr wart echt so lange zusammen? Wie viele Jahre waren das?«

»Neun«, antworte ich knapp. Ravenna pfeift anerkennend auf, doch sie scheint zu merken, dass ich nicht weiter darüber reden möchte.

»Ich bin nach dem Abi sehr viel gereist. In Kolumbien bin ich hängen geblieben und habe dort mein Studium begonnen. Deutsch als Fremdsprache.«

»Kolumbien, wow. Das klingt ja echt beeindruckend. Mit wem hast du die ganzen Reisen unternommen?«, sage ich und schiebe den Anflug von Neid beiseite.

»Erst mit Freundinnen, doch die konnten mich nicht so lange begleiten und dann bin ich alleine weitergezogen. Ich habe so viel erlebt, kann ich dir sagen.«

Mit leuchtenden Augen erzählt mir Ravenna so viel von ihren Reisen, schwärmt mir von der traumhaften Landschaft in Kolumbien vor und erzählt lustige Stories, die sie mit den Menschen dort erlebt hat.

Irgendwie spüre ich bei den ganzen Erzählungen einen Stich in meinem Herzen. Mir wird erst jetzt so richtig bewusst, dass ich in meinem ganzen Leben nicht so viel erlebt habe wie Ravenna in den letzten Jahren.

»Ich bin leider nur noch bis morgen hier in Deutschland. Ich bin nur hergekommen, weil meine Oma gestorben ist und ich unbedingt zur Beerdigung kommen wollte«, erklärt sie und ein trauriger Schleier huscht über ihr Gesicht.

»Oh nein, das tut mir leid, mein Beileid.«

Wir verabschieden uns und da ich bereits aufgegessen und ausgetrunken habe, hole ich mir noch eine Tasse des heißen Getränks und starre in das lodernde Osterfeuer.

Meine Eltern unterhalten sich mit befreundeten Nachbarn und lachen immer wieder laut auf. Doch ich kann mich nicht darauf konzentrieren, mir geht das Gespräch mit Ravenna nicht aus dem Kopf. Ihre Reiselust wirkte irgendwie ansteckend auf mich. Ich bekomme direkt Lust, einen Flieger zu buchen und in die weite Welt zu reisen. Portugal würde mir ja schon reichen.

Die Sonne ist bereits untergegangen. Ich ziehe meine Jacke enger um mich. Es ist noch verdammt kalt. Mein Papa kommt vorbei und reicht mir augenzwinkernd noch einen heißen Glühwein. Er wärmt mich gut auf, aber ich merke inzwischen auch die andere Nebenwirkung des Alkohols. Mir wird sogar etwas übel und ich gebe meinen Eltern wenig später ein Zeichen, dass ich nach Hause gehe.

Dort beeile ich mich, ins warme Bett zu kommen, schließe die Augen und sinke in einen tiefen, traumlosen Schlaf.

Ich öffne ein Auge. Helles Sonnenlicht blendet mich und ich schließe es schnell wieder.

Beim Aufrichten durchzuckt ein stechender Schmerz meinen Kopf und ich lasse mich stöhnend wieder fallen.

Ich glaube, einer der Glühweine gestern war schlecht und so bleibe ich liegen und entsperre das Display meines Handys. Entsetzt reiße ich die Augen auf und die Helligkeit trifft wie ein Pfeilangriff auf meine Pupillen.

Was ist das denn?

Mir wird heiß und kalt gleichzeitig. Die Bestätigungsmail in meinem E-Mail-Postfach sagt mir, dass ich in einer Woche im Urlaub in Portugal sein werde. Ich lese und scrolle mich durch die Beschreibung von Hotel und Reise und schüttle dabei immer wieder den Kopf. Wieso bloß hatte ich das getan?

Ich merke irgendein unterschwelliges Pochen im Hinterkopf. War da nicht noch etwas gewesen?

Als es mir einfällt, klatsche ich mir die Hand ins Gesicht. Die Mail an meine Chefin.

Kurz zögere ich, doch dann sehe ich im Gesendet-Ordner nach und rufe laut: »Oh, nein!«

Die E-Mail mit meinem Urlaubsantrag ist übersät mit Rechtschreibfehlern. Ist das peinlich! Das wird das Bild meiner Chefin über mich nicht aufwerten.

Nachdem ich den ersten Schock über meine unüberlegte und völlig überstürzte Entscheidung überwunden habe, gehe ich hinunter zu meinen Eltern, die einen wunderschönen Oster-Frühstückstisch vorbereitet haben und nur darauf warteten, dass ich endlich wach werde.

»Frohe Ostern!«, wünsche ich ihnen und drücke beide fest an mich. Von meinen Reiseplänen traue ich mir aber nicht zu erzählen, sie würde mich sicher für verrückt erklären. Was ich ja auch vermutlich bin.

Gesättigt, aber immer noch von leichter Übelkeit geplagt, klettere ich wieder hoch in mein Bett und hole mein Tagebuch aus der Tasche, um weiter darin zu lesen und meine Erinnerungen aufzufrischen, wie es bei der Silvesterfeier weiterging.

Eine der Katzen meiner Eltern hat die Chance genutzt, dass die Klappe zum Dachboden offenstand und hat es sich schon auf meinem Bett bequem gemacht. Erstaunlicherweise läuft sie nicht sofort panisch davon, als ich mich neben sie lege. Sie lässt sich sogar streicheln und schnurrt dabei.

Ich greife zu meinem Tagebuch, es hier zu lesen, macht das Ganze gleich noch einen Tick mehr realistisch, weil ich das alles damals genau in diesen Wänden erlebt habe.

KAPITEL 7

Tagebuch – 15 Jahre

28.12. - Liebes Tagebuch,
ICH HASSE DAS LEBEN!!! Und ich hasse mich! Und wen ich noch hasse: Manu und ..., ach, einfach alle. Warum?

Ich war bei Lisa zu Hause. Wir hatten eine Mädelstag geplant – nur wir beide und unsere Geheimnisse.

»Wie läuft es mir dir und Toni?«, fragte ich.

»Gut«, sagte sie und strahlte über das ganze Gesicht.

»Und das heißt?« Ich zog die Augenbrauen fragend hoch.

»Ja, wir haben uns geküsst.«

Täuschte ich mich oder huschte da ein merkwürdiger Schatten über ihr Gesicht?

»Was ist? War es nicht gut?«

»Doch, schon. Aber versprich mir, ihm nichts zu sagen«, sagte sie mit einem verschwörerischen Unterton.

Ich nickte. Wieso sollte ich ihm auch etwas sagen, ich hatte mit ihm so gut wie gar nichts zu tun.

»Ich weiß nicht, wie ich es sagen soll.«

»Nun mach es nicht so spannend«, sagte ich und wurde langsam ungeduldig.

»Es war gut, aber mit Tim war es irgendwie besser.«

»Du meinst Tim, der überall danach rumerzählt hatte, du könntest nicht küssen?«

Sie biss sich auf die Unterlippe und nickte.

Tja, da kann ich nicht mitreden. Ich wurde bisher nur von einem Jungen geküsst und es war ein Feuerwerk der Gefühle gewesen und schon wieder so lange her. Lisa konnte sich glücklich schätzen, dass sie überhaupt jemand küsste. Ich hatte das Glück nicht.

Konnten sich Küsse wirklich so unterscheiden?

»Und nun?«, fragte ich, weil ich nicht wusste, wie ich darauf reagieren sollte.

Sie zuckte die Schultern und zog die Decke von ihrem Bett, auf das sie sich kurz danach fallen ließ. Sie klopfte mit der linken Hand neben sich und bedeutete mir, Platz zu nehmen.

Ich setzte mich.

»Lass uns lieber über dich reden.«

Oh nein, da gibt es nichts zu reden. Alles wie immer.

»Was ist nun mit dir und Daniel?«

»Da ist nichts. Du weißt doch, dass er nichts von mir will.« Ich versuchte, meine Stimme betont lässig klingen zu lassen, doch innerlich bebte ich.

Es klingelte an der Haustür und ich hörte Lisas Mutter die Treppe runtergehen.

»Ja, ich weiß. Aber ich finde, du und Daniel, ihr wärt so ein schönes Paar. Wir sollten versuchen …« Sie brach mitten im Satz ab und blickte zu ihrer Zimmertür.

Manu stand dort. Er trat ein, ohne zu fragen, legte seine Jacke auf ihren Schreibtischstuhl und kam auf uns zu. Er bewegte sich mit einer merkwürdigen Selbstverständlichkeit durch den Raum, die mich überlegen ließ, wie tief die Freundschaft der beiden ging. Waren sie mehr als nur Freunde?

»Hey«, sagte er, beugte sich zu Lisa hinunter und gab ihr einen Kuss auf die Wange. Mir hielt er die Hand hin, die ich kurz ergriff und schüttelte.

Mich störte seine Anwesenheit, schließlich hatten wir wichtige Dinge zu besprechen.

Doch Manu blieb und unterhielt sich mit Lisa über einen Typen auf ihrer Schule. Ich konnte da nicht mitreden. Weder kannte ich den Typen noch verstand ich genau, worum es ging.

Als Manu nach einer Weile aufstand und zur Toilette ging, winkte mich Lisa zu sich heran. »Was ich vorhin noch sagen wollte: du und Daniel. Ich habe da so eine Idee, lass uns einen Plan schmieden.«

Ich sah sie verwirrt an. Warum sollten wir einen Plan machen? Er will nichts von mir. Punkt. »Ich glaube nicht, dass das …«, setzte ich an, doch sie unterbrach mich. Ich hörte Schritte auf dem Flur. Lisa sagte: »Du wirst schon sehen, ich werde dich und Daniel schon noch zusammenbringen. Und …«

Manu stand in der Tür. Lisas letzte Worte lagen noch in der Luft.

Ich presste die Augen zusammen und betete, dass er sie nicht gehört hatte.

Doch er lachte auf und sagte: »Ich weiß ganz genau, ich würde nie etwas mit dir anfangen, keiner der Jungs würde das!«

Rums, das saß!

Ich starrte ihn an und überlegte einen Moment, ob er das wirklich gesagt hatte. Ich kam zu dem Schluss, dass es so gewesen sein muss und so sprang ich auf, rannte die Treppe runter, riss meinen Mantel vom Haken, öffnete die Eingangstür und lief nach draußen. Ich hörte noch Lisas Mutter mir etwas hinterherrufen, doch ich drehte mich nicht um. Die Tür schlug krachend zu und ich rannte los. Bis ich irgendwann das Gefühl hatte, keine Luft mehr zu bekommen, und ich meine Schritte verlangsamte. Tränen rannen über mein Gesicht und mir war so kalt, dass ich Angst hatte, sie könnten auf meiner Haut gefrieren. Im Lichtschein der Laternen lief ich nach Hause.

Mein Handy vibrierte, ich sah kurz darauf und erkannte, dass es Lisa war, die anrief. Ohne ranzugehen, steckte ich das Handy in meine Tasche zurück. Ich wollte nicht reden, konnte nicht reden.

In meinem Zimmer ließ ich mich auf mein Bett fallen, krallte mich in mein Kissen und schluchzte, bis keine Tränen mehr aus meinen

Augen drangen. Eine Frage pochte in meinem Kopf: Bin ich wirklich so schrecklich? So hässlich? So verabscheuenswürdig?

Als ich mich halbwegs beruhigt hatte, nahm ich mein Handy und schrieb Alex.

Ich – 17:47
Ich komme Silvester nicht zu der Feier.

Alex – 17:55
Wieso? Was ist los?

Ich – 17:56
Frag doch Manu!

Alex – 18:55
Hey Maus, lass dich doch nicht ärgern. Bitte, komm mal zu Silvester! Manu hat bestimmt nur Spaß gemacht. Der sagt dann auch nie wieder was! Bist du halt nur in meiner Nähe! Vergiss einfach, was der gesagt hat!

Seine Worte hatten eine tröstliche Wirkung auf mich. Aber ich konnte mir auch denken, warum er das sagte. Ich sah wieder seine Hand auf meinem Oberschenkel vor mir und hörte noch einmal die Worte, die er mir ins Ohr geraunt hatte.

»Jojo-Schatz, Essen ist fertig!«

Ich zucke zusammen, als meine Mutter unten die Tür aufreißt. Ich war so vertieft in die Geschichten von damals, dass ich alles andere ausgeblendet habe.

Der Geruch nach einem köstlichen Mittagessen steigt mir in die Nase, ich lege das Buch zur Seite und erhebe mich. Ich bin gespannt, was meine Eltern da gestern so heimlich vorbereitet haben. Als ich die große Treppe hinunterkomme, wird der Duft immer intensiver.

»Gänsebraten!«, rufe ich begeistert.

Wenn meine Eltern was kochen können, dann dieses Gericht. Mein Lieblingsessen. Ich hatte mich letztes Weihnachten beschwert, dass es Gans nur zum Martinstag und am ersten Weihnachtsfeiertag gibt. Ich könnte es auch im Sommer essen.

»Es passt zwar nicht ganz zu Ostern, aber da es draußen noch so kalt ist, dachte ich, wir kochen das noch einmal – für dich«, sagt meine Mama und nimmt mich in den Arm.

»Perfekt und wenn es so schmeckt, wie es riecht ...« Ich mache Schmatz-Geräusche und stürze an den Tisch.

Natürlich gibt es wie immer davor die Brühe. Und wie jedes Mal sage ich: »Können wir das nicht überspringen?«

Meine Mutter sieht mich streng an.

Ja, ja, es gehört halt dazu.

Als ich endlich den leckeren Braten vor mir auf dem Teller und meine Kartoffeln in der Soße mit dem köstlichen Rotweinaroma ertränkt habe, bin ich glücklich. »Wenn ich könnte, würde ich in dieser Soße baden!«

Meine Eltern lachen und freuen sich über meine Begeisterung und den großen Appetit.

Leider habe ich es immer noch nicht gelernt, mit dem Essen aufzuhören, wenn ich wirklich satt bin. Ich überfresse mich jedes Mal maßlos.

»Ich lege mich wieder hin. Mir ist schlecht. Das war zu viel des Guten. Aber es ist zu lecker. Danke, dass ihr das gekocht habt«, sage ich und helfe noch dabei, das Geschirr in den Geschirrspüler zu stellen, dann gehe ich wieder hinauf in mein ehemaliges Zimmer. In meinem Bett greife ich sofort zu meinem Tagebuch.

KAPITEL 8

31.12. - Liebes Tagebuch,
der Silvesterabend steht vor der Tür und Lisa und Tamara haben mich überredet, doch zu der Party zu gehen. Die beiden dürfen bei mir schlafen, damit sie nicht noch mitten in der Nacht durch das ganze Dorf laufen müssen…

… Wir trafen uns bei mir zu Hause, um uns gemeinsam fertig zu machen und zu schminken. Meine Freundinnen gaben sich besonders viel Mühe, mich für Daniel hübsch zu machen, Lisa hatte immerhin einen Plan. Wie genau der aussah, verriet sie mir jedoch nicht.

Sie berichtete uns, dass sie sich von Toni getrennt hatte, da sie einfach nicht dieses Kribbeln im Bauch spürte, wenn sie sich küssten. Doch sie hoffte, dass sie bald mit einem anderen Jungen aus ihrer Schule zusammenkommen würde.
In bester Laune machten wir uns auf den Weg und betraten wenig später Daniels Keller, wo die Jungs aus der Clique und ein paar andere aus dem Dorf bereits einen langen Partytisch mit Bänken aufgebaut und sogar an ein wenig Deko gedacht hatten.

Beeindruckt pfiff Lisa und ergriff eine Sektflasche vom Tisch. »Wie seid ihr denn darangekommen? Ich habe übrigens auch noch etwas besorgt.« Während sie eine Flasche Wodka und Orangensaft aus ihrem Rucksack holte und auf den Tisch stellte, zwinkerte sie mir zu.

Da kam Daniel um die Ecke, legte den Arm um mich und reichte mir eine weitere Sektflasche. »Machst du die schon mal auf?« Er hatte ein süffisantes Grinsen im Gesicht. Hatte er schon etwas getrunken?

Ich wickelte die Schutzfolie ab, drehte umständlich an dem Draht herum und dann knallte der Korken auch schon hoch an die Decke und landete schmerzhaft auf meinem Kopf, bevor er auf den Boden kullerte. Der Sekt sprudelte heraus und ergoss sich auf meinem Oberteil. Ich sah nach unten. Mein BH schien durch den hellen Stoff meines Shirts. Ich hätte heulen können.

Daniel brach in Gelächter aus und auch Alex und Manu prusteten los.

»Ihr habt die Flasche geschüttelt«, sagte ich und sah vermutlich so bedröppelt aus wie die Opfer der Versteckten Kamera.

»Na, dann kann ich ja wieder nach Hause gehen. Vielen Dank auch«, sagte ich und ergriff meine Jacke und Handtasche.

»Warte, nein, so war das nicht gemeint. Tut mir leid.« Erneut legte er seinen Arm um mich. »Ich wollte nicht, dass du nass wirst. Warte, ich gehe hoch und hole dir ein T-Shirt von mir«, sagte Daniel und verschwand in das Treppenhaus.

»Auf den Schreck trinken wir jetzt erstmal ein Gläschen«, sagte Tamara und goss das schäumende Gesöff in sechs Pappbecher. Sie reichte jedem einen Becher und rief: »Prost!«

Ich nahm einen Schluck und schüttelte mich. Der Sekt prickelte stark und schmeckte säuerlich.

Kurz darauf kam Daniel mit einem schwarzen T-Shirt in der Hand zurück, überreichte es mir und führte mich in eine abgelegene Ecke, wo ich mich ungesehen umziehen konnte. Ich atmete den vertrauten Duft seines Waschmittels ein und es fühlte sich an wie eine warme Umarmung.

Ich ging zurück zu den anderen, die schon zum Wodka übergegangen waren. Lisa hielt Daniel einen Becher entgegen, doch der schüttelte den Kopf. »Nein, danke, ich trinke nichts. Ich bin hier der

Gastgeber und muss für Ordnung sorgen.« Lisa sah aus, als hätte er ihr erzählt, er würde die Schule schmeißen und Popstar werden. Sie guckte mich mit tellergroßen Augen an und verzog den Mund. War das etwa ihr Plan gewesen? Daniel abzufüllen und ich sollte mich dann an ihn ranschmeißen? Innerlich ließ ich meinen Kopf auf die Tischplatte knallen. Stattdessen erhob ich meinen Becher und trank einen kräftigen Schluck.

Da ich noch nicht sonderlich viel Alkohol in meinem Leben getrunken hatte, drehte es sich ziemlich schnell in meinem Kopf. Aber nicht nur mir schien das pricklige Zeug zu Kopf zu steigen.

Lisa war nur noch am Gackern und turtelte mit Manu herum, Tamara zog eine Peep-Show nach der anderen ab und ließ einige Jungs Sekt aus ihrem Bauchnabel schlürften.

Und was tat ich?

Rumheulen!

Und wegen wem?

Daniel!

Nach einem kurzen Filmriss fand ich mich allein mit ihm im Treppenhaus wieder und der Alkohol hatte mich offenbar dazu gebracht, ihm zu gestehen, dass ich in ihn verliebt war. Wir setzten uns auf eine Stufe und alles sprudelte aus mir heraus, ich konnte gar nichts dagegen machen.

Daraufhin sagte er mir persönlich, was ich immer vermutet hatte. Nämlich: Er liebte mich (schon immer), wollte mich heiraten und mindestens zwei Kinder mit mir haben.

»Jojo, ich will nichts von dir. Du bist gar nicht mein Typ. Ich stehe eher auf Blondinen.« Seine leisen Worte hallten für mich ohrenbetäubend durch das Treppenhaus.

Ich schluchzte. »Und wenn ich mir die Haare blond färbe? Habe ich dann eine Chance bei dir?« Ich ärgerte mich über meine Zunge, die mir nicht mehr so ganz gehorchen wollte.

Er lachte und schüttelte den Kopf, dann nahm er mich in den Arm.

Ich schwor mir, am nächsten Tag würde ich mir die Haare blond färben.

»Ich habe schon eine Weile gemerkt, dass du in mich verliebt bist.«

Ich hielt die Luft an. Er dauerte einen Moment, bis mein in Alkohol schwimmendes Gehirn den Inhalt dieser Worte verarbeitete. Doch dann kam die Information an und ich schloss die Augen. Das hatte er nicht ernsthaft gerade gesagt.

Bitte, lass das Ufo auftauchen, das hier neuerdings Kornkreise auf die Felder zeichnete, und mich entführen!

Ich vergrub mein Gesicht in seiner Jacke, wischte mir heimlich die Nase an seinem Ärmel ab und beobachtete, wie meine Tränen an dem Stoff seiner Jacke abperlten.

»Ach, meine Jojo! Du wirst sicher bald den Richtigen finden.« Er streichelte mir tröstend über den Rücken und ich fragte mich, wie ich in diese skurrile Situation geraten war. Ich konnte mich beim besten Willen nicht mehr erinnern, wieso wir hier gelandet waren und ich ihm mein Herz ausschüttete.

Er war so lieb, aber die Abfuhr war trotzdem hart und alles drehte sich. Mir ging es gar nicht gut.

Daniel verschwand kurz darauf nach draußen zu den anderen zum Knallen, ich ging in den Keller zurück, wo ich mir eine angefangene Sektflasche schnappte. Ich weinte daraufhin noch mehr, trank viel zu viel Sekt und versank in meinem Selbstmitleid.

»Jojo, steh auf, wir bringen dich nach Hause«, sagte Tamara und zerrte an meinem Arm.

»Was? Ist es schon null Uhr? Frohes Neues!«, lallte ich. Ich sah alles doppelt und musste kichern. Dann wurde mir übel und ich musste mich am Tisch festhalten.

»Es ist schon zwei Uhr.« Lisa sah mich streng an und klang pikiert.

»Was?« Sofort war ich wach. Niemand hatte es für nötig gehalten, mich um null Uhr zu wecken? Hatte ich den Jahreswechsel

verschlafen? Einsam und allein in diesem öden Keller – wie eine Ratte in der Kanalisation?

Ich lauschte, doch die Musik und die Knallerei waren verstummt und von den Jungs und den anderen Gästen war weit und breit nichts mehr zu sehen.

Alex hatte sich an diesem Abend überhaupt nicht um mich gekümmert, obwohl er das ja so groß angekündigt hatte. Stattdessen war er nur mit Tamara und ihrer Peep-Show beschäftigt gewesen.

Zwar wollte ich nicht, dass er mit mir rummacht, aber dass er mich so links liegen ließ, gefiel mir dann auch wieder nicht.

Auf die Schultern von Lisa und Tamara gestützt, liefen wir in Zickzacklinien zu mir nach Hause. Ich kam mir vor wie ein Penner, ich roch zwar irgendwie nach Daniel, doch ich stank auch nach Sekt und die Haut zwischen meinen Brüsten klebte eklig.

Später lagen wir in meinem Zimmer, ich in meinem Bett und meine Freundinnen auf Luftmatratzen auf dem Boden.

»Das war echt eine merkwürdige Silvesterfeier«, stellte ich fest, kurz bevor ich einschlief, doch als Antwort erhielt ich nur ein doppeltes Schnarchen.

Wenn das Jahr schon so anfing, würde es sicher genauso mies weitergehen.

Erst Ende Januar meldete sich Alex wieder bei mir und fragte, ob er und Daniel zu mir kommen könnten.

Es war so schön, die beiden endlich wieder mal zu sehen. Wir redeten viel, nur nicht darüber, warum sie sich so lange nicht hatten blicken lassen.

Daniel saß auf dem Boden, Alex und ich lagen auf meinem Bett und kuschelten uns aneinander. Wie hatte ich das vermisst!

Als seine Hand jedoch plötzlich in meine Hose wollte, riss ich erschrocken die Augen auf und zog sie wieder weg.

Die Gedanken in meinem Kopf flogen wie in einem Tornado durcheinander.

Wir waren ja nicht mal zusammen. Machte man so etwas nicht erst, wenn man in einer Beziehung war? Ich hoffte nur, dass Daniel das nicht mitbekommen hatte.

Zwei Tage später gab es Zeugnisse. Sagen wir mal so: Es hätte besser sein können ...
Besser hätte auch die SMS von Alex sein können, die er mir am Abend schickte:

Alex – 20:13
Daniel hat letztens etwas gemerkt. Er erzählt rum, dass ich dich befummeln würde. Hab' es aber abgestritten. Sag bitte einfach, da war nichts. Hdl

KAPITEL 9

Grell leuchtet mein Handy auf. Ich gähne und strecke mich. Das Lesen meiner Tagebücher und das lange Liegen haben mich müde gemacht. Eine neue Nachricht wird angekündigt und zu meinem Erstaunen ist sie von Alex.

Alex – 12:03
Hey, wie geht es dir? Können wir uns sehen? Ich würde gerne mit dir reden.

Einen kurzen Moment zögere ich und überlege ernsthaft, zu antworten.
Doch dann drücke ich auf den Knopf auf der rechten Seite meines Handys und das Display wird wieder dunkel.
Was will er jetzt noch? Er soll mich in Ruhe lassen. Ich habe keine Lust, je wieder ein Wort mit ihm zu wechseln.
Das erneute Aufleuchten meines Handydisplays weckt meine Aufmerksamkeit. Ich rolle genervt mit den Augen, weil ich denke, dass es wieder Alex ist.
Doch es ist eine E-Mail.
Meine Chefin hat mir den Urlaub genehmigt – sie schaut selbst an Feiertagen auf ihr Diensthandy und arbeitet. Ich schüttele den Kopf. Aber gut, mein Urlaub ist genehmigt. Ich beschwere mich nicht.
Doch statt der Vorfreude, die ich bei diesen Zeilen erwartet hatte, kriecht ein flaues Gefühl in meinen Bauch.

Ist diese Reise wirklich eine gute Idee?

Am Ostermontag mache ich mich für die Heimfahrt bereit. Nach einem Streit mit meinem Vater über unsere unterschiedlichen Ansichten zur Bedeutung des Verfallsdatums habe ich die Nase gestrichen voll und muss hier ganz dringend wieder weg.

Viel zu kräftig werfe ich das Duschbad in die Waschtasche. Der Deckel geht auf und eine orange, flüssige Masse ergießt sich über meine Haar- und Zahnbürste.

Diese Streitereien beim Frühstück haben mich schon früher tierisch genervt und ich weiß nicht, wieso es immer wieder dazu kommt.

Nachdem ich alles gepackt und auch wieder gereinigt habe, verabschiede ich mich von meinen Eltern und düse nach Hause.

Als ich die Tür zu unserer, nein, meiner Wohnung öffne, atme ich tief durch und erinnere mich daran, wie froh ich damals war, endlich von meinen Eltern wegziehen zu können. Aber ich glaube, so geht es den meisten Kindern, wenn sie so weit sind, um ihre Flügel auszubreiten.

Nachdem ich meine Sachen wieder ausgepackt und eine Waschmaschine angestellt habe, lege ich mich auf die Couch und tippe Tiago eine Nachricht. Die Nachrichten und verpassten Anrufe von Alex ignoriere ich.

Dann lese ich weiter in meinem Tagebuch.

Es ist das Tagebuch, in dem ich über den Winterurlaub in der Rhön geschrieben habe. Die Vorstellung, dort allein mit meinen Eltern zu sein, fand ich total langweilig. Deswegen bettelte ich meine Eltern an, meine Freundin Lisa mitnehmen zu dürfen. Sie erlaubten es. Jedoch entwickelte sich der Urlaub mit Lisa ganz anders, als gedacht.

Tagebuch – 15 Jahre

02.02. - Liebes Tagebuch,

wir sind gut angekommen. Ich sitze mit Lisa auf dem Sofa in unserer Finnhütte und friere mich halb tot. Draußen ist es frühlingshaft, aber hier drinnen herrscht Winter. Ich kann leider nicht so viel schreiben, weil Lisa immer neben mir sitzt und heimlich rüber schaut...

… Die erste Nacht war ätzend gewesen. Lisa hatte Angst, allein in ihrem Bett zu schlafen und wollte unbedingt zu mir ins Bett, obwohl wir uns das Schlafzimmer teilten. Und das mit Fünfzehn! Es war so eng, ich bin fast rausgefallen.

Meine Eltern hatten einen Ausflug zu einer Bobbahn geplant, eine mit Schienen statt Schnee.

Während ich mich begeistert in meinen Sitz schwang, verzog Lisa nur das Gesicht und sagte plötzlich: »Nee, darauf habe ich keine Lust. Damit fahre ich nicht.«

Ich dachte erst, ich hatte mich verhört und lachte über ihren Witz, doch als Lisas Blick ernst blieb und sie keine Anstalten machte, einzusteigen, fuhren meine Eltern und ich ohne sie. Sie lief den Weg zum Ende der Bobbahn zu Fuß und wartete dort auf uns, während wir eine Runde nach der nächsten drehten. Es hat so Spaß gemacht.

Danach planten wir einen Besuch auf einem Reiterhof. Auch Lisa wollte gerne reiten.

Aber als wir dann da waren und die Pferde vorher selber zurechtmachen sollten, hatte Lisa auch darauf keine Lust mehr. Um sie nicht wieder allein rumstehen zu lassen, verzichtete ich auch auf das Reiten. Meine Laune war auf dem Tiefpunkt angekommen. Wieso meckerte Lisa ständig rum und hatte an allem etwas auszusetzen?

Wieso war sie überhaupt mitgekommen, wenn sie nichts machen möchte?

Später konnten wir meine Eltern dazu überreden, uns in die Stadt zu bringen. Da gingen wir zuerst in eine Eisdiele und tranken eine Eisschokolade.

Danach gingen wir noch ein wenig shoppen, in der Drogerie. Auch wenn ich mir die Haare nicht blond gefärbt hatte, so hatte sich in mir der Wunsch nach ein wenig Veränderung eingeschlichen. Ich kaufte nach Lisas Beratung eine Packung blonde Strähnchenfarbe.

Weil meine Eltern schon zur Finnhütte zurückgefahren waren, mussten wir von der Stadt übers Feld laufen und über einen Zaun klettern. Im Tal lag kein Schnee und die Wiesen waren grün und sahen sehr idyllisch aus. Ich freute mich über den Ausflug, aber Lisa jammerte und meckerte auch hier wieder nur rum. Es war ihr zu matschig, zu nass, zu grün ...

Während ich die Strähnchenhaube auf dem Kopf hatte und Lisa mir mit so einer Nadel die Haare hindurchfummelte, erzählte sie mir von ihrem neuen Freund Peter. »Es läuft momentan so super mit uns. Ich vermisse ihn ständig. Am liebsten wäre ich jetzt bei ihm. Aber er ist auch verreist, doch er schreibt mir, dass er mich auch so sehr vermisst ...« Sie hörte gar nicht mehr auf, zu schwärmen, und ich verdrehte schon die Augen.

Und was gab es bei mir zu erzählen? Nichts! Alex hatte mich nur zwei Mal auf dem Handy angeklingelt und das war es. Funkstille. Ich war mir sicher, dass er in seinem Österreichurlaub schon das nächste Mädchen an der Angel hatte.

Ich wollte Lisa am liebsten von der Sache mit Alex und mir erzählen, aber Alex wollte ja nicht, dass davon jemand etwas erfuhr.

Ich vermisste Alex und auch Daniel und mir fehlte das gemeinsame Lachen. Keiner konnte mich so zum Lachen bringen wie Daniel. Lisa erst recht nicht.

Als hätte sie meine Gedanken erraten, sprach Lisa auf einmal von

Alex. Ich versteifte mich unmerklich unter ihren Fingern.

»Ich hatte ihn übrigens mal gefragt, ob er in dich verliebt ist.«

Ich verschluckte mich fast an meiner Spucke. Wieso tat sie das und warum erzählte sie mir erst jetzt davon? Und vor allem, wie lautete seine Antwort? »Was …?«

»Was er gesagt hat? Er meinte«, sagte sie und sprach in einer tieferen Stimmlage weiter, die der von Alex jedoch sehr fremd war, »es sieht bestimmt oft so aus, aber es ist nicht so.«

Das Schluckgeräusch, das ich machte, war laut und deutlich in der stillen Finnhütte zu hören.

»Ich weiß«, sagte ich nur und versuchte, möglichst gelassen zu gucken. Mir lagen so viele Fragen auf der Zunge, doch ich konnte sie nicht raus in die Freiheit lassen. Wann hatte sie ihn das gefragt? Wieso verheimlicht er das alles? Stimmt das überhaupt, was sie erzählt, oder wollte sie nur meine Reaktion sehen?

Die Eieruhr klingelte, ich ging unter die Dusche und wusch die krümelige Pampe aus meinen Haaren. Nach dem Föhnen sah ich erwartungsvoll in den Spiegel.

Im ersten Moment überlegte ich, warum ich so aufgeregt mein Spiegelbild betrachtete, doch dann fiel mir ein, dass ich ja eine Veränderung erwartet hatte.

Ich sah genau nichts. Die Strähnchen waren so fein geworden, dass sie kaum auffielen.

Die blonde-Strähnchen-Aktion war genauso ein Reinfall gewesen wie der Urlaub mit Lisa.

Am letzten Tag vor der Abreise gingen meine Eltern mit mir in die Therme. Lisa wollte – wie immer – nicht mitkommen und so blieb sie alleine in der Finnhütte …

KAPITEL 10

Mit den Nachrichten von Tiago vergeht die Viertagewoche nach Ostern zum Glück schnell und ohne große Vorkommnisse. Da die meisten Kunden im Osterurlaub sind, bleibt mein Telefon erstaunlich stumm und ich schaffe es, endlich mal meine Ablagestapel wegzuheften. Mein Büro wird von Tag zu Tag ordentlicher und übersichtlicher.

Die Sonne scheint durch das Fenster und ich atme tief durch. So macht die Arbeit doch gleich wieder mehr Spaß.

Einzig meine Chefin ist etwas nervig. Immer wieder fallen ihr plötzlich neue Aufgaben ein, die noch unbedingt erledigt werden müssen. »Denken Sie bitte daran, die aktuellen Zahlen müssen noch für die Statistik eingetragen werden. Ich habe hier auch noch eine Liste für eine Materialbestellung. Bitte heute noch bestellen!«

Ich verdrehe die Augen, aber so, dass sie es nicht sehen kann. Natürlich fällt ihr das immer kurz vor Feierabend ein, ich wollte gerade meinen Computer herunterfahren.

Nachdem ich die Statistik gefüttert habe, mache ich die Bestellung fertig.

Gerade, als ich denke, ich wäre fertig, fällt mir noch eine wichtige Sache ein, die ich vergessen habe: Die E-Mail mit den Infos, woran meine Vertretung nächste Woche denken muss. Ich lasse die Tasten der Tastatur klackern und schicke die Mail ab.

Inzwischen bin ich schon eine Stunde länger geblieben, als ich wollte.

Endlich schließe ich mein Büro ab. Der letzte Arbeitstag ist geschafft – ich bin reif für den Urlaub.

»Tschüss, bis in einer Woche«, rufe ich meiner Chefin zu, die neben mir als Einzige noch im Büro ist.

»Ja, ja, bis nächste Woche«, ruft sie, ohne mich anzusehen und ohne mir zugehört zu haben.

Bei dem Gedanken an die Reise fühle ich mich ganz kribbelig.

Bitte lass alles gut gehen. Lass mich den Flieger bekommen, nicht abstürzen und einen schönen Urlaub erleben. Mehr will ich ja gar nicht. Na gut, Tiago möchte ich noch finden.

Jeden Abend vor dem Schlafengehen schreibe ich noch ein wenig mit Tiago. Wir teilen uns mit, was wir am Tag so erlebt haben und schicken uns ab und zu Selfies. Wie ich zum Beispiel mit einem pinken Schlafanzug und Wuschel-Dutt auf dem Kopf im Bett liege. Und er, wie er in der Abendsonne auf seinem Balkon eine Zigarette raucht.

Auch Alex hat mir eine Nachricht gesendet. Immer wieder hat er mir in der letzten Woche WhatsApp-Nachrichten geschickt, die ich jedoch konsequent ignoriere.

Ich packe mein Handy beiseite und lese weiter in meinen Tagebüchern, es ist schon fast wie ein Abendritual geworden. Es ist erstaunlich, wie viel ich schon wieder vergessen habe.

Tagebuch – 15 Jahre

10.02. - Liebes Tagebuch,

So, wir sind aus dem Urlaub zurück. Alex hat mir heute auch endlich mal wieder geschrieben.

Alex – 10:03

Na Maus, wie war euer Urlaub? Hattet ihr viel Spaß? In Österreich ist das Schreiben so teuer, deswegen melde ich mich jetzt erst. Bei uns lag super viel Schnee. Komme, wenn du erlaubst, mal wieder zu dir. miss you hdl

Ich – 11:56

Es ging so. Was hast du im Urlaub alles gemacht?

Alex – 11:54

Ich war jeden Tag Snowboarden und wandern waren wir auch und ihr? Hast du dich mit Lisa gut verstanden? Ich hoffe, du hast ihr nichts erzählt.

Ich – 11:56

Erzählt haben wir viel.

Alex – 12:33

Vielleicht reden wir aneinander vorbei. Ich hoffe, du hast ihr nicht DAS gesagt. Du hast versprochen, keinem anderen was zu erzählen. Also?

Ich – 12:35

Was wäre daran denn so schlimm?

Alex – 12:40

Meinst du das jetzt ernst? Na, überleg mal selbst, du bist doch vollkommen bekloppt, sorry, aber ist doch wahr, du hast gar keine Peilung mehr, wa?

Ich – 12:45

Ich habe ihr nichts gesagt!!!

Alex – 12:49
Sorry, ich hoffe es, dann ist ja gut. Ich wette, du warst aber kurz davor, es ihr zu sagen.

Für die nächste Nachricht hatte ich all meinen Mut zusammengenommen.

Ich – 14:02
Alex, was ist das eigentlich mit uns?

Ich wartete lange auf eine Reaktion, tigerte durch mein Zimmer, räumte sogar auf, doch es kam keine Antwort. Vor lauter Unruhe und Verzweiflung sortierte ich sogar meinen Kleiderschrank aus. Es fühlte sich an wie Folter. Erst als ich vom Abendessen zurück in mein Zimmer kam, erwartet mich eine Nachricht von ihm auf dem Handy.

Alex – 19:25
Ich mag dich ziemlich, aber für eine Beziehung reicht es nicht. Jedenfalls im Moment nicht, vielleicht ändert sich das ja noch.

Das war doch mal eine Antwort, eine, die schmerzte. Pah, vielleicht meint er mit später ja, wenn meine Zähne fertig sind. Vielleicht will ich ihn dann aber gar nicht mehr?!

Weil Daniel und Alex sich immer seltener blicken ließen, folgte ich ihnen einmal heimlich ins Kino, ohne mich zu erkennen zu geben. Erst beim Verlassen des Saals entdeckten sie mich. Sie waren nicht sauer, dass ich dort einfach auftauchte. Im Gegenteil, ich hätte mich doch ruhig früher zu erkennen geben können.
 Gemeinsam liefen wir von Berlin in unser Dorf. Es war fast so wie immer, wir erzählten und lachten eine Menge. Nebel zog über die Felder auf und sorgte für eine gespenstige Atmosphäre. Es waren ungewöhnlich wenig Autos auf den Straßen unterwegs.

Auf Höhe der Wohnung von Daniel trennten sich unsere Wege und ich lief alleine weiter nach Hause. Ich fröstelte und zog meine Kapuze über meinen Kopf, da ein leichter Schneeriesel einsetzte.

Plötzlich hörte ich Schritte hinter mir auf der Straße entlanghallen. Doch das Licht der Laternen war nicht sonderlich hell. Ich konnte niemanden erkennen und so lief ich immer schneller, bis ich Seitenstechen bekam. Mein Blut rauschte in meinen Ohren. Das Tor zu unserem Hof war schon in Sichtweite, trotzdem gab mein Gehirn den Beinen die Anweisung, noch schneller zu laufen.

Vor dem Tor blieb ich stehen und fluchte, weil sich mein Schlüssel in dem Stoff meiner Innentasche verfangen hatte und ich ihn nicht herausbekam. Als sich eine Hand auf meine Schulter legte, schrie ich auf. Ich sah mich schon mit einem Messer im Rücken blutend auf dem Boden liegen.

»Willst du einen Marathon gewinnen?«, fragte die männliche Stimme, die ich wegen des Rauschens in meinen Ohren nicht sofort erkenne. Langsam drehe ich mich um.

»Mann, Alex! Hast du mich erschreckt!«

Er lachte und hielt sich mit einer Hand das Ohr zu. »Das habe ich gehört.«

»Schleich dich nie wieder so an! Was machst du überhaupt hier? Du wohnst doch in die andere Richtung.«

»Ich habe den Nebel gesehen und gedacht, du hast vielleicht Angst. Ich wollte dich nach Hause bringen.«

Ich kniff die Augen zusammen und forschte nach irgendeinem Hinweis einer Lüge in seinem Gesicht. Er hätte mich auch gleich nach Hause bringen können und nicht erst zu Daniel gehen müssen.

»Kann ich bei dir etwas zu trinken bekommen? Die Nachos im Kino waren ganz schön salzig.«

Ich sah zum Haus, in dem kein Licht brannte. Meine Eltern waren noch nicht zu Hause.

Ich angelte den Schlüssel aus meiner Tasche und schloss das Tor auf, Alex folgte mir.

Wir landeten auf meinem Bett.

Er sah mich so intensiv an, dass mir ein heiß-kalter Schauer die Wirbelsäule entlangrannte, und der Song von Blümchen, die die »Blauen Augen« besingt, schlich sich als Ohrwurm in meinen Kopf.

Ohne uns zu küssen, erkundeten wir unsere Körper und ich genoss diese ganz neue Erfahrung, seine nackte Haut an meiner zu spüren, so viel Nähe und Wärme.

Ich hatte fast nichts mehr an, als er meinte: »Jetzt müsste ich nur noch meine Hose ausziehen.« Mein ganzer Körper kribbelte und ich hatte so schwitzige Hände.

Aber wir taten es nicht.

Auch die nächsten Treffen liefen so ab. Alex schlich sich heimlich zu mir und wir erforschten jeden Zentimeter von uns. Ohne Küsse.

Einige Tage nach unserem letzten Treffen, schickte Alex mir eine SMS.

Alex – 17:45
Wieso weiß Lisa, dass wir uns heimlich alleine treffen? Du hast es ihr gesagt! Hast du einen Knall?

Ich – 17:46
Was willst du denn von mir? Ich habe ihr nichts gesagt!

Alex – 17:45
Sie meinte grad mit einem mega Grinsen zu mir: »Na, gehst du heute wieder zu Jojo, deiner Süßen? Bestell ihr mal schöne Grüße von mir.«

Es fühlte sich an wie ein Kniestoß in den Magen. Wie kommt sie darauf? Was soll das denn? Woher wusste Lisa davon? Ich hatte ihr nichts gesagt, denn ich hatte sie seit unserem Urlaub nicht mal mehr getroffen.

Obwohl ich hundert Prozent sicher bin, nichts gesagt zu haben, macht sich ein schlechtes Gewissen in mir breit. Ich möchte Alex nicht schaden. Warum auch immer ihm das schaden sollte. Aber sollte ich die Treffen in Zukunft unterbinden?

Freitagnachmittag wollte ich mal wieder in den Jugendclub gehen, doch als ich die Tür öffnete, erstarrte ich.
Alex stand vor mir.
»Hey«, sagte ich.
»Hey.«
Super Gespräch. »Was machst du hier?«
»Im Jugendclub gab es einen Wasserrohrbruch.« Er sah mich an, als würde das bereits alles sagen. »Darf ich bei dir mal aufs Klo?«
»Klar.« Ich ließ ihn durch und zog mir meine Schuhe an, damit wir gar nicht Gefahr liefen, wieder in meinem Bett zu landen.
Alex kam zurück und ich schloss die Tür ab.
Er räuspert sich und ich sah erwartungsvoll zu ihm auf. »Wusstest du, dass Lisa und ihr Freund sich getrennt haben?«
Nein. Wusste ich nicht. Ich hatte angenommen, dass sie krank war und sich deshalb nicht gemeldet oder im Jugendclub hatte sehenlassen. Aber wollte er jetzt ernsthaft über Lisa sprechen?
Ich schüttelte den Kopf und schweigend gingen wir rüber in den Jugendclub.
Dort spielte Alex mit den anderen Jungs Kicker und fuhr kurz darauf nach Hause.
Ich wurde das Gefühl nicht los, dass er mir etwas sagen wollte.

Als ich am Abend im Bett lag, erhielt ich eine SMS von ihm.

Alex – 19:22
Ich weiß, dass du nichts gesagt hast. Vielleicht war ich es – ich hatte letztens ziemlich viel getrunken und Manu und Daniel haben mich ausgequetscht. Sie denken jetzt, ich will etwas von dir.

Da blieb mir glatt der Mund offenstehen. Hallo? Geht's noch? Er macht einen riesigen Aufstand, warum ich das rumerzähle, und dann verrät er selber alles? Was geht bloß in diesem Kerl vor? Und warum kann er nicht wirklich in mich verliebt sein?

Es tat weh, dass er mich das immer so spüren ließ.

Eine Woche später stand Alex wieder bei mir vor der Tür. »Können wir reden?«

Ich nahm meine Jacke und zog die Tür hinter mir zu. Ich hatte nicht vor, Alex hineinzubitten.

»Was gibt's?« *Wir liefen die Einfahrt entlang und gingen zur Bushaltestelle.*

»Ich weiß, dass du nichts gesagt hast«, *setzte er an und blieb stehen.*

»An dem Punkt waren wir schon«, *sagte ich und meine Stimme klang kühler, als beabsichtigt. Ich ging weiter.*

»Und ich war es auch nicht.«

Nun blieb ich doch stehen und starrte ihn fassungslos an. Wollte er mir hier eine reine Weste vorspielen? Das kaufte ich ihm nicht ab. No way! Ich drehte mich herum, um weiterzugehen.

»Lisa hat während eures Urlaubs in deinen Tagebüchern gelesen.«

Mitten in der Bewegung erstarrte ich und schüttelte den Kopf. »Nein, das kann nicht …«

Doch dann fiel mir ein, dass Lisa am letzten Tag nicht mit in die Therme kommen wollte und allein in der Finnhütte geblieben war. Hatte sie tatsächlich die Dreistigkeit besessen, meine Tagebücher zu lesen?

»Sie hat Manu und Daniel erzählt, was da alles drinsteht. Haarklein.«

Diese hinterhältige Schlange! Unglaublich, und so etwas nennt sich Freundin? »Wer weiß, was sie noch so dazu gedichtet hat«, *gebe ich zu bedenken.*

Alex zuckt mit den Schultern und sieht irgendwie mitgenommen aus. Hatte er sich wegen mir mit seinen Freunden gestritten?

Hass brodelte in mir auf, auf Lisa, auf diesen Urlaub, auf ihre Falschheit. Ich kam mir vor, als hätte ich ein trojanisches Pferd in mein Leben gelassen, einen Virus, der mein tiefstes Innerstes ausspioniert hatte und dann auf großen Leuchtreklametafeln für alle preisgab.

Auch Lisa hatte ihr Tagebuch im Urlaub dabeigehabt. Nie im Leben wäre ich auf die Idee gekommen, es zu lesen.

Mein Tagebuch war meine beste Freundin, meine nicht vorhandene kleine Schwester, der ich alles anvertraute. Mehr noch. Es enthielt jedes noch so kleine Detail meiner intimsten Gedanken.

Das ging zu weit. Dann war sie es also, die allen von mir und Alex erzählt hatte.

Doch was sollte das für Alex und mich bedeuten?

Ich lasse mein Tagebuch sinken.

Mit Lisa habe ich, seitdem ich von ihrer hinterhältigen Aktion erfahren habe, nie wieder ein Wort geredet.

Das hatte ich davon: Da nehme ich eine Freundin mit in den Urlaub, um nicht so allein zu sein, und dann liest sie meine Tagebücher und tratscht alles brühwarm weiter.

Leider hatte ich immer wieder solche Freundinnen, die mich ausgenutzt oder gelinkt haben. Aber ich will mich nicht weiter über Lisa und ihre fiesen Machenschaften aufregen. Das meiste davon hatte ich erfolgreich in irgendeine Kiste gestopft und diese ganz hinten in der letzten Hirnwindung versteckt.

Mit diesen blöden Gefühlen aus meiner Jugend will ich mich nicht weiter auseinandersetzen. Es ist vorbei. Doch wie so oft, kann ich meine Gedanken nicht einfach ausknipsen. Wie eine wirbelnde Gewitterwolke hängen die Erinnerungen über mir und verfolgen mich, wohin ich auch gehe. Wie gerne würde ich mich einfach wieder hinlegen und den ganzen Tag im Bett bleiben. Doch heute ist Samstag und ich muss noch Wäsche waschen, einkaufen gehen und meinen Koffer packen.

Voller Vorfreude stehe ich vor dem Regal mit der Sonnencreme und greife überschwänglich gleich zwei Flaschen davon. Mit meiner winterlichen Kellerbräune hole ich mir sicher schnell einen Sonnenbrand, da sollte ich gut vorsorgen und Sonnencreme ist in solchen Urlaubsländern immer teuer.

Als ich die kleinen Fläschchen Shampoo und Spülung in der Waschtasche verstaue, klingelt es an der Tür.

Wer ist das denn? Der Postbote? Doch dann fällt mir ein, dass heute ja Sonntag ist. Hm, wer könnte denn jetzt etwas von mir wollen?

Da die Gegensprechanlage leider bei dem letzten Absturz kaputtgegangen ist, betätige ich den Türsummer und höre, wie unten die Eingangstür aufgeht und jemand die Treppe hinaufläuft.

Schnell schmeiße ich noch ein paar Wäschestücke aus dem Flur ins Bad, damit der Besucher mein Chaos nicht gleich entdeckt. Die Schritte kommen vor meiner Tür zum Stehen. Vorsichtig öffne ich sie und vor mir steht ein Rosenstrauß.

KAPITEL 11

Der Rosenstrauß wackelt und raschelt, bevor er auf Bauchhöhe sinkt.

»Was willst du denn hier?«, frage ich entsetzt, als Alex hinter den Blumen auftaucht. »Du hast hier nichts mehr verloren!« Ich knalle die Tür zu, doch sie fliegt mir wieder entgegen.

Alex hat seinen Schuh zwischen die Tür und die Wand geschoben.

»Was soll das?«, knurre ich ihn durch die geschlossenen Zähne an.

Erst vermute ich, er kommt nur, weil ihm eingefallen ist, dass er noch etwas in der Wohnung vergessen hat und sein schlechtes Gewissen mit den Blumen reinwaschen möchte. Doch dann erkenne ich, dass sein Gesicht heute anders aussieht. Seine Augen schimmern rot und sehen mich leicht aufgequollen an.

Hatte er etwa geweint?

»Darf ich reinkommen?«, fragt er und guckt mich irgendwie schüchtern an. Erst jetzt scheint ihm meine neue Frisur aufzufallen, doch er sagt nichts dazu. Es gefällt ihm nicht. Damit hatte ich ja gerechnet, er hatte mir ja immer davon abgeraten.

»Nein!«, schieße ich gleich wieder los.

»Du hast mir nicht geantwortet!«

Soll das jetzt ein Vorwurf sein? Echt jetzt? »Wir haben uns auch nichts mehr zu sagen. Du hast eine neue Freundin und ihr bekommt ein Kind. Es ist aus und vorbei. Punkt.«

»Eben nicht«, fällt Alex mir ins Wort.

Hä? Hustend verschlucke ich mich an meiner eigenen Spucke. Habe ich mich verhört? »Was? Was eben nicht?«, frage ich ihn, als ich wieder besser Luft bekomme.

»Darf ich reinkommen?«

Verwirrt stehe ich einfach nur da und sage nichts. Er schiebt sich an mir vorbei in die Wohnung und drückt mir den Rosenstrauß in den Arm.

Alex schmeißt sich auf die Couch, als würde er immer noch hier wohnen. Als er meinen schiefen Blick bemerkt, setzt er sich aufrecht hin und sieht auf den Boden.

»Also, was willst du? Was soll das hier?«, frage ich ihn gerade heraus und deute auf den Rosenstrauß, den ich ohne Vase auf den Couchtisch lege.

Er räuspert sich. »Es tut mir leid – alles«, sagt er und stockt.

»Wie? Und weiter? Mehr hast du nicht zu sagen? Muss man dir denn immer alles aus der Nase ziehen?« Ich verschränke die Arme vor der Brust, damit er nicht meine zittrigen Hände sieht.

»Ich habe richtig große Scheiße gebaut. Ich hätte dich nie verlassen dürfen. Du bist meine große Liebe und – ich will dich zurückhaben.«

»Das fällt dir ja früh ein! Und was ist mit deiner Neuen? Und eurem Kind?«, keife ich ihn an. Doch da sehe ich etwas Nasses in seinen rotumrandeten Augen aufflackern, das mich einen kurzen Moment von meiner Wut ablenkt.

»Es gibt kein Kind«, sagt er trocken. »Ich habe mich von ihr getrennt. Sie hat mich verarscht – von vorne bis hinten!« Seine Stimme zittert.

Mir bleibt der Mund offenstehen. Meine Gedanken fahren Achterbahn.

Wie ein kleines Kind sitzt dieser Fast-zwei-Meter-Mann vor mir und weint.

Ich warte darauf, dass er fortfährt.

»Vor acht Wochen, auf der Party von meinem Kollegen, Hans, du weißt schon ... « Ich nicke. An diese Nacht kann ich mich noch sehr gut erinnern und auch daran, wie sauer ich war, weil er mal wieder seine Grenzen nicht einschätzen konnte. Und weil er sich nicht gemeldet hat. Und weil er morgens nicht in seinem Bett lag.

»Als ich bei Hans in der Wohnung wach wurde, lag eine Frau halbnackt neben mir. Ich hatte am Abend zuvor so viel getrunken. Sie hat behauptet, wir hätten in der Nacht miteinander geschlafen. Ich konnte mich an nichts mehr erinnern und habe sie seitdem auch nicht mehr gesehen. Ich schwöre. Mir ging es total dreckig danach und ich konnte mir das alles nicht erklären.«

Er macht eine Pause und kratzt sich am Hinterkopf. »Als wir auf Mallorca waren, hat sie auf Facebook unser Foto vom Strand gesehen. Daraufhin hat sie sich einen Flieger gebucht und ist uns hinterhergereist. Dort hat sie sich total an mich rangeschmissen und, als ich nicht darauf eingegangen bin, hat sie mir eröffnet, sie sei schwanger von mir. Sie hat mir sogar ein Ultraschallbild gezeigt. Du weißt, wie sehr ich Kinder möchte und auch, dass sie bei beiden Elternteilen aufwachsen. Weil ich das nicht hatte und ganz schrecklich fand. Als sie mir von der Schwangerschaft erzählte, dachte ich ... Ich muss jetzt mit ihr zusammen sein«, fährt er fort.

»Und du hast ihr das abgekauft? Einfach so?«

»Natürlich nicht. Ich habe es abgestritten, gesagt, dass ich in einer Beziehung bin. Doch dann drohte sie mir, das Kind abzutreiben, wenn ich nicht zu ihr und dem Kind stehen würde.«

»Bitte erspare mir die Details. Mir wird übel«, sage ich unterstützt von einem Würgegeräusch. »Und was ist mit dem Baby passiert?«

»Gestern rief sie mich ganz aufgeregt an und meinte, sie würde so stark bluten und das Kind verlieren. Als ich dann zu ihr hingefahren bin, wollte ich sie ins Krankenhaus bringen. Doch sie blockte ab und meinte, es würde doch eh nichts bringen. Und als ich später im Bad etwas wegschmeißen wollte, habe ich gesehen, dass nirgendwo blutige Tücher oder Binden oder, was auch immer ihr Frauen da nehmt, im Müll lagen. In den normalen Mülleimern war auch nichts zu sehen.

Ich hatte in der letzten Woche schon das Gefühl, dass da irgendwas faul ist. Ich habe sie darauf angesprochen und sie hat mir irgendwann gestanden, dass sie gar nicht schwanger war. Wir hatten damals nicht mal Sex miteinander. Sie hat sich das alles nur ausgedacht, um an mich ran zu kommen.«

Einen Moment herrscht eisige Stille.

»So eine kranke Frau!«, sage ich daraufhin tonlos und merke, wie nun auch mir die Tränen in die Augen schießen. »Kenne ich sie?«, möchte ich noch wissen.

Alex schüttelt den Kopf. »Nein, sie ist eine Bekannte von Hans.«

Ich glaube, ich will auch gar nicht ihren Namen kennen. Irgendwie kann ich es sogar verstehen, dass er sich so entschieden hat. Ihm wurde ja quasi die Pistole auf die Brust gesetzt.

»Trotzdem! Du hast dich für sie entschieden. Einfach so hast du mich abserviert, ohne Vorwarnung. Was glaubst du, wie ich mich da gefühlt habe? Hast du mit ihr geschlafen? Ich meine später ...« Schnell angele ich mir ein Taschentuch aus der hübschen neuen Deko-Kiste, weil ich merke, wie der Rotz fast schon Blasen schlägt.

Alex antwortet nicht, schaut auf den Boden. Sein Kiefer mahlt.

Er braucht nichts sagen, ich kann mir die Antwort denken. Ich lasse mich neben Alex auf die Couch fallen. »Du hast mir das Schlimmste angetan, was du machen konntest! Du hast mich belogen, betrogen und weggeschmissen.« Wütend, aber kraftlos haue ich mit der Faust auf seine breite Brust, bis ich vor Tränen nichts mehr sehe und mir die Luft wegbleibt. Verheult sehen wir uns an. Dann nimmt Alex mich in die Arme, ganz fest hält er mich.

»Ich kann es mir vorstellen und es tut mir so unglaublich leid. Ich liebe dich!«

Alles dreht sich. Ich weine und lache gleichzeitig und kann nicht mehr klar denken. Als ich den Kopf hebe und ihn anschaue, kommt sein Gesicht meinem immer näher, bis er mit seinen Lippen die meinen berührt.

Seine Haut auf meiner fühlt sich so vertraut an. Ein warmer Schauer huscht über meinen Rücken. Ich wehre mich nicht dagegen.

Aber eines weiß ich: Ich will mich nie wieder so fühlen, wie ich mich in den letzten Tagen gefühlt habe. So verlassen, so abgelegt und wertlos.

Ich will glauben, dass er mich liebt, dass alles gut wird. Doch kann ich ihm verzeihen? Kann ich das alles vergessen? Wird es zwischen uns je wieder so werden, wie es einmal war?

Alex` Nähe tut mir gerade so unendlich gut und ohne weiter darüber nachzudenken, gebe ich mich einem erneuten Kuss hin.

KAPITEL 12

Um zwanzig nach sieben schlage ich die Augen auf. Beim Blick auf die Uhr bleibt mir fast das Herz stehen. Mein Flug geht um kurz nach halb neun. In den Unterlagen hatte ich gelesen, man solle zwei Stunden vorher zum Check-in da sein. Scheiße!

Als ich nach links sehe, springe ich entsetzt auf und kann gerade so einen Aufschrei unterdrücken.

Alex liegt dort und schläft tief und fest.

Ich schleiche aus dem Schlafzimmer.

Was habe ich mir nur dabei gedacht?

Doch die schnell wandernden Zeiger meiner Uhr lassen mir keine Zeit, weiter darüber nachzugrübeln.

Hastig suche ich alle Dinge zusammen, die ich noch in meinen Koffer packen wollte. Nach einer Katzenwäsche schlüpfe ich in frische Klamotten, ziehe meine Jacke über, greife meine Reisepapiere und renne mit meinem Koffer los zum Bus. Die Räder rattern ohrenbetäubend über den Gehweg. Ich habe Glück, zwei Minuten später kommt der Bus und nimmt mich mit.

Ich kann sogar einen freien Sitzplatz ergattern, suche die Telefonnummer der Fluggesellschaft heraus und rufe dort mit dem Handy an. Zweimal werde ich weiterverbunden, bis ich der freundlichen Dame am anderen Ende der Leitung erklären kann, dass ich mich verspäte. »Habe ich noch eine Chance, den Flug zu bekommen?« Mein Puls rast und ich wedele mir Luft zu.

»Sie haben Glück, Ihr Flugzeug hatte aufgrund eines Unwetters Verspätung. Ich notiere mir Ihren Namen. Der Flug ist auch nicht ausgebucht, der Check-in sollte daher schnell gehen. Beeilen Sie sich bitte trotzdem.«

Erleichtert lasse ich mich in den Sitz des Busses fallen und habe das Gefühl, langsam wieder atmen zu können.

Während die Bushaltestellen an mir vorbeiziehen, bereitet mir ein merkwürdiges Gefühl Kopfzerbrechen. Mir ist nicht gleich klar, was es sein könnte. Doch nach und nach wird mir bewusst, dass ich mich irgendwie so fühle, als hätte ich jemanden betrogen.

Aber es ist nicht Alex.

Nein, er ist ja derjenige, der da noch in meinem Bett liegt. Das sollte sich doch richtig anfühlen. So, wie es die letzten Jahre richtig war.

Tut es aber nicht.

Ist es Tiago, der sich klammheimlich in mein Herz zurückgeschlichen hat?

Erst jetzt fällt mir ein, dass ich Alex nichts über die Reise erzählt habe und er noch nichts ahnend bei mir im Bett liegt. Als ich eine WhatsApp-Nachricht verfasse, ploppt eine Mitteilung von ihm auf.

Alex – 07:40
Was soll das? Wo bist du?

Ich – 07:40
Sorry Alex, ich sitze jetzt im Bus zum Flughafen. Ich fliege heute für eine Woche in den Urlaub.

Alex – 07:41
Mit wem?

Wieso denken alle, dass ich nichts alleine auf die Reihe bekomme? Energisch tippe ich auf meine Display-Tastatur:

Ich – 07:41
Alleine.

Alex – 07:42
Aha, und wann wolltest du mir das sagen? Erst schläfst du mit mir und dann haust du einfach ab, ohne etwas zu sagen? Was soll der Mist? Wohin fliegst du überhaupt?

Ich – 07:44
Ich glaube, letzte Nacht war ein Fehler. Ich brauche Zeit für mich und muss über alles nachdenken. Melde mich, wenn ich zurück bin.

Endlich erreiche ich mein Ziel. Auch wenn der Fluglärm manchmal nervt, bin ich in diesem Moment froh, so dicht am Flughafen zu wohnen.

Ich springe aus dem Bus und renne in die Richtung der Schalter meiner gebuchten Fluggesellschaft.

Schnaufend erkläre ich der Frau: »Ich bin zu spät, ich hatte angerufen, hier sind meine Papiere.« Die Frau sieht angestrengt auf ihren Bildschirm, rückt die Brille zurecht und sagt dann: »Ah ja, hier ist eine Notiz vermerkt. Bitte legen Sie Ihren Koffer auf das Gepäcklaufband.«

Schnell eile ich weiter zum Sicherheitscheck.

Es ist heute ungewöhnlich leer auf dem Flughafen, irgendwie unheimlich.

Habe ich eine Terrorwarnung verpasst oder ist es nach den Osterferien immer so leer gefegt auf dem Flughafen?

Verstohlen halte ich Ausschau nach herrenlosen Koffern oder verdächtig wirkenden Personen.

Aber alles bleibt ruhig und ich passiere ohne lautes Piepen die Kontrolle.

Geschafft, erschöpft lasse ich mich auf einen Sitz in der Wartehalle fallen. Hinter mir befindet sich die Fensterscheibe mit Blick auf das Rollfeld.

Möglichst unauffällig mache ich ein Selfie und schicke es Tiago.

Ich – 08:20
Ich habe nun eine Woche Urlaub und fliege spontan weg.

Kurz darauf folgt auch schon der Aufruf zum Boarding.

Mit schweißnassen Händen und zittrigen Beinen betrete ich das Flugzeug. Da ist sie wieder – meine frühere Bekannte, die Flugangst. In der ganzen Eile, den Flug noch zu bekommen, hatte ich nicht einen Gedanken daran vergeudet. Doch mit einem Mal überrollt mich dieses schreckliche Gefühl, diese Angst, die ich so sehr hasse.

Wieso kann ich nicht genauso entspannt wie alle anderen Passagiere das Flugzeug betreten und mich auf einen Urlaub freuen?

Die Tür vom Flugzeug wird geschlossen. Mit mir reisen vielleicht dreißig weitere Fluggäste. So ein leeres Flugzeug ist irgendwie noch unheimlicher. Auch die Plätze neben mir bleiben unbesetzt, was mir aber ganz recht ist. So sieht wenigstens keiner meine Schweißseen unter meinen Achseln.

Das Gefängnis aus Glasfaserkunststoff rollt auf die Startbahn und der Kapitän begrüßt uns mit einer kurzen Ansprache durch die Lautsprecher.

Ich kralle mich in die Armlehne meines Sitzes und rutsche unruhig hin und her. Vor Start und Landung habe ich die größte Angst, da passieren die meisten Unfälle, habe ich mal gehört.

Als wir vom Boden abheben, schließe ich die Augen und versuche mich, auf meine Atmung zu konzentrieren. Dann schaue ich aus dem Fenster und beobachte, wie die Welt unter mir immer kleiner wird. Meine Ohren knacken, um den Druck auszugleichen, und ich lutsche bereits den zehnten Bonbon. Meine Zunge ist schon ganz wund und kann süß von sauer nicht mehr unterscheiden.

Das Zeichen, dass man sich abschnallen dürfe, ertönt, doch ich ignoriere es. Sicher ist sicher!

Um mich abzulenken, nehme ich mein Tagebuch aus meiner Tasche und lese weiter.

04.04. - Liebes Tagebuch,

in letzter Zeit muss ich wieder öfter an Tiago denken. Komisch, dass ich immer noch so an ihm hänge, obwohl ich ihn kaum kenne. Ich glaube, es war das Leben dort, was mich so fasziniert hat. Und dass mich ein Junge gut fand, der sehr attraktiv aussah und bei dem ich mich geborgen und akzeptiert fühlte. Er war stolz auf mich und gab ein wenig mit mir an.

Nicht so wie Alex, der nur heimlich zu mir kam und niemand durfte es wissen. Und nun ist es sowieso vorbei...

... Alex und ich waren auf Abstand gegangen. Viele Wochen hatten wir uns nicht gesehen und erst Mitte April besuchte er mich wieder.

Als er sich mit einer SMS angekündigt hatte, habe ich mich gefreut, geduscht, zog mir mein Lieblingskleid an und schminkte mich sogar ein wenig.

Innerlich hatte ich die Hoffnung, ihm würde es nichts mehr ausmachen, wenn die anderen mitbekamen, dass wir uns auch alleine trafen. Vielleicht würde sich daraus ja doch eine Beziehung entwickeln. Doch als er dann vor mir stand, sagte er allen Ernstes zu mir: »Mach dir keine großen Hoffnungen. Ich treffe mich nur mit dir, weil es hier keine Bessere als dich gibt, das ist jetzt nichts gegen dich, aber eigentlich irgendwie doch schon!«

Ich sah ihn, als wäre er der Donnergott persönlich. Ging´s noch? Ich war sein Notfall-Happen und das sagte er mir auch einfach dreist ins Gesicht? Das konnte er vergessen!

Nach dieser Seite haben sich meine Tagebucheinträge verändert. Ich habe nicht mehr nur einfach alles aufgeschrieben, sondern einiges in Versen und Gedichten verarbeitet.

10.08. - Du neben mir

Ich lag müde in meinem Schlafsack im Zelt, draußen.
Als ich hörte deine Stimme, sie drang hinein von außen.
Sofort war ich hellwach, denn du warst ja bei mir,
wir spielten die ganze Nacht unser heimliches Spiel.
Bis wir irgendwann einschliefen - ich glaubte es kaum.
Doch es war Wirklichkeit, diesmal war es kein Traum.
Ich wachte auf, es war so gegen vier.
Ich war so glücklich, denn du lagst noch neben mir!
Hast im Schlaf mich die ganze Nacht im Arm gehalten.
Ich wollte am liebsten die Zeit anhalten!
Am Morgen bin ich aufgewacht,
da hast du mich schon angelacht.
Bekomme Gänsehaut, denke ich an diese Nacht.
Doch war es die Einzige, die wir gemeinsam haben verbracht.

Ein Rütteln reißt mich aus meiner Lektüre. Gleichzeitig ertönt das Warnsignal, dass man sich wieder anschnallen solle. Das Flugzeug wackelt und irgendetwas brummt plötzlich sehr laut. Die Flugbegleiterinnen stöckeln zu ihren Sitzplätzen und schauen sich mit weit aufgerissenen Augen an.

Das weckt in mir wiederum ein sehr mulmiges Gefühl.

In dem Moment fällt das Flugzeug in ein Loch und ... fällt und fällt und fällt.

Es kommt mir so vor, als würden die Sekunden doppelt so lange dauern. Ich schreie, kann es nicht unterdrücken. Dann – endlich – habe ich das Gefühl, wieder Boden oder eher Flugzeug unter den Füßen zu haben. Unbewusst habe ich die Luft angehalten und versuche nun, wieder normal zu atmen und mich in meinem Sitz zu entspannen. Meine verkrampften Finger bewege ich zum Lockern wie ein Klavierspieler, nur um im nächsten Moment erneut ruckartig hochgerissen zu werden.

In Gedanken schicke ich ein Stoßgebet ab. Bitte, lass mich noch nicht sterben. Nicht so!

Mein Gurt bewahrt mich vor Schlimmeren. Ein Baby schreit hinten und von vorne ertönt ein männliches Jaulen. Der Mann war nicht angeschnallt gewesen und ist mit seinem Gesicht oben gegen die Decke geknallt. Seine Nase blutet.

Die Lautsprecher knistern und der Kapitän meldet sich für eine Durchsage: »Wir durchfliegen ein Unwettergebiet. Bitte lassen Sie Ihren Anschnallgurt geschlossen, klappen Sie Ihre Tische nach oben und bleiben Sie auf Ihren Plätzen sitzen.«

Die Flugbegleiterinnen sind währenddessen aufgestanden und zu dem verletzten Mann geeilt. Aus dem Erste-Hilfe-Koffer holen sie weiße Kompressen und halten diese an seine blutverschmierte Nase.

»Bitte, lieber Gott. Lass das Flugzeug heil aus dem Unwetter kommen!«, flüstere ich.

Kurz darauf ertönt noch einmal die Stimme des Piloten: »Das Unwetter sollte gleich überflogen und damit die Turbulenzen vorbei sein.«

Der Pilot scheint recht zu behalten. Das Flugzeug fliegt kurze Zeit später wieder ganz ruhig durch die Luft. Als wäre nichts gewesen. Sind wir im Auge des Tornados?

Ich lasse meinen Blick über die Gesichter der Passagiere in meiner Nähe wandern. Sie wirken wieder völlig entspannt und lesen Zeitungen, die beim Umblättern knistern, oder schlürfen Tomatensaft und Kaffee. Ich höre irgendwo im Flugzeug knackende Geräusche, doch außer mir scheint sich niemand daran zu stören. Die meisten haben aber auch Kopfhörer auf und schauen konzentriert auf den kleinen Bildschirm über ihren Köpfen. Vielleicht sollte ich mich auch so ablenken? Doch da knistert es schon wieder durch die Lautsprecher.

»Sehr geehrte Damen und Herren, aufgrund einer technischen Störung müssen wir leider in Lissabon notlanden. Bitte behalten Sie Ruhe! Klappen Sie ...«

Den Rest höre ich gar nicht mehr. Mein Gehirn hat bei dem Wort Notlandung schon abgeschaltet.

Hektisch greife ich nach der Schwimmweste unter dem Sitz und bemerke überhaupt nicht, dass ich die Einzige bin, die sich das gelbe Ungetüm anzieht.

Erst später realisiere ich, dass niemand diese Anweisung gegeben hat. Wieso auch? Wir befinden uns ja nicht mal über dem Meer. Doch irgendwie gibt mir diese Weste Halt und ich klammere mich daran fest.

In meinen Gedanken ziehen Bilder aus meiner ganzen Kindheit vorbei. Wie ich mit meinen Eltern gezeltet habe, meine wunderbaren Geburtstagsfeiern, Urlaube am Meer, der Urlaub in Portugal und Tiago.

Alex ...

Werde ich diesen Flug überleben? Oder ist diese Reise ein riesiger Fehler?

Tränen rollen über meine Wangen bei der Vorstellung, wie meine Eltern über meinen Tod informiert werden.

Auch die anderen Passagiere sehen nicht mehr so entspannt aus wie vor ein paar Minuten. Die Zeitungen wurden weggepackt. Der Frau schräg gegenüber laufen stumme Tränen über das blasse Gesicht, sie hält sich fest an ihren Mann geklammert.

Mein Bauch macht einen Hüpfer und es ruckelt wieder, als wir die Wolkendecke durchbrechen. Ich kneife fest die Augen zusammen und verabschiede mich gedanklich bei meinen Eltern und Alex. Vermutlich werde ich nie erfahren, ob es für uns noch eine zweite Chance gegeben hätte oder wie unsere gemeinsamen Kinder aussehen würden.

Viel zu schnell stürzen wir auf die Erde. Ich erkenne die blinkenden Lichter der Landebahn von Lissabon. Der graue Untergrund kommt schnell näher und ich warte auf das erlösende Ruckeln, wenn die Räder aufsetzen. Doch das folgt nicht. Stattdessen wird es erneut laut, das Flugzeug beschleunigt und zieht am Ende der Landebahn steil nach oben.

Mir wird übel. Ich zwinge mich dazu, meine verkrampften Finger von der Lehne zu lösen, und nach der Spucktüte zu greifen. Meine Gedanken überschlagen sich.

Wieso sind wir nicht gelandet? Wieso kommt denn keine Ansage?

Als sich das Flugzeug wieder halbwegs waagerecht ausrichtet, betrachte ich die anderen Menschen an Bord. Auch sie sitzen zusammengekauert und mit weit aufgerissenen oder fest geschlossenen Augen in ihren Sitzen. Angstschweiß liegt in der Luft.

Wird dieser Metallvogel unser anonymes Grab?

Dann ertönt endlich das knackende Geräusch von den Lautsprechern. »Sehr geehrte Damen und Herren, wir konnten das technische Problem beheben und setzen unseren Flug wie geplant fort. Wir werden in Kürze in Faro landen«, ertönt die unpassend fröhlich klingende Stimme des Kapitäns.

Erleichtertes Stöhnen, aber auch unverständliches Raunen geht durch die Reihen.

Von einer Landung nach Plan kann jedoch nicht die Rede sein. Wir haben mindestens fünfundvierzig Minuten Verspätung.

Nach einer halben Stunde habe ich das Gefühl, wir kreisen schon eine Weile wie ein Adler über dem Flughafen. Wieso landen wir nicht endlich?

Als ich höre, wie das Flugzeug sein Fahrwerk ausfährt und ich ein leichtes Hüpfen in meinem Bauch merke, bestätigt der Pilot kurz darauf, dass wir uns im Landeanflug befinden. Er erinnert uns noch daran, unsere Uhren eine Stunde zurückzustellen.

Nachdem wir die Wolkendecke durchbrochen haben, kann ich das blaue Meer unter mir entdecken. Die Wellen sehen aus wie kleine weiße Linien, die auf Strände zuwandern, und die Häuser werden langsam immer größer.

Die Räder des Flugzeuges berühren endlich die Erde und rollen erst schnell, dann langsam die Rollbahn entlang zum Flughafengebäude. Jetzt entspannen sich meine schmerzenden Muskeln. Niemand klatscht. Auch meine Hände fühlen sich an wie Blei. Ich will nur noch raus hier.

Das Signal zum Abschnallen ertönt. Ich greife zu meinem Handgepäck und fliege förmlich zum Ausgang.

Als Erste stürme ich die lange Treppe hinunter. Unten bleibe ich stehen, atme erleichtert ganz tief die fremd riechende Luft ein und halte mein Gesicht in die wärmende Sonne.

Hinter mir wird der Mann mit der verletzten Nase hinausbegleitet und an Sanitäter übergeben, die unten bereits auf ihn gewartet haben. Eine Flugbegleiterin kommt zu mir und legt mir die Hand auf den Rücken. »Ist bei Ihnen alles in Ordnung?«, fragt sie in besorgtem Tonfall.

»Ja, das war nur etwas heftig gerade. Ich habe so schon genug Angst vorm Fliegen und ich dachte, ich muss heute wirklich sterben. Aber es geht mir gut, danke.«

»Würden Sie dann bitte noch die Schwimmweste ausziehen?«

Ich sehe an mir herunter. Mit flammenden Wangen ziehe ich mir den Rettungsumhang über den Kopf und verwandele mich von dem gelben Quietscheentchen wieder in Jojo. Auch meine Jacke ziehe ich aus und wickele sie mir um die Hüften. Die Temperaturen hier sind schon deutlich angenehmer als zu Hause.

Die Flugbegleiterin nickt freundlich, geht zurück und verabschiedet dort die anderen Passagiere.

Am Gepäcklaufband laufe ich hin und her und schaue immer wieder auf meine Uhr im Handy. Wie lange dauert das noch? Ob er Bus auf mich warten wird?

Irgendwann leuchtet eine neue Nachricht auf. Tiago hat sich gemeldet.

Tiago – 13:01
Wo geht die Reise hin?

Eigentlich möchte ich ihn nicht anlügen, aber soll ich ihm wirklich sagen, dass ich ganz in seiner Nähe bin? Dass ich ihn nur noch einmal live und in Farbe sehen möchte? Hält er mich dann für eine Stalkerin?

Ich – 14:25
Mallorca

Tiago – 14:29
Wie schön! Ich wünsche dir einen schönen Urlaub!

Hm, irgendwie hatte ich mir eine andere Antwort erhofft. Vielleicht: Wieso bist du nicht nach Portugal gekommen?

Die Zeiger der großen Uhr an der Wand scheinen stehengeblieben zu sein. Es dauert eine gefühlte Ewigkeit, bis sich das Laufband endlich in Bewegung setzt. Mein Koffer ist aber einer der ersten, vermutlich, weil ich ihn in Berlin als Letzte abgegeben habe. Ich greife ihn mir, wuchte ihn vom Band und drehe mich herum, um nach draußen zu gehen.

Da hält mich eine Hand an der Schulter fest.

KAPITEL 13

»Ich glaube, das ist mein Koffer«, sagt ein gut aussehender junger Mann mit fester Stimme und mir fallen als erstes seine unverschämt strahlend weißen Zähne auf.

»Äh«, stammle ich, schaue auf das Namensetikett des Koffers in meiner Hand und räuspere mich. »Simon«, lese ich laut vor. »Oh, das tut mir leid. Mein Koffer sieht genauso aus«, erkläre ich mit heißen Wangen.

»Vermutlich so?«, fragt er mich und zeigt auf den Koffer, der hinter ihm steht.

»Ja, genau«, sage ich und grinse dämlich. Ich ergreife meinen Koffer und lasse seinen stehen. Dann drehe ich ihm den Rücken zu und laufe schnellstmöglich Richtung Ausgang.

Oh Mann, ist das peinlich!

Der dickliche und nach Schweiß müffelnde Busfahrer packt meinen Koffer und wirft ihn in den Bauch des Busses. Ich ziehe die rechte Augenbraue hoch, sage aber nichts dazu.

Wahrscheinlich würde er mich eh nicht verstehen.

Ich muss an den Urlaub denken, als Alex und ich nach Spanien geflogen sind. Im Bus sahen wir durch die Scheibe, wie wir an unserem Hotel vorbeifuhren. Wir dachten, der Fahrer müsse nur noch andere Gäste wegbringen und würde dann wenden und uns direkt vor unserem Hotel abladen. Doch der Bus fuhr und fuhr und fuhr und hielt eine ganze Weile nicht an. Irgendwann wurde ich dann doch unruhig, ging zum Fahrer vor und sagte ihm, dass unser Hotel schon ein ganzes

Stück zurückliegen würde. Er sprach weder Deutsch noch Englisch und zeigte mir nur, dass unser Hotel nicht auf seiner Liste stehen würde. Ich deutete jedoch auf meine Unterlagen. Mit wütenden spanischen Schimpfausdrücken fuhr er über das Hinterland zurück und setzte uns letztendlich mit enormer Verspätung an unserem Hotel ab. Mir taten die anderen Mitreisenden leid, die wegen uns noch später zu ihrem Hotel kamen.

Hoffentlich passiert mir das nicht ein zweites Mal. Daher frage ich ihn lieber vorher, ob mein Hotel auf der Liste vermerkt ist. Der Busfahrer fährt mit dem gelblichen Finger über das Klemmbrett und nickt dann. Er entblößt mir dabei seine schiefen, braunen Zähne.

Hinter einem breiten Grinsen verstecke ich meinen angeekelten Gesichtsausdruck und steige in den Bus. Einige bekannte Gesichter aus dem Flugzeug folgen mir. Erleichtert, alles gut überstanden zu haben, und hier nun im richtigen Bus gelandet zu sein, lasse ich mich in den Sitz fallen und schaue neugierig aus dem Fenster. Der blaue Himmel und die wärmende Sonne zaubern mir ein vorfreudiges Lächeln auf die Lippen. Der Busfahrer schmeißt den Motor an und brummend setzt sich der Bus in Bewegung.

Nachdem wir das Autochaos am Flughafen hinter uns gelassen haben, sauge ich die Bilder der Landschaft in mir auf. Hinter der Atlantikküste befindet sich sanftes Hügelland. Haferfelder, Kuhweiden und knallbunte Blumenwiesen wechseln sich ab mit Wäldern. Oft ist weit und breit kein Mensch zu sehen. Dann tauchen Dörfer mit hübschen weißen Häusern und roten oder braunen Dächern auf. Sie huschen an mir vorbei und in einiger Entfernung entdecke ich eine altersschwache Windmühle.

Nach fünfundvierzig Minuten erreicht der Bus mein Hotel in Albufeira, der Busfahrer hält auch brav an und ruft: »Hotel

Sol E Mar«. Hinter mir steigen noch ein paar Leute aus und ... der junge Mann vom Flughafen.

Na klasse! Meine Wangen fühlen sich kochend heiß an. Ich hatte gar nicht bemerkt, dass er auch in meinen Bus eingestiegen war. Er zwinkert mir grüßend zu, während der Busfahrer unsere Koffer aus dem Bus hievt. Ich weiche seinem Blick aus, zu peinlich ist es mir noch, dass ich einfach mit seinem Koffer davonlaufen wollte. Dieses Mal kontrolliere ich zwei Mal, ob ich den richtigen Koffer erhalten habe.

Vor dem Hoteleingang wehen vier bunte Fahnen leicht im Wind. Dahinter stehen zwei riesige braune Behälter, ich vermute, es sollen Vasen sein, sie erinnern mich aber eher an riesige Urnen. Die automatische Schiebetür öffnet sich und der junge Mann vom Flughafen und ich betreten das Hotel.

Die anderen Gäste folgen in einigem Abstand.

»Nach Ihnen«, sagt er freundlich und streckt seinen Arm auffordernd aus. Zaghaft lächelnd bedanke ich mich.

Die Dame an der Rezeption händigt mir meinen Schlüssel aus und erklärt mir, wann die Essenszeiten im Speisesaal sind.

Ohne viel verstanden zu haben, nicke ich freundlich und beeile mich, der Situation entfliehen zu können. Ich hasse es, wenn ich etwas nicht verstehe und tausendmal nachfragen muss. Außerdem fühle ich mich von dem Koffermann total beobachtet.

Wieso muss ausgerechnet dieser Typ auch in meinem Hotel einchecken? Hätte er nicht einfach weiterfahren können?

Ich gehe zum Fahrstuhl und wundere mich, dass dieser nur nach unten fährt. Der Eingang des Hotels sowie die Rezeption befinden sich offenbar oben im fünften Stockwerk und die Zimmer sind darunterglegen. Wie ungewöhnlich, liegt aber vermutlich an der Steilküste.

Nach einigem Herumirren über die Flure mit den roten Teppichen finde ich endlich mein Zimmer.

Hinter mir öffnet sich die Aufzugtür. Ich beeile mich, in mein Zimmer zu kommen. Natürlich verhakt sich mein Koffer am Türpfosten und der Knall dieser Kollision hallt durch den langen Flur. Ich verdrehe genervt die Augen und versuche, den Koffer, ohne anzuecken, in mein Zimmer zu bugsieren.

Völlig erschöpft von der turbulenten Reise, aber auch von der letzten Nacht, in der ich – dank Alex – nicht wirklich viel Schlaf bekommen habe, lasse ich mich auf das Hotelbett fallen und schlafe ein.

Es klopft an der Tür.

Verschlafen öffne ich ein Auge. Wo bin ich? Ich brauche ein paar Sekunden, bis ich realisiere, dass ich mich in meinem Hotelzimmer in Portugal befinde.

Wieder klopft es. Wer soll das sein? Es ist schon nach zwanzig Uhr. Als hätte ich auf einem Nagelbett gelegen, springe ich auf.

Dass ich den ganzen ersten Nachmittag verschlafe, war so nicht geplant. Was meinte die Dame an der Rezeption vorhin? Wenn ich noch etwas vom Abendbuffet abbekommen möchte, müsste ich spätestens um halb Neun im Speisesaal sein? Ich muss mich also beeilen.

Mit einem Knacken in den Knochen richte ich mich auf und strecke mich. Eine leichte Note getrockneter Angstschweiß zieht mir in die Nase. Bäh! Ich muss mich erstmal waschen und umziehen. So kann ich niemandem gegenübertreten.

Als ich endlich zufrieden bin, meine platt gedrückten Locken einigermaßen wieder in Form gebracht habe und ich auch besser rieche, öffne ich die Tür. Doch dort steht niemand mehr.

Hm, wer das wohl war?

Kurz vor dem Speisesaal strömt mir der Duft von leckerem Essen in die Nase. Erst jetzt fällt mir auf, dass ich den ganzen Tag nichts gegessen habe. Magenknurren hallt durch meinen Körper.

Doch als ich die große Tür der Fütterungshalle öffnen möchte, gibt sie nicht nach. Ich knalle mit einem lauten Scheppern gegen das Glas und reibe über meinen schmerzenden Ellenbogen. Nur noch ein paar Angestellte laufen durch den unbeleuchteten Raum. Eine Frau bleibt stehen und sieht in die Richtung, aus der mein Lärm kam. Sie schüttelt mit einem bedauernden Gesichtsausdruck den Kopf.

Meine Schultern sacken nach unten, mein Magen protestiert und krampft sich schmerzhaft zusammen. Schützend lege ich die Hand auf die Bauchdecke.

Das darf doch wohl nicht wahr sein! Was mache ich nun?

Vielleicht finde ich draußen einen Imbiss.

Eine Portion Pommes rettet mich vor dem Hungertod. Während der Ketchup an meinen Händen herabläuft, ärgere ich mich darüber, mir im Vorfeld keinen Plan ausgedacht zu haben, wie ich genau vorgehen soll, um Tiago zu finden.

Ich beschließe, zuerst ans Meer zu gehen. Wenn ich schon ans Meer fliege, sollte ich das auch als erstes aufsuchen, finde ich. Meeresluft sorgt für einen klaren Kopf.

Das goldene Licht der Sonne küsst die Wasseroberfläche in einer langen Linie. Nur ein Mann und seine zwei Kindern spielen Fußball, ansonsten wirkt der traumhafte Sandkasten verlassen.

Ich ziehe meine dünne Jacke enger um mich und komme mir vor wie auf einem Katalogbild. Alles ist in ein tiefes Orange gehüllt, sogar der Sand sieht orange-rot aus.

Der Atlantikwind weht mir zart um die Nase und ich atme die Meeresbrise tief ein. Die Luft riecht herrlich frisch und salzig. Langsam nähere ich mich dem grausilbernen und glitzernden Teppich. Ganz ruhig fließen sanfte Wellen. Der Ozean präsentiert sich in einer traumhaften Idylle.

Am Wasser bücke ich mich und wasche meine verklebten Hände, bevor ich meine Schuhe ausziehe. Die Wellen gleiten wie Seide über meine Füße, zugegeben: wie kalte Seide.

»Guten Abend«, sagt eine männliche Stimme hinter mir. Erschrocken fahre ich herum.

KAPITEL 14

Vor mir steht der Mann vom Flughafen. Der, mit dessen Koffer ich abhauen wollte, der, der in meinem Hotel wohnt.

Verfolgt der mich? Kann ich diese peinliche Situation nicht einfach vergessen? Kann sich der Sand unter meinen Füßen nicht in Treibsand verwandeln und mich verschlucken?

»Nicht erschrecken!«, sagt er und strahlt mich mit seinen weißen Zähnen an. Er scheint mir die Kofferverwechslung jedenfalls nicht übel zu nehmen.

Als ich ihn genauer betrachte, fällt mir auf, dass er sehr attraktiv ist. Er ist zwar nicht so groß – gut, an die fast zwei Meter von Alex kommt wohl kaum einer ran. Er ist vielleicht nur ein paar Zentimeter größer als ich, aber das tut ja nichts zur Sache. Seine etwas zu langen dunklen Haare sind schräg nach oben gegelt und verleihen ihm einen frechen, jungenhaften Touch. Dunkelbraune Augen schauen mich verschmitzt an.

»Alles gut, ich habe nur nicht gemerkt, dass noch jemand hier ist«, sage ich und senke schnell meinen Blick. Hoffentlich hat er nicht bemerkt, wie ich ihn angestarrt habe. Ich zeichne mit meinem großen Zeh ein paar Linien in den nassen Sand. Kleine, kalte Wellen schwappen über meine Füße.

Er zieht seine Schuhe ebenfalls aus und stellt sich neben mich ins kalte Meer. »Traumhaft schön ist es hier, nicht wahr?«

»Ja, genau, wie ich es in Erinnerung hatte«, sage ich und blicke wieder über das Meer.

»Waren Sie schon einmal hier?«, will er wissen.

»Ja, da war ich vierzehn und mit meinen Eltern hier im Urlaub. Unser Hotel lag aber ein ganzes Stück weiter dort lang.« Ich zeige nach links den Strand hinunter. »Ich habe sehr schöne Erinnerungen an diesen Urlaub. Deswegen bin ich wieder hergekommen. Das Land, die Leute, ich habe mich hier einfach willkommen gefühlt«, erkläre ich.

»Und nun? Ganz alleine hier?«, fragt er interessiert.

Ich nicke nur. Das Schweigen tritt wie eine dritte Person zwischen uns und ich überlege, wie ich mich schleunigst aus dem Staub machen kann. »Ich geh dann mal ...«, setze ich an und drehe mich um.

»Darf ich Sie begleiten?«, fragt er, ehe ich weitersprechen kann.

Äh, nein.

Doch, ohne auf meine Antwort zu warten, läuft er neben mir am Wasser entlang.

»Und Sie? Was treibt Sie hierher?«, frage ich ihn, um diese grausame Stille zu beenden.

»Wollen wir nicht das Sie lassen und Du sagen?«

»Gerne, ich bin Jojo Sommer.« Ich wische meine leicht feuchte Hand an meiner Hose ab und reiche sie ihm entgegen.

Er lacht auf, bevor er sie ergreift.

Irritiert ziehe ich eine Augenbraue hoch und gucke ihn direkt an.

»Entschuldigung, ich wollte nicht unhöflich sein. Ich bin Simon Winter«, sagt er und schüttelt meine Hand. »Sommer – Winter, ich finde das lustig.«

»Ja, stimmt.« Auch ich lache nun. »Ich bin nicht so gut im Namen merken, deswegen habe ich Ihren, äh, deinen Namen schon wieder vergessen. Er stand ja auch auf dem Koffer. Es kann also durchaus passieren, dass ich dich noch mal nach deinem Vornamen fragen muss. Den Nachnamen habe ich jetzt, glaube ich, abgespeichert.«

»Alles klar, Jojo. Danke für die Vorwarnung.«

Ohne es wirklich zu merken, haben wir uns ein paar Schritte vom Meer entfernt und bewegen uns Richtung Hotel.

»Wollen wir noch ein wenig durch die Altstadt gehen und vielleicht etwas trinken?«, fragt er in die neu entstandene Pause hinein.

Bevor ich antworte, horche einen Moment in mich hinein. Kommt der Kerl mir unheimlich vor?

Nein, nicht wirklich.

Eigentlich wollte ich nachdenken, wie ich bei meiner Suche weiter vorgehe, aber gegen etwas Unterhaltung habe ich auch nichts einzuwenden. Dann fühle ich mich hier nicht ganz so allein und verlassen. »Ja, gerne, ich wollte sowieso in die Altstadt gehen.«

Durch den feinen Sand laufen wir zu einem Tunnel, der unter dem Hotel durchführt. Dort ziehen wir uns die Schuhe wieder an. Der Tunnel sieht aus wie durch den Felsen geschlagen und wird mit goldenem Licht von unten beleuchtet. Er wirkt wie ein Zaubertunnel, durch den wir von einem menschenleeren Strand in eine bunt tummelnde Altstadt gebeamt werden.

Vorbei an herausgefahrenen Markisen, unter denen die Verkäufer ihre Badelatschen, Sonnenbrillen und Luftmatratzen zum Verkauf anbieten, schlendern wir durch die schmalen Gassen. Wir erreichen das gut besuchte Zentrum der Altstadt mit seinen bunt blinkenden Lichtern. Die Musik aus den Bars und das Stimmengewirr der Leute ergeben eine Geräuschkulisse, bei der eine normale Unterhaltung unmöglich ist. Ein Mann singt live mit einem Mikrofon draußen vor einer der Bars. Wir kommen an einem Haus mit altrosa Außenfassade an, an dem ein Schild mit der Aufschrift Twist Music-Bar befestigt ist.

Mein Herz schlägt mit einem Mal doppelt so schnell. Reflexartig greife ich Simon an den Arm.

Als er mich mit großen, fragenden Augen ansieht, ziehe ich meine Hand blitzschnell zurück.

Ich stehe wahrhaftig vor der Bar, in der ich damals Tiago kennengelernt habe. Gänsehaut überzieht meinen Körper.

»Was ist? Wollen wir uns hier hinsetzen? Sieht nett aus«, schlägt Simon vor.

»Ja, gerne.«

Die in meinen Ohren vibrierende Musik und das Lachen der Besucher wecken in mir sofort dieses Gefühl von damals. Diese freundliche Leichtigkeit, die die Leute hier versprühen, nimmt mich ein. Automatisch scanne ich die Personen in der Bar ab. Ob Tiago unter ihnen ist?

Aber die Wahrscheinlichkeit ist doch eher gering. Er legt ja in einer anderen Bar als DJ auf und ich kann niemanden erkennen, der dem Mann auf dem Foto entfernt ähnlichsieht.

Als ein Tisch frei wird, setzen wir uns und bestellen Cocktails. Ich entscheide mich für einen Piña Colada, der Erinnerung wegen.

»Ich nehme Sex on the Beach«, sagt Simon.

Überrascht schaue ich ihn an und überlege, ob er mir damit etwas andeuten möchte. Doch Simon sieht sich nur interessiert um und beobachtet die Leute um uns herum.

»Simon, richtig?«, frage ich zögerlich und grinse ihn fragend an.

Er nickt und seine Mundwinkel wandern nach oben.

»Du hast mir vorhin nicht auf meine Frage geantwortet, warum du als Alleinreisender unterwegs bist«, greife ich das Gespräch von vorhin wieder auf.

»Stimmt, also, das ist so: Die Reise war eigentlich mit meinem Cousin Daniel geplant. Der hat sich aber drei Tage vor Abreise den Fuß gebrochen und muss operiert werden. Aber er meinte, ich solle trotzdem fahren. Schließlich ging es darum, dass ich mal wieder rauskomme und surfen kann.«

»Oh, das tut mir leid für deinen Cousin«, sage ich.

»Ach, der wird schon wieder. Und ich mache mir hier trotzdem eine schöne Zeit.«

Er schaut mir direkt in die Augen. Ich weiß gar nicht, wo ich hinsehen soll und schenke meinem Cocktail, der inzwischen vor mir steht, meine volle Aufmerksamkeit. Ich rühre ihn mit dem Glitzerwedel um und beiße beherzt in die Ananas, die am Rand als Deko steckt. Leider ist der weiße Teil der Ananas so hart, dass ich ihn kaum zerbeißen kann. Als Simon von einem Straßensänger abgelenkt ist, spucke ich das harte Etwas in meine Hand und werfe es unauffällig hinter meinen Stuhl. Schnell schaue ich nach allen Seiten, ob mich jemand dabei beobachtet haben könnte. Eine junge Frau zwei Tische weiter lächelt mich an. Mist! Entschuldigend lächle ich zurück.

»Und du heißt also Jojo? Ist das dein richtiger Name oder nur ein Spitzname?«, fragt Simon.

»Das ist nur ein Spitzname. Richtig heiße ich Johanna. Aber der Name passt irgendwie nicht so zu mir. Außer meinen Lehrern hat mich nie jemand so genannt. Ich hatte schon einige andere Spitznamen, Jojo ist da irgendwie hängen geblieben.«

»Verrätst du mir deine anderen Spitznamen?«

»Puh, Jojo, Jo, Hanna, Hanni, Jayjay«, zähle ich auf.

»Hanna? Das gefällt mir. Hast du etwas dagegen, wenn ich dich so nenne?«

Ich ziehe einen Schmollmund. Doch je länger ich darüber nachdenke, umso besser finde ich die Idee. Eine neue Frisur, ein neuer Name, ein neuer Lebensabschnitt. Hanna klingt auch irgendwie erwachsener als Jojo, ein kleines Bisschen zumindest. »Ok, aber nur, weil du es bist«, sage ich und grinse ihn dabei an.

»Ok, Jojo, ich taufe dich hiermit feierlich in Hanna um. Hallo, Hanna Sommer, ich bin Simon Winter, du darfst mich ruhig Simon nennen«, sagt er augenzwinkernd und lächelt mich unverschämt niedlich an. Symbolisch reiche ich ihm die Hand und verneige meinen Kopf, bevor ich lospruste.

»Ich muss kurz mal verschwinden«, sagt Simon etwas später und zeigt mit seinem Kopf in Richtung Bar.

Vermutlich muss er aufs Klo. Als er weg ist, hole ich mein Handy aus meiner Tasche und schreibe Tiago.

Ich – 21:46
Wie geht es dir? Wo bist du gerade? Was machst du?

Während ich auf eine Antwort warte, beobachte ich das wilde Treiben um mich herum und fühle mich fast wieder wie die Vierzehnjährige von damals.

Kurz darauf vibriert auch schon mein Handy und ich lese seine Antwort.

Tiago – 21:48
Ich bin auf Arbeit in der Matt's Bar und lege gleich dort auf. Hier ist immer viel zu tun.

Dazu schickt er mir ein Foto vom Eingang seiner Bar und schreibt noch, dass er dort sechs Tage die Woche arbeite, immer nachts.

Uff. Naja, immerhin weiß ich jetzt, wo ich ihn abends finden kann. Hier in der Twist Bar brauche ich jedenfalls nicht Ausschau nach ihm halten.

Ich gebe die Adresse der Matt's Bar ein und stelle erstaunt fest, dass sie von hier ziemlich weit entfernt ist. Mist, warum habe ich nicht eher danach gefragt, wie die Bar heißt, in der er arbeitet?

Damals habe ich hier nur die Altstadt kennengelernt. Andere Ecken von Albufeira haben wir gar nicht besucht. Oder ist der neue Teil der Stadt erst später entstanden?

Simon kommt hüftschwingend zu mir zurück an den Tisch und reißt mich aus meinen Gedanken. Er deutet auf mein Handy und fragt: »Wollen wir unsere Nummern austauschen? Dann könnten wir uns wieder verabreden und müssen nicht die ganze Zeit allein abhängen.«

»Warum nicht«, antworte ich zögerlich, reiche ihm mein Handy und er tippt seine Nummer hinein. Dann drückt er auf den grünen Hörer und wartet, bis es auf seinem Handy klingelt und wir speichern die Namen dazu.

Nach der zweiten Runde Cocktails frage ich Simon: »Wollen wir gehen oder hast du noch Lust, zu tanzen?«

»Tanzen klingt gut.« Er zwinkert mir frech zu.

Zwinkern scheint so eine Art Tick von ihm zu sein, er macht es jedenfalls auffällig oft.

Nach fünf spanisch oder portugiesisch klingenden und sehr mitreißenden Songs setze ich mich auf einen Barhocker zum Verschnaufen. »Puh, ich kann nicht mehr. Ich war schon ewig nicht mehr tanzen.«

»Wirklich? Merkt man dir aber gar nicht an. Du bewegst dich, als hättest du nie etwas anderes gemacht.«

Oh je, war das ein Kompliment?

Um von mir abzulenken, sage ich schnell: »Du aber auch. Mein Ex konnte oder wollte nicht tanzen. Daher sind wir auch so gut wie nie zusammen in die Disko gegangen. Ich alleine natürlich auch nicht.« Ich beiße mir auf die Zunge. Von meinem Ex wollte ich jetzt eigentlich nicht anfangen, zu erzählen.

Simon geht zum Glück nicht weiter darauf ein und bestellt mir noch einen Cocktail, dieses Mal einen Sex on the Beach. Er schmeckt fruchtig, süß und herrlich erfrischend.

»Sie haben hier immer noch diese Meter langen Trinkhalme. Die gab es damals schon«, schreie ich gegen die Lautstärke an.

»Macht die Sache mit dem Trinken aber nicht einfacher«, sagt Simon und piekt sich fast ein Auge dabei aus.

Simon zieht mich zurück auf die Tanzfläche. War er zuerst noch etwas auf Abstand gegangen, so kommt er mir dieses Mal sehr viel näher. Ich kann seinen holzigen, männlichen Duft riechen. Er wirbelt mich herum und tanzt dann wieder eng mit seiner Hüfte an meinem Körper.

Ich muss lachen. Der Alkohol wirkt, ich fühle mich wie eine tanzende Feder im Wind und unsere Körper verschmelzen auf der Tanzfläche wie die Wellen im Meer.

»Und hast du keine Freundin, die etwas dagegen hätte, wenn du so mit mir tanzt?«, frage ich.

Er schüttelt den Kopf. »Nein, ich bin Single, nach sechs Jahren Beziehung. Deswegen hatten wir auch die Reise gebucht, zum Ablenken.«

Ich nicke, doch bevor ich antworten kann, wird ein neues Lied angespielt und Simon schlingt seine Arme um mich. Wenn er nur wüsste, dass ich vor elf Jahren genauso mit einem anderen hier getanzt habe.

Die Erinnerung lässt den Wunsch, Tiago wiederzusehen, so groß wie ein Heißluftballon über mir schweben. Doch seine Bar liegt ein ganzes Stück entfernt von hier – für einen Fußmarsch definitiv zu weit.

Ich gähne. Der Ballon über meinem Kopf platzt und tausend Stofffetzen regnen wie trauriges Konfetti auf mich herab.

Auch Simon erwische ich dabei, wie er heimlich in seine Hand hinein gähnt.

»Ich glaube, wir sollten gehen«, schlage ich vor.

Simon scheint nichts gegen meinen Vorschlag zu haben. Wir drücken uns durch die anderen tanzenden Gäste hindurch zum Ausgang. Auf dem Weg durch die belebte Straße nimmt Simon meine Hand und ich lasse es zu. Angeheitert und mit beschwingtem Schritt laufen wir nebeneinander die Straße zum Hotel hinunter.

Vor meiner Hoteltür bleiben wir stehen.

»Mein Zimmer ist übrigens auch auf diesem Flur. Ich habe vorhin nach dem Abendessen schon bei dir geklopft. Aber du warst wohl nicht da.«

»Ach, du warst das? Ich war da«, gestehe ich und blicke auf den Boden. »Ich habe geschlafen und brauchte einen Moment, um richtig zu mir zu kommen«. Dann krame ich den Schlüssel aus meiner Handtasche und schließe meine Tür auf.

»Ich wollte nur sichergehen, dass du auch den Speisesaal findest und nicht in die Küche rennst«, scherzt er, wohl in Anspielung auf die Kofferverwechselung.

»Sehr witzig«, funkle ich ihn in gespielter Empörung an und stemme die Hände in die Hüften. Dass ich zu spät zum Essen erschienen bin, erwähne ich nicht.

Er grinst. Und plötzlich kommt er mir immer näher und, noch bevor ich die Situation richtig einschätzen kann, spüre ich seine weichen Lippen auf meinen. Seine Haut fühlt sich ganz zart an, kein kratziger Bart, der mich unangenehm pikst. Der männliche Geruch seines Aftershaves steigt in meine Nase und wirkt irgendwie betäubend auf mich. Mir kommt diese Situation total unwirklich vor und zuerst möchte ich mich diesem Kuss entziehen, doch es fühlt sich so gut an, meine Beine werden weich und scheinen zu schweben. Und dann lasse ich es geschehen.

Noch während unsere Lippen sich berühren, zieht Simon mich sacht in mein Hotelzimmer und schließt die Tür hinter uns.

KAPITEL 15

Das Klacken einer Tür weckt mich auf. Die Sonne scheint bereits hell in den Raum und ich presse die Augen zu, um den nadelspitzen Strahlen zu entgehen. Schützend lege ich eine Hand auf meine trägen Lider. Mein Kopf fühlt sich an wie ein Bubble Ball, auf den zehn andere Spieler zustürmen, während mein Magen rebelliert.

Der ungewohnte Geruch der Bettwäschen steigt mir in die Nase, als ich tief Luft hole, und noch etwas.

Es raschelt.

Die Bettwäsche neben mir bewegt sich. Schlagartig reiße ich die Augen auf, halte die Luft an und starre an die weiße Decke.

Bruchstücke des letzten Abends fallen mir ein. Wie Simon und ich getanzt haben, wie wir Hand in Hand zum Hotel gelaufen sind, wie wir uns in meiner Tür geküsst haben und ...

Ohne den Kopf zu bewegen, schiele ich nach links. Dort liegt der Fremde vom Flughafen. In meinem Bett!

Oh mein Gott, Johanna! Ehrlich? Was hast du nur getan? Bist du von allen guten Geistern verlassen?

Wie eine Schlange gleite ich in einer geschmeidigen Bewegung aus dem Bett, ziehe mir einen Bikini und darüber ein Kleid an und werfe meine Strandsachen in die leere Tasche. Dann schleiche ich zur Tür und lasse sie ganz vorsichtig hinter mir ins Schloss fallen.

Auf dem Weg zum Speisesaal renne ich fast eine Putzfrau um. Meine Flip-Flops klatschen im schnellen Takt auf den Fliesen der Halle.

Heute ist die Tür vom Speisesaal für mich geöffnet. Nicht mal die Hälfte der Tische ist besetzt und ich entdecke hauptsächlich silbergelocktes Publikum.

Zuerst gönne ich mir drei Gläser frischgepressten Orangensaft und verschlinge dann ein Croissant. Schoko-Cappuccino gibt es hier leider nicht und so bleibe ich bei Tee. Für Kaffee ist mein Magen definitiv nicht bereit.

Nach dem Frühstück flüchte ich an den Strand, weil ich Simon nicht begegnen möchte und meine Gedanken erstmal ordnen muss.

Ich habe in meinem ganzen Leben bisher nur mit zwei Männern geschlafen und kaum verreise ich alleine, springe ich mit dem Nächstbesten ins Bett? Ich komme aus dem entsetzten Kopfschütteln nicht mehr heraus.

Der Strand ist erstaunlich leer, nur vereinzelt sonnen sich ein paar Badegäste. Ich breite mein Handtuch aus und lasse es auf den Sand hinunterschweben. Dann schmiere ich mich mit Sonnencreme ein – so gut, wie ich es allein hinbekomme. Die Sonne hat um diese Uhrzeit schon so viel Kraft und wärmt mich angenehm.

Der Strand hat etwas Idyllisches, Fröhliches an sich. Doch in meinem Kopf tobt das Chaos und auch nach langem Grübeln komme ich nicht auf die Antwort der Frage, wieso das mit Simon passiert ist.

Ich könnte es mir einfach machen und es auf den Alkohol schieben, aber so leicht ist es nicht.

Mein Kopf schmerzt, mein schlechtes Gewissen macht mir Vorwürfe und ich drehe mich im Kreis.

Ich brauche Ablenkung. Dafür hole ich mein Tagebuch aus der Tasche, lege mich bequem hin und tauche in meine Vergangenheit ab.

Tagebuch – 16 Jahre

02.02. - Liebes Tagebuch,
Alex hat mir eine E-Mail geschickt. Ich habe sie ausgedruckt.

Hi Kleines, was machst du denn jetzt in den Ferien? Wegen meiner Ausbildung habe ja nun keine Ferien mehr, aber ich habe mir bis Mittwoch freigenommen. Wann kann ich mal wieder zu dir kommen? Heute, morgen, ...?
Eigentlich wollte ich dir ja nicht mehr schreiben bzw. zu dir kommen. Ich habe jedes Mal ein paar kleine Schuldgefühle, wenn ich bei dir bin und dich im Arm hatte, weil das alles scheiße ist, wie es läuft. Ich will dich nicht verletzen oder gar verlieren. Du bist mir sehr wichtig geworden. Das ist das Problem! Ich hasse mich dafür, dass ich dich ausnutze, deshalb ist es wohl doch besser »goodbye« zu sagen und dich nicht mehr zu besuchen. Doch es ist auch so schwer, loszulassen. Bitte versteh mich jetzt nicht falsch, ich liebe dich nicht, jedenfalls nicht bewusst. Wir kennen uns nun schon so lange und doch gibt es immer wieder Dinge, die neu für mich sind. Ich mag mich nicht länger verstecken und hoffen, dass mich niemand bei dir sieht oder auch nur denkt, dass wir weiterhin Kontakt haben. Ich weiß auch nicht weiter. Nur eins, das ist sicher: Es kann so nicht weitergehen. Bitte gib mir Bescheid, wie du darüber denkst.
Dein Alex
P.S. Dieser Brief ist keine Liebeserklärung, er ist ein verzweifelter Schrei nach einem Ausweg!

03.02. - Meine ungesagten Worte

Ich habe Angst davor, was passiert.
Angst, dass sich das zwischen uns verliert!
Du hast mir endlich gesagt, was du denkst.
Es ist dir nicht so egal, wie du mir immer Glauben schenkst.
Doch du sagtest auch, so kann es nicht so weitergehen.
Das denke ich schon lange, wollt dich aber nicht entbehren.
Schuldgefühle hattest du, wenn du gegangen bist?
Zu Recht! Trotzdem habe ich dich so oft vermisst!
Du willst mich nicht verletzen oder gar verlieren?
Verletzt hast du mich schon so oft, ließest mich frieren.
Plötzlich habe ich Angst, du hast mich verloren.
Meine Gefühle zu dir sind kalt, erfroren.
Wichtig wäre ich dir geworden? Was bin ich denn für dich?
Du kannst nicht loslassen? Doch sehen willst du gar nicht mich.
Du liebst mich nicht, direkt jedenfalls nicht.
Was heißt das? Entweder du liebst mich oder nicht.
Du willst dich nicht länger verstecken?
Du baust doch die Mauern und hockst hinter Hecken!
Lange kennen wir uns nun schon, da hast du recht.
Doch richtig kennen? Nein, das ist nicht echt!
Du fragst mich, was du und ich jetzt machen sollen.
Doch ich weiß es nicht, bring du es ins Rollen!
Ich kann nicht mehr, bin fertig. Viel zu viel!
Ich will nicht mehr dieses scheiß Spiel!

Unser E-Mail-Verkehr glich einem Tauziehen. »Wir sollten uns nicht mehr sehen!« – »Wann können wir uns endlich wieder treffen?«

Die Zeit war nervenaufreibend und anstrengend für mich. Es war, als wären wir Magnete gewesen, die sich einerseits anzogen und dann wieder abstießen, wenn man sie falsch herum hielt.

Vor den anderen hatte Alex mich stets behandelt wie ein lästiges Insekt, und ich habe es mir gefallen lassen, weil ich immer gehofft hatte, dass er sich irgendwann ändern würde.

Er hatte geahnt, dass er mehr für mich empfand, und doch hatte er es sich nicht eingestehen können, hatte nicht den Mut gefunden, zu mir und seinen Gefühlen zu stehen.

Und so hielten Alex und ich uns voneinander fern, bis ich den Kontakt endgültig abbrach. Mir war nicht klar, warum er sich so verhielt und ich wollte es auch nicht mehr verstehen. Für mich war das Kapitel Alex abgeschlossen.

Endlich waren Ferien und mein Zeugnis war sehr gut ausgefallen. Ich wurde von Alex ja auch nicht mehr abgelenkt. In den Sommerferien erhielt ich endlich meine Implantatzähne und war glücklich wie nie zuvor in meinem Leben. Ich hätte nur noch mit einem breiten Grinsen durch die Gegend laufen können.

Erst als ich in der Disco einen Jungen, Lukas, kennenlernte, der mein erster fester Freund wurde, stand Alex wieder auf meiner Türschwelle.

Alex schien sich in vielerlei Hinsicht geändert zu haben, aber vor allem schien er vor Eifersucht zu brodeln. Auf einmal meinte er: »Es macht mir nichts aus, wenn uns jemand zusammen sieht. Ich könnte mir sogar vorstellen, dich meinen Eltern vorzustellen.«

Entgeistert sah ich ihn an. Jahrelang versteckte er seine Gefühle zu mir, traf mich heimlich und nun wollte er mich sogar seinen Eltern vorstellen?

Ich wusste überhaupt nicht mehr, was richtig und falsch war.

Wie lange hatte ich auf solche Worte von ihm gehofft und jetzt ging meine endlose Sehnsucht in Erfüllung und es fühlte sich vollkommen falsch an, weil ich einen Freund hatte. Mit Lukas hatte ich mein erstes Mal. Ich war so verliebt und es hatte sich so richtig angefühlt. Es war so, wie ich es erwartet hatte: schmerzhaft. Am nächsten Morgen erwachte ich mit dem Gefühl, als würde ein Messer in mir drinstecken, das langsam herumgedreht wurde. Lukas litt mit mir und hoffte so sehr, dass es das nächste Mal genauso schön für mich werden würde, wie es für ihn war. Er war großartig und gab sich wirklich Mühe mit mir.

Alex war ich seit seinem Geständnis aus dem Weg gegangen. Ich hatte Angst davor, was passieren könnte, wenn ich ihn weiterhin alleine traf. Er schrieb mir Nachrichten und E-Mails und teilte mir mit, dass er mich mit meinem Freund gesehen hätte und er fände, wir würden überhaupt nicht zusammenpassen. Er redete ihn mir fast schon schlecht.

War er eifersüchtig, weil er merkte, dass er mich verloren hatte? Weil ein anderer an meiner Seite war, der in aller Öffentlichkeit zu mir stand und mich so akzeptierte, wie ich war? Der mir das gab, was er mir so lange nicht geben konnte. Und nun war er auch bereit dazu?

Ich war total durcheinander und wusste überhaupt nicht mehr, was ich denken oder fühlen sollte. Liebte ich Lukas wirklich?

Oder liebte ich nur, dass er mich liebte? War das fair?

Liebte Alex mich wahrhaftig oder würde er mich irgendwann wieder fallenlassen, mich wegkippen wie eine alte Cola, die keine Kohlensäure mehr hatte?

Doch je länger ich mit Lukas zusammen war, umso mehr merkte ich, dass wir nicht zusammenpassten.

Ja, er war lieb, so wie sich jede Frau einen Mann wünschen würde, aber irgendwie war er auch zu lieb.

Ich hatte sogar mal versucht, absichtlich einen Streit mit ihm zu provozieren. Er sagte zu allem, was ich vorbrachte, »ja« und »Amen« und ließ sich gar nicht auf eine Diskussion ein. Damit konnte ich wiederum gar nicht umgehen. So etwas kannte ich nicht. Meine Familie war sehr temperamentvoll und es flogen öfter mal die Fetzen bei uns zu Hause. Doch bei Lukas wehte nicht mal ein laues Lüftchen, geschweige denn flog dort etwas in die Luft.

Zwei Wochen später fuhr ich zu Lukas nach Hause und beendete unsere Beziehung. Das war der schwerste Moment in meinem Leben. Ich hatte Gefühle für ihn, doch sie waren nicht stark genug. Es passte nicht – nicht mehr.

Wir weinten beide und versprachen uns, trotz allem immer füreinander da zu sein, wenn etwas sein sollte. Vier Monate und vierundzwanzig Tage dauerte meine erste Beziehung.

Einen Tag später war ich – endlich und offiziell – mit Alex zusammen.

Ich schlage das Tagebuch zu.

Lukas hatte dieses Versprechen nicht gehalten. Als er später eine neue Freundin hatte, untersagte sie ihm jeden weiteren Kontakt zu mir.

An dem Abend unserer Trennung war ich in meine Stammdisko zu Manja gefahren. Und dort hatte Alex plötzlich vor mir gestanden. Er war noch nie vorher in dieser Disko gewesen. Es war, als hätte er geahnt, dass ich mich von Lukas trenne.

Als ich ihn sah, schwebte ich auf Wolke Sieben.

Alex war das komplette Gegenteil von Lukas – nicht nur optisch, auch vom Charakter her. War die Beziehung zu Lukas eher langweilig, so wusste Alex, wie er mich ganz schnell auf die Palme bringen konnte. Und das konnte er wirklich gut, zu gut.

Doch ich hatte es ja nicht anders gewollt.

Das spannende Prickeln einer Beziehung zieht leider mit den Jahren davon wie Wolken am Himmel.

Nach dem Abi, mit Zwanzig, zog ich bei meinen Eltern aus und mit Alex zusammen, in die Wohnung, in der ich jetzt noch immer lebe. Nur jetzt halt ohne ihn.

Neben Arbeit, Haushalt und Lernen für die Abschlussprüfung blieb wenig Zeit für irgendwas. Die Freundschaft zu Daniel ging mit der Zeit in die Brüche, was mich noch immer sehr traurig macht. Auch die Kontakte zu den anderen Jungs aus der Clique sind nach und nach eingeschlafen. Aber wir hatten uns.

Und so hockten Alex und ich viel zu Hause, hatten unterschiedliche Hobbys und Interessen, doch wir hielten aneinander fest. Bis, ja, bis sich eine gewisse Frau in unser Leben drängte und unserer Beziehung plötzlich ein Ende bereitete.

Bin ich bereit, das zu vergessen, sogar zu verzei...

Ich zucke ruckartig zusammen, als mir jemand von hinten die Augen zuhält und sich auf mich draufsetzt.

Simon, schießt es mir als Erstes durch den Kopf. Ich will ihn nicht sehen! Was soll ich machen? Was sagen? Was, wenn er sich nun mehr erhofft?

Es ist mir total peinlich, dass ich gestern so die Kontrolle verloren habe. Gibt es noch immer keine Zeitmaschinen? Ein kalter Stein liegt in meinem Magen. Auch wenn die Zeit mit ihm wunderschön war, aber ich bin nicht wegen ihm hierher nach Portugal gekommen.

Etwas lässt mich irritiert die Stirn kräuseln. Die Haut des Mannes und sein Duft ... Das riecht nicht nach Simon.

KAPITEL 16

»Runter von mir!«, brülle ich den schweren Körper an, der auf mir hockt, und wehre mich mit voller Kraft.

In einem hohen Bogen fliegt Alex in den Sand.

Ich traue meinen Augen kaum. Mein Herz pocht wie wild und ich atme schwer. »Was machst du denn hier?«, fahre ich ihn an und halte mir meine Hand über die Augen, um in dem gleißenden Sonnenlicht besser sehen zu können. Wie – um Himmelswillen – kommt Alex jetzt auf einmal hierher?

»Wie ... was ... wo ...«, stammle ich vor mich hin und weiß gar nicht, was ich als Erstes denken soll.

»Ich dachte, du freust dich!« Alex Lächeln verebbt, als er meine entsetzte Miene sieht.

»Ich ... Ich ... Ich ... Nein! Ich hatte dir doch gesagt, ich brauche Zeit – alleine, für mich. Wieso überfällst du mich jetzt einfach hier? Was machst du hier? Was soll das?«

»Ich habe in unserer Wohnung die Buchungsbestätigung an der Pinnwand gefunden und habe mir den frühestmöglichen Flug gebucht. So können wir uns hier noch ein paar schöne Tage machen«, sagt Alex und scheint das wirklich zu glauben.

Unsere Wohnung?

Er war sich mir immer so sicher gewesen. Niemals würde ich ihn verlassen. Doch mir ist das gerade alles einfach zu viel. Erst schlafe ich mit einem Fremden und dann taucht auch noch mein Ex hier in Portugal auf? Mein Ex, der mich betrogen hat. Meine Gedanken stürmen wie ein Tornado und verursachen ein schmerzendes Pochen hinter der Stirn.

Weg hier! Ich will nur weg!

»Verschwinde, fahr wieder nach Hause, ich will dich jetzt echt nicht sehen!«, schreie ich ihn an und Tränen laufen vor lauter Wut über mein Gesicht.

Verdutzt betrachtet er mich und lässt die Hände sinken. Er sieht aus, als würde er die Welt nicht mehr verstehen.

Ich verstehe sie ja selbst nicht mehr. Wann hat sich mein Leben in diesen chaotischen Klumpen verwandelt?

Ich reiße mein Handtuch hoch, nehme meine Strandtasche und laufe davon. »Da reist man tausende Kilometer weit weg und hat doch nicht seine Ruhe. Wie soll ich so einen klaren Kopf bekommen?«, rede ich mit mir selbst und ignoriere die Blicke der anderen Urlauber, die ich in meinem Nacken spüre.

Unbewusst gehe ich ins Hotel zurück und stehe nun vor meiner Zimmertür. Erst als ich den Schlüssel in der Hand halte, fällt mir ein, dass Simon ja noch in meinem Bett liegen könnte.

Es ist kurz nach elf. Da wird er doch wohl schon aufgestanden sein.

Ich stecke den Schlüssel in das Schlüsselloch und erstarre.

Die Tür öffnet sich von innen und vor mir steht Simon. Splitterfasernackt.

Er sieht ziemlich zerknautscht und verstrubbelt aus und wirkt etwas desorientiert, als hätte er in der Tat gerade noch geschlafen. In der Hand hält er seine Boxershorts und zieht diese an. »Hallo, Sonnenschein!« Er lächelt und versucht, das Gleichgewicht zu halten.

Wie angewurzelt bleibe ich auf der Türschwelle stehen und betrachte mit offenem Mund seinen hüllenlosen Körper. Beschämt gucke ich zur Seite, um im nächsten Moment eine wütende Stimme hinter mir zu hören.

»Was soll das – was macht der Kerl hier?«, brüllt Alex. Er muss mir vom Strand gefolgt sein, ohne dass ich es gemerkt habe. »Was hat der hier zu suchen? Ihr habt doch nicht etwa ...? Du hast doch nicht ...« Die Ader an seinem Hals tritt deutlich hervor und mit nach vorn gebeugtem Oberkörper geht er einen drohenden Schritt auf mich zu.

Mir bricht der Schweiß aus und neben meinem Ärger über das Auftreten von Alex verspüre ich plötzlich Angst. »Alex, nicht!«, rufe ich und ducke mich. Meine Hände halte ich schützend über meinen Kopf.

»Hey, Finger weg!«, schreit Simon aus meinem Zimmer und kommt auf Alex zu. Er stellt sich schützend vor mich. Der Größenunterschied der beiden Männer ist deutlich zu erkennen.

»Du hast mir überhaupt nichts zu sagen!«, brüllt Alex so laut, dass einige Hotelgäste neugierig die Köpfe aus den Zimmern stecken und das Schauspiel beobachten, das sich ihnen bietet.

Ich dagegen halte mir die Hände vor das Gesicht und taumele ein Stück zurück. Ich möchte gar nicht sehen, was sich vor mir abspielt. Mein verzweifeltes »Alex! Simon! Hört auf!« geht im lauten Stimmgemenge der beiden tollwütigen Kerle unter. Als die Faust von Alex durch die Luft fliegt und Simon im Gesicht trifft, schreie ich auf.

Einige der schaulustigen Hotelgäste ziehen lautstark die Luft ein und schauen mit schmerzverzerrtem Gesicht zur Seite.

Die Stimmen zweier portugiesisch sprechender Männer hallen durch den Flur. Es klingt drohend, doch die Worte verstehe ich nicht. Sie tragen eine Art Uniform und packen die beiden ineinander verkeilten Männer, der eine von ihnen nur mit der Unterhose bekleidet, an den Armen und ziehen sie auseinander. Ich verstehe mein eigenes Wort nicht mehr. Simon versucht, mit Händen und Füßen dem Wachpersonal klarzumachen, dass er ein Hotelgast sei und Alex ihn angegriffen habe. Ob sie es verstehen, weiß ich nicht, aber sie ergreifen Alex und schieben ihn rückwärts den Flur entlang zum Fahrstuhl, um ihn nach oben zum Ausgang zu bringen.

»Ich will dich nie wiedersehen!«, rufe ich Alex hinterher. Dann drehe ich mich zu Simon, um zu sehen, wie es ihm geht.

»Was war das denn?«, fragt er mich noch immer ganz außer Atem und hält seine Hand vor sein schmerzendes linkes Auge.

»Komm, wir gehen rein«, sage ich und schiebe ihn energisch ins Zimmer. »Die Leute gaffen uns alle an.«

Im Zimmer gehe ich zur Minibar, hole eine kalte Wasserflasche heraus und reiche sie ihm. »Hier, halte dir das an dein Auge.« Er drückt sie sich gegen seinen deutlich blau gewordenen Wangenknochen, verzieht das Gesicht und knirscht die Zähne aufeinander. »Aaaah!«

Mitfühlend zucke ich zusammen. »Es tut mir so leid. Das war mein Ex. Er hat mich am Strand überrumpelt. Keine Ahnung, wieso er auf einmal hier aufgetaucht ist. Ist es sehr schlimm?«

»Geht schon«, sagt Simon und macht eine wegwerfende Handbewegung. »Das war also dein Ex-Freund.«

Ich nicke.

»Aber offenbar sieht er sich nicht als dein Ex-Freund. Er glaubt, ihr seid noch zusammen.« Es klingt mehr wie eine Feststellung als eine Frage.

»Es ist kompliziert«, sage ich. »Du hast das Frühstück verpasst. Soll ich etwas vom Zimmerservice bestellen?«, frage ich, um das Thema zu wechseln.

»Nee, danke, lass mal. Ich gehe erstmal rüber in mein Zimmer. Ich muss unter die Dusche. Ich wollte heute noch surfen gehen«, sagt Simon, schnappt sich seine restlichen Klamotten und verlässt den Raum.

Alleine bleibe ich zurück und schüttele den Kopf. Ist das gerade alles wirklich passiert? Ich fühle mich irgendwie wie im falschen Film. Seufzend lasse ich mich rückwärts aufs Bett fallen und sehe mich das erste Mal so richtig im Raum um. Das Zimmer ist zwar klein, sieht aber ganz nett aus. Nur an der Wand gegenüber dem Bett fehlt mir irgendwie ein Bild. Die weißen Wände, der Spiegel, die Klimaanlage und der hängende Fernseher in der Ecke, das lässt das Zimmer karg wirken. Über dem Bett hängt immerhin eine kleine Zeichnung in einem Bilderrahmen. Erst jetzt fällt mir der Balkon auf – mit Meerblick. Das habe ich gestern überhaupt nicht wahrgenommen.

Abgelenkt von der Schönheit des Meeres gehe ich hinaus und lasse mich dort auf den dunklen Plastikstuhl fallen. Die Sonne blendet und das Meer schillert übernatürlich blau und türkis. Links befindet sich die bröckelige Felswand einer Steilküste. Hinter der Strandbar beginnt der Sandstrand mit seinen vielen Sonnenschirmen. Ich lehne mich zurück und atme die herrliche Luft ein, die schon so verführerisch nach Sonne, Sommer und Sonnencreme duftet.

Mein Handy macht einen Plinglaut und reißt mich aus meinen Gedanken.

Eine WhatsApp-Nachricht wird angekündigt.

Alex – 11:38
Was ist mit dir los? Ich dachte, du freust dich, mich zu sehen? Und du poppst gleich mit dem ersten dahergelaufenen Kerl? Spinnst du? Übrigens: Du kannst mir eine neue Playstation kaufen!

Ups. Ich schalte mein Handy auf stumm und lege es zur Seite. Genervt von dem ganzen Gefühlschaos gehe ich wieder zurück ins Zimmer und lasse mich auf das Bett fallen. In den Laken rieche ich noch dezent den Geruch von Simon. Seufzend schließe ich die Augen. Ich habe völlig mein Ziel aus den

Augen verloren. Wieso bin ich hier? Ich wollte Urlaub, Erholung und Tiago suchen. Herausfinden, wie er lebt, ihn kennenlernen. Simon war da überhaupt nicht eingeplant und Alex erst recht nicht. Ich werde mich ab jetzt nur noch auf meinen Plan konzentrieren und der lautet: Tiago finden.

KAPITEL 17

Nach dem Abendessen ziehe ich mir das schwarze Kleid mit den kleinen roten Rosen an und lege ein schlichtes Make-up auf. Auf dem Bett liegen zwei Unterhosen zur Auswahl bereit: eine Hotpants und ein Spitzenhöschen. Die Wahl fällt auf Letzteres.

Ich frische meine Locken auf, schnappe mir eine dünne Jacke, meine Handtasche und schließe die Tür hinter mir.

An der Rezeption lasse ich mir einen Plan des Weges zur Matt's Bar ausdrucken, in der Tiago als DJ auflegt. Die Rezeptionistin fragt mich, ob sie mir ein Taxi bestellen solle, doch ich schüttle den Kopf. Es ist erst früher Abend und ich möchte mir den Ort ansehen.

Mit dem Plan ausgestattet, bahne ich mir den Weg durch die sprudelnde Altstadt Richtung Neustadt. Das ist ein ganz schöner Fußmarsch, aber die Bewegung an der sommerlichen Luft tut mir gut.

In der Altstadt tobt das Leben und erst ein Stück entfernt lichten sich die Menschenmassen, aber es sind noch genug Passanten unterwegs, sodass ich mich nicht unwohl fühle. Auch wenn ich mich immer wieder umdrehe, um zu kontrollieren, ob mir nicht jemand folgt. Doch ich entdecke nur händchenhaltende Pärchen, die durch die Straßen schlendern.

Am Himmel blitzt ein heller Lichtschweif auf. War das eine ...?

Ich habe schon so lange keine Sternschnuppe mehr gesehen. Hier in Portugal wirken sie viel größer und sind deutlicher zu erkennen. Schnell schließe ich die Augen und überlege mir einen Wunsch. Das fällt mir nicht schwer. Ich habe ein Ziel vor Augen. Ich wünsche mir das Gleiche, was ich mir einst als Vierzehnjährige hier am Strand von Albufeira gewünscht habe: Tiago wiederzusehen.

Damals hat mir der Zauber der Sternschnuppe den Wunsch erfüllt. Ob sie mir heute auch helfen wird?

Gute vierzig Minuten später biege ich endlich in eine bunt beleuchtete Straße ein, in der sich Bar an Bar reiht.

Schon von Weitem entdecke ich das große Schild und in meinem Kopf spricht die Stimme meines Navis: »Sie haben Ihr Ziel erreicht, es befindet sich auf der rechten Seite.« Ich merke, wie die Knochen in meinen Beinen zu Gummi werden und mein Bauch ganz merkwürdig kribbelt.

Was mache ich hier nur? Bin ich noch ganz dicht? Ich reise allein in ein fremdes Land, nur um einem Typen hinterherzujagen, den ich kaum kenne? Was habe ich mir dabei nur gedacht? Was wird er von mir halten?

Gerade als die Stimme meines inneren Zweiflers beschließt, umzukehren, sagt mir mein Verstand etwas anderes. Ich bin extra nach Portugal geflogen, habe den Flug überlebt und die Bar gesucht, jetzt muss ich auch reingehen!

Vor dem Eingang sticht mir auf einer Tafel der Name Tiago ins Auge. Sie kündigt ihn als DJ des Abends an.

Ein Prickeln durchzieht meinen ganzen Körper. Wird es heute soweit sein? Sehe ich wirklich den Mann wieder, in den ich mich als Jugendliche trotz der kurzen Zeit unsterblich verliebt habe und von dem ich mich so abrupt trennen musste?

Ich trete durch das Eingangstor und stehe erst einmal in einem Biergarten mit einem großen Luftkissen, auf dem man Rodeo reiten kann. Eine blonde Frau sitzt obenauf, grölende Partygäste stehen darum versammelt und feuern sie an. Doch da fällt sie auch schon schreiend hinunter.

Ich bahne mir meinen Weg weiter durch die Besucher.

Als ich die Bar betrete, staune ich nicht schlecht. Sie ist größer, als ich sie mir vorgestellt habe, und auch schon gut besucht. Ich gehe durch einen der abgerundeten Torbögen und entdecke ein DJ-Podest gegenüber der Bar. Dort oben mache ich einige Männer aus, doch aus der Entfernung kann ich niemanden genau erkennen. Er müsste dort zu finden sein. Mein Herz hüpft in einem nervösen Takt auf und ab.

Die Lichter flackern bunt und die Nebelmaschine pustet weiße Rauchwolken in den Raum. Ich muss husten. Den Gestank, den diese Geräte erzeugen, hasse ich wie die Pest. Die anderen Partygäste scheint das jedoch nicht zu stören, sie tanzen und springen unbeirrt zu den Beats.

Ich ziehe meine Jacke aus, knülle sie zusammen und stopfe sie in meine Handtasche.

Und jetzt?

Zuerst an die Bar! Dort bestelle ich mir einen Cocktail. Mit ein wenig alkoholischer Unterstützung fällt mir mein Vorhaben sicher etwas leichter.

Aber auch nach dem zweiten Zombie klebe ich auf meinem Barhocker fest. Immer wieder schiele ich unauffällig in die Richtung, in der ich das Ziel meiner Begierde vermute.

Doch mein Zweifler meldet sich wieder zu Wort. Was, wenn Tiago mich für völlig bekloppt hält, unangekündigt hier aufzutauchen? Ich male mir eine Situation nach der anderen aus, wie unser Wiedersehen verlaufen könnte, doch alle enden mit einem verächtlichen Lächeln von Tiago.

Weil ich einfach nicht weiß, wie ich auf ihn zugehen soll und ich ihn immer noch nicht ausmachen konnte, greife ich zu meinem Handy und schicke ihm eine Nachricht:

Ich – 22:15
Hey, was machst du? Bist du arbeiten?

Während ich auf eine Antwort warte, bestelle ich noch einen dritten Cocktail und ignoriere den vierten Kerl, der mich schleimig anlächelt. Noch einen weiteren Mann, der mein Leben durcheinanderbringt, kann ich echt nicht gebrauchen.

Tiago antwortet nicht.

Bevor ich weiter über einen Plan nachdenken kann, macht sich meine Blase bemerkbar.

Beim Aufstehen spüre ich schon deutlich die Wirkung der drei Cocktails. Ich brauche einen Moment, bis das Drehen in meinem Kopf nachlässt.

Meine Augen suchen die Bar nach der Damentoilette ab. Mit wackeligen Schritten laufe ich auf die Tür mit dem richtigen Symbol zu und verschwinde in einer freien Kabine.

Ich hole mein Handy heraus, weil meine Tasche vibriert.

Tiago hat sich gemeldet. Anstelle einer Antwort hat er mir ein Foto geschickt, wie er oben auf dem DJ-Podest an seinem Equipment steht und in die Kamera grinst.

Aaaahaaaa. Er ist also tatsächlich da.

Ich starte den Kameramodus und schieße von mir ein Selfie, doch bevor ich es abschicke, bemerkt mein in Alkohol schwimmendes Gehirn, dass ich auf einer Toilette sitze.

Außerdem weiß ich nicht, wie gut er sich in der Bar auskennt, nachher erkennt er noch die bekritzelten Fliesen hinter mir. Sofort lösche ich das Bild.

Stattdessen schicke ihm noch einige Fragen. Dinge, wie das Wetter heute so war und weitere unverfängliche Ablenkungsmanöver. Er soll ja schließlich noch nicht wissen, dass ich nur drei Meter von ihm entfernt bin.

Oder sollte ich ihm das schreiben? So nach dem Motto: »Hey, übrigens, ich stehe gerade vor dir!«

Vielleicht sollte ich das tun. Oder ich stelle mich vor ihn und mache dort ein Selfie, das ich ihm schicke. Ohne Worte. Ja, das sollte ich hinbekommen! Aber erst muss ich checken, wie ich aussehe. Nicht, dass mein Make-up sich irgendwie selbstständig gemacht hat und ich aussehe wie ein Pandabär auf Drogen.

Bevor ich mich anziehe und die Klospülung betätige, möchte ich mein Handy in meine Tasche zurücklegen.

Doch meine Tasche ist nicht mehr da. Suchend blicke ich mich um.

Ich habe sie doch hier vor mir auf den Boden abgelegt.

Fuck!

Hat mir jemand die Tasche durch den Spalt unter der Tür rausgezogen?

Halt! Da sind doch noch meine Rückflugtickets und mein Ausweis drin!

Schlagartig fühle ich mich zwei Cocktails nüchterner. Ich könnte mich ohrfeigen, dass ich diese wichtigen Dinge nicht in den Hotelsafe geschlossen habe und vor lauter Hilflosigkeit schießen mir Tränen in die Augen.

Ich ziehe meine Unterhose hoch, spüle, dann reiße ich die Tür auf und suche an den Waschbecken weiter nach meiner Tasche. Doch der Vorraum ist leer, bis auf zwei Frauen, die soeben hineingetorkelt kommen. Sie kichern und sprechen Portugiesisch. Meine Zunge fühlt sich verknotet an und ich traue mich nicht, sie zu fragen, ob ihnen etwas Verdächtiges aufgefallen war.

Ohne mich abzutrocknen, renne ich aus dem Klo heraus und schaue links und rechts, ob ich noch jemanden sehe, der mit meiner Tasche davonrennt.

Fehlanzeige!

Es sind einfach zu viele Leute hier.

Ich laufe weiter bis zum Ausgang. Hektisch wandern meine Augen von einer Person zur nächsten und scannen sie nach meiner Tasche ab. Aber auch hier tummeln sich zu viele Menschen.

Auf der Straße sieht es leider nicht anders aus: Frauen in hübschen Kleidern und passenden Jacken, Männergruppen in Hawaiihemden und Shorts. Aber keiner rennt auffällig mit meiner Tasche durch die Gegend.

»Scheiße, scheiße, scheiße! Was mache ich denn nun?«, frage ich mich laut und bin noch ganz außer Atem.

Ein Typ, der an mir vorbeiläuft, guckt mich komisch an, geht aber weiter und taucht ab in den Sog des bunten Flusses auf der Straße.

Ich beschließe, zurück zur Bar zu gehen und nachzufragen, was man in so einer Situation macht.

Gegen die Lautstärke der Musik versuche ich, der Frau hinter dem Bartresen meine Lage zu erklären. Achselzuckend gibt sie mir auf Englisch zu verstehen, dass sie nicht wisse, was ich machen soll, und sie dafür auch keine Zeit habe. Sie deutet auf die ungeduldig aussehenden Gäste neben mir.

Ich seufze. Und jetzt? Man muss doch aber hier irgendwo Hilfe bekommen!

Plötzlich wünschte ich, Alex wäre doch hiergeblieben und ich wäre nicht so alleine in dieser Situation. Kurz überlege ich, ihn anzurufen. Ob er schon in Deutschland ist? Was würde er an meiner Stelle machen?

Den Chef sprechen.

Ja, das ist es! Ich wende mich noch einmal an die Barkeeperin und frage, ob sie nicht den Manager rufen könne. Sie wirft mir einen genervten Blick zu, greift dann aber doch zu einem Telefonhörer und spricht kurz mit jemandem. Dann streckt sie den Zeigefinger hoch, ich solle kurz warten.

Der DJ spielt »In my mind«, ein Song, zu dem ich normalerweise total gerne tanze, doch der Spaß ist mir deutlich vergangen. Dieser Dieb hat mir alles versaut. Statt Tiago kennenzulernen, werde ich mich wohl eher mit der Polizei und dem Auffinden meiner Tasche beschäftigen müssen.

Die Barfrau sieht auf und nickt jemandem hinter mir zu. In dem Moment spüre ich ein Ziehen an meiner Unterhose und mit einem Schnappen schlägt das Gummiband auf meine Hüfte zurück.

Ich zucke zusammen.

Der glatte Stoff meines Kleides fällt über die nackte Haut meines Oberschenkels. Mir wird heiß und kalt gleichzeitig. Gedanklich mache ich mich bereit, mich umzudrehen, und dem Grapscher eine zu knallen. Doch in der gleichen Sekunde wird mir etwas klar. Innerlich versteife ich mich und presse die Augen zu. Hatte ich etwa mein Kleid in der Eile in mein durchsichtiges Spitzenhöschen gesteckt und bin mit freigelegter Unterhose durch die Gegend gerannt?

Noch immer fühle ich mich nicht imstande, mich umzudrehen.

Doch dann legt sich eine Hand auf meiner Schulter und langsam fahre ich herum. Ich reiße die Augen auf, mein Kinn fällt herunter und ich starre die Person vor mir an.

Überrascht über meine Reaktion weiß auch er offenbar nicht recht, was er sagen soll.

Meine Gesichtszüge müssen mir wohl komplett entgleist sein. Ich kann nicht glauben, wer da vor mir steht.

KAPITEL 18

Es ist Tiago. Oder hat er noch einen Bruder, der ihm verdammt ähnlich sieht?

Er scheint sich als Erster zu fangen und führt mich, seine Hand auf meinem Rücken, in eine Art Büroraum.

Bei seiner Berührung stellen sich die Härchen auf meinen Armen auf und ein wohliger Schauer läuft mir über den Rücken. Es fühlt sich an, als würden wir uns in Zeitlupe bewegen. Selbst die Musik ist langsamer geworden.

In diesem Moment, in dem sich unsere Blicke treffen, wird ein Schalter in mir umgelegt, als hätte jemand jahrelang die Stopptaste gedrückt und sie nun mit einem Mal losgelassen. Diese Taste öffnet einen Staudamm und ein Meer aus Gefühlen stürmt auf mich ein.

Er sieht noch genauso gut aus wie damals. Er ist etwas größer, seine Haare sind etwas dunkler und ein Dreitagebart ziert sein Gesicht, doch mein Herz hat ihn sofort wiedererkannt.

Ich atme tief ein und vernehme sein süßlich-herb riechendes Parfüm. Für eine Sekunde schließe ich die Augen, um den kurzandauernden Schwindel abzuwarten, der mich überkommt.

Tiago sieht mich an und deutet auf einen Stuhl.

Erkennt er mich nicht? Am liebsten würde ich schreien: »Hallo! Ich bin's, wir schreiben uns täglich!« Doch mein Mund bleibt verschlossen.

Wieso sollte er auch vermuten, dass ich hier bin? Ich habe es ihm ja verheimlicht.

Ich setze mich und warte ab. Einige Aktenordner stehen herum und unordentliche Papierstapel liegen verteilt über den Schreibtisch. Vor dem leuchtenden Bildschirm eines Computers liegt eine geöffnete Packung Pizza mit ein paar übrig gebliebenen Stücken.

Wo bleibt nur der Manager?

Tiago zieht die Stirn kraus und spricht mich auf Englisch an: »Ich bin der Manager, wie kann ich helfen?«

Ich schlucke.

Dass er auch Manager in diesem Laden ist, hat er mir bisher verschwiegen. Was hat er mir sonst noch nicht erzählt? Ist er verheiratet und hat fünf Kinder?

Ich konzentriere mich und in kurzen Worten und schlechtem Schulenglisch stottere ich ihm vor, was passiert war.

Er kratzt sich an der Stirn und sagt: »Ich rufe die Polizei, das müssen wir anzeigen.« Begeistert sieht er nicht aus.

Ich nicke. Ein unbehagliches Rumoren macht sich in mir breit. Ich wollte ihm keine Unannehmlichkeiten bereiten.

Er greift zu seinem Handy, wählt eine Nummer und spricht im schnellen Portugiesisch hinein. Danach sagt er etwas, das ich mir so übersetze: »Ich gehe kurz raus und hole die Polizei durch die Hintertür hinein.« Damit geht er und lässt mich allein zurück.

Ich lasse meine Stirn auf die Tischplatte fallen und raufe mir die Haare.

Wieso habe ich nichts gesagt?

Nach drei oder vier Minuten kommt Tiago zurück, gefolgt von zwei Polizisten. Das ist auch nicht der richtige Moment, mich zu erkennen zu geben.

Mit Händen und Füßen erkläre ich den Männern in Uniform, was sich ereignet hat.

Oh Mann, ist mir das peinlich vor Tiago. Wenn wir schreiben, habe ich immer meine Übersetzungsapp geöffnet. Aber ich traue mich nicht, die App jetzt zu benutzen. Durch den Alkohol scheine ich noch mehr als sonst unter Wortfindungsstörungen zu leiden.

Doch Tiago erweist sich als äußerst hilfsbereit. Wenn ich etwas nicht verstehe oder nicht weiß, wie ich es sagen soll, springt er ein und übernimmt das Reden. So wie damals, denke ich. Dankbar lächle ich ihn an und versuche dabei, ihn nicht die ganze Zeit anzustarren.

Die Polizisten reichen mir ein Formular, das ich ausfüllen soll, und ich schreibe in das entsprechende Feld meinen Namen.

Tiago gibt ein Geräusch von sich, das mich aufsehen lässt. Dieses Mal ist er es, der mich ungläubig anstarrt und ich merke, wie es in seinem hübschen Kopf rattert und bei einem tiefen Blick in meine Augen spiegelt sich Erkenntnis wider.

Schüchtern lächle ich ihn an und flüstere: »Hi.«

»Hi«, sagt auch er und lächelt zurück. Seine Augen wandern in Zickzackbewegungen über mein Gesicht, als würde er jeden Zentimeter abscannen, um zu prüfen, ob wirklich ich es bin, die da vor ihm sitzt. Die, die ihm gerade noch geschrieben hat, und so tat, als wäre sie auf Mallorca.

Ich senke meinen Kopf, schaue wieder auf das Blatt vor mir und muss mich echt anstrengen, damit ich alle leeren Felder des Formulars richtig ausfülle. Die Cocktails und Tiagos Gegenwart sind keine große Hilfe dabei. Immer wieder verschwimmen die Buchstaben vor meinen Augen und meine Gedanken schweifen zu Tiago rüber. Was er wohl jetzt von mir denkt?

Als ich eine Minute oder länger – oder war es kürzer? – untätig auf das Blatt starre, höre ich, wie jemand einen Stuhl zu mir ran zieht. Ich spüre Tiagos Nähe und mich durchströmt ein schon längst vergessenes Kribbeln im ganzen Körper. Sein Atem kitzelt mich am Arm.

Mit seiner Hilfe fülle ich das Blatt vor mir aus und zähle auf, welche Dinge in meiner Tasche waren: Portemonnaie, Ausweis, meine Rückflugtickets und der Schlüssel vom Hotelzimmer sowie meine Jacke und Sonnenbrille. Scheiße, den Schlüssel zu ersetzen, wird sicher teuer werden, und der Rückweg ohne Jacke ziemlich kalt. Und wie komme ich ohne Flugtickets und Ausweis zurück nach Deutschland?

Als ich endlich das Formular fertig ausgefüllt habe, überreiche ich es den Polizisten.

Sie raten mir, sofort meine Geldkarte sperren zu lassen, und mich schnellstmöglich mit der deutschen Auslandsvertretung in Verbindung zu setzen. Sie geben mir die Adresse und erinnern mich daran, auch den Reiseveranstalter zu kontaktieren. Sie versprechen, die Videos der Überwachungskameras zu überprüfen, die Tiago ihnen überlässt. Doch viel Hoffnung, dass der Dieb gefasst werden kann, machen sie mir nicht.

Nachdem Tiago die Polizisten nach draußen begleitet hat, kommt er wieder zu mir zurück. Schüchtern lächeln wir uns an.

Meine Beine fühlen sich immer gelartiger an und ich bin froh, dass ich sitzen kann.

»Warum hast du mir nicht gesagt, dass du hier bist?«, ergreift er als Erster das Wort.

Ich schaue auf den Boden. »Weil ich dumm und feige bin«, gebe ich kleinlaut zu. Ich schiele zu ihm rüber und muss schmunzeln. Er schüttelt noch immer lächelnd den Kopf.

»Darf ich kurz an deinen Computer, um meine Geldkarte zu sperren?«, frage ich, um die Stille zu unterbrechen. Er nickt, wird jedoch im nächsten Moment von einem anderen Mann rausgerufen. »Sorry«, sagt er und verschwindet durch die Tür.

Ich setze mich vor den Computer und kümmere mich in Ruhe um meine Sperrangelegenheiten. Dabei beantrage ich auch gleich eine neue EC-Karte und schreibe die E-Mail an meinen Reiseveranstalter. Danach schicke ich meinen Eltern eine SMS und informiere sie darüber, dass ich hier in Portugal ausgeraubt wurde. Ich frage sie, ob sie mir irgendwie Geld zukommen lassen können. Vermutlich werden sie um diese Uhrzeit aber schon schlafen. Zum Glück ist mein Handy noch da. Da ist mein halbes Leben drin, Fotos, Nachrichten und alle Telefonnummern. Ohne das Teil wäre ich echt aufgeschmissen.

Nachdem ich alles erledigt habe, stecke ich vorsichtig meinen Kopf aus der Tür. Laute Musik dröhnt mir entgegen. Tiago entdecke ich oben auf dem DJ-Podest. Er hat Kopfhörer auf dem Kopf, dreht an Knöpfen, drückt auf Tasten herum und wippt schnell im Takt der Musik mit. Der Mann neben ihm spricht durch ein Mikrofon und feuert die Partygäste an. Als Tiago zur Seite schaut und mich entdeckt, strahlt er mich breit grinsend an und winkt mir zu, ich solle zu ihm hinaufkommen.

»Das ist Max, der Besitzer der Bar, mein Boss und auch DJ.« Er deutet auf den Mann mit dem Mikro.

Max zieht mich heran und begrüßt mich mit zwei Küssen auf die Wange. Er ergreift daraufhin wieder das Mikrofon und spricht zum Publikum: »Wir begrüßen eine Freundin von DJ Tiago aus Deutschland. Ihr wurde hier ihre Tasche gestohlen. Wer das war, bringt sie besser schnell wieder zurück! Passt gut auf eure Sachen auf!«

So in der Art, glaube ich es, zu verstehen.

Die Menge winkt mir zu und ich winke lachend zurück. Doch sicher wird sich keiner melden und mir meine Tasche zurückbringen. Der Dieb oder die Diebin wird schon längst verschwunden sein.

Tiago gibt der Dame hinter der Bar ein Zeichen. Sie kommt kurz darauf mit zwei Cocktails an, einen für mich und einen für ihn. Ich mache ihm mit Handzeichen deutlich, dass ich ja gar kein Geld mehr habe. Er winkt ab und sagt: »Das geht aufs Haus.«

Dankend koste ich von dem leckeren Mixgetränk, setze mich auf einen freien Hocker hinter ihn und beobachte, wie er die Party rockt. Die Musik packt mich und ich bekomme Lust, zu tanzen. Ich springe hinunter in die Menge und gröle mit den anderen Gästen um die Wette.

Die Stimmung in dieser Nacht ist großartig. Ich spüre Tiagos Blick auf meinem Körper, wenn ich mich ganz den Beats und Melodien hingebe.

Es ist, als würde er eins sein mit der Musik, die er dort oben mixt. Die Klänge, die er mir schickt, hüllen mich ein, als würde er mit mir aus der Ferne tanzen.

Als sich langsam die Partygäste lichten und ich mich für eine Trinkpause zu Tiago auf das Podest setze, falle ich fast von meinem Hocker. Es ist bereits kurz vor drei. Beim Tanzen verliere ich immer jegliches Gefühl für die Zeit. Fast hatte ich sogar den Taschendiebstahl vergessen.

Ich gehe zu Tiago und tippe ihm auf die Schulter. »Ich muss los, mein Hotel ist so weit weg und ich weiß auch gar nicht, ob ich in mein Zimmer komme. Ich habe ja gar keinen Zimmerschlüssel mehr«, sage ich und wische mir den Schweiß aus dem Nacken. »Ich hoffe, die Rezeption ist noch besetzt.« Der Gedanke, dass ich vielleicht niemanden antreffe, der mir helfen könnte, war mir bisher gar nicht gekommen. Ich sehe mich schon die Nacht auf einem dieser Sessel in der Hotellobby verbringen. Mir wird schummerig, als mir das ganze Ausmaß des Diebstahls bewusst wird. Bei Simon werde ich garantiert nicht klopfen. Er hatte sich den ganzen Abend nicht gemeldet.

Tiago schüttelt energisch den Kopf. Er führt mich wieder in das Büro, damit wir besser reden können. Max übernimmt so lange die Musik.

»Ich lasse dich nicht alleine laufen. Mitten in der Nacht und ohne Zimmerschlüssel«, sagt er und schüttelt den Kopf. »Du kannst bei mir schlafen. Ich wohne gleich um die Ecke. Wenn das in Ordnung für dich ist?«

Skeptisch mustere ich ihn und überlege. Kann ich ihm vertrauen? Ich kann mir absolut nicht vorstellen, dass er irgendein verrückter Massenmörder sein könnte. Aber das dachten deren Opfer sicher auch vorher. »Ok, wenn es dir nichts ausmacht, nehme ich dein Angebot an«, antworte ich spontan und unterdrücke ein Gähnen.

Kurz darauf verlassen die letzten Partygäste die Bar. Tiago holt seine Jacke aus dem Büro und wir gehen hinaus.

Draußen an der frischen Luft fröstele ich und umklammere meinen Oberkörper, um mich zu wärmen.

Tiago zieht seine Jacke aus und bietet sie mir an. Er lächelt und die Sonne geht dabei in meinem Herzen auf.

Dankbar nehme ich sie ihm ab und schlüpfe hinein. Sie fühlt sich warm und weich an und sie riecht nach ihm.

Auf dem Weg zu seiner Wohnung zündet er sich eine Zigarette an und fragt: »Willst du auch eine haben?«

»Nein, danke, ich hasse Rauchen«, erkläre ich knapp. Sicher, ich habe als Jugendliche schon mal an einer Zigarette gezogen, aber es schmeckte scheußlich, kratzte total im Hals und mir war stundenlang schlecht. Deswegen habe ich die Finger davongelassen.

Ich war froh gewesen, dass Alex nicht rauchte, und es störte mich, dass Tiago es tat. Aber gut, ich habe damals darüber hinwegsehen können, also werde ich es wohl auch jetzt können.

Er wechselt seine Zigarette in die andere Hand und achtet darauf, mir den Qualm nicht entgegen zu pusten.

Sehr aufmerksam.

Wir erreichen nach etwa zehn Minuten ein längeres Wohnhaus mit vier Etagen, er wohnt im zweiten Stock. Seine

Wohnung ist nicht sonderlich groß, aber erstaunlich ordentlich. Kinderspielzeug oder Dinge, die einer Frau gehören könnten, entdecke ich nicht.

»Fühl dich wie zu Hause«, sagt er und geht kurz ins Bad. Als er zurückkommt, überreicht er mir ein großes Handtuch, eine Zahnbürste und ein weites T-Shirt.

»Danke, das ist ja ein besserer Service als im Hotel«, sage ich und lächle verschmitzt.

»Für eine hübsche Frau nur das Beste«, sagt er.

Meine Ohren werden heiß und ich kann seinem Blick nicht standhalten. Ich verschwinde schnell im Bad, bevor ich knallrot glühe. Dort hüpfe ich unter die Dusche. Das heiße Wasser tut unendlich gut. Ich nehme einen Spritzer von seinem Duschbad und beim Abtrocknen rieche ich männlich frisch. Mit seiner Zahnpasta putze ich meine Zähne und komme kurz darauf mit einem Turban auf dem Kopf und dem T-Shirt bekleidet aus dem Bad.

Tiago hat inzwischen die Couch ausgezogen und mir eine Decke und ein Kopfkissen hingelegt. Er steht draußen auf dem Balkon und raucht noch eine letzte Zigarette. Es ist dunkel und einige Wolken ziehen über den Himmel, der Mond ist nicht zu sehen.

Ich trete neben ihn und staune beim Blick auf den Innenhof. »Wow, ein Pool! Dürfen den alle Mieter hier nutzen?«, frage ich entzückt.

Er nickt und sagt: »Ich komme nur irgendwie nie dazu.«

»Wieso nicht?«, frage ich und gähne zum wiederholten Male. Irgendwo in der Ferne höre ich Frösche heiratswillig in ihren Teichen quaken.

Er zuckt die Schultern. »Ich arbeite ziemlich viel und bin selten zu Hause.«

»Wie schade«, sage ich und beuge mich über das Geländer. Ein Fehler, wie ich merke, denn das Shirt rutscht dabei hoch und legt sicher mein Spitzhöschen frei. Schnell ziehe ich den Stoff über meinen Hintern, drehe mich herum und fange seinen ertappten Blick auf.

Er zieht noch einmal lange an seiner Zigarette und drückt sie dann im Aschenbecher aus. »Zeit fürs Bett, gute Nacht.« Er pustet den Rauch aus.

Als wir hineingehen und er die Balkontür schließen will, berühren sich unsere Hände. Diese kurze Berührung weckt ein aufregendes Kribbeln in mir und den Wunsch, er würde mich in den Arm nehmen und mich küssen.

Unsere Blicke treffen sich. Spürt er das auch, was ich spüre? Doch dann räuspert er sich und geht ins Bad.

Ich lege mich auf die Couch und decke mich zu. Im Hintergrund höre ich die Dusche plätschern.

Ich komme mir vor wie die Moderatorin von der Sendung »Vermisst«, die lachend in die Kamera sagt: »Ich habe Tiago tatsächlich gefunden.« Jetzt liege ich sogar in seiner Wohnung und kann das alles kaum fassen.

KAPITEL 19

Kaffeeduft weckt mich am Morgen. Die Sonne strahlt schon hell in die Wohnung, die nicht mein Hotelzimmer ist.

Tiagos Wohnung, ja, richtig. Es ist verwirrend, wenn man innerhalb weniger Tage in unterschiedlichen Betten wach wird.

Tiago ist offenbar schon aufgestanden. Ich hatte angenommen, er wird den ganzen Vormittag verschlafen, aber er scheint mit wenig Schlaf auszukommen. Ich setze mich auf und sehe mich um. Ich für meinen Teil fühle mich noch sehr müde.

Während ich mich ausgiebig strecke, guckt Tiago um die Ecke und lacht auf.»Guten Morgen.«

Vermutlich haben meine Haare letzte Nacht die Party ohne mich weitergefeiert und stehen in alle Richtungen ab. Den Mund zu einem Schmollen verzogen sage ich:»Guten Morgen.« Ich fahre mir mit den Fingern durch die Haare und versuche, meine Locken irgendwie zu bändigen.

»Magst du einen Kaffee haben?«

»Ja, bitte, mit Milch und Zucker«, antworte ich.

Er überreicht mir die dampfende Tasse.

»Was hast du heute vor?«, frage ich.

»Ich habe mir heute spontan freigenommen. Wir müssen ja einiges erledigen.«

»Echt? Fährst du mit mir zu der Adresse?« Ich wedle mit dem Zettel herum, den mir die Polizei gegeben hat.

»Na klar, ich kann dich ja nicht einfach so mit dem Problem

allein lassen. Und ich habe selten solch hübschen Besuch.« Er lehnt sich auf seinem Stuhl nach hinten und verschränkt lässig die Arme hinter dem Kopf.

Ich schlucke und fahre mir erneut durch meine Haare. Flirtet er etwa? In meinem Bauch sprudeln tausend kleine Kohlensäurebläschen hoch und meine Wangen beginnen, zu glühen.

»Danke. Das ist sehr lieb von dir«, sage ich und beiße mir auf die Unterlippe. Einen Moment schauen wir uns tief in die Augen und ich habe das Gefühl, abzuheben.

Nach dem Frühstück husche ich ins Bad und schreie auf. Aus dem Spiegel starren mich zwei schwarz verschmierte Augen an. Ich sehe aus wie ein Waschbär.

Ein Kichern kommt aus der Küche.

Er lässt mich so rumlaufen und sagt keinen Ton?

Ich durchsuche alle Schubfächer und Schränkchen, doch in Tiagos Bad finde ich weder Make-up Entferner noch Wattepads. Mit etwas Creme und Klopapier wische ich mir die Schminkreste aus dem Gesicht und ziehe mir mein Kleid wieder an.

Ich betrete die Küche und schenke Tiago einen strafenden Blick. »Wieso hast du mir nicht gesagt, wie furchtbar ich aussehe?«

»Ich fand dich ganz bezaubernd.«

Ein kläglicher Versuch, sich zu retten.

»Und jetzt, wow!«, sagt er und pfeift anerkennend.

Ich rolle mit den Augen und muss grinsen. »Können wir los?«

Vor dem Haus steigen wir in Tiagos grauen Opel Astra und fahren zur ersten Anlaufstelle für bestohlene Touristen. Tiago hat die Adresse in seine Navigationsapp eingegeben. Es ist witzig, die Stimme des Navis in einer anderen Sprache zu hören.

Tiago stellt das Radio an – Songs aus den 80ern und 90ern erklingen leise. Bei den Liedern, die ich kenne, möchte ich am liebsten die Musik laut aufdrehen und mitsingen. Aber ich traue mich nicht. Alex fand meine Singstimme schrecklich. Immer, wenn ich mal mit Kopfhörern und aus voller Kehle singend durch die Wohnung gehüpft bin, fragte er mich, was er nehmen müsste, um auch so drauf zu sein. Und so wippe ich nur mit dem Kopf mit und klopfe mit meinen Händen im Takt auf die Oberschenkel.

Ich blicke nach draußen und genieße die ungewohnte Landschaft. Sie ist grün. Tausend verschiedene Grüntöne malen ein Gemälde vor meiner Fensterscheibe. Millionen von Wildblumen versetzen es mit bunten Tupfen. Ich liebe die Palmen, die die Straßen säumen, und diese alten Windmühlen. Neben den schwarz-gelb gestreiften Pollern auf dem Mittelstreifen taucht eine Bimmel-Bahn auf. Erfreut jauchze ich auf und erzähle Tiago, dass es die auch in Deutschland gibt, ich kenne sie von meinen zahlreichen Ostseeurlauben.

Doch dann kommen wir an etwas vorbei, das es bei uns nicht gibt. Ich muss schallend auflachen. Das rote Verkehrsschild zeigt vier Symbole an. Die Straße nicht nutzen dürfen: Fußgänger, Rollerfahrer, Rinder sowie Hand- oder Eselskarren. Darunter ist ein Schild angebracht, das auch Treckern die Nutzung untersagt.

»Gut zu wissen, dann lasse ich meinen Bollerwagen lieber zu Hause«, scherze ich. »Bei uns gibt es solche witzigen Verkehrsschilder nicht«, füge ich hinzu, als ich Tiagos verständnislosen Blick bemerke.

Nach ungefähr fünfzig Minuten kommen wir an unserem Ziel an. Tiago sucht einen Parkplatz in der Nähe. Den Rest des Weges gehen wir zu Fuß und suchen das Gebäude. Doch bei der Hausnummer, die auf dem Zettel notiert ist, stehen wir vor einem verlassen wirkenden Haus.

Ich sehe ratlos zu Tiago und fange seinen fragenden Blick auf. Unruhe kribbelt in mir. Was ist, wenn die Behörde hier gar nicht mehr ist? Wo soll ich mich dann hinwenden?

Ein Mann läuft an uns vorbei und Tiago folgt ihm zwei Schritte, tippt ihm auf die Schulter und erklärt, was wir suchen.

Doch er schüttelt den Kopf, nimmt den Zettel und schaut links und rechts an dem Haus vorbei. Er ruft sogar seine Mutter und seine Schwester an, die aber auch nicht helfen können.

Wir bedanken uns für seine Mühen, auch wenn wir kein Stück weitergekommen sind, und laufen ein Stück die Straße runter.

Fünf Minuten später biegt der Mann, den wir um Hilfe gebeten hatten, hupend mit dem Auto um die Ecke. Sein Bruder kann uns endlich sagen, wo wir hingehen müssen. Die Behörde ist im letzten Jahr umgezogen. Mit wilden Handbewegungen gibt er Tiago eine Wegbeschreibung und wir machen uns auf den Weg.

Auf der Treppe kommt uns eine wild fluchende Frau entgegen.

Kurz darauf sehe ich auch, warum sie so geschimpft hat, und stehe genauso fluchend vor der verschlossenen Tür.

Dort hängt ein Schild. »...wegen Wasserrohrbruchs geschlossen, voraussichtlich wieder geöffnet ab 16.04. ...«, lese ich vor. »So ein Mist, das kann doch nicht wahr sein! Und jetzt? Wir sind völlig umsonst hergefahren. 16. April? Mein Rückflug geht am 14. April! Wie komme ich jetzt wieder nach Hause?« Ich tigere vor dem Eingang hin und her, schaue durch die Scheibe, gehe eine Tür weiter. Doch das behebt auch keine kaputten Rohre. »Was denke ich mir auch dabei, allein in den

Urlaub zu fahren. Das konnte doch nur schiefgehen!« Ich schimpfe auf Deutsch vor mich hin.

Tiago sieht mich belustigt an und mir wird klar, dass er keines meiner Worte versteht. Mit der flachen Hand haue ich mir gegen die Stirn. »Sorry, mein Flug geht am 14.04., aber ohne Papiere komme ich hier nicht weg«, erkläre ich ihm die Kurzform.

»So bald schon? Ich hatte gehofft, du bleibst länger«, sagt er und wirkt irgendwie enttäuscht.

»So wie es aussieht, werde ich das wohl auch. Ob ich will oder nicht.« Ich kämpfe gegen die Tränen an, die sich ihren Weg nach draußen bahnen wollen und drehe mich von Tiago weg, als wir uns unverrichteter Dinge wieder zum Auto begeben.

»Was mache ich denn jetzt nur?«, frage ich.

»Wir fahren erstmal zurück und überlegen dann weiter.« Er startet den Motor und fährt los.

Die Gedanken in meinem Kopf überschlagen sich und ich habe das Gefühl, mir würde ein kalter Stein im Bauch liegen.

Die Rückfahrt kann ich überhaupt nicht genießen. Auf meiner Unterlippe rumkauend überlege ich, was ich noch für Optionen habe.

Plötzlich ergreift Tiago meine Hand.

Ich zucke zusammen. Ich war so in meine Gedanken vertieft, wie ich aus dieser Misere wieder rauskomme, ich habe ganz vergessen, dass Tiago neben mir sitzt.

»Mach dir nicht so viele Sorgen. Du wirst schon irgendwie nach Hause kommen. Als Erstes fahren wir jetzt in dein Hotel und klären das mit dem Schlüssel. Wie heißt das Hotel überhaupt?«

»Hotel Sol E Mar – gleich unten am Strand.«

»Gut, das kenne ich«, sagt Tiago. »Ich helfe dir, alles wird gut.«

KAPITEL 20

Als wir im Hotel ankommen, lässt Tiago mich vor der Tür aussteigen und fährt weiter, um einen Parkplatz zu suchen.

Mit feuchten Händen betrete ich die Eingangshalle und gehe auf die Dame an der Rezeption zu. Meine Stimme zittert, als ich erkläre, wie der Schlüssel verschwunden ist.

Das freundliche Gesicht der Frau wird zu Stein und sie nimmt einen Telefonhörer in die Hand. Sie spricht mit jemanden.

Meine Augen kleben an ihrem Mund, der für mich nur unverständliche Worte und Laute hervorbringt.

Nach dem Telefonat gibt sie mir zu verstehen, dass sie mich zum Büro der Managerin bringen werde.

Vergebens suche ich die anfängliche Freundlichkeit in ihrem Gesicht.

Meine Hoffnung, aus dieser Geschichte straffrei herauszukommen, schrumpft auf die Größe eines Gummibärchens. Hilfesuchend blicke ich zum Eingang, doch ich kann Tiago nicht entdecken. Begleitet von einem unheilvollen Zittern folge ich der Dame.

Das Büro der Managerin ist schlicht, ordentlich und wirkt modern. Sie sieht von ihrem Computer hoch, erhebt sich und stöckelt ein paar Schritte um den Tisch auf mich zu. Sie ist schlank, groß und wirkt in ihrem Business-Outfit ziemlich souverän. Ihre zu einem Dutt gebundenen dunklen Haare lassen sie wie eine strenge Schuldirektorin wirken, die nichts durchgehen lässt. Zur Begrüßung lächelt sie mich kurz an, dann wird ihre Miene ernst, fast eisig. »Sie haben also den Zimmerschlüssel verloren«, sagt sie auf Englisch und es klingt mehr wie eine Feststellung mit Handschellen als eine Frage.

Ich fühle, wie ich vor ihr schrumpfe und wische mir einen Schweißfilm von der Stirn. »Mir wurde die Handtasche gestohlen, in der sich der Schlüssel befand«, verteidige ich mich und mir fällt der Zettel von der Polizei ein. Der liegt leider in Tiagos Auto.

Sie zieht eine ihrer perfekt gestylten Augenbrauen in die Höhe und sieht aus, als glaube sie mir kein Wort.

»Ich kann die aufgenommene Anzeige holen, wenn sie möchten«, sage ich hastig.

Doch sie schüttelt den Kopf. »Es ist unerheblich, wie der Schlüssel abhandengekommen ist, sie werden für den Verlust aufkommen müssen.«

Nach diesen Worten schließe ich die Augen und atme tief ein. Ein starkes Schwindelgefühl überkommt mich, als würde ich mit dem Strudel der Toilettenspülung hinuntergezogen werden. Ich wünschte, sie würde mir einen Stuhl anbieten, doch sie tut es nicht.

Mein Mund öffnet sich, doch mein Gehirn kommt nicht hinterher, Worte zu formen.

Die Frau geht um den Tisch und sucht ein Formular hervor, das sie mir vorlegt.

Die Buchstaben tanzen vor meinen Augen und ich bleibe wie ein angelutschtes Gummitier auf der Stelle stehen, als würde der Zucker mich dort festkleben. Innerlich erstelle ich eine Liste der Kosten, die noch auf mich zukommen werden. Ausgaben für die Verlängerung der Zimmerbuchung, neue Tickets für den Rückflug, Ersatzdokumente bezahlen ...

Es kommt mir so vor, als würde ich meinen Körper verlassen und die Situation von oben beobachten. Ich frage mich, wieso diese Hülle dort unten, die so aussieht wie ich, nur stammelnde Töne zustande bringt. Sag doch etwas! Frag, wie teuer das für dich wird! Sag, du nimmst dir einen Anwalt!

Doch mein Abbild schweigt und schaut die Frau, die irgendwas sagt, verständnislos an.

Wie ein Flaschengeist, der zurück in seine Flasche gesogen wird, kehrt mein Bewusstsein in meinen Körper zurück, als sich die Tür öffnet und die Rezeptionistin Tiago in den Raum führt.

Bei seinem Anblick würde ich am liebsten in Tränen ausbrechen. Doch etwas hält mich davon ab.

Sein suchender Gesichtsausdruck wandelt sich zu einem strahlenden Lächeln, als er die Hotelmanagerin erkennt und auf sie zugeht. Er begrüßt sie mit »Marisol«, gefolgt von einem portugiesischen Wortschwall.

Verdutzt beobachte ich das Schauspiel, das sich mir darbietet. Marisols verhärteter Ausdruck auf den Lippen wird schlagartig weich, fast zärtlich. Sie geht mit offenen Armen auf ihn zu und sie begrüßen sich mit einem Küsschen links und einem Küsschen rechts. Die beiden lachen und gestikulieren wild beim Reden. Ihre Vertrautheit versetzt mir einen Stich ins Herz.

Sie reden und reden und lachen und reden.

Ich stehe mit hängenden Schultern zwei Schritte entfernt und fühle mich wie ein vergessenes Paar Schuhe hinten im Schrank.

Als Tiago den Arm um mich legt und mit dem Finger auf mich deutet, zucke ich zusammen.

Was genau erzählt er ihr?

Überrumpelt schaue ich Marisol an und versuche, ein Lächeln hinzubekommen, das wohl eher aussieht wie von einem gequälten Äffchen.

Sie nickt freundlich und klopft mir freundschaftlich auf die Schulter.

Fragend blicke ich zwischen beiden hin und her, doch sie beziehen mich nicht weiter ein. Kurz darauf verabschieden sie sich Küsschen gebend voneinander. Auch mir reicht die Managerin die Hand.

Wir verlassen das Hotel und bleiben vor dem Eingang stehen. Aufgeregt frage ich:»Was hast du gesagt? Was hat sie gesagt? Jetzt sag schon!«

»Ganz ruhig!« Er lacht mich an.»Sie meinte, es sei natürlich ärgerlich, dass der Schlüssel weg ist. Sie müssen das Schloss und Schlüssel ersetzen lassen, das kostet. Du musst das aber nicht bezahlen. Das habe ich geregelt. Du kannst ja auch nichts dafür, dass dir die Tasche geklaut wurde.«

»Das hat aber erst ganz anders geklungen. Wie kam es zu ihrem Wandel?«

»Sie ist eine Freundin meiner Schwester. Ich glaube, sie stand früher auf mich.« Er zwinkert verschwörerisch.»Ich habe ihr gesagt, du bist eine Freundin, die uns besuchen wollte. Sie möchte doch nicht, dass wir Portugiesen in Deutschland den Ruf eines unfreundlichen Volkes erhalten, das den Gästen das Geld aus der Tasche zieht. Mach dir keine Sorgen, heute Abend bekommst du einen neuen Schlüssel!«

Tiago schaut kurz auf sein piepsendes Handy.

Ich kann es noch immer nicht fassen.»Wirklich?« Mit einem breiten Grinsen im Gesicht springe ich ihm um den Hals und drücke ihm einen dicken Schmatzer auf die Wange.»Vielen Dank!« Als mir bewusst wird, was ich da soeben getan habe, sinke ich zurück auf meine Fersen und sage schnell:»Oh, sorry!«

»Kein Problem. Hier kannst du mir auch noch einen hingeben!«, sagt er und zeigt augenzwinkernd auf seinen Mund.

Mein innerliches Kind rennt erst kichernd davon, um dann heimlich wie ein überdrehter Flummi herumzuhüpfen. In Wahrheit stehe ich sprachlos vor ihm und starre ihn an.

Meine Antwort übernimmt mein knurrender Magen.

»Oh, du hast Hunger«, stellt er fest. »Komm, wir gehen essen, ich zahle. Ich muss nur vorher kurz zur Matt's Bar, etwas mit einem Lieferanten klären. Dort in der Nähe gibt es ein leckeres Restaurant.«

Ich nehme seine Einladung an, was bleibt mir auch anderes übrig? Ich habe ja kein Bargeld mehr. Unendliche Dankbarkeit überflutet mich, dass er mich so unterstützt. Das ist nicht selbstverständlich.

Fünfzehn Minuten später halten wir bei der Matt's Bar, wo Tiago aussteigt und hineingeht. Ich warte im Auto. Mein Handy zeigt elf verpasste Anrufe an. Mist! Meine Eltern. Ich sollte mir abgewöhnen, mein Handy immer auf lautlos zu stellen. Ich wähle die Nummer meiner Mutter, doch nun geht sie nicht ran. Auch die nächsten beiden Versuche bleiben erfolglos.

Kurz darauf kommt Tiago zurück und führt mich in ein Restaurant. Er bestellt für uns beide »Brazilian rodizio«.

Ich habe keine Ahnung, was das ist, aber ich lasse mich überraschen.

»Wenn du Fleisch magst, wirst du es lieben!«, kündigt er an.

Inzwischen habe ich so einen Hunger, dass ich sogar Blutwurst essen würde.

Wir erhalten Teller, Knoblauchbrot, Oliven und Tiago erklärt mir, dass wir uns am Buffet bedienen können.

Dort befinden sich jedoch nur Speisen, die ich als Beilagen bezeichnen würde. Salat, Bohnen, Reis, Kohl ... Wo ist das Fleisch? Habe ich ihn falsch verstanden? Er wird doch wohl kein Veganer sein. Ich sehe mich schon mit wehenden Haaren davonlaufen.

Zurück an unserem Platz erwartet uns ein Mann mit einem roten Shirt und schwarzen Hosen, in der Hand hält er einen langen Fleischspieß. Davon schneidet er scheibchenweise das zarte und saftige Fleisch ab.

Es schmeckt so unglaublich lecker und es scheint kein Ende zu nehmen. Immer wieder erscheint der Mann mit einem anderen Spieß an unserem Tisch, bis wir nichts mehr essen können.

»Du hast nicht zu viel versprochen. Das war echt gut«, sage ich, während die Kellnerin unsere Teller abräumt, und reibe meine Hand im Kreis auf meinem Bauch.

»Ja, ich esse sehr gerne hier. Es ist einfach das Beste. Und natürlich kenne ich den Besitzer«, sagt er und zwinkert mir zu.

»Kennst du hier auch jemanden nicht?«, frage ich scherzend. Er hebt grübelnd die Hand an sein Kinn, schüttelt dann aber den Kopf und lacht.

Ich muss grinsen. »Wollen wir noch ein wenig an den Strand gehen oder musst du wieder zurück zur Arbeit?«, frage ich ihn und merke, dass er auf Strand keine Lust hat.

»Ich habe den ganzen Abend frei – für dich. Aber Strand? Muss das sein?«

Er hat sich wirklich den ganzen Tag für mich freigeschaufelt? Mein Herzschlag verdoppelt sich. Doch er sieht so aus, als erwarte er eine Antwort von mir. Worüber sprachen wir gerade? Ach ja, der Strand!

»Du lebst am Meer, hast frei und rennst nicht sofort an den Strand?« Mit einem möglichst ungläubigen Blick versuche ich, von meinen wahren Gedanken abzulenken.

»Den Strand in der Nähe zu haben, ist, wie ein neues Spielzeug zu bekommen. Die erste Zeit spielst du damit jeden Tag, doch dann wird es irgendwann langweilig.«

»Verstehe.« Verstehe ich nicht. Ich komme aus der Stadt, ohne Meer vor der Tür und flippe immer sofort aus, wenn ich mal in die Nähe des Meeres komme. Und ich spiele auch gerne noch mit altem Spielzeug.

»Wenn du es unbedingt möchtest, gehen wir zum Strand«, gibt Tiago nach und bezahlt das Essen.

Auf dem Weg dorthin kommen wir an Tiagos Auto vorbei, er holt noch eine Jacke heraus, bevor wir zum Strand abbiegen. Eine Weile laufen wir schweigend nebeneinander durch den Sand, vorbei an den sich sonnenden und badenden Urlaubern. Der Duft von Sonnencreme steigt mir in die Nase. Über unseren Köpfen kreischen ein paar Möwen, offenbar angelockt von den Keksen eines Kindes, das mit nackten Füßen im Wasser steht. Der typische salzige, algige Wind weht mir um die Nase. Der feuchte Sand gibt unter meinen Füßen nach und wir hinterlassen viele neue Fußspuren. Ein stechender Schmerz lässt mich stoppen. Zischend ziehe ich Luft ein. In meinem Fuß steckt eine spitze Muschel. Ich lasse mich nach hinten in den Sand fallen. Tiago ergreift meinen Fuß und sieht ihn sich an.

»Es blutet«, sagt er und wäscht mir das Blut mit Meereswasser weg. Das Wasser ist angenehm kühl, brennt aber ein wenig.

Tiagos Augen blicken mich tief und forschend an. Ein Schauer stürmt über meine Haut, von meinem Fuß in meinen Bauch hinein und lässt mich den Schmerz fast vergessen. Dieses Kribbeln weckt in mir ein sonderbares Gefühl. Die Sehnsucht nach mehr Berührungen von Tiago.

»Es hat aufgehört, zu bluten«. Tiago räuspert sich. Ich blinzele die in mir aufstürmenden Gefühle weg und erhebe mich mit seiner Hilfe. Mein Kleid ist am Po von dem feuchten Sand ganz nass und kalt geworden. Auf einem Bein hüpfe ich ein Stück weiter nach hinten, wo der Sand trocken und warm ist. Tiago breitet seine Jacke für mich aus, hilft mir behutsam beim Hinsetzen und lässt sich neben mir nieder. Wir schauen auf das Meer, reden noch eine Weile im Sitzen weiter und ich frage ihn über seine Familie aus.

»Meine Schwestern arbeiten auch in der Tourismusbranche – wie fast jeder hier. Patricia in einem Reisebüro,

Lucia als Zimmermädchen und Alicia ist in der Bar einer Pizzeria angestellt. Dadurch sehen wir uns auch nicht so oft. Die Arbeitszeiten sind in diesem Metier nicht optimal.«

Nach einem kurzen Schweigen, das aber überhaupt nicht unangenehm ist, fragt er: »Hast du auch Geschwister?«

Ich schüttele den Kopf. »Leider nicht.«

Tiago lacht und meint: »Ach, sei froh. Geschwister können ganz schön nervig sein, vor allem Schwestern.«

Ich nicke stumm. Egal, wie nervig sie sein können, ich hätte mich unendlich über eine Schwester oder einen Bruder gefreut. Dann wäre da nicht ständig dieses Gefühl, allein zu sein.

»Ich glaube, ich habe damals zwei deiner Schwestern in der Bar gesehen, als wir uns das erste Mal kennengelernt haben.«

»Ja, das kann sein.«

»Das war so ein schöner Urlaub damals. Ich konnte es nicht glauben, als du tatsächlich mit mir getanzt hast. Mit dir hatte ich meinen ersten Zungenkuss, weißt du das?«

Er lacht. »Nein, das wusste ich bestimmt nicht. Wie war es denn für dich?«

»Sehr schön. Du hast mir damals ganz schön den Kopf verdreht. So sehr, dass ich jetzt wieder hier sitze.« Oh, habe ich das gerade echt gesagt? Beschämt drehe ich mein Gesicht zur Seite und male mit den Fingern einen Kreis in den Sand.

»Ich kann gar nicht verstehen, wie ich dich vergessen konnte«, sagt er darauf und Brausepulver sprudelt in meinem Bauch. Will er mir damit sagen, er mag mich auch?

Langsam geht die Sonne unter, der Himmel verfärbt sich orange-rosa und der Wind wird stärker. Ich ziehe meine Beine an den Körper ran und verschränke die Arme, um meine nackten Oberarme und Beine zu schützen.

Tiago steht auf und setzt sich hinter mich. Er wärmt mir von hinten den Rücken. Ich schließe die Augen und lehne mich gegen seine Brust. Sein Atem kitzelt mich im Nacken. Diese ungewohnte Nähe weckt in mir ein prickelndes Gefühl, das von Sekunde zu Sekunde intensiver wird. Es wandert meinen Rücken hinunter bis zu meinem Po. Ich nehme jede Stelle, an der er meine Haut berührt, so deutlich wahr. Es fühlt sich gut an, behütend und stark.

Mein Handy rutscht aus Tiagos Jackentasche und versinkt langsam im Sand. Er hatte es eingesteckt, da ich in meinem Kleid keine Taschen habe.

Ich hebe es auf und befreie es von den Sandkörnern. Um dieses Gefühl und das traumhafte Bild nie wieder zu vergessen, mache ich ein Foto vom Meer mit Sonnenuntergang. Das orangefarbene Sonnenlicht glitzert auf den heute deutlich höheren Wellen.

Tiago tippt auf das Display und die Kamera wechselt in den Selfie-Modus und schießt ein Foto. Ich gucke total erschrocken, weil ich damit nicht gerechnet habe, Tiago ist halb von meinem Kopf verdeckt.

Tiago lacht hinter mir auf.

Es ist grauenvoll. »Nee, das geht gar nicht!«, rufe ich entsetzt und bestehe darauf, dass wir ein neues Foto schießen. Wir lächeln und ich drücke erneut auf den Auslöser. Ich bin nie sehr fotogen gewesen, aber auf dem Bild sehen wir beide ausnahmsweise echt gut aus – auch ungeschminkt. Wir würden wirklich ein hübsches Paar abgeben, so ganz oberflächlich betrachtet.

»Gibst du mir deine Nummer?«, frage ich und Tiago nimmt das Handy in seine Hände und tippt seine Nummer ein, dann ruft er sich an und wir speichern unsere Namen ab.

Dass wir ein weiteres Mal auseinandergehen, ohne die Nummern ausgetauscht zu haben, sollte mir nicht wieder passieren.

Tiago erzählt etwas. Seine Stimme klingt wie ein melodiöser Singsang, der mich einhüllt. Männlich und selbstbewusst.

Er riecht so gut und wir sind uns so nah. Spürt er das auch, was ich gerade fühle?

Tiagos Stimme verstummt. Ich drehe meinen Kopf in seine Richtung und er sieht mich fragend an.

Ertappt senke ich den Blick. »Äh, was hast du gesagt?«

Er lacht.

Was fällt ihm ein, über mich in Gelächter auszubrechen? Ich drehe meinen Kopf weiter herum, um ihn böse anzufunkeln. Doch bei diesem frechen Grinsen kann ich nicht lange böse sein und lache auch los.

Diesen Moment nutzt er und küsst mich auf den Mund. Einfach so.

Überrascht ziehe ich meinen Kopf zurück. Doch irgendwie fühlte sich dieser Kuss so gut, so richtig an. Genauso umwerfend wie damals, als er der erste Junge war, der mich geküsst hat. Ich drehe mich weiter zu ihm um, schubse ihn rückwärts in den Sand und küsse ihn leidenschaftlich zurück.

KAPITEL 21

In der Ferne höre ich ein Donnergrummeln. Abrupt halte ich beim Küssen inne und schaue Richtung Meer. Blitze zucken wild über den Himmel. Der Strand ist menschenleer. Wo sind all die Leute hin?

»Ein Unwetter kommt auf uns zu!«, sage ich überflüssigerweise. »Wir sollten gehen.«

»Das ist doch noch ganz weit weg«, sagt Tiago atemlos und hält mich fest. Offenbar möchte er das hier noch nicht beenden.

Ich muss grinsen, doch dann stehe ich auf und schnappe mir meine Schuhe. Gewitter machen mir Angst, zumindest, wenn ich kein Dach über dem Kopf habe. »Du kannst ja noch bleiben«, sage ich scherzend und laufe davon.

»Na warte!«, ruft er und kommt mir hinterhergerannt. »Ich glaube, ich sollte doch öfter mal zum Strand gehen«, sagt er, nachdem er mich eingeholt hat.

Als Antwort haue ich ihm in gespieltem Entsetzen sanft auf den Oberarm.

Lachend umschlingt er mich mit seinen Armen und hält mich fest, um mich zu küssen.

Doch als die ersten kalten Regentropfen auf meine Haut fallen, reiße ich mich endgültig von ihm los und renne zu den Häusern.

»Soll ich dich jetzt schon zum Hotel fahren oder wollen wir noch in die Matt's Bar?«, fragt er, als wir beim Auto ankommen, noch immer ganz außer Atem von unserem Sprint.

Mein Herz springt wie die Kugel in einem Flipperautomaten durch meinen Körper. Will er, dass ich gehe? Sein Blick sagt eindeutig Nein.

Ich hätte nichts dagegen, zu duschen und mich umzuziehen, doch ich möchte auch nicht, dass unser Abend schon so schnell vorbei ist.

»Wenn du mich später zum Hotel fährst, komme ich noch mit.«

Tiago ist sichtlich erfreut über meine Antwort. »Sehr gerne spiele ich wieder deinen Chauffeur.«

In diesem Moment wird der Schauer zu einem starken Platzregen und immer wieder zucken grelle Blitze über den Himmel. Das letzte Stück zur Bar rennen wir, als wäre ein Schwarm Bienen hinter uns her.

Wir erreichen das Vordach der Bar und meine Lippen bibbern mit klappernden Zähnen um die Wette. Der Himmel darüber ist mit einem Mal bedrohlich schwarz und Donner lässt den Boden beben.

Mit einem Aufschrei klammere ich mich an Tiago fest.

Er ergreift meine Hand und zieht mich durch die eng aneinander gedrängten Leute, die dort Schutz suchen.

In der Bar stürzen wir uns ins Getümmel. Die laute Musik erweckt den Anschein eines ganz normalen Abends und verschluckt jeden Donnerknall.

Ich merke, wie ich mich entspanne. Heute freue ich mich, dass es hier so warm ist.

Tiago zieht mich in eine verborgene Ecke und küsst mich.

Mein Kleid klebt nass auf meiner Haut, doch kalt ist mir jetzt nicht mehr. Im Rhythmus der Musik reiben sich unsere Körper eng aneinander und wärmen sich gegenseitig.

Tiagos Hände wandern über meinen Körper, jede Berührung wirkt wie ein elektrisches Summen in mir. Das Blut in meinen Adern beginnt zu pulsieren. Er packt mich an den

Hüften und drückt mich mit dem Rücken gegen die Wand. Seine Hand wandert langsam seitlich an mir hinab und verschwindet unter meinem Kleid. Er berührt die nackte Haut meines Pos und alle Härchen auf meinem Körper stellen sich auf.

Erschrocken ziehe ich die Luft ein und sehe ihn an.

Stirn an Stirn schaut er mir tief in die Augen, in die ich zu versinken drohe. Sein Blick ist so eindringlich, so düster und fordernd, dass meine Beine ganz weich werden. Plötzlich grinst er und küsst mich erneut. Das Pochen in meiner Mitte wird immer stärker. So intensiv. In mir ...

Ein lauter Knall lässt unsere Köpfe schmerzhaft aneinanderschlagen. Die Musik verstummt schlagartig.

Das Licht flackert ein letztes Mal, als würde es uns zum Abschied winken, und plötzlich stehen wir im Dunkeln.

»Fuck. Ein Blitz hat eingeschlagen«, flucht Tiago. »Ich bringe dich jetzt in dein Hotel.«

Nein, ich will nicht gehen.

Tiago ergreift meine Hand und zieht mich zum Ausgang.

Einige Partygäste machen mit ihren Handylampen Licht und Max ruft unverständliche Anweisungen in die Menge. Alle Leute reden durcheinander. Es ist ohrenbetäubend.

Im Gegensatz dazu liegt die ganze Straße, die sonst so lustig bunt blinkt, dunkel und totenstill vor uns. Kein Mensch ist zu sehen. Der Blitz scheint die ganze Gegend vom Strom getrennt zu haben. Wir rennen um die Ecke zu Tiagos Auto.

Mein Herz schlägt mir bis zum Hals und schwer atmend lasse ich mich auf den Beifahrersitz fallen. Bei jedem Blitz zucke ich zusammen. Vorbei ist das Kribbeln in meinem Körper.

Der Regen trommelt auf das Autodach. Tiago fährt so schnell, er kann, was bei der schlechten Sicht eher ein gemächliches Tempo bedeutet. Das Display von seinem Handy blinkt mehrmals auf. Er nimmt das Gespräch an und brüllt portugiesische Worte hinein, dann legt er auf und sagt: »Ich habe es geahnt. Das war Max, er will, dass ich hinkomme und helfe, die Gäste zu beruhigen.«

Stöhnend lasse ich mich nach hinten in den Sitz fallen. Ich hatte gehofft, den ganzen Abend mit ihm verbringen zu können. Erneut taucht ein helles Blitzlicht auf und ich sehe in den Himmel. Ob Blitze auch Wünsche erfüllen können? Die dicken Wolken machen die Sichtung einer Sternschnuppe leider unmöglich. Aus der Traum.

Als wir endlich am Hotel ankommen, gibt Tiago mir einen kurzen Abschiedskuss. Ich springe aus dem Auto und renne zum Hoteleingang.

An der Rezeption wurde ein neuer Schlüssel für mich hinterlegt, den mir eine andere Rezeptionistin als heute Mittag freundlich überreicht. Sie sieht mich mitleidig an, vermutlich, weil ich wie eine bedürftige Obdachlose vor ihr stehe – durchnässt vom Regen und fröstelnd.

In meinem Zimmer pelle ich mich aus meinem regendurchtränkten Kleid und gehe unter die heiße Dusche. Ich befreie meinen Körper von allen nachgewachsenen Stoppeln. Danach wische ich den beschlagenen Spiegel sauber und verwöhne meine Haut mit einer Extraportion After Sun Lotion. Ich fühle mich wie neugeboren, jedoch auch unendlich müde. In meinem Bett lausche ich dem leiser werdenden Gewitter und vermisse Tiago.

KAPITEL 22

Am nächsten Morgen weckt mich das Klingeln meines Handys. Das Bild meiner Mama leuchtet auf.

»Hey Schatz, wie geht es dir? Was machst du bloß für Sachen?«, fragt sie atemlos.

Schläfrig erzähle ich ihr, was sie wissen möchte, also nur die wichtigsten Geschehnisse - ohne die Männergeschichten.

Als ich verstumme, sagt sie: »Papa hat herausgefunden, wie du an Geld kommen kannst. Du hast doch PayPal oder? Du schickst jemandem das Geld und der hebt es für dich von seinem Konto ab. Hilft dir das weiter? Für alle anderen Lösungen brauchst du einen Ausweis und den hast du ja nicht.«

»PayPal klingt super. Dass ich nicht allein auf die Idee gekommen bin! Ich weiß auch schon, wen ich fragen könnte. Ihr seid meine Rettung. Vielen Dank, Mama.«

Kurz darauf beenden wir das Gespräch und ich bemerke, dass ich noch eine weitere Nachricht und eine E-Mail erhalten habe.

Als Erstes öffne ich die E-Mail, sie ist von meinem Reiseveranstalter. Sie bedauern meine missliche Lage und haben mir die Onlinekopie meines Flugtickets geschickt. Ansonsten geben sie mir noch den Rat, mir einen »Reiseausweis zur Rückkehr in die Bundesrepublik Deutschland« zu besorgen.

Haha. So schlau war ich bereits selber, genau den bekomme ich ja nicht rechtzeitig.

Als Nächstes lese ich die Nachricht. Sie ist von Tiago.

Tiago – 04:13
Guten Morgen. Ich habe gestern vergessen, dir etwas zu sagen. Die Buchung des Zimmers kannst du leider nicht verlängern. Das Hotel ist – wie alle anderen in Albufeira – in den nächsten Tagen ausgebucht, da hier eine Weinmesse stattfindet. Aber wenn du magst, kannst du so lange bei mir wohnen. So sparst du auch Geld.

Tiago – 04:14
Der Tag mit dir war übrigens sehr schön. Ich werde jetzt schlafen. Gute Nacht.

Das hat er in der Tat mit keiner Silbe erwähnt. Hat er das extra so lange verheimlicht, damit ich mir kein neues Zimmer suchen kann? Na gut, wenn sowieso alle Hotels ausgebucht sind, habe ich eh keine Chance, ein Zimmer zu finden. Ich google nach »Albufeira« und »Weinmesse« und finde tatsächlich passende Suchergebnisse. Das scheint immerhin zu stimmen. Soll ich sein Angebot annehmen? Auch wenn ich schon in seiner Wohnung geschlafen habe, mehrere Tage dort mit ihm auf engstem Raum zu verbringen, ist schon noch mal etwas anderes.

Mein Wecker für das Frühstück piept. Wenn ich noch etwas abbekommen möchte, muss ich sofort los.

Ich ziehe mir eine kurze Hose und ein Top an. Immerhin habe ich an der Hose Hosentaschen. Da kann ich den Schlüssel und mein Handy einstecken. Ich muss mir unbedingt eine Handtasche kaufen, wenn ich Geld habe.

Kurz vor dem Speisesaal kommt mir Simon entgegen.

Oje, an ihn habe ich ja gar nicht mehr gedacht. Zaghaft lächle ich und winke ihm zu.

Er nickt kaum merklich zurück.

Als er näher kommt, erkenne ich, dass sein Auge und seine Wange lila-blau und geschwollen sind. Ich suche noch nach Worten, wie ich ihn ansprechen könnte, doch da geht er einfach an mir vorbei – ohne einen Ton zu sagen.

Verdattert bleibe ich stehen und sehe ihm nach. Ein unangenehmes Gefühl rollt über mich herein. Es ist schwer einzuordnen, eine Mischung aus Scham, Sorge und Schuldgefühlen.

Mein knurrender Magen katapultiert mich ins Hier und Jetzt zurück. Zögerlich betrete ich den Speisesaal und beeile mich mit dem Frühstück. Mit jedem Bissen versuche ich, diese blöden Emotionen hinunter zu schlucken, was mir nur mäßig gelingt. Ich lasse einen halbvollen Teller zurück und gehe auf mein Zimmer.

Gründlich durchsuche ich jede Ecke, ob sich nicht doch noch irgendwo ein Geldschein oder Kleingeld versteckt. Doch so viel Glück habe ich leider nicht.

Ich gehe auf den Balkon und schreibe meiner Chefin eine E-Mail, dass ich ohne Geld und Papiere im Ausland festsitze und nicht weiß, ob sie mich am Samstag zurückfliegen lassen. Mit besonders viel Gefühl in den Worten und der dramatischen Schilderung wird sie sicher Mitleid mit mir haben.

Danach suche ich meine Sachen für den Strand zusammen und ziehe mir einen Bikini an.

Bevor ich mich zum Strand aufmache, steuere ich auf die Rezeption zu. Dort erkundige ich mich, ob ich meine Buchung verlängern könnte. Die Rezeptionistin sieht in den Computer, doch sie schüttelt den Kopf. Die Weinmesse.

Am Strand lege ich mich auf ein großes Handtuch.

Heute ist es bewölkt und noch zu frisch, um sich nur im Bikini hinzulegen. Das Unwetter hat die Temperaturen spürbar sinken lassen. Der Himmel spiegelt meine Laune wunderbar wider.

Zuerst melde ich mich bei Mila und bringe sie auf den neuesten Stand. Danach schicke ich Tiago eine Antwort.

Ich – 10:12
Vielen Dank für das Angebot. Wenn ich hier kein Zimmer bekomme, werde ich es gerne annehmen. Ich bin dir sehr dankbar für deine Hilfsbereitschaft und ich fand die Zeit mit dir auch wunderschön.

Ich – 10:15
Kannst du mir vielleicht noch bei einem weiteren Problem helfen? Ich muss irgendwie an Bargeld kommen. Ich würde dir Geld via PayPal schicken. Kannst du mir die Summe dann von deinem Konto abheben? Hast du überhaupt einen Account bei PayPal?

Um Viertel vor zwei erhalte ich ein Lebenszeichen von Tiago.

Tiago – 13:46
Guten Morgen. Wie geht's? Was machst du? Das mit dem Geld geht klar.

Ich – 13:46
Guten Morgen? Es ist schon früher Nachmittag. Ich liege am Strand und lasse mich braunbrutzeln. Ich habe etwas Hunger und kann mir nichts kaufen.

Tiago – 13:47
Ich verstehe, ein echter Notfall. Ich bin in zwanzig Minuten bei dir.

Ich – 13:47
Danke, und danke, dass du mir mit dem Geld hilfst.
Ich atme erleichtert auf, denn ich habe schon überlegt, was ich mache, wenn er sich nicht meldet. Betteln gehen? Es ist ein blödes Gefühl, wenn man so auf Jemanden oder eher auf das Geld von jemand anderem angewiesen ist.

KAPITEL 23

Fünfzehn Minuten später stehe ich an der Straße und warte auf Tiago. Dieses komische Der-Tag-danach-Gefühl macht sich in mir breit. Wie wird es sein, ihn heute wiederzusehen? Wird es irgendwie peinlich werden? Kann ich ihm in die Augen sehen?

Wie eine Raubkatze im Käfig laufe ich auf dem Gehweg auf und ab. Mein Magen knurrt unerbittlich.

Da biegt Tiagos graues Auto um die Ecke und bleibt vor mir stehen.

Ich steige auf der Beifahrerseite ein, schnalle mich an und schaffe es nicht, ihn anzusehen.

»Was ist?«, fragt er und klingt belustigt. »Bekomme ich keinen Kuss?«

Erleichtert über seine lockere Begrüßung lächle ich und beuge mich zu ihm rüber, bis sich unsere Lippen berühren. In diesem Moment fliegen tausende Sternschnuppen durch meinen Bauch. Unsere Blicke treffen sich und es fühlt sich überhaupt nicht komisch oder peinlich an, sondern richtig und merkwürdig normal.

Unser Kuss wird durch ein ungeduldiges Hupen beendet. Hinter uns steht ein Auto und möchte vorbei. Tiago wendet den Wagen und fährt Richtung Neustadt. Neben einem Imbiss hält er an. »Reicht dir ein Dönerteller mit Pommes?«

»Das wäre jetzt genau das Richtige«, sage ich. Mir läuft das Wasser im Mund zusammen. Wir steigen aus und, als er wenig später mit meiner Portion an den Stehtisch kommt, frage ich: »Du isst nichts?«

Er schüttelt den Kopf. »Ich habe gerade erst gefrühstückt.«
»Ach, ja, ich vergaß.« Trotzdem klaut er mir ein paar Pommes vom Teller und ich haue ihm in gespielter Entrüstung auf die Finger.

»Als Nächstes fahren wir zur Bank. Ich muss auch noch Kleingeld für die Bar holen. Ich kann dir aber erstmal nur zweihundertfünfzig Euro geben, ich bekomme erst noch mein Gehalt.«

»Vielleicht reicht das auch schon. Ich möchte am Samstag auf jeden Fall zum Flughafen. Vielleicht lassen sie mich ja doch ausreisen. Immerhin habe ich es dann wenigstens versucht.«

»Ok, ich fahre dich dann dahin. Wann geht der Flug?«

»Äh, ich glaube kurz vor sechs, das muss ich noch mal genau nachlesen.«

Nach dem Besuch bei der Bank fühle ich mich schon viel besser, denn mein Magen gibt endlich Ruhe und ich habe Geld in der Tasche. Tiago lässt mich bei einer belebten Shoppingmeile aussteigen und fährt weiter zur Matt's Bar, wo wir uns später wieder treffen wollen.

Ich schlendere die Flaniermeile entlang und suche mir ein Portemonnaie und eine hübsche Handtasche aus, in der ich gleich mein Geld und mein Handy verstaue. Ich halte sie lieber mit beiden Händen fest, damit ja nicht noch einer auf die Idee kommt, mir die Tasche zu klauen.

Auf der anderen Straßenseite kommt mir ein bekanntes Gesicht entgegen. Simon läuft lässig in kurzen Shorts und schwarzem Tank Top die Straße entlang. Dieses Mal lasse ich dich nicht so einfach davonkommen. Schnell eile ich über die Straße zu ihm hin.

»Hallo, wie geht es dir?«, frage ich und er sieht mich mit großen Augen an. Er bleibt stehen und kratzt sich am Hinterkopf.

Bevor er sich eine hohle Ausrede ausdenken kann, sage ich rasch: »Ich wollte mich noch einmal bei dir entschuldigen. Darf ich dich vielleicht auf einen Kaffee und ein Eis einladen?«

Simon sieht auf seine Fitnessarmbanduhr. Er überlegt sich eine Ausrede.

Ich setze einen Dackelblick auf, jedenfalls hoffe ich, dass es so ähnlich rüberkommt. Es scheint zu klappen.

»Vielleicht sollten wir wirklich noch einmal reden«, sagt er und wirkt irgendwie unsicher.

Ein nervöses Kitzeln macht sich in meinem Bauch bemerkbar. Wir betreten das nächste Café, setzen uns an einen freien Tisch und bestellen zwei Eisbecher und ich einen Schoko-Cappuccino. Simon nimmt einen Kaffee, schwarz.

»Du sollst bitte keinen falschen Eindruck von mir haben. Ich bin normalerweise nicht so ... Ich meine, nicht so Jemand für eine Nacht. Das war der erste One-Night-Stand in meinem Leben und ich fühle mich schrecklich.«

»Ob du es glaubst oder nicht, für mich war es auch der Erste«, gesteht Simon. »Du fandest es also schrecklich?«

»Nein, es war nicht schrecklich. Es war wundersch...«

Oh, Gott, was rede ich denn da? Ich schüttele den Kopf. »Ich will damit sagen ..., also ... Wir sind uns einig, dass wir normalerweise nicht so sind und einfach nur eine Sicherung bei uns durchgebrannt sein muss?«

Simon schweigt.

Ich kann seine Mimik nicht deuten und rutsche auf meinem Stuhl hin und her. »Es tut mir unendlich leid, was mein Ex da abgezogen hat. So habe ich ihn echt noch nie erlebt. Das ist mir so peinlich!«

Nun kommt Leben in ihn. »Dir ist es peinlich? Ich sah doch aus wie der letzte Vollidiot neben ihm.«

Das dachte er also? Dass ich glauben könnte, er sei ein Schwächling? »Er hat dich doch völlig überrumpelt. Du hast dich vor mich gestellt und mir geholfen, dafür bin ich dir sehr dankbar«, sage ich. Dann deute ich auf sein Gesicht. »Du siehst aber heute schon viel besser aus.«

»Ich habe mir ja auch heute zum ersten Mal in meinem Leben so ein Frauenzeug in der Drogerie gekauft und mich angemalt«, gibt er schüchtern zu.

»Make-up? Oh, verstehe!« Ich lache auf. »Nochmal, es tut mir wirklich sehr, sehr leid, wie das mit uns ausgegangen ist.«

Simon wird mit einem Mal ruhig und rührt in den Resten seines inzwischen geschmolzenen Eisbechers herum.

Um das Thema zu wechseln, erzähle ich von dem Taschendiebstahl. Inzwischen kann ich den Text schon auswendig. Tiago erwähne ich dabei aber nicht so explizit. Ich sage nur, dass ich jemanden getroffen habe, den ich aus meinem Urlaub damals kenne und der mir geholfen hat.

Als wir unsere Eisbecher und Kaffeetassen geleert haben, rufe ich die Kellnerin herbei und bezahle die Rechnung.

Wenig später stehen wir uns auf der Straße gegenüber und schweigen.

»Wollen wir noch ein Stück gemeinsam gehen oder hast du noch etwas vor?«, fragt Simon.

Ich überlege. »Ich bin später mit meinem Bekannten verabredet. Aber ein bisschen Zeit habe ich noch. Ich bräuchte noch eine Sonnenbrille.«

Nebeneinander laufen wir die Straße entlang und halten an jedem Sonnenbrillenstand an. Wir lachen uns schlapp beim Ausprobieren des Brillensortiments. Die schrägsten Modelle sind dort vertreten.

Wir machen jede Menge lustige Fotos. Letztendlich finde ich aber eine, die mir und auch Simon gefällt. Sie ist schwarz und ein paar Glitzersteine zieren die Seiten. Simon brauchte eigentlich gar keine Brille, er kauft sich aber trotzdem eine, weil sie mir so gut an ihm gefällt.

Ich schaue auf meine Handy-Uhr und erschrecke. Wir haben über eine Stunde für unsere Brillen-Shoppingtour gebraucht.

Vor zehn Minuten war ich bereits mit Tiago verabredet gewesen.

Ich verabschiede mich von Simon und laufe die Straße zur Bar hinunter. Als ich die Tür öffne, spricht mich ein Mann mit Wischmopp auf Portugiesisch an. Ich gebe ihm mit Handzeichen zu verstehen, dass ich ihn nicht verstehe.

In gebrochenem Englisch sagt er: »Die Bar ist noch geschlossen!«

Ich erkläre ihm umständlich, dass ich zu Tiago möchte.

Er ruft ihn und kurz darauf biegt Tiago um die Ecke und begrüßt mich mit einem kurzen Kuss. Zu meiner Verspätung sagt er nichts.

»Hast du eine Tasche gefunden?«, fragt er und ich halte strahlend meine neue Errungenschaft in die Höhe. Dann verlassen wir Hand in Hand die noch leere Bar.

»Wollen wir vielleicht an den Strand?« Tiago sieht mich schelmisch grinsend an.

Ich kann mir denken, was er vorhat, und grinse zurück.

Am strahlend blauen Himmel ziehen kleine weiße Schleierwolken vorbei und die Sonne lacht uns wohlwollend an. Barfuß laufen wir durch den warmen Sand. Die Luft riecht herrlich frühlingshaft durchsetzt von einer Note Meer mit Sonnencreme.

Wir setzen uns nebeneinander in den aufgewärmten Sand.

»Was hast du heute noch vor?«, will Tiago wissen, als ich meinen Kopf an seine Schulter lehne.

»Ich denke, ich werde heute im Hotel zu Abend essen. Schließlich habe ich das ja schon bezahlt. Und danach ... keine Ahnung.« Ich zucke die Schultern. »Ich ärgere mich so, dass ich nicht das Hotel gebucht habe, das ich damals mit meinen Eltern besucht habe. Das wäre viel näher.«

»Mir fällt gerade etwas ein. Hinter der Bar steht noch mein altes Fahrrad. Wenn du magst, kann ich es dir leihen. Ich benutze das eh nie.«

»Das wäre super. Damit wäre ich wirklich schneller unterwegs. Da fällt mir ein, du musst mir noch deine E-Mail-Adresse für die PayPal Überweisung geben«, sage ich und hole mein Handy aus der Tasche.

Er tippt etwas ein und gibt es mir zurück.

In dem Moment piepst es los. Es zeigt eine neue E-Mail an.

Kurz nach dem Öffnen der Mail schießen mir Tränen in die Augen. Als hätte mir jemand mit der Faust in den Magen geschlagen, krümme ich mich und schlucke schwer.

Tiago legt die Hand auf meinen Rücken. »Alles in Ordnung?«

Ich drehe mich zur Seite, damit er nicht schon wieder sieht, wie ich heule.

»Weinst du? Was ist los?«

Zu spät.

Ich schüttele trotzdem den Kopf. Langsam bereue ich meine unüberlegte Reise hierher. Was passiert mir noch hier? Habe ich denn nur Pech?

»Hey, ich sehe doch, dass etwas nicht stimmt. Was ist passiert?« Er fasst mit seiner Hand an mein Kinn, dreht mein Gesicht in seine Richtung und wischt mit dem Daumen eine Träne weg.

»Es ist meine Arbeit. Wenn ich Montag nicht im Büro bin, werden sie mich feuern.«

»Oh!« Mehr fällt ihm erstmal nicht dazu ein. Tiago zieht mich zu sich heran und drückt mich fest. Seine Arme geben mir Halt. »Hast du nicht gesagt, dass du dafür nichts kannst? Sie können dich doch nicht einfach entlassen!«

»Doch, ich habe alles erklärt. Ich muss am Samstag nach Hause! Ohne meine Arbeit kann ich mir meine Wohnung nicht mehr leisten.« Schon gar nicht, wenn sich Alex nun nicht mehr an der Miete beteiligt.

Ich rutsche ein Stück von Tiago ab und lege meinen Kopf auf seinen Schoß. Er streichelt mir leicht über meine Haare.

»Ich werde dir helfen, versprochen.« Er gibt mir einen süßen Kuss auf die Nasenspitze. »Obwohl ich gar nicht will, dass du wieder nach Hause fliegst.«

»Wenn es nach mir ginge, würde ich auch hierbleiben. Aber ...«

»Lass uns jetzt nicht darüber nachdenken. Es gibt Schöneres.« Er hebt meinen Kopf an und dreht sich auf den Bauch. Sein Gesicht ist nun genau über meinem.

Eine Weile schauen wir uns nur in die Augen, bis ich es nicht mehr aushalte. »Los, küss mich!«

Als die Sonne langsam an Kraft verliert und immer tiefer sinkt, gehen wir zurück zur Bar. Tiago verschwindet um die Hausecke und kommt mit einem Fahrrad zurück. Er stellt mir den Sattel noch etwas runter, pumpt die Reifen auf und dann verabschieden wir uns mit einem langen, intensiven Kuss.

Gemütlich und voller neuer Hoffnung fahre ich davon. Der Fahrtwind weht mir ins Gesicht und ich bin überrascht, wie schnell ich am Hotel bin.

In meinem Zimmer schicke ich Tiago als erstes das vorgestreckte Geld via PayPal und gehe dann in den Speisesaal. Simon sitzt allein an einem Tisch und winkt mir zu.

»Na, darf ich dir Gesellschaft leisten?«, frage ich und lege meine Tasche auf den Stuhl, bevor ich zum Buffet gehe und mir etwas zu Essen hole. Als ich mich zu Simon an den Tisch setze, erzähle ich ihm von der E-Mail meiner Chefin. Er wirkt genauso fassungslos wie ich vorhin.

»Wenn du da eh nicht glücklich bist, wäre es dann nicht vielleicht Zeit für einen Neuanfang? Du bist doch noch jung und sicher findest du schnell wieder einen neuen Job«, gibt er mir zu bedenken.

»Hm, ich weiß nicht. Ich bin so ein sicherheitsliebender Mensch. Ich hänge halt irgendwie an den Dingen, die ich mir geschaffen habe. Erst die Trennung von Alex und dann auch noch vom Job? Ich glaube, das ist mir zu viel auf einmal. Du siehst ja, wohin mich das treibt. Ich habe einen One-Night-Stand mit einem Mann, den ich gerade mal ein paar Stunden kenne.« Den letzten Satz flüstere ich, damit das neugierige Rentnerpaar vom Nachbartisch nicht alles brühheiß mitbekommt. Ich habe das Gefühl, sie tuscheln schon die ganze Zeit über uns.

»Also, in meinem Unternehmen werden gerade neue Mitarbeiter mit deiner Ausbildung gesucht. Wenn nicht, bewirbst du dich einfach bei uns«, sagt Simon.

»Das ist lieb. Ich behalte das auf alle Fälle im Hinterkopf. Aber ich versuche trotzdem, am Samstag meinen Flieger zu bekommen. Vielleicht mache ich mir ja auch ganz umsonst Gedanken.«

»Na, ich drücke dir auf jeden Fall die Daumen.«

»Danke. Was machst du heute Abend noch?«

»Ich bin erledigt, ich war den ganzen Tag auf dem Meer, dann shoppen und jetzt will ich nur noch lesen und schlafen. Und du?«

»Ich bin nachher noch mit meinem Bekannten verabredet. Ein bisschen den Stress wegtanzen.«

Simon zieht eine Augenbraue in die Höhe, kommentiert meinen letzten Satz aber nicht.

Nach dem Abendessen verabschieden wir uns und ich gehe auf mein Zimmer. Mit Musik von meinem Handy bringe ich mich in Partylaune. Singend lege ein dezentes Make-up auf und ziehe mir ein sommerliches Kleid an. Wenig später verlasse ich das Hotelzimmer.

Als ich mich auf das Fahrrad schwinge, kribbelt mein Bauch vorfreudig bei dem Gedanken an Tiago und den heutigen Abend. Meine Haare flattern im Wind und ich trete kräftig in die Pedale, um schneller bei ihm zu sein. Doch nach wenigen Metern komme ich kaum noch vorwärts.

Ein Platten! Ganz toll. Ich steige ab und betrachte mir den Schaden genauer. Ein Riss klafft in dem porösen Reifen. Da hilft auch kein Aufpumpen mehr.

Mit hängenden Schultern schiebe ich das Rad zurück zum Hotel. Dort frage ich nach, ob es hier im Ort einen Reparaturservice gibt. Die Frau schaut auf ihrem Computer nach und nickt. »Der Laden hat aber erst morgen wieder geöffnet, ab neun Uhr.« Ich bedanke mich und gehe hinaus. Fluchend bleibe ich vor dem Hotel stehen und überlege, was ich nun mache. Auf einer Treppenstufe lasse ich mich nieder und versuche, Tiago anzurufen. Leider geht er nicht ran. Wahrscheinlich ist er in der Bar schwer beschäftigt. Warum muss er auch einen Job haben, bei dem er abends und nachts arbeiten muss? Und tagsüber auch.

Wenig später vibriert meine Handtasche.

Tiago – 21:12
Vermisse dich, wann bist du hier?

Ich – 21:13
Dein Fahrrad hat einen Platten, das muss ich morgen erst reparieren lassen. Sehen uns heute Abend dann wohl leider doch nicht.

Tiago – 21:15
Verdammter Mist! Hatte mich auf dich gefreut!

Tiago – 21:15
Meine Kumpels wollen morgen in einen Aquapark fahren. Ich habe die Jungs schon länger nicht gesehen. Hast du Lust, mitzukommen? Wird sicher Spaß machen!

Hm, Aquapark klingt gut, den Tag mit Tiago zu verbringen, klingt noch besser. Auch wenn ich viel lieber schon den heutigen Abend mit ihm verbracht hätte.

Ich – 21:16
Bin dabei.

KAPITEL 24

Am nächsten Morgen packe ich meine Tasche für den Strand. Gerade als ich das Zimmer verlassen möchte, fällt mir jedoch ein, dass ich das Fahrrad noch zur Reparatur bringen muss. Meine Laune sinkt schlagartig.

Ich schiebe das Fahrrad durch die Altstadt und gebe es in der Werkstatt ab. Die Wartezeit nutze ich für eine kleine Shoppingtour. Ich ergattere einen neuen Bikini.

Als ich den Laden verlasse, piepst mein Handy.

Tiago – 11:32
Wir fahren in 30 Minuten los.

Oh, das wird eng. Ich bin ziemlich weit vom Hotel entfernt.

Ich – 11:33
Ich beeile mich. Muss noch das Fahrrad abholen.

Mit flinken Schritten betrete ich die Werkstatt. Der intensive Geruch nach Gummi und Chemie schlägt mir entgegen und raubt mir einen Moment den Atem. Der Verkäufer hebt beide Schultern und macht mir deutlich, dass das Fahrrad leider noch nicht fertig sei.

Ungeduldig laufe ich im Laden auf und ab und ziehe mehr als einmal den genervten Blick des Verkäufers auf mich. Inzwischen bereiten mir die extremen Ausdünstungen Kopfschmerzen.

Endlich schiebt der Mann mit dem schwarzverschmierten Gesicht das Fahrrad durch eine Tür.

Viel Zeit bleibt mir nicht mehr.

Für die Reparatur muss ich vierundvierzig Euro blechen. Mir bleibt der Mund offen stehen, als ich den Preis höre. Aber gut, ich muss los.

Ich schwinge mich auf das Rad und schlängele mich durch die Touristen. Die Straßen sind inzwischen schon gut gefüllt. Eltern mit Kindern und Luftmatratzen zwingen mich immer wieder zum langsamen Fahren.

Abgehetzt komme ich mit meiner Badetasche aus dem Hotel und klemme sie auf den quietschenden Gepäckträger. Ich steige auf und fahre los, bis zur ersten Kurve, da fällt die Tasche vom Fahrrad. Entnervt halte ich an, sammle alles vom Boden auf und setze meine Fahrt fort. Ich fliege förmlich über die Straßen, allerdings bringt die große Tasche am Lenker mich mehrmals zum Schlenkern.

Tiagos Auto steht wartend vor seinem Haus. Als ich erkenne, dass seine Rückbank schon besetzt ist, stocke ich kurz. Dass seine Kumpels auch mit seinem Auto mitfahren werden, hatte er mir nicht gesagt. Ich hatte gehofft, wir haben noch Zeit zu zweit. Ein wenig enttäuscht schließe ich das Fahrrad am Fahrradständer an und gehe zu den wartenden Männern hinüber.

Tiago steigt aus und läuft um sein Auto herum. Er hält mir die Autotür auf, doch als ich einsteigen möchte, hält er mich fest und funkelt mich verschmitzt an. Dann drückt er mir einen langen Begrüßungskuss auf die Lippen.

Ein Johlen ertönt vom Rücksitz, als wären die Kumpels von Tiago noch peinliche Teenager.

Er rollt die Augen, deutet nach hinten und sagt: »Das sind Leandro und Nevio. Und das ist Hanna.« Er zeigt auf mich. Es klingt noch sehr ungewohnt, wenn mich jemand bei meinem neuen Spitznamen nennt, doch auch Tiago findet Hanna viel besser, denn er kann es leichter aussprechen.

Ich bücke mich hinab und winke den Jungs zu. »Hi.«

Die beiden grinsen breit und grüßen zurück. Sie sehen typisch portugiesisch aus mit ihren dunklen Locken und Augen.

Tiago startet den Motor und unser Ausflug beginnt. In den ersten paar Minuten unterhalten sich die drei Kumpels auf Portugiesisch und lachen immer wieder laut auf.

»Worüber lacht ihr?«, frage ich und erst jetzt fällt ihm ein, dass ich ja gar nichts verstehe.

»Sorry, Jungs, wir müssen uns ab jetzt auf Englisch unterhalten«, weist er sie an, was Nevio und Leandro auch tun.

Die Fahrt vergeht wie im Flug, wir unterhalten uns gut und lachen viel.

Als wir den Park betreten, bin ich erst einmal beeindruckt, wie groß das Gelände ist. Es gibt so viele Rutschen. Der Geruch von Pommes und Chlorwasser steigt mir in die Nase und weckt Kindheitserinnerungen bei mir.

Wir gehen ein Stück und entdecken noch zwei weitere Freunde neben einer Reihe Sonnenliegen. Tiago stellt mich ihnen vor. Das Mädchen, sie heißt Giulia, kommt auf mich zu und begrüßt mich mit einem Küsschen links und einem Küsschen rechts. Dann begrüßt sie die Jungs mit einer Umarmung.

Ihr Freund, Nino, umarmt mich ebenso.

Ich bin etwas steif und weiß nicht, wohin mit meinen Armen. Aber die Herzlichkeit seiner Freunde lässt mich schnell vergessen, dass wir uns noch nicht lange kennen. Ohne komische Blicke oder Fragen fühle ich mich sofort akzeptiert.

Wir ziehen uns aus und ich bin froh, dass ich meinen Bikini schon untergezogen habe.

Aus dem Augenwinkel werfe ich Tiago einen verstohlenen Seitenblick zu. Er trägt eine rote Badeshorts. Mit seinem schmalen, aber leicht muskulösen Körperbau sieht er unheimlich sexy aus. Nicht zu viel und nicht zu wenig. Und vor allem hat er nicht so eine starke Körperbehaarung wie seine Freunde, bei denen sich schwarze Löckchen auf der Brust kräuseln.

Nevio boxt Leandro lachend auf den Oberarm, dann rennen sie los und wir folgen ihnen zu der großen Wellenrutsche, bei der fünf Personen gleichzeitig hinunterrutschen können. Mein Bauch kitzelt und hüpft bei jeder Welle. Die Jungs jubeln laut auf, bevor wir gleichzeitig unten ins Wasser platschen.

Danach machen sich Tiagos Freunde auf den Weg zu einer Wasserrutsche, die sich »Black Hole« nennt. Doch auf dem Weg dorthin werde ich immer langsamer. Tiago nimmt meine Hand und sieht mich fragend an.

»In eine Rutsche, die komplett schwarz ist, bekommst du mich nicht rein!«, sage ich kleinlaut.

»Hast du Angst?«

Ich nicke und schaue auf den Boden. Ich will nicht als Spielverderberin dastehen, aber ich bekomme bei so etwas echt Panik und habe das Gefühl, keine Luft mehr zu bekommen.

Tiago hebt mit seiner Hand mein Kinn und ich tauche wieder in seine wundervollen dunklen Augen ein. »Wir müssen das ja nicht machen. Es soll dir ja auch Spaß machen. Wir gehen zu einer anderen Rutsche.«

Alex hätte sicher nur die Schultern gezuckt und wäre alleine rutschen gegangen.

Dankbar küsse ich ihn. Sofort fühlt sich mein Körper wie elektrisiert an. Seine nasse Badehose klebt an meinen Beinen und ich spüre so viel nackte Haut von ihm. Viel zu schnell löst er sich von mir und wir laufen Hand in Hand zur nächsten Rutsche.

Doch dort kommen wir nicht an, denn Tiago schubst mich in ein Schwimmbecken. Mit einem lauten Schrei falle ich ins Wasser. Als ich wieder auftauche, springt Tiago mit einem Kopfsprung hinterher. Vor mir taucht er wieder auf und ich nutze den Moment und überrasche ihn mit einem Schwall Wasser ins Gesicht.

»Na warte!«, ruft er und versucht, mich zu fangen. Er kommt jedoch wesentlich schneller in dem Wasser vorwärts als ich und hat mich nach wenigen Schritten eingeholt. Nach einer kurzen Wasserschlacht, packt er mich am Arm und zieht mich zu sich heran. Ganz automatisch landen meine Lippen auf seinen. Jede einzelne Zelle meines Körpers prickelt und pocht. Ich drücke mich enger an Tiago, damit die Abdrücke, die sich auf meinem Bikinioberteil abzeichnen, nicht für alle sichtbar sind. Dabei spüre ich jedoch, dass auch er etwas Offensichtliches unter Wasser verbirgt. Seine Hände streifen sanft über meinen Rücken.

Ich vergesse fast, dass wir uns in einem öffentlichen Schwimmbecken befinden. Seine Zunge umkreist die meine und bringt mich um den Verstand. Seine Hände auf meiner Haut fühlen sich so sanft an, ich bekomme nicht genug von ihnen.

Die Sonne strahlt heiß auf uns herab. Das Kindergeschrei von den Rutschen rückt immer mehr in den Hintergrund. Es gibt nur noch mich und Tiago. Seine Hände auf meinem Körper, seine Haut an meiner, seine Wärme und Zärtlichkeit.

Wir zucken zusammen, als neben uns jemand ins Wasser springt. »Ihr sollt hier Spaß haben und nicht die ganze Zeit …«, ruft Nino uns lachend zu und macht dabei schmatzende Bewegungen mit seinem Mund.

»Spaß haben wir jede Menge!«, stellt Tiago klar und grinst. Wir lösen uns voneinander und Tiago taucht ab. Vermutlich, um sich etwas abzukühlen, bevor er aus dem Becken steigt.

Nach vier Stunden Badespaß packen wir unsere Sachen. Da die Umkleidekabinen so weit weg sind, beschließen wir, uns an den Liegen umzuziehen. Ich reiche Tiago mein größtes Handtuch und zeige ihm, wie er es halten soll, damit ich mich dahinter ausziehen kann. Als ich mein Bikinioberteil öffne, drehe ich mich noch einmal um und schaue in Tiagos freches Grinsen.

»He, weggucken!«, befehle ich und werfe ihm mein nasses Oberteil auf den Kopf.

Tiagos Kumpels lachen über seinen bedröppelten Blick. Leandro nimmt mein Bikinioberteil und tut so, als würde er es sich anziehen. Auf Zehenspitzen und mit abgespreiztem kleinen Finger posiert er vor uns auf und ab. Wir prusten los bei dem Auftritt, das sieht wirklich zu komisch aus.

Auf dem Weg zum Auto tippt Tiago mir auf die Schulter und meint: »Deine Tasche piept.« Ich hole mein Handy heraus und entsperre das Display. Was ich dann dort sehe, lässt mich sprachlos stehen bleiben.

»Kommst du?«, ruft mir Tiago zu, der mit den anderen schon vor zum Auto gegangen ist. Ich laufe weiter, die Augen immer noch fassungslos auf mein Handy gerichtet. Ein Auto biegt um die Ecke und hupt mich an, weil ich nicht schnell genug aus dem Weg gehe.

»Alles in Ordnung?« Tiago sieht mich besorgt an.

»Nein, nichts ist in Ordnung. Sieh selbst!« Ich halte ihm mein Handy vor die Nase.

Er zieht die Stirn kraus und die Falten dort springen wie Fragezeichen auf und ab.

»Die Tasche!«

Er sieht mich immer noch so an, als würde er nicht verstehen. »Und wer ist Alex?«, will er wissen.

»Alex ist mein Ex-Freund.«

»Und wieso schickt er dir ein Foto von einer Tasche?«

»Das ist nicht nur eine Tasche. Das ist meine Tasche, die, die in eurer Bar gestohlen wurde.«

»Wieso hat er sie?«, fragt er.

»Das ist eine sehr gute Frage!«

»Schreibt er etwas dazu? Hat er sie gefunden?«

»Gefunden? Ja, auf der Damentoilette der Matt´s Bar. Er fragt, ob ich etwas vermisse. Dieses Arschloch!«

»Er ist hier? In Portugal?«

»Wir haben uns erst vor Kurzem getrennt. Er ist mir hinterher gereist. Ich habe ihn aber wieder weggeschickt.«

»Er ist dir hierher gefolgt?« Tiago sieht mich ungläubig an.

»Es ist eine lange Geschichte, ich erzähle dir später mehr.«

Wir verabschieden uns von Giulia und Nino, die kurzerhand Leandro und Nevio mitnehmen. Sie haben offenbar gemerkt, dass wir beide Redebedarf haben.

»Steigst du auch ein?« Tiago hält mir die Tür auf, bevor er sich hinter das Steuer setzt. Unser Auto folgt Ninos blauem Opel.

Ein weiteres Foto wird mir im Chatverlauf angezeigt. Das Blut in meinen Adern fühlt sich an wie flüssiges Blei, das in kaltes Wasser gekippt wird. »Nein, nein, nein, das hat er nicht wirklich gemacht!«

»Was hast du gesagt?« Ich habe Deutsch gesprochen und es gar nicht bemerkt.

»Alex hat mir nicht nur die Tasche gestohlen, er war danach auch in meinem Hotelzimmer. Er hat mir ein Foto geschickt, wie er in meinem Bett liegt.« Meine Unterkiefer mahlen vor Entsetzen.

»Wirklich? Und nun? Bekommst du die Tasche wieder?«
Ich tippe eine Antwort.

Ich – 17:03
Spinnst du? Was soll das? Du hast mir nicht wirklich die Tasche gestohlen und bist dann in mein Hotelzimmer eingebrochen! Geht´s noch?

Tiago tippt mir an den Arm.
   »Hm?«
   »Die Tasche! Gibt er sie dir zurück?«, fügt er hinzu.
   »Ach so, keine Ahnung, ich frage ihn.«

Alex – 17:05
Du warst bei diesem Kerl!

Ich – 17:06
Wo ist meine Tasche?

Ich – 17:10
Wo ist meine Tasche?

Die Antwort dauert, doch dann piept mein Handy erneut.
   Ich haue mir wütend auf meinen Oberschenkel und werfe mein Handy in die Tasche vor meinen Füßen.
   »Was schreibt er?«
   »Er hat sie auf der Heimreise verloren«, sage ich sarkastisch.
   »Was ist das für ein Typ?«
   »Keine Ahnung. Ich erkenne ihn nicht mehr wieder.« Wütende Tränen platzen aus meinen Augen.
   Tiago biegt bei der nächsten Gelegenheit ab und kommt auf einem Feldweg zum Stehen. Er beugt sich zu mir und nimmt

mich in den Arm. »Hör zu, er ist offenbar ein riesiges Arschloch. Er hat deine Tasche gestohlen und du bekommst sie nicht mehr zurück. Vergiss ihn! Vergiss, dass er der Dieb war! An der Situation ändert sich nichts. Wir gehen so vor wie geplant. Ich bringe dich morgen zum Flughafen und wir versuchen, dass du nach Hause kommst. Ich helfe dir!«

Seine Worte haben so einen liebevollen Klang, als würden sie mich schützend umhüllen und mir Geborgenheit bieten. Ich sauge tief den Duft seines Hemdes ein, das nach ihm und seinem Parfüm riecht. Stundenlang könnte ich mit ihm so sitzen und aus dem Fenster das grüne Feld beobachten.

Ich bringe nur ein kurzes »Danke« hervor. Tiago küsst mich und setzt kurz darauf die Fahrt fort.

Natürlich kann ich das nicht vergessen, was Alex mir angetan hat. Meine Gedanken drehen sich während der restlichen Fahrt im Kreis. Ich versuche, zu verstehen, was in Alex vorzugehen scheint. Wieso tut er das alles? Ist er so verzweifelt?

Alex – 17:27
Ich habe die halbe Nacht vor dem Hotel auf dich gewartet. Du bist nicht zurückgekommen! Wo warst du? Ich wollte mit dir reden.

Ich – 17:30
Und deswegen bestiehlst du mich? Wo bist du jetzt? Gib mir die Tasche zurück! Ich brauche sie wirklich dringend. Und wo ich war, geht dich nichts an. Nicht mehr!

Überrascht schaue ich auf, als das Auto vor meinem Hotel hält. Wehmütig öffne ich die Tür und steige aus. Am liebsten würde ich bei Tiago bleiben, der mir Trost und Mut spendet.

Er steigt ebenso aus und küsst mich zum Abschied.

»Ich muss leider los, die Arbeit ruft. Kann ich dich alleine lassen?«

»Ja, ich muss ja packen. Viel Spaß heute auf Arbeit«, wünsche ich Tiago und würde am liebsten heulen oder wieder ins Auto steigen und mit ihm mitfahren.

»Wir sehen uns morgen.« Langsam trennen sich unsere Hände. Tiago dreht sich um, steigt wieder in sein Auto und fährt davon. Ich bleibe zurück mit meinem Chaos der Gefühle. Mein Handy gibt erneut einen Laut von sich. Bevor ich die Nachricht lese, gehe ich auf mein Zimmer.

Alex – 17:39
Was stimmt mit dir nicht? Deine Tasche ist weg. Du wirst schon noch sehen, was du davon hast!!!

KAPITEL 25

In meinem Zimmer kann ich die Tränen nicht mehr verbergen. Eine halbe Stunde liege ich nur auf dem Bett und lasse alle meine Gefühle in Form von Tränen durch die Matratze sickern.

Irgendwann sind meine Augen trocken und fühlen sich an, als würde dort ein Sandsturm wüten.

Ich greife zu meinem Handy und berichte Mila von den neuen Entwicklungen. Da sie nicht gleich antwortet, beginne ich, alle meine Sachen zusammenzuräumen. Erst als ich alle Klamotten in den Koffer geworfen habe, gibt mein Handy einen Ton von sich.

Mila – 18:28
Oh mein Gott! Was ist bloß in Alex gefahren? Was denkt er sich dabei? Er ist nachher schuld, wenn du nicht zurückfliegen darfst und deinen Job verlierst. Ist ihm das nicht bewusst?

Ich – 18:30
Ich glaube, er denkt gerade überhaupt nicht mehr rational. Ich versteh es einfach nicht. Ich versteh IHN nicht. Wenn er mich dazu zwingen wollte, mit ihm zu reden, ist das gründlich schiefgelaufen. Er war doch derjenige, der mich abserviert hat. Nun will ich ihn nicht mehr zurück. Er hat mich geradewegs in die Arme von Tiago geschubst. Wir hatten heute übrigens so einen schönen Tag im Aquapark. Bei ihm fühle ich mich einfach wohl.

Mila – 18:35
Du bist verliebt!

Ich – 18:35
So ein Quatsch!

Doch ich lösche die Nachricht, noch bevor Mila sie lesen konnte.

Am nächsten Morgen checke ich nach dem Frühstück aus.
Simon habe ich leider nicht mehr gesehen. Ich konnte mich nicht persönlich von ihm verabschieden und ich weiß nicht mal, wann er abreist.
Ich schreibe ihm eine WhatsApp-Nachricht, doch er antwortet nicht. Vermutlich steht er schon wieder auf seinem Surfbrett und gleitet durchs Wasser.
Meinen Koffer rolle ich in den Gepäckaufbewahrungsraum, damit ich noch bis zu meiner Abfahrt die Hände frei habe. Ein letztes Mal gehe ich an den Strand und genieße die Sonne und das Meer.
Mit Tiago habe ich mich um halb vier verabredet. Dann haben wir genügend Zeit für die Hinfahrt und das Klären der Formalien. Hoffentlich haben wir Erfolg.
Milas Worte gehen mir nicht mehr aus dem Kopf. Habe ich mich wirklich in Tiago verliebt? Ich befürchte stark, er wird mir ein zweites Mal das Herz brechen. Aber auch wenn der Tag gestern unglaublich schön war und ich am liebsten hierbleiben würde, ich muss zurück nach Deutschland.
Wie es danach mit Tiago und mir weitergeht – ich weiß es nicht. Am liebsten würde ich ihn in meinen Koffer packen und mitnehmen. Aber erst einmal muss ich meinen Job retten und mir einen neuen Ausweis besorgen. Das ist jetzt das Wichtigste.

Diese ganzen Gefühle und Gedanken verursachen einen dicken Knoten in meinem Bauch. Wie ich es drehe und wende, ich kann meine Grübeleien nicht abschalten.

Vielleicht hilft mir ein Sprung ins kühle Nass. Wenigstens einmal sollte ich im Meer baden gehen.

In der Ferne entdecke ich einige Surfer und muss an Simon denken. Ob er einer von ihnen ist? Es sieht so leicht aus, wie sie über das Wasser gleiten. So frei und unbeschwert.

Als die Wellen über meine Füße rollen, zögere ich und überlege, ob ich wirklich hineingehen sollte.

Auch wenn das Wasser sehr kalt ist, stürze ich mich mutig in die Wellen, die kraftvoll gegen meine Haut klatschen, und ich habe Mühe, das Gleichgewicht zu halten. Lange kann ich mich aber nicht dort aufhalten. Die Kälte sticht wie tausend Kaktusstacheln in meine Haut.

Mit einer glitzernden Gänsehaut überzogen lege ich mich zurück auf mein Handtuch und lasse mich von der warmen Sonne trocknen. Die kurze Ablenkung tat gut und hat meine schlechten Gedanken für einen Augenblick fortgespült.

»Hey, du reist schon ab?« Simon steht plötzlich neben mir.

Überrascht setze ich mich auf. »Ja, ich hoffe es zumindest. Ich dachte, du bist mit deinem Brett auf dem Meer?«

»War ich auch. Aber die Wellen sind heute nicht so gut.«

Auf dem Meer tummeln sich die Surfer und wirken so, als wären sie mit den Wellen durchaus zufrieden.

Simon setzt sich neben mir hin und ich erzähle ihm von Alex und der Handtasche.

Er schüttelt verärgert den Kopf. »Der Kerl hat sie doch echt nicht mehr alle! So etwas macht man doch nicht! Gut, dass du den los bist!«

Ich nicke wortlos und merke, wie ich schon wieder gegen Tränen ankämpfen muss.

»Darf ich dich noch zum Essen einladen?«, fragt er in die entstandene Stille hinein.

Ich sehe ihn an. »Wieso machst du das?«

»Was meinst du? Dich zum Essen einladen?«

Er bricht das Surfen ab und kommt her, nur um mich noch einmal zu sehen? Ich kann es nicht aussprechen und schweige.

»Du bist mir sympathisch und ich würde dich gerne ein wenig aufmuntern. Außerdem habe ich einen Bärenhunger, surfen macht hungrig.« Er zwinkert mir zu und ich muss lächeln.

»Danke, das ist lieb, mein Magen meckert auch schon.«

Seine Hand berührt meine und er sieht mir tief in die Augen.

Eine Gänsehaut überzieht meinen Körper und als hätte ich einen elektrischen Schlag bekommen, ziehe ich meine Hand weg. Was ist das? Wieso kribbelt es so in meinem Bauch?

Ich streiche den an meinen Händen klebenden Sand an meinen Beinen ab und folge ihm.

Auch während des Essens sieht mich Simon so eindringlich, fast zärtlich, an.

Es irritiert mich. Ich versuche, die Themen unserer Unterhaltung möglichst neutral zu halten und puste dieses merkwürdige Glimmen in meinem Herzen aus.

Nach dem Essen gehen wir zurück Richtung Hotel.

»Vielen Dank für die Einladung. Ich muss jetzt meinen Koffer holen und werde gleich abgeholt.«

Über Simons Gesicht huscht ein trauriger Schatten.

Unsere Köpfe stoßen aneinander, als wir uns zum Abschied umarmen. Simon gibt mir einen Kuss auf die Wange.

Schnell entziehe ich mich dieser Umarmung. Nicht, dass Tiago gleich um die Ecke kommt und uns so sieht, das würde mir noch fehlen. Etwas unbeholfen stehen wir voreinander. Meine Hände spielen am Saum meines Kleides.

Als Simons Handy klingelt, wirft er einen Blick auf das Display und sagt: »Das ist wichtig, da muss ich leider ran. Melde dich mal wieder und komm gut nach Hause.« Damit dreht er sich um und verschwindet ins Hotel.

Irritiert sehe ihm nach. Was waren das gerade für merkwürdige Gefühle in mir?

Pünktlich stehe ich mit meinem Koffer an der Straße. Ein kleiner Shuttle-Bus, der andere Hotelgäste zum Flughafen bringt, steht bereit. Der Busfahrer lädt die Koffer ein und sieht mich fragend an, als ich mich nicht auf ihn zubewege. Ich schüttele nur den Kopf und er steigt schulterzuckend ein. Kurz darauf fährt er los – ohne mich. Mein persönlicher Fahrdienst müsste ja auch gleich kommen.

Nach zehn Minuten kann ich Tiagos Auto immer noch nicht entdecken und laufe unruhig hin und her. Wo bleibt er nur? Ich greife zu meinem Handy und wähle seine Nummer. Es klingelt, doch keiner hebt ab. Was soll das? Lässt er mich etwa hängen? Ich versuche es ein weiteres Mal und noch einmal.

Fünf Minuten gebe ich ihm noch, dann laufe ich los.

Die Zeit verstreicht, doch von Tiago fehlt immer noch jede Spur. Ich hole mein Handy erneut aus der Tasche.

Ich – 15:50
Ich laufe dir entgegen, sammle mich bitte unterwegs ein!

Dann mache ich mich auf den Weg. Die Sonne knallt auf backofenheißen Asphalt und erste Schweißperlen machen sich auf meiner Stirn breit. Mein Koffer wird immer schwerer und die ganze Zeit zerbreche ich mir den Kopf, warum Tiago nicht auftaucht. Ausgerechnet heute.

Nachdem ich eine halbe Stunde mit meinem Koffer durch die Straßen gelaufen bin, hält hupend ein Auto neben mir.

Es ist Tiago.

Ich funkele ihn böse an. »Wo warst du? Wieso bist du nicht, wie vereinbart, zum Hotel gekommen?«

Schuldbewusst schaut er zwischen seine Beine. »Es tut mir leid. In der Bar gab es einen Notfall. Wir werden es schon noch rechtzeitig schaffen.« Er sieht mich treuherzig an. »Kannst du mir verzeihen?«

Er erinnert mich an den gestiefelten Kater von Shrek. Bei diesem Blick kann ich ihm gar nicht länger böse sein. Ich habe auch gar nicht die Zeit dafür. Schnell hebe ich den Koffer in den Kofferraum. Hinter Tiagos Auto hat sich bereits eine kleine Warteschlange gebildet und ungeduldige Autofahrer hupen. Ich renne um das Auto herum und steige ein. Hoffentlich klappt es und sie lassen mich so fliegen. Aber erstmal müssen wir rechtzeitig am Flughafen ankommen.

Kurz bevor wir Albufeira verlassen, flucht Tiago laut. »Diese dummen Schleicher, bestimmt wieder ein Tourist!« Er hupt zwei Mal, doch das Auto vor uns denkt gar nicht daran, schneller zu werden.

Tick, tack, tick, tack. Unaufhörlich springt die Minutenanzeige auf meinem Handy um.

Los, mach schon!

Ungeduldig wippt mein Fuß auf und ab.

»Fahr doch endlich!«, rufe ich, als könne mich der Fahrer der Möhre vor uns hören. »Es gibt Autos, die werden nicht geblitzt, die werden gemalt.«

Tiago lacht auf. Ich liebe dieses Vibrieren seiner Stimme, das dabei entsteht. Doch im Moment kann ich dieses Geräusch nicht genießen. Der Sonntagsfahrer vor uns macht mich wahnsinnig.

Wir sind nicht die Einzigen, die hupen, hinter uns hat sich ein langer Rattenschwanz gebildet, der langsam durch die Straßen fließt wie heiße Lava.

Nach einer gefühlten Ewigkeit blinkt das Auto und biegt endlich ab.

Tiago gibt Gas.

Kurz vor dem Flughafen geraten wir in einen Stau. So ein Mist! Bei meinem Glück hier in Portugal war das aber fast vorhersehbar. Ungeduldig trommele ich auf meinem Oberschenkel. Wann geht es endlich voran?

Gerade als ich vorhabe, auszusteigen, meinen Koffer aus dem Kofferraum zu holen und zu Fuß weiterzugehen, geht es langsam vorwärts.

Zehn Minuten später kommen wir dann endlich am Flughafen an. Erleichtert atme ich auf.

Tiago lässt mich aussteigen und sucht einen Parkplatz, während ich mich in die Schlange für den Rückflug stelle.

Ich schaue auf die Uhr – seit heute Nachmittag meine Lieblingsbeschäftigung. Die Zeit vergeht, doch die Schlange wird irgendwie nicht kürzer.

Wo bleibt bloß Tiago? Ich stelle mich auf Zehenspitzen, um nach ihm Ausschau zu halten, und da erkenne ich endlich seine dunkelbraunen Haare, die sich einen Weg durch die Menge bahnen.

Als er mit meinem Koffer bei mir ankommt, sage ich zu ihm: »Am besten du hältst meinen Platz frei und ich versuche, mich nach vorne zu drängeln. Hoffentlich finde ich jemanden, der mich vorlässt.« Damit laufe ich an wartenden Fluggästen vorbei und frage mich durch.

»Bitte entschuldigen Sie, mir wurde mein Portemonnaie mit meinem Ausweis gestohlen. Ich muss klären, ob ich trotzdem zurück nach Hause fliegen darf. Würden Sie mich vielleicht vorlassen?« Ich leiere meinen Spruch inzwischen das fünfte Mal herunter. Entweder ich gerate an Portugiesen, die mich nicht verstehen oder verstehen wollen oder es handelt sich um nicht gerade kooperierende Deutsche. Vielen Dank auch! Beim sechsten Versuch – eine ältere Frau mit schulterlangen grauen Haaren – hat mein Betteln endlich ein Ende. Sie zeigt Erbarmen und lässt mich vor.

Ich winke Tiago zu und er eilt zu mir. Wenige Minuten später spreche ich mit einer Angestellten der Fluggesellschaft. Kurz erkläre ich die Situation und lege ihr den Zettel von der Polizei vor sowie ein Foto von dem Schild der Botschaft. Außerdem habe ich mir das Flugticket an der Rezeption ausdrucken lassen. Sie nickt verständnisvoll, nimmt die Papiere und sagt: »Einen kleinen Moment bitte, ich muss das kurz mit einem Vorgesetzten besprechen.«

Hoffnung keimt in mir auf.

Tiago und ich lächeln uns zuversichtlich an. Es muss klappen – es muss einfach!

Sie kommt ewig nicht zurück. Ich traue mich gar nicht, meinen Kopf in die Richtung der anderen Wartenden zu drehen, denn ich habe keine Lust, von ihren Blicken erdolcht zu werden.

Endlich höre ich das Klackern ihrer Absatzschuhe.

Doch als die Dame vor uns zum Stehen kommt, schüttelt sie bedauernd den Kopf. »Es tut mir leid. Ohne ein gültiges Ersatzdokument darf ich Sie leider nicht in das Flugzeug lassen.« Mir rutscht das Herz in die Hose. Mit offenem Mund starre ich die Frau an und weiß nicht, was ich sagen soll. Lässt sie mich tatsächlich hängen?

Da schreitet Tiago ein: »Diese junge Dame ist unverschuldet in Not geraten. Sie wird, wenn sie am Montag nicht in ihrem Büro erscheint, ihren Job verlieren. Wollen Sie das verantworten?«

»Es tut mir wirklich sehr leid. Aber ich habe leider meine Anweisungen. Bitte treten Sie zur Seite. Die Nächsten bitte!«

Ich schaue Tiago an. Meine Unterlippe zittert. So einfach ist das?

Dann fasse ich mich wieder und haue meine flache Hand auf den Tresen. »Hören Sie, ich gehe hier nicht weg, bis ich eine Erlaubnis zum Fliegen habe.« Feuchtigkeit sammelt sich auf meinen unteren Lidern und droht abzustürzen.

»Bitte verlassen Sie jetzt das Flughafengebäude. Sonst sehe ich mich gezwungen, das Sicherheitspersonal zu verständigen!«

Blöde Kuh! Meine Hände sind zu Fäusten geballt und ich merke, wie die Wut in mir hochbrodelt.

Doch Tiago ergreift mich am Arm und zieht mich zur Seite. »Lass gut sein. Du willst doch nicht noch festgenommen werden und dann erstmal gar nicht mehr nach Hause kommen, oder?«

Ha, na das fehlt mir wirklich noch.

KAPITEL 26

Barfuß, mit angewinkelten Beinen sitze ich kurz darauf wieder in dem grauen Auto, das mich hergebracht hatte. Dicke Wolken sind aufgezogen. Die salzigen Spuren auf meinen Wangen brennen und jucken, aber ich ignoriere sie.

Tiago telefoniert, seine Stimme dringt nur undeutlich zu mir durch.

Mit leeren Augen starre ich aus dem Fenster. Die wunderschönen Felder mit den farbenfrohen Blumen ziehen ohne Beachtung an mir vorbei. Fröstelnd lege ich die Arme um meine Beine.

Als das Auto auf einem Parkplatz hält, fokussiert sich mein Blick wieder. Erst jetzt merke ich, dass wir uns wieder in Albufeira befinden, wo große, grüne Palmen die Straße säumen. Wir stehen vor einem Supermarkt.

Als würde ich gerade aus einem langen Schlaf aufwachen, sehe ich Tiago fragend an.

»Der Kühlschrank ist leer«, sagt er. »Wir kaufen jetzt ein und dann kochen wir etwas Schönes.«

Wie hypnotisiert laufe ich durch die Regale und überlasse es Tiago, den Einkaufswagen zu füllen. Hunger habe ich sowieso nicht.

Zurück in Tiagos Wohnung packt er die Einkäufe aus und verstaut sie in den Schränken und im Kühlschrank.

Meine Arme, Beine, mein ganzer Körper fühlt sich mit einem Mal unendlich schwer an. Ich lasse mich auf die Couch fallen und stecke mir meine Kopfhörer in die Ohren. Mit den französischen Melodien von Zaz schweifen meine Gedanken ganz weit weg.

Erst als mir der leckere Geruch von gebratenen Zwiebeln in die Nase steigt, tauche ich langsam aus diesem Dämmerzustand auf, erhebe mich von der Couch und strecke mich kurz. Ich gehe in die Küche und schlinge Tiago von hinten die Arme um den Oberkörper. Er lässt das Messer fallen, dreht sich zu mir um und drückt mir einen feuchten Kuss auf die Lippen.

»Hilfst du mir? Was hörst du da?« Er zieht mir die Kopfhörer aus den Ohren, steckt sie in seine und wackelt belustigt mit dem Kopf. Anscheinend gefällt ihm, was er hört, denn er zieht das Kabel aus meinem Handy und stellt die Musik auf lauteste Stufe. Dann holt er ein weiteres Brettchen und ein scharfes Messer aus dem Schrank und legt es vor mir hin. Als der Song »Au revoir« läuft, singe ich lauthals mit. Es ist mir egal, ob es Tiago stört oder nicht. Ich merke, wie die Leichtigkeit, die mir in den letzten Stunden verloren gegangen war, langsam wiederkommt, und es fühlt sich ein wenig wie ein Abschied von meinem alten Leben an. Es ist ein bisschen so, als wäre die Musik meine Medizin.

Die letzten Töne des Liedes verklingen und ich sehe verstohlen zu Tiago. Er hat mit dem Schnibbeln aufgehört und strahlt mich mit leuchtenden Augen an. Verlegen blicke ich auf den Boden. Offenbar hat ihm mein Gedudel gefallen, zumindest kommt keine Beschwerde.

»Mach's gut und fühl dich hier wie zu Hause. Wenn du magst, kommst du nachher noch in die Bar«, sagt Tiago nach dem Essen und verabschiedet sich mit einem Kuss von mir.

Mit einem leisen Klicken fällt die Tür hinter ihm ins Schloss. Ich bleibe allein zurück. Gegen die Stille in der Wohnung schalte ich Musik ein und öffne meinen Koffer, denn ich muss dringend Wäsche waschen. Viel mehr als für die paar Tage hatte ich nicht eingepackt und ich habe so ziemlich alles schon getragen. Ich befülle die Trommel und stelle die Maschine an.

Während ich warte, setze ich mich auf den Balkon in die warme Abendsonne und rufe Mila an, um zu berichten, dass ich nicht zurückfliegen durfte.

»So ein Mist!«, sagt sie. »Aber ich habe das befürchtet. Da könnte ja jeder kommen und sagen, er möchte ins Ausland fliegen ... ich hoffe nur, dass die blöde Becker nicht ernst macht und dich kündigt. Das wäre wirklich mega fies.«

Ja, das hoffe ich auch. Und das schreibe ich auch noch einmal in der E-Mail an meine Chefin und bringe auch sie auf den neuesten Stand.

Ich überlege, ob ich Alex noch eine böse Nachricht schicke, doch ich entscheide mich dagegen. Er ist für mich gestorben. Ein für alle Mal. Mit ihm möchte ich nichts mehr zu tun haben.

Wenig später mache ich es mir auf der Couch bequem und schaue mir über mein Handy ein paar Folgen einer Netflix-Serie an.

Als die Waschmaschine endlich piept, befreie ich die Wäsche und hänge sie draußen auf dem Balkon auf den Wäscheständer. Bei den warmen Temperaturen sollten die Sachen morgen trocken sein. Dann ziehe ich die Couch aus und baue mir mein Bett, um meine Serie weiterzugucken.

Das Display ist schwarz, mein Handyakku leer. Irgendetwas hat mich geweckt.
Nur was?

Da, da ist es wieder, ein Klappern von der Eingangstür. Ganz deutlich.

Kurz nach ein Uhr erst. Tiago meinte, er wird vor vier nicht zurück sein.

Leise stehe ich auf, schleiche auf Zehenspitzen zur Tür und drücke mein Ohr dagegen.

Ich halte die Luft an, damit man mich auch ja nicht von draußen hören kann.

Es raschelt.

Dann sehe ich durch den Spion, doch ich erkenne nichts, weil genau in diesem Moment das Licht im Treppenhaus ausgeht. Ich lege meine Hand auf meine linke Brust, als wenn ich so mein rasendes Herz ruhiger und leiser schlagen lassen könnte.

Endlich geht das Licht wieder an und ich erkenne etwas. Ist das nicht Tiagos Jacke, die er sich vorhin angezogen hat? Doch, ich glaube schon. Oder doch nicht?

»Wer ist da?«, rufe ich dann schließlich auf Englisch durch die Tür hindurch und höre daraufhin nur ein männliches Knurren oder war es ein schmerzhaftes Aufstöhnen?

»Tiago?«

Ich öffne die Tür und der Mann dreht sich zu mir um. Ich brauche ein paar Sekunden, um zu realisieren, dass es wirklich Tiago ist. Er kommt auf mich zu getorkelt. Ist er betrunken? Doch dann erkenne ich, dass er blutverschmiert und verletzt ist.

»Was ist passiert?«, frage ich mit weit aufgerissenen Augen. »Brauchst du Hilfe?« Meine Stimme klingt panisch und viel zu hoch. Sein Gesicht ist kaum zu erkennen, überall an ihm klebt Blut.

Ist das alles sein Blut?

Er hält sich den linken Arm fest.

Automatisch mache ich einen Schritt zurück. Was soll ich nur tun?

Ich renne zurück in die Wohnung, raus auf den Balkon und reiße meine Hose vom Wäscheständer, der dabei fast umfällt. Hastig zwänge ich mich in meine klamme Jeans und greife mir eine Decke vom Sofa sowie den Autoschlüssel, der am Schlüsselbrett baumelt.

Hinter mir ziehe ich die Eingangstür zu und stütze Tiago ab. Zusammen stolpern wir die Treppe hinunter und setzen wankend den Weg zum Auto fort.

Tiago zittert am ganzen Körper.

Ich lege ihm die Decke um und setze ihn auf den Beifahrersitz, bevor ich um das Auto herumrenne und mich hinter das Steuer setze.

Drei Mal atme ich tief durch und starte dann den Motor.

Zum Glück sind wir an dem Krankenhaus schon mehrmals vorbeigefahren. Den Weg habe ich mir gemerkt.

Die fünf Minuten Fahrt dorthin kommen mir jedoch wie eine Ewigkeit vor.

Ich bin mir nicht sicher, ob Tiago neben mir das Bewusstsein verloren hat.

Er antwortet mir jedenfalls nicht mehr.

Ich schreie ihn förmlich an, doch es bleibt still neben mir.

Mit quietschenden Reifen bremse ich vor der Notaufnahme des Krankenhauses und renne in das Haus mit der grellen Beleuchtung hinein.

»Ich brauche Hilfe, es ist überall Blut!«, schreie ich eine Frau hinter einem Tresen an und warte auf eine Reaktion von ihr.

Zwei Männer kommen von der Seite auf mich zu, einer greift mir unter die Arme und bugsiert mich auf einen Rollstuhl.

Irritiert sehe ich von dem einen Pfleger zum anderen, als sie mit mir davonbrausen wollen.

Was soll das?

»Stopp! Stopp!«, schreie ich und springe auf. »In meinem Auto sitzt der verletzte Mann! Blut – überall und ich glaube, er ist nicht mehr wach.« Vor lauter Aufregung fallen mir die englischen Vokabeln nicht mehr ein.

Die Männer sehen mich einen Augenblick unsicher an. Vermutlich haben sie das Blut an meinen Armen für Verletzungen gehalten.

Ich laufe zurück nach draußen und winke ihnen, damit sie mir folgen. Immerhin scheinen sie meine Zeichen zu verstehen und schieben den Rollstuhl neben das Auto. Mit vereinten Kräften hieven wir Tiago heraus, ächzend lässt er sich in den Rollstuhl fallen. Er ist bei Bewusstsein. Gott sei Dank!

Dann wird er in das Krankenhaus geschoben.

Ich folge ihm hinein, doch plötzlich schallen laute Stimmen aus dem Wartezimmer.

Ich bleibe stehen.

Zwei bedrohlich wirkende Männer gehen mit wütenden Gebärden auf Tiago zu und beschimpfen ihn. Damit die Kerle mich nicht entdecken, biege ich um eine Ecke.

Ich halte die Luft an. Ein Messer blitzt auf. Doch dann gehen die Krankenpfleger dazwischen.

Ich zucke zusammen. Eine Hand legt sich auf meine Schulter. Ich fahre herum.

Die Frau vom Empfang sieht mich leicht genervt an, als hätte sie mich schon mehrmals angesprochen. »Das Auto!«, sagt sie und deutet zum Ausgang.

»Ach ja, ich fahre das Auto zur Seite.«

Im Auto atme ich tief durch und versuche, mich zu beruhigen.

Was war das gerade? Waren die anderen Kerle an der Schlägerei beteiligt gewesen? Aber wieso sind sie jetzt auf Tiago losgegangen? Zufällig wirkte das jedenfalls nicht.

Schnell kehre ich zum Krankenhaus zurück und blicke mich suchend um. Tiago ist nirgendwo mehr zu sehen.

Die Frau am Tresen sagt mir, ich solle im Wartezimmer Platz nehmen, doch ich schüttele den Kopf. Zu diesen gewalttätigen Typen setze ich mich ganz sicher nicht. Ich gebe ihr ein Zeichen, dass ich draußen im Auto warte.

Es klopft. Ich schrecke hoch und sehe durch die Scheibe. Verwirrt wische ich mir die Haare aus dem Gesicht. Ich muss weggenickt sein.

Tiago steht vor dem Auto, den Arm in einer Schlinge. Er lächelt mich so niedlich an, dass tausend Ameisen sich in meinem Bauch in Bewegung setzen. Ich öffne die Beifahrertür und er setzt sich zu mir ins Auto, wo er mir sofort erzählen muss, was genau passiert war.

»In der Bar gab es eine Schlägerei, ich bin eingeschritten, habe die Typen rausgeschmissen«, erzählt er. »Doch vor der Tür ging es weiter. Messer blitzten auf, Waffen kamen ins Spiel, bis drei Schüsse fielen. Eine Kugel streifte meinen Arm.« Er lehnt sich mit geschlossenen Augen zurück und seufzt. »Ein wenig den Arm ruhig halten und ein paar Pflaster sollten reichen. Das meinte zumindest die Ärztin.« Er setzt ein schiefes Lächeln auf, das ich ihm jedoch nicht abkaufe.

»Was ist sonst noch? Was hast du mir noch nicht gesagt?«

Er seufzt erneut und fasst sich an den Kopf. »Ich muss einen Ellenbogen an den Kopf bekommen haben, ich hatte höllische Schmerzen. Aber sie haben hier ein gutes Schmerzmittel.« Er deutet auf das Krankenhaus und grinst, als wäre er stoned. »Es könnte sein, dass ich eine leichte Gehirnerschütterung habe. Falls ich mich übergeben sollte, muss ich wieder zum Krankenhaus kommen.« Er gähnt.

Es ist ansteckend, ich gähne mit. Tiago hatte also Glück gehabt. Innerlich zittere ich jedoch bei seinen Erzählungen und will mir gar nicht vorstellen, was wäre, hätte die Kugel ein wichtiges inneres Organ erwischt. »Was waren das für unheimliche Typen, die da vorhin auf dich losgegangen sind?«

»Was meinst du?« Er sieht aus dem Fenster. Als ich nicht antworte, dreht er sich zu mir.

»Na die Männer, die aus dem Wartezimmer kamen. Der

eine hatte ein Messer.«

Er zuckt mit den Schultern und schiebt seine Unterlippe vor. »Ich weiß nicht, was die von mir wollten. Ich kenne die nicht.«

So sieht er also aus, wenn er lügt.

Die Situation wirkte nicht so, als hätten sich da Fremde gegenübergestanden. Ganz und gar nicht. Ich verfluche diese Sprachbarriere. Ich konnte nicht ein Wort der Männer verstehen. Langsam nicke ich, als würde ich ihm seine Lüge abkaufen.

»Gibt es solche Schlägereien öfter?«, frage ich.

Einen Tick zu schnell schüttelt er den Kopf und verzieht das Gesicht. Ganz so gut scheint das Schmerzmittel dann doch nicht zu wirken. Ich fürchte, es macht keinen Sinn, da weiter nachzubohren. Er wird mir ja doch nicht mehr dazu sagen. Gähnend stecke ich den Schlüssel ins Schloss und starte den Motor.

Zurück in der Wohnung lässt der Adrenalinschub deutlich nach und Tiago schläft erschöpft auf meinem Besucherbett ein.

Es ist besser, wenn jemand neben ihm liegt, falls sich die Gehirnerschütterung bestätigen sollte. Und dieser Jemand bin heute wohl ich. Ich hole aus der Küche noch eine Schüssel für den Notfall.

Die restliche Nacht – wobei es draußen bereits wieder hell wird – bleibt zum Glück ruhig und wir schlafen lange aus. Oder eher: Ich schlafe aus. Denn als ich wach werde, liegt anstelle von Tiago nur ein Zettel mit der Info neben mir, dass er bereits in der Bar sei.

Nach einem schnellen Frühstück ziehe ich mich an und packe meine Strandtasche. Auf dem Weg zum Meer komme ich an der Matt's Bar vorbei.

Tiago steht vor dem Eingang, in der Hand hält er einen

Wasserschlauch. Er versucht, die Blutspuren der letzten Nacht von der Straße zu waschen.

Ich komme von hinten und halte ihm die Augen zu. Erschrocken zuckt er zusammen und rammt mir fast seinen Ellenbogen in den Bauch.

»Ich bin es nur«, sage ich beschwichtigend.

Schief schmunzelt er mich an.

»Bist du ok? Wie geht's dir?«, frage ich besorgt.

»Es gab schon bessere Tage. Aber seit du hier bist, ist es schon viel besser.« Er dreht das Wasser ab und schmeißt den Schlauch zur Seite, um mich mit seinem freien Arm festzuhalten.

Ich glaube, die letzte Nacht hat ihn ganz schön mitgenommen. Eine gefühlte Ewigkeit stehen wir einfach nur so da, bis er mir endlich einen Kuss gibt.

»Du trägst deine Armschlinge nicht.« Ich sehe ihn streng an und wedele mit dem erhobenen Zeigefinger. An dem Pflaster an seinem Oberarm sieht man, dass die Wunde noch nachgeblutet hat. »Solltest du nicht lieber mal einen Tag zu Hause bleiben, dich erholen und deine Verletzung ruhig halten?«, frage ich und mustere ihn. Er sieht blass um die Nase aus.

»Es gibt so viel hier zu tun, da kann ich es mir nicht leisten, zu Hause zu bleiben«, sagt er und zuckt die Schultern. »Gehst du zum Strand?« Er deutet auf meine Strandtasche.

»Ja, wenn du alleine hier klarkommst? Das Wetter soll ab heute Nachmittag schlechter werden.«

»Ja, alles gut, ich wünsche dir viel Spaß.« Tiago verabschiedet mich mit einem Klaps auf den Po.

Es ist Sonntag und der Strand sieht aus wie ein Ameisenhaufen. Ich suche mir einen Platz und breite mein Handtuch aus. Nach kurzer Zeit riecht meine Haut schon sonnengebrutzelt und ich stürze mich in die kalten Fluten.

Triefend nass lasse ich mich auf mein Handtuch fallen. Mein Handy zeigt zwei neue Nachrichten an.

Simon – 10:34
Hey, bist du gut zu Hause angekommen oder gab es Probleme?

Ich – 10:43
Ich bin immer noch in Portugal und bin bei meinem Bekannten untergekommen. Er hilft mir, alle Unterlagen zu besorgen. Danke für deine Nachfrage. Ich wünsche dir einen schönen Tag.

Bei dem Gedanken an die Frau vom Flughafen lodert die Wut in meinem Bauch erneut auf. Wieso hat sie nicht einfach ein Auge zugedrückt? Kopfschüttelnd schiebe ich die Rachegedanken beiseite.
Die zweite Nachricht ist von Mila.

Mila – 10:39
Guten Morgen, wie läuft es bei dir bzw. lief da überhaupt schon was?

Ich – 10:45
Guten Morgen. Also, wenn du Sex meinst ... Nein, da ist noch nichts gelaufen. Es kribbelt und knistert gewaltig, aber es hat sich nichts ergeben.

Mila – 10:46
Was? Du wohnst bei ihm, du bist über beide Ohren verknallt, er ist heiß, du bist heiß und da läuft nichts? Was stimmt mit dem Kerl nicht?
Ich berichte von den Geschehnissen der letzten Nacht.

Mila reagiert besorgt. Die gleichen Sorgen mache ich mir auch. Doch wenn ich hier in dieser Urlaubsidylle liege, rückt die Vorstellung von den Schattenseiten dieses Ortes in weite Ferne.

Zwei Stunden später liege ich dösend mit Musik auf den Ohren am Strand.
Plötzlich stehen zwei behaarte und sehr attraktive Beine vor meinem Gesicht. Der Duft von Pommes strömt mir in die Nase und mir läuft schlagartig das Wasser im Mund zusammen. Umständlich biege ich meinen Kopf nach oben und mit einem zusammengekniffenen Auge erblicke ich Tiago mit zwei Portionen Pommes in den Händen. Über seiner Schulter liegt ein Handtuch.
»Hier für dich, ich dachte, du hast vielleicht Hunger?«
»Das ist aber lieb von dir, vielen Dank. Willst du baden gehen?«
»Ja, die Arbeit hat mich ganz schön ins Schwitzen gebracht. Und ich hab gehört, hier sollen schöne Mädchen am Strand liegen.«
Ich sehe mich suchend um und Tiago lacht. »Ich meine dich!« Dann gibt er mir einen Kuss.
Wir lassen es uns schmecken und gehen danach Hand in Hand Richtung Meer. Der Wellengang ist etwas stärker geworden. Weiß schäumend treffen die wandernden Wasserberge auf den Sand.
Immer, wenn eine Welle auf mich zurollt, stelle ich mich automatisch auf die Zehenspitzen. Das Wasser fühlt sich irgendwie noch kälter als vorhin an.
Tiago geht nur so tief, dass sein Pflaster am Oberarm nicht nass wird. Er muss den Verband gewechselt haben, er sieht noch ganz sauber aus.
Innerlich zähle ich bis drei und tauche dann bis zum Hals

unter. Mit einem unterdrückten Aufschrei springe ich wieder hoch. Tiago lacht und drückt sich eng an meinen Körper. Er strahlt eine enorme Wärme aus, trotz des kalten Wassers.

Es ist unglaublich, wie viel Nähe und Intimität zwischen uns ist. Die Bewegungen der Wellen bringen uns zum Schaukeln. Bewegungen, die Lust auf mehr machen.

»Du zitterst ja«, stellt Tiago fest, als er mich küsst.

Ich habe das gar nicht gemerkt, innerlich lodert ein Feuer in mir. Doch als Tiago mich aus dem Wasser zieht, wird auch mir die Kälte meiner Haut bewusst. Wir setzen uns hintereinander auf mein Handtuch und breiten sein großes Badetuch über uns aus.

»Ich liebe dieses Land, das Meer, den Strand, die Landschaft, die weiß blühenden Mandelbäume.« Ich gerate ins Schwärmen.

»Kennst du die Geschichte, die man sich zu den Mandelbäumen erzählt?«, fragt Tiago.

Ich schüttle den Kopf.

»Dann erzähle ich sie dir.« Er wischt mir nasse Strähnen aus dem Gesicht. »Also, es war einmal ein Prinz, der eine Prinzessin aus dem hohen Norden heiratete. Er liebte sie sehr und holte seine wunderschöne Frau zu sich an die Algarve.

Sie litt jedoch unter einer schier unstillbaren Sehnsucht nach ihrer verschneiten Heimat und verlor ihr Lachen.

Der Prinz wollte sie wieder glücklich sehen und ließ dafür Schnee aus den Bergen anliefern. Doch die Pferde waren lange unterwegs. Ein paar Stunden hatte die Prinzessin eine kleine Freude, dann war der Schnee geschmolzen und ihre Traurigkeit kehrte zurück.

Eines Tages kam ein Maler ins Schloss und zeigte dem Prinzen seine Gemälde mit Frauen, die vor blühenden Mandelbäumen tanzten. Da kam der Prinz auf eine Idee. Er ließ Mandelbäumchen heranholen, so viele er nur bekommen konnte, und dann wurden sie um das Schloss herum gepflanzt.

Als der Frühling kam und mit ihm die Natur erwachte, führte er sie an das Fenster und sie erkannte, was er damit bezweckt hatte: Die unzähligen Bäume hatten zu blühen begonnen. Es sah aus wie ein schneebedeckter Winterwald.

Die Prinzessin jauchzte, denn sie fühlte sich an den Winter von zu Hause erinnert. Sie wirkte glücklicher als je zuvor in ihrer neuen Heimat.«

Verträumt sehe ich auf den Horizont und stelle mir die glückliche Königstochter in dem weißen Blütenmeer vor. »Ach, wie romantisch«, sage ich. »So kamen also die Mandelbäume hierher?«

Tiago räuspert sich. »Man erzählt es sich so.«

Ich kuschele mich noch enger an ihn und auf einmal ist sie da: Die Frage, ob auch ich hier in Portugal vielleicht glücklich werden könnte?

KAPITEL 27

Wenig später muss Tiago wieder zurück zur Bar. Ich bleibe weiterhin am Strand, bis die Sonne langsam an Kraft verliert.

Dann ziehe auch ich mich wieder an und gehe zu Tiago in die Bar, doch er und sein Boss stecken gerade in einer hitzigen Diskussion. Worum es geht, kann ich nicht verstehen. Vielleicht darum, ob ein Türsteher oder weiteres Sicherheitspersonal Sinn machen würden, damit sich solch eine Szene wie die in der letzten Nacht nicht wiederholt?

»Ich möchte euch nicht stören, aber ich brauche den Schlüssel. Ich würde gerne in die Wohnung, um das Abendessen vorzubereiten.«

Er überreicht mir seinen Schlüsselbund und gibt mir einen kurzen Kuss. »Ich komme auch gleich nach.«

In seiner Küche suche ich mir alle Zutaten zusammen.

Es zieht bereits ein köstlicher Duft durch die Wohnung, der meinen Magen knurren lässt, als es an der Tür klingelt. Ich renne hin und betätige den Türsummer.

»Das riecht aber schon gut«, begrüßt Tiago mich.

»Es ist auch gleich fertig – Nudeln mit Garnelen und Gorgonzolasoße.« Ich gehe in die Küche zurück und nehme ein paar Teller aus dem Schrank.

»Das klingt fantastisch.«

Innerhalb von wenigen Minuten ist Tiagos Teller leergeputzt. Ich starre ihn mit offenem Mund an.

Wie kann man bitte so schnell essen?

»Du bist eine sehr gute Köchin.« Tiago strahlt mich mit ehrlichen Augen an und mein Bauch macht einen Hüpfer. Von Alex kam auf meine Nachfrage, ob es ihm schmeckte, immer nur ein »Geht so«, was mir so manches Mal die Freude am Kochen nahm.

»Worum ging es vorhin bei eurem Streit?«, frage ich vorsichtig.

Tiago greift nach seiner Zigarettenpackung und geht auf den Balkon.

Ich folge ihm. »Also?«

»Ach nichts, Dinge, die die Bar betreffen. Mach dir darüber keine Gedanken.«

Dass er mir nicht sagt, was ihn beschäftigt, versetzt mir einen Stich. Und so gehe ich in die Küche zurück und räume dort auf.

Später machen wir uns für den Abend fertig. Tiago zieht sich nach der Dusche neue Kleidung an, ich schminke mir die Augen und stecke die Haare hoch.

Als ich die Mascara in das Schminktäschen zurücklege, ertönt von der Seite ein anerkennendes Pfeifen. Ich drehe mich im Kreis und mein Kleid fliegt weit wehend in die Höhe. »Gefällt es dir?«

»Sehr! Du siehst heiß aus!« Er schaut auf sein Handy. »Ich muss leider los.«

Ich nehme meine Tasche und gemeinsam verlassen wir seine Wohnung und gehen zur Bar.

Die Tanzfläche füllt sich schnell und wie immer lassen sich die Gäste von der Musik mitreißen.

Auch ich genieße es, tanzen zu können. Ich spüre Tiagos Blick auf mir und unsere Augen treffen sich immer wieder. Ich wünschte, er wäre jetzt unten bei mir und nicht durch die Technik von mir getrennt.

Etwas streift über meinen Rücken und zwei Hände umfassen meine Hüften. Ich drehe meinen Kopf und erkenne einen Kerl, der mich breit angrinst. Ich schiebe freundlich, aber bestimmt seine Hände von meinem Körper.

Doch es vergeht keine Minute, da macht er sich wieder aufdringlich an mich ran. Ich drehe mich weg von ihm und tanze ein paar Schritte zur Seite, in der Hoffnung, er würde kapieren, dass er mich in Ruhe lassen soll.

Doch er folgt mir und drückt mir seinen Unterleib an den Hintern. Mit seinem Kopf kommt er immer näher und mir weht ein deutlicher Alkoholgeruch entgegen, gemischt mit Nikotin. Angeekelt schüttele ich mich und gehe weiter von ihm weg, drängele mich durch die tanzenden Leute.

Doch der Typ scheint von der hartnäckigen Sorte zu sein. Er schlingt seine Arme um mich und presst sich eng an mich heran.

Hilfesuchend blicke ich hoch zu Tiago, doch er ist nicht mehr zu sehen. Na toll, ist er gerade jetzt auf die Toilette verschwunden?

Ich drehe mich um und sage dem Grapscher, dass er die Finger von mir lassen soll.

Aber er lächelt nur dreckig und kommt wieder näher an mich heran.

Ich lege meine Fäuste auf seine Brust und versuche, ihn wegzuschieben, was mir aber nicht gelingt, weil der Kerl vermutlich das Doppelte von mir wiegt. Dann brülle ich ihn an: »Stopp, geh weg von mir!« Panisch sehe ich mich um, doch keiner bemerkt meine Verzweiflung.

Da legt sich eine Hand auf seine Schulter und reißt ihn herum.

Tiago sagt etwas zu ihm, das ich nicht verstehe.

Doch der Kerl schubst ihn nach hinten, dreht sich wieder zu mir und geht einen Schritt auf mich zu.

Ich weiche zurück, aber meine Aufmerksamkeit gilt Tiago. Der verzieht das Gesicht und fasst sich an den Oberarm. Seine Wunde.

Er winkt einem Barmann zu, der sich durch die Menge kämpft und Mister Grapscher erfolgreich Richtung Ausgang zerrt.

Tiago kommt auf mich zu und nimmt mich in den Arm. Er sieht mich entschuldigend an und fragt:»Ist alles ok?«

Dankbar nicke ich und streichle über seinen Unterarm. »Bei dir auch?«

»Ja, geht schon.«

Doch die Schweißperlen auf seiner Stirn sprechen eine andere Sprache.

Ich ziehe ihn zur Herrentoilette, wo mich zwei Männer am Pissoir irritiert angaffen, doch ich ignoriere sie und lüfte Tiagos Ärmel, um das Pflaster zu betrachten. Frisches Blut sickert langsam hindurch.

Aus meiner Handtasche nehme ich ein sauberes Pflaster und wechsle den Verband.

Tiago wäscht sich mit kaltem Wasser den Schweiß von der Stirn. Dann zieht er mich zur Tanzfläche zurück. Entgegen meiner Erwartung geht er nicht sofort zu seinem Arbeitsplatz. Er nutzt die Gelegenheit für eine kleine Pause und tanzt mit mir drei wunderschöne Songs lang, die leider viel zu schnell vorbei sind. Dann muss er wieder hoch auf sein DJ-Podest.

Gegen halb eins mache ich mich auf den Heimweg. In seinem Büro hat Tiago inzwischen einen Ersatzschlüssel deponiert, so muss er mich später nicht wecken.

In Tiagos Wohnung angekommen, dusche ich ausgiebig und ziehe mir wieder sein weißes T-Shirt und eine Hotpants an.

Dann lasse ich mich in das Bett auf der Couch fallen.

Ich wünschte, Tiago wäre jetzt auch hier.

Weil es mir zu leise in der Wohnung ist, und um das Piepen in meinen Ohren zu übertönen, schalte ich den Fernseher ein. Dort läuft eine portugiesische Tier-Doku. Die Stimme des Erzählers klingt beruhigend, auch wenn ich kein Wort verstehe. Ich kuschele mich unter die Decke, brauche aber eine gefühlte Ewigkeit, bis ich endlich einschlafe und ins Traumland abtauche.

Ich liege am Strand. Wellen rauschen, ein leichter Wind weht und die Luft fühlt sich angenehm warm an. Palmen bieten mir Schatten und wiegen sich über mir sanft hin und her. Ein kurzer kühler Lufthauch und warme Hände berühren meinen Körper. Ich erstarre im ersten Moment, doch dann strecke ich mich ihnen entgegen. Die Hände wandern von meinem Bauch langsam höher und höher. Sie erzeugen ein Prickeln auf meiner Haut. Es fühlt sich so echt an, so intensiv. Wie einer dieser Träume, bei denen man sich nicht sicher ist, ob man tatsächlich träumt oder nicht.

Ich lasse meine rechte Schulter nach hinten fallen und rolle auf den Rücken. Heißer Atem trifft auf meine Wange. Etwas Raues streift meine Haut, vielleicht die Stoppeln eines Dreitagebarts. Weiche Lippen hauchen mir einen zärtlichen Kuss auf.

Schlagartig wird mir klar, das ist kein Traum.

Die Hände, der Kuss sind echt.

Realität!

Ich reiße meine Augen auf und überlege irritiert, wo ich gerade bin. Jedenfalls liege ich nicht mehr am Strand.

Es ist dunkel und es riecht nach Tiagos Waschmittel. Ich befinde mich bei ihm zu Hause, in einem Bett.

Mein Handy neben meinem Kopf zeigt mir vier Uhr nachts an. Und die Hände sind immer noch da. Ich bin stocksteif. Sie wandern weiter hinauf und ich lasse sie gewähren.

Ein heißer Schauer zieht durch mein Innerstes. Ohne es zu wollen, stöhne ich leise auf und rekle mich. Ich stoße an seinen Körper, der sich sanft an meine Seite schmiegt. Warme und weiche Haut. Ein bekannter Duft steigt mir verführerisch in die Nase.

Er ist es. Endlich ist er bei mir. Und er will mich. Das merke ich deutlich.

Zwischen meinen Beinen pocht es, mein Bauch kribbelt erwartungsfroh.

Seine Hände sind überall. Sie machen mich so verrückt, dass ich nicht mehr klar denken kann. Ich will ihn spüren, ich will ihn!

Ich drehe meinen Kopf in seine Richtung.

Er hat die Augen geschlossen, den Mund leicht geöffnet. Er nimmt mein Ohrläppchen zwischen seine Schneidezähne und knabbert sanft daran. Oh Gott, ich drehe durch. Mein ganzer Körper fühlt sich an wie elektrisiert. Mein Mund erreicht seine Lippen und unsere Zungen kreisen umeinander.

Langsam wandert seine Hand nach unten, sie schiebt das viel zu große T-Shirt nach oben und nun berührt er meinen Bauch und meine Brüste ohne die störende Barriere.

Mein Körper erschauert.

Seine Hand wandert erneut abwärts und schlüpft vorne in meine Hotpants.

Seine Berührung bringt mich immer mehr um den Verstand. Genießerisch lasse ich ihn gewähren.

Meine Hand streicht über seine samtige Haut, bis ich an den Rand seiner Boxershorts stoße. Ich höre ein leises Aufstöhnen und er drückt sich fordernd an mich heran.

Wir streifen unsere Kleidung ab und seine Finger verirren sich wieder zwischen meine Beine. Er schiebt seinen Finger in mich hinein.

Doch das reicht mir nicht. Ich will ihn spüren, ich will ihn ganz. Ich ziehe Tiago auf mich rauf und, als er endlich in mich eindringt, fühlt es sich an wie eine langersehnte Erlösung, die mich aufkeuchen lässt.

Als ich am nächsten Morgen die Augen öffne, liegt Tiago an mich gekuschelt hinter mir. Bei dem Gedanken an letzte Nacht muss ich lächeln. Das Morgen-danach-Gefühl ist heute ein ganz anderes als bei Simon neulich. Es fühlt sich richtig und gut an, ich fühle mich geliebt und geborgen. Keine Spur eines schlechten Gewissens und kein schaler Beigeschmack.

Vorsichtig drehe ich mich aus Tiagos Armen und rutsche geräuschlos vom Bett. In der Küche bereite ich leise das Frühstück vor.

Als Tiago plötzlich im Türrahmen lehnt, schrecke ich zusammen.

Seine Mundwinkel zucken hoch und er strahlt so viel Zufriedenheit und Wärme aus.

Er setzt sich mir gegenüber an den Tisch. Seine dunklen Haare stehen verstrubbelt in alle Richtungen und seine Wangen sind vom Schlaf noch leicht gerötet. Er hat sich ein olivfarbenes Shirt übergezogen. Immer wieder tauchen seine dunklen Augen in meine ab.

Ich habe das Gefühl, als würden wir uns schon ewig kennen. Gut, ich war damals erst vierzehn Jahre alt gewesen, als wir uns kennenlernten. Doch das waren nur Stunden, die uns geschenkt wurden. Sekunden, verglichen mit einem Leben. Tiago hatte schon damals solch eine Wirkung auf mich gehabt, so vertraut und ehrlich.

Beim Essen begegnen sich unsere Augen wiederholt auf diese ganz neue Art und ich muss mich immer wieder daran erinnern, von meinem Brötchen abzubeißen, anstatt ihn anzustarren. Irgendwie wirkt er fast wie ein kleiner Junge, so verletzlich, nicht wie der Mann, der er inzwischen geworden ist. Mir gefallen diese zwei Seiten an ihm. Er kann der coole DJ, der durchgreifende Manager, aber auch dieser weiche Typ hier vor mir sein. Dieses Bild, wie er da vor mir sitzt, brenne ich in mein Gedächtnis ein.

KAPITEL 28

Nach dem Frühstück sitzen wir wieder im Auto zur Botschaftszweigstelle und durchfahren die traumhafte Landschaft. Der Fahrtwind weht durch meine Haare.

Hoffentlich bekomme ich heute alles, was ich zur Rückreise benötige. Obwohl ich mir momentan gar nicht mehr so sicher bin, ob ich das überhaupt noch möchte – nach Hause fliegen.

Am liebsten würde ich hierbleiben und mein Leben mit Tiago in vollen Zügen genießen. Aber so einfach ist das nicht. Ich brauche neue Ausweise und muss alles Weitere beantragen. Ich müsste die Wohnung loswerden, mein Auto und ... Halt, denke ich wirklich darüber nach, nach Portugal zu ziehen?

Aber, wenn ich ehrlich bin, was erwartet mich denn zu Hause? Eine leere Wohnung, ein Kündigungsschreiben ... Nichts ist mehr so, wie es vor einigen Wochen noch war. Die Vorstellung, in dieses Leben zurückzukehren, fühlt sich schrecklich an. Da ist kein Funke von Heimweh.

Heute haben wir mehr Glück, das Gebäude ist wieder geöffnet.

Anderthalb Stunden müssen wir warten, bis wir an der Reihe sind. Der Andrang ist sehr groß.

Die Dame erklärt mir, dass vor der Ausstellung der Ersatzdokumente bei der zuständigen Stadtverwaltung in Deutschland eine Identitätsüberprüfung durchgeführt werden müsse.

Ein Reiseausweis als Passersatz zur Rückkehr nach Deutschland könne dann frühestens morgen ausgestellt werden.

Ganz toll. Ich muss morgen also noch einmal herkommen.

»Dann benötige ich von Ihnen noch ein Lichtbild«, sagt die Frau im sachlichen Tonfall. Mir rutschen die Mundwinkel auf die Füße. Scheiße. Daran habe ich ja überhaupt nicht gedacht.

»Ich ... Ich habe keines dabei.«

»Das ist schlecht. Wir haben hier zwar einen Fotoautomaten im Haus, ...« Ich atme erleichtert auf und will mich schon erheben, um schnell dorthin zu gehen. »... aber leider ist dieser noch defekt.«

Nicht das noch!

»Und wo finde ich einen Automaten?«, frage ich ungeduldig.

»Tut mir leid, das weiß ich leider nicht. Suchen Sie sich einen und melden Sie sich später gleich am Empfang und geben Sie die Fotos dort ab. Dann machen wir jetzt alles fertig und ich füge das Foto später hinzu.«

Ich setze mich wieder und gehe mit ihr all meine Daten durch.

Mit einem traurigen Lächeln verabschiede ich mich später von der Dame und wir machen uns auf die Suche nach einem Fotoautomaten oder Fotografen.

Fortuna ist uns nicht wohlgesonnen, denn nirgendwo in diesem Ort finden wir einen solchen Automaten.

Immerhin entdeckt Tiago zwei Orte weiter einen. Nachdem ich vier Fotos allein für meine Dokumente gemacht habe, setzt sich Tiago neben mich in die Kabine und wirft eine Münze ein. Dreimal knipst es und wir machen dabei lustige Gesichter und Grimmassen. Beim letzten Blitz küsst Tiago mich.

Ich habe damit nicht gerechnet und sehe ziemlich überrascht aus. Doch das sind die schönsten Erinnerungsfotos, die ich je in so einem Automaten geschossen habe.

Danach fahren wir zurück zur Behörde. Ich gebe das Foto ab und betone, dass das unbedingt die eine bestimmte Mitarbeiterin erhalten soll.

Während der Rückfahrt suche ich eine passende Flugverbindung heraus und kann tatsächlich kurzfristig einen Flug nach Berlin buchen.

Tiagos Auto rollt auf den Parkplatz vor seinem Haus.

»Was zur Hölle ...?«, sagt Tiago.

Ich sehe ihn erstaunt an. Solche Flüche kenne ich von ihm gar nicht. »Was ist los?«

Doch Tiago sieht nur angestrengt nach vorne. Meine Augen folgen der Richtung und landen auf einem roten Auto. Mir ist nicht klar, ob er den Wagen kennt und sich wundert, was er hier macht oder ob es einfach ein fremdes Auto ist.

Wir steigen aus, Tiago sieht sich suchend um. Offenbar entdeckt er nicht, was er sucht.

Wir betreten das Treppenhaus.

Von oben sind Geräusche und Stimmen zu hören und Tiago blickt mich unsicher an.

Vor seiner Tür sitzt eine hübsche, blonde Frau. Als sie uns erblickt, steht sie auf und streicht sich ihr Kleid glatt.

Tiago bleibt abrupt stehen und ich renne gegen seinen Rücken. Er fragt sie etwas auf Portugiesisch und geht auf sie zu. Sie winkt jemanden zu sich heran.

Erst als ich die Treppe ein Stück weiter hochsteige, erkenne ich, dass dieser Jemand erst einen Meter groß ist. Ein kleiner süß aussehender Junge mit den gleichen Augen, die mich die letzten Tage so intensiv angesehen haben.

Ich halte die Luft an und starre den Kleinen an, als hätte er mir eine Ohrfeige verpasst.

Er setzt sich wieder auf die Treppe.

Wie alt mag er sein? Drei, vier?

Tiago und die Frau reden oder diskutieren, ihre Stimme hallt immer lauter und härter durch das Treppenhaus. Einmal deutet sie mit dem Zeigefinger auf mich.

Ich schlucke.

Kurz darauf drängt sie sich zwischen mir und Tiago hindurch und läuft die Treppe hinunter. Tiago rennt ihr hinterher, doch bevor er an der Eingangstür ankommt, höre ich schon, wie ein Motor startet und sich ein Auto mit quietschenden Reifen entfernt. Tiago ruft etwas.

Scheu lächle ich den kleinen Jungen an und winke ihm zu.

Er sieht mich mit großen Augen an und ich erkenne, wie sie sich langsam mit Wasser füllen. Dann ruft er nach seiner Mama, die ihn einfach so hier sitzengelassen hat.

Ich gehe zu ihm und setze mich neben ihn auf die Treppenstufe.

Er rutscht weg von mir.

Doch als sich Tränen einen Weg über sein zartes Gesicht suchen, nehme ich ihn auf meinen Schoß und umarme ihn. Erst da bemerke ich die große Reisetasche und den Kindersitz neben der Tür.

Von unten sind Schritte zu hören. Tiago kommt mit hängenden Schultern die Treppe hinauf. Er bleibt stehen und betrachtet mich mit dem Jungen im Arm.

»Wir sollten reingehen«, hole ich ihn aus seiner Schockstarre zurück.

Immer noch sagt er keinen Ton, er geht wie in Zeitlupe zur Tür und schließt sie auf. Ohne die Tasche oder den Kindersitz zu nehmen, geht er in die Wohnung und verschwindet auf dem Balkon.

Ich trage den kleinen Jungen ins Wohnzimmer, wo noch unser zerwühltes Bett von den Ereignissen der letzten Nacht zeugt. Es kommt mir vor, als wäre es bereits Tage her.

Ich setze ihn auf das Bett und gehe zurück zur Tür, um die

Tasche und den Autositz hereinzuholen. Dann stelle ich den Fernseher an und suche einen Trickfilm aus, den der kleine Junge mit offenem Mund ansieht.

Hinter mir schließe ich die Tür und trete neben Tiago auf den Balkon. »Was war das da gerade? Ich habe nichts verstanden«, fordere ich ihn zum Reden auf.

Die Hand, in der er seine Zigarette hält, zittert leicht und er wischt sich mit der anderen Hand über das Gesicht, als wolle er damit alle Probleme abstreifen.

»Das war meine Ex-Freundin, Helena, sie muss für sechs Wochen zu einer Kur oder so etwas. Und sie hat ihren Sohn hiergelassen.«

Er schweigt und da er nicht weiterredet, frage ich: »Weil er auch dein Sohn ist?«.

Langsam nickt Tiago und sieht auf den Boden. Doch die Bestätigung meiner Vermutung liegt plötzlich schwer wie ein Stein in meinem Magen. »Wusstest du von ihm?«

Tiago wirft mir einen seitlichen Blick zu und kaut auf seiner Unterlippe, als er nickt. »Aber ich habe ihn noch nie gesehen. Seine Mutter und ich waren nur kurz zusammen. Sie ist nach der Trennung zurück zu ihren Eltern gezogen. Sie hatte mir nur geschrieben, dass sie schwanger sei, und als Diego geboren wurde, schickte sie mir ein Foto über WhatsApp. Das war es. Sie wollte keinen Kontakt. Sie hatte schon wieder einen neuen Freund.«

Diego heißt der kleine Kerl also.

In mir regt sich ein undefinierbares Gefühl. Ist es Wut darüber, wie egal ihm sein Kind war, oder ist es bloßes Unverständnis? Wahrscheinlich beides zusammen.

Durch die Fensterscheibe betrachte ich den kleinen Jungen, der noch immer mit offenem Mund auf den Fernseher starrt. Er sieht so unschuldig aus, so verletzlich und er sieht seinem Vater so verdammt ähnlich.

»Was machen wir jetzt?« Fragend blicke ich Tiago an.

»Ich weiß es nicht. Auf das war ich nicht vorbereitet«, sagt Tiago mit hängenden Schultern.

Ich gehe einen Schritt auf ihn zu und nehme ihn in die Arme.

»Ei«, sagt eine zarte Stimme hinter uns.

Ich zucke zusammen und drehe mich um. Diego steht in der Tür.

»Ei, Diego«, sagt auch Tiago und bückt sich zu dem kleinen Kerl hinunter. »Sabes quem eu sou?«

Er sieht zwischen mir und Tiago hin und her, dann nickt er zögerlich. »Pai.«

Tiago sieht ihn ernst an und nickt dann. »Bem, amigo, o que queres?«

»Estou com fome.«

»Was sagt er?«, frage ich.

»Er ist hungrig. Wir gehen etwas essen«, sagt Tiago und nimmt den Jungen auf den Arm.

Bei der belebten Einkaufsstraße betreten wir ein Restaurant.

Ich sitze Tiago und seinem Sohn gegenüber und keiner weiß so recht, was er sagen soll.

»Essa é Hanna, ela é da Alemanha«, sagt er zu Diego und deutet auf mich.

Doch der Junge blickt nur kurz zu mir, dann wieder auf den Boden.

»Frag ihn doch mal, was er gerne mag. Was guckt er gerne im Fernsehen und welche Bücher sieht er sich an?«, sage ich.

Doch als Tiago ihn anspricht, zuckt er nur mit den Schultern und starrt mit einem leblosen Ausdruck auf den Teller, den die Kellnerin vor seine Nase stellt.

Ich fange Tiagos fragenden Blick auf und hebe ratlos die Hände. Mit Kindern in diesem Alter habe ich leider noch keine

Erfahrungen sammeln können. Keiner in meinem näheren Umfeld hat schon Kinder.

Immerhin stürzt Diego sich gierig auf das Essen und hat den Teller schon nach wenigen Minuten geleert.

Später laufen wir die belebte Straße weiter entlang. An einem bunten Verkaufsstand kommt mir eine Idee. Wir steuern auf den Laden zu und kaufen einen Fußball und Buddelzeug. Meine Frage, ob wir an den Strand gehen wollen, wird von beiden Männern mit begeisterndem Kopfnicken angenommen.

Dort kicken wir eine Runde mit dem Ball und vergessen für einen kurzen Moment die Sorgen, die das Auftauchen des kleinen Jungen mit sich bringen.

Diego blüht regelrecht auf und strahlt seinen Papa bewundernd an, als dieser ihm Tricks mit dem Ball zeigt.

Wir toben durch den warmen Sand und füttern Möwen, die uns die Brotkrumen regelrecht aus der Hand reißen. Danach buddeln wir und Tiago baut mit Diego eine große Kleckerburg, während ich ein paar Schritte weiter im Sand sitze und belustigt zusehe.

Diegos Augen leuchten, als hätte er ewig nicht solch einen Spaß gehabt.

Ich atme erleichtert auf.

Er ist mit einem Mal so gelöst und gar nicht mehr so scheu und abweisend wie noch vor einigen Stunden. In mir keimt der Verdacht auf, dass seine Mutter oder Großeltern solche Unternehmungen eher selten mit ihm machten.

An einem kleinen Eisstand gönnen wir uns alle noch eine Kugel und setzen uns eisschleckend in den Sand.

Später sammelt Diego Muscheln und Federn in seinem kleinen blauen Eimer, während wir den Strand entlanglaufen.

Als die Sonne langsam untergeht und ihre wärmende Kraft nachlässt, sieht Tiago auf seine Uhr. Ein paar Falten bilden sich auf seiner Stirn. »Ich muss gleich los zur Arbeit, kann ich Diego bei dir lassen?«

Ich nicke, etwas anderes bleibt mir ja wohl auch nicht übrig. In einem unbeobachteten Moment drehe ich mich zu Tiago und flüstere ihm zu: »Aber wie soll ich mich mit ihm unterhalten, wenn du nicht mehr dabei bist zum Übersetzen? Ich verstehe doch kein Wort Portugiesisch.«

Tiago hebt ahnungslos die Schultern und schiebt seine Unterlippe vor. »Tja, ich weiß auch nicht, versucht es mit Händen und Füßen? Ich kann leider nicht so spontan freinehmen. Wir haben heute mehrere gebuchte Events, Junggesellenabschied und so. «

»Und was ist mit morgen? Ich fliege morgen nach Deutschland zurück, die Tickets sind schon gebucht.«

»Ich weiß.« Traurigkeit flackert in seinem Blick auf. »Wir bringen dich zum Flughafen. Und wegen Diego ... Ich werde meine Mutter oder meine Schwester fragen, ob sie so lange auf ihn aufpassen können.« Und mit einem kurzen Zögern fügt er hinzu: »Und kommst du wieder zurück – zu mir?«

KAPITEL 29

Na klasse. Ich sitze hier in Portugal fest, habe vielleicht meinen Job verloren und muss nun auch noch auf einen kleinen portugiesischen Jungen aufpassen.

So hatte ich mir meinen Urlaub in Portugal nicht vorgestellt.

Als Tiago mich fragte, ob ich wieder zurück nach Portugal komme, war ich zu keiner Aussage fähig. Mich überfordert die ganze Situation.

Zurück in Tiagos Wohnung schmiere ich Diego, der mich ansieht wie ein scheues Reh, noch ein Brot zum Abendessen, was er gierig und schweigend verschlingt.

Danach stecke ich den Stöpsel in die Duschtasse, lasse Wasser einlaufen und helfe ihm aus seinen Anziehsachen heraus.

Während er in die Dusche steigt, öffne ich seinen Koffer und durchsuche seine Sachen nach einem Schlafanzug und einer Zahnbürste. Bücher oder Spielzeug hat ihm seine Mutter nicht eingepackt.

Aus der Küche hole ich noch ein paar Plastikbecher, damit er ein wenig im Wasser spielen kann. Ich zeige ihm, was man mit den Bechern alles anstellen kann und erhasche ein erstes zaghaftes Lächeln von ihm.

Nachdem der kleine Junge bettfertig vor mir sitzt, rubbelt er sich die müden Äugelein.

Ich zappe durch das Fernsehprogramm, doch so etwas wie das Sandmännchen kann ich nicht entdecken. Seufzend mache ich den Fernseher aus und überlege, was ich jetzt machen soll.

Wie bringt man ein Kind ins Bett? Vor allem, wenn man nicht seine Sprache spricht?

Ich trage Diego in das Schlafzimmer von Tiago und decke ihn zu, einen Moment bleibe ich noch neben ihm sitzen, bis ich ein gleichmäßiges Atmen höre.

Dann gehe ich ins Bad und mache auch mich bettfertig. Ich fühle mich unendlich müde.

Frisch geduscht lasse ich mich auf mein Bett fallen, doch da vernehme ich ein leises Schluchzen aus dem Zimmer nebenan.

Schnell ziehe ich mir mein Schlafshirt über und gehe hinüber zu dem kleinen weinenden Kind. Ich nehme Diego auf den Arm und trage ihn zu mir ins Wohnzimmer. Er schluchzt und Schnodder läuft ihm aus der Nase. Ich hole ein Taschentuch und putze ihn sauber.

Wie beruhigt man ein verzweifelt weinendes Kleinkind?

Wenn ich früher traurig war oder Angst hatte, hat meine Mama mich immer fest in den Arm genommen und mir ein Lied vorgesungen. Vielleicht sollte ich das probieren.

Den Jungen leicht wippend, singe ich ihm ein deutsches Kinderlied vor.

Tatsächlich scheint dies die gewünschte Wirkung zu haben, denn Diegos Kopf wird langsam immer schwerer und ich höre sein leises Schnarchen.

Ich muss mit dem kleinen Kerl eingeschlafen sein, denn als ich wach werde, scheint bereits die Sonne durch das Rollo. Links neben mir liegt der schlafende Diego, daneben sein Vater, der den Arm um seinen Sohn gelegt hat. Mein Herz wird warm bei diesem Anblick.

Ich mache ein Foto und schicke es Tiago als Erinnerung an die erste Nacht mit seinem Sohn.

Dann gehe ich leise in die Küche, schmiere mir ein Brötchen und stürze einen Schoko-Cappuccino hinunter, bevor ich mich anziehe, Tiagos Autoschlüssel schnappe und damit runter zum Auto gehe.

Auf dem Küchentisch habe ich eine Nachricht hinterlassen, dass ich meine Ersatzdokumente abholen fahre. Ich hoffe, der Portier hat mein Foto wirklich weitergeleitet und es gibt keine weiteren Komplikationen.

Den Weg zu der Behörde kenne ich inzwischen in- und auswendig. Mit offenem Fenster und lauter Musik aus dem Radio mache ich mich auf den Weg dorthin.

Da es noch recht früh am Morgen ist, habe ich Glück und treffe auf eine kurze Warteschlange. Ohne Probleme erhalte ich meine Ersatzunterlagen. Wenigstens das funktioniert mal problemlos.

Als ich die Treppen vor dem Gebäude hinunterlaufe, entdecke ich gegenüber einen Spielzeugladen, den ich die letzten Male gar nicht wahrgenommen habe. Ich ändere meine Richtung und gehe in den Laden hinein. Die Verkäuferin spricht leider kein Englisch und somit fällt die Beratung relativ flach aus. Ich suche heraus, was für einen vierjährigen Jungen interessant sein könnte und packe Bauklötze, ein kleines elektrisches Auto, ein paar Buntstifte und Papier ein, außerdem wandern zwei Kinderbücher in den Einkaufskorb.

Als ich zurück in die Wohnung von Tiago komme, sitzen Vater und Sohn gemeinsam am Frühstückstisch und scheinen sich gut zu unterhalten.

Lächelnd winke ich den kleinen Mann zu mir und zaubere hinter meinem Rücken den Beutel mit dem Spielzeug hervor. Es ist eine wahre Freude, die strahlenden Augen dieses kleinen unschuldigen Jungen zu beobachten, der mit weit aufgerissenem Mund eine Überraschung nach der anderen ans Tageslicht befördert.

Und auch Tiago schenkt mir ein dankbares Lächeln. »Hat alles geklappt? Hast du alle Unterlagen erhalten?«, erkundigt er sich, begrüßt mich mit einem Kuss und zieht mich auf seinen Schoß.

»Ja, dieses Mal habe ich alles bekommen. Ich kann jetzt packen und nachher geht der Flug. Hast du mit deiner Familie gesprochen? Ist Diego heute Abend versorgt, wenn du arbeiten musst?«

»Ja, meine Mutter kann auf ihn aufpassen. Ich habe ihr das Foto geschickt, was du heute früh gemacht hast. Sie war ganz aus dem Häuschen und freut sich schon, Diego auch endlich kennenzulernen. Aber in den nächsten Wochen wird es nicht leicht werden.«

»Ich weiß und ich wäre gerne länger hier, um dich, um euch zu unterstützen.«

»Das geht nicht, ich weiß.«

Ich erhebe mich, gehe zu Diego und baue mit ihm ein paar Türmchen. Dann verschwinde ich ins Schlafzimmer, um zu packen.

Wenige Stunden später sitzen wir zu dritt im Auto und fahren Richtung Flughafen.

Ich bin mir nicht sicher, was ich fühlen soll. Einerseits habe ich Angst, was mich zu Hause erwartet, andererseits bin ich froh, erstmal aus dieser komischen Situation mit Tiago und seinem Sohn entfliehen zu können. So gern ich Diego habe, fühle ich mich doch nicht wirklich bereit, die Verantwortung für ein Kind, das nicht meines ist, zu übernehmen.

Aber ich möchte auch nicht von Tiago weg. Wir haben uns doch gerade erst wiedergefunden und ich habe dieses unbeschreiblich schöne Gefühl in seiner Gegenwart so genossen.

Soll es das schon wieder gewesen sein?

Als hätte Tiago meine Gedanken erraten, schaut er mir tief und schmerzlich in die Augen.

Ein Auto hinter uns hupt, weil wir die grüne Ampel nicht bemerkt haben. Wie ein Luftballon zerplatzt die kribbelige Spannung zwischen uns.

Diego wird auf dem Rücksitz von Minute zu Minute immer unruhiger und quengelt herum.

Tiago ruft etwas in einem genervten Tonfall nach hinten, vermutlich, dass Diego aufhören soll, seine Füße gegen die Rückenlehne von Tiago zu trommeln.

Doch Diego hört nicht und wird immer lauter mit seinem Gezeter, bis Tiago ihn auch laut anfährt und der Junge zu weinen beginnt und noch lauter schreit.

Ich reiche ihm meine Hand nach hinten, um ihn ein wenig zu trösten, doch er haut sie wütend zur Seite. Hilfesuchend sehe ich zu Tiago, fange aber auch von ihm nur einen ratlosen Blick auf.

Als wir endlich am Flughafen ankommen, bin ich erleichtert und steige schnell aus.

Ich nehme Diego auf den Arm und jetzt kuschelt er seinen kleinen Kopf an mich.

Während Tiago mein Gepäck aus dem Kofferraum holt, trage ich Diego in das Flughafengebäude hinein, wo wir uns in die lange Schlange zum Check-in einreihen.

Tiago nimmt mir Diego ab und hält ihn an der Hand. Seinem Blick entnehme ich, dass er noch immer genervt und sauer über die Bockeinlange seines Sohnes ist.

Vermutlich wäre er lieber allein mit mir hier, um mich in Ruhe verabschieden zu können.

Es dauert jedoch nicht so lange, bis wir zum Schalter vorrücken. Nachdem ich meinen Koffer auf die Reise über das Gepäcklaufband geschickt habe, heißt es endgültig Abschied nehmen.

Tiago lässt seinen Sohn los und nimmt mein Gesicht zwischen seine beiden Hände.

Menschen drängen sich an uns vorbei, Absätze klackern auf dem Steinboden. Stimmen wirren durch die Luft in den verschiedensten Sprachen. Ich versuche, das alles auszublenden. In diesem Moment gibt es nur Tiago und mich. Das Gefühl, nicht von diesem Mann fort zu wollen, wird immer größer.

»Bitte komm wieder, mi querida, ich kann mir ein Leben ohne dich nicht mehr vorstellen«, sagt er ganz leise und ich meine, da etwas in seinen Augen glitzern zu sehen.

»Ich werde sehen, was mich zu Hause erwartet. Ich kann dir nichts versprechen. Aber ich melde mich bei dir«, sage ich genauso leise. Ein letztes Mal küssen wir uns, innig und fordernd. Tiagos Blick fühlt sich an wie ein Seil mit einem Haken, der sich tief in mein Herz bohrt und mich für immer mit ihm verbindet. Mich durchrieseln kribbelnde Glitzersterne.

»Du bist so ein schönes Gefühl. Ich lie...«

»Wo ist Diego?«, frage ich mit panischem Unterton.

Suchend blicke ich mich um.

Auch Tiago schaut irritiert auf den Fleck, wo sein Sohn gerade noch gestanden hat.

Hektisch renne ich durch die Menschenmenge und spreche die Leute an, ob sie Diego gesehen haben, doch ich erhalte immer nur ein Kopfschütteln zur Antwort.

Wir rennen durch die Eingangshalle, suchen jede Ecke und Nische nach Diego ab.

Er bleibt verschwunden.

Ungeduldig und den Tränen nahe schaue ich auf meine Uhr. Es wird langsam Zeit, dass ich durch die Sicherheitskontrolle gehe, nicht, dass ich meinen Flug verpasse.

Aber ich kann auch nicht einfach weggehen, ohne zu wissen, dass Diego in Sicherheit ist.

Nach einer gefühlten Ewigkeit treffe ich auf Tiago. Mein fragender Blick wird jedoch wieder mit einem Kopfschütteln enttäuscht. Bei dem Gedanken, jemand könne Diego mitgenommen, ja entführt haben, wird mir schlecht.

Wir suchen weiter, jeder läuft in eine andere Richtung.

Eine Ansage schallt durch das Flughafengebäude und ich höre den Aufruf zum Boarding für meinen Flug. Oh, nein!

Ich suche die Schilder ab, um mich zu orientieren. In meiner Aufregung habe ich gar nicht darauf geachtet, wo ich eigentlich hinlaufe. Ich muss einen Mitarbeiter des Flughafens fragen, wo ich hin muss.

Als ich endlich am richtigen Durchgang ankomme, entdecke ich Tiago.

Er nimmt mich in den Arm, in seinen Augen erkenne ich Sorge und Trauer. Es raubt mir die Luft. Tränen kämpfen sich hervor und ich möchte gerade sagen, dass ich nicht fliegen werde, ihn nicht alleine lasse.

Da ertönt ein Aufruf. Eine männliche Stimme fordert durch die Lautsprecher den Vater von Diego auf, sich beim Flughafenpersonal zu melden.

Mit einem Gefühl, als würde mir ein Felsbrocken von meinem Herzen fallen, rennen wir zu einem Flughafenmitarbeiter, der uns den Weg zeigt, wo sich Diego aufhalten müsste.

Der mit Tränenspuren übersäte Junge rennt erleichtert auf uns zu. Seine Nase läuft, was ihn noch bemitleidenswerter wirken lässt.

Tiago wirkt erleichtert und glücklich, dass er ihn wieder in seine Arme schließen kann.

Viel Zeit für die Wiedersehensfreude bleibt uns jedoch nicht, da schon die nächste Ansage ertönt und mich persönlich zum Boarding auffordert.

Wie peinlich!

Ich nehme meinen Rucksack und küsse Tiago noch einmal, bevor ich mich umdrehe und losrenne, um mein Flugzeug zu bekommen.

Außer Atem gehe ich durch die Sitzreihen und weiche den neugierigen Blicken der anderen Passagiere aus. Ein Mann blitzt mich verärgert an, als hätte ich mutwillig den verspäteten Start der Maschine bezweckt.

Erschöpft lasse ich mich auf meinem Sitz nieder.

Es dauert nicht lange und das Flugzeug hebt ab. Es fliegt mich in eine ungewisse Zukunft.

Die Gefühle und Gedanken fahren in meinem Kopf Karussell, für meine Flugangst bleibt gar kein Platz.

Der Start verläuft ohne weitere Turbulenzen, diese toben genug in meinem Innern. Wieder Rotz und Wasser heulend verlasse ich Portugal.

Wird das immer so sein?

Der Mann neben mir sieht mich angewidert an und rückt ein Stück von mir ab.

Pah, soll er doch! Mir doch egal!

KAPITEL 30

Der Bus spuckt mich an der Haltestelle in der Nähe meiner Wohnung aus. Hallo, Berlin, hallo, Heimat.

Es fühlt sich an wie der Weg zur Schlachtbank.

Die Rollen meines Koffers rattern über die Steine des Gehweges und hallen laut zwischen den Häusern der Siedlung wider. Die Luft hier Zuhause riecht ganz anders als in Portugal, vertraut, aber nicht so frisch und nach Urlaub. Mir fehlt der Geruch des sorglosen Sommers.

Vor meiner Haustür bleibe ich stehen und suche meinen Schlüssel. Panik steigt in mir auf, und weil ich ihn nicht gleich finde, befürchte ich, er war auch in meiner gestohlenen Handtasche.

Gerade als ich denke, ich müsse einen Schlüsseldienst rufen, finde ich ihn in der Seitentasche meines Koffers, in den ich den Schlüssel wohl bei meiner übereilten Abreise aus Deutschland damals gesteckt hatte.

Zögernd stehe ich vor meinem Briefkasten. Ich bin mir nicht sicher, ob ich ihn öffnen sollte. Vielleicht wäre es besser, ihn zu ignorieren, einfach hochzugehen, mir eine Badewanne einlaufen zu lassen und zu vergessen, was dort in diesem kleinen Blechkasten auf mich warten könnte. Das erscheint mir so verlockend.

Doch die Ungewissheit, die seit Tagen in meinem Inneren tobt, entscheidet sich dagegen.

Mit zitternden Händen nehme ich den Schlüssel und führe ihn zum Briefkastenschloss, um ihn im letzten Moment scheppernd fallen zu lassen. Ich bücke mich umständlich und hebe ihn auf. Angewidert zucke ich zurück. Eine Spinne seilt sich vom Vordach zum Briefkasten ab, als würde sie mich warnen: »Öffne ihn nicht!«

Bedacht darauf, dem Vieh nicht zu nah zu kommen, starte ich einen neuen Versuch.

Dieses Mal klappt es und der Briefkasten springt mit einem rostigen Quietschen auf, als würde er sich beschweren, dass ihn jemand in seiner Ruhe stört. Dabei sollte er froh sein, dass ich ihn vor dem Überquellen bewahre.

Ein Haufen kostenloser Zeitungen und ein paar Briefe sind hineingequetscht worden.

Nervös sehe ich die Post durch.

Tatsächlich befindet sich ein Kuvert von meinem Arbeitgeber darunter. Mit einem flauen Gefühl im Bauch öffne ich den Brief.

»Kündigung« prangt in großer fetter Schrift im Betreff.

Mir fallen die anderen Briefe und Zeitungen aus der Hand. Sie landen im Dreck.

Es muss heute geregnet haben, alles ist nass und matschig. Meine Post ist es nun auch. Das beschmutzte Gefühl geht auch auf mich über. Ich fühle mich dreckig, schäbig, zu nichts in der Lage. Wertlos.

Sie haben also Ernst gemacht und ich stehe jetzt ohne Job da. Ich soll meine Sachen abholen und bin für den Rest der Zeit freigestellt. »Bitte wenden Sie sich an die Agentur für Arbeit, bla, bla, bla.«

Bis zuletzt habe ich die Hoffnung aufrechterhalten, sie hätten es sich doch noch einmal überlegt und mir keine Kündigung geschickt. Doch mit diesem Schreiben ist meine Hoffnung wie eine hässliche Rauchwolke verpufft.

Mit hängenden Schultern bücke ich mich, sammle die runtergefallen Briefe und Zeitungen auf und schleppe sie zusammen mit meinem großen Koffer die Treppen hinauf.

In meiner Wohnung lasse ich mich erschöpft und traurig auf mein Bett fallen.

Alles nur wegen Alex. Ich hätte nie gedacht, dass es mal soweit kommt. Er hat nicht nur unsere Beziehung zerstört, auch meinen Job hat er auf dem Gewissen. Die Wut, die bisher in mir gewohnt hat, wandelt sich langsam, aber sicher in Hass um.

Ich brauche einen Plan, wie es weitergehen soll, wie mein Leben in Zukunft aussehen wird. Wie heißt es doch so schön bei den Fragen im Vorstellungsgespräch? Wo sehen Sie sich in fünf Jahren? »Jedenfalls nicht gekündigt und ohne Freund alleine in einer großen Wohnung«, sage ich laut und erschrecke mich vor meiner eigenen Stimme.

Da reißt man sich jahrelang den Hintern auf und wie wird es einem gedankt? Mit einem Tritt genau in diesen Körperteil. Schönen Dank auch!

Ich schreibe Mila eine Nachricht.

Die Antwort lässt nicht lange auf sich warten.

Mila – 19:43
Hey Maus, lass den Kopf nicht hängen. Ich finde es so gemein, dass sie dir gleich die Kündigung geschickt haben. Du konntest doch gar nichts dafür. Aber wer weiß, wofür das gut war. Du hattest doch eine tolle Zeit in Portugal, vielleicht gehst du erstmal eine Weile dorthin? Drei Monate kannst du dich da ohne Visum aufhalten.

Ich – 19:45
Ach echt? Da muss ich mich mal schlaumachen. Ich habe tatsächlich überlegt, wieder zurück zu Tiago zu fliegen. Ich vermisse ihn jetzt schon so. Aber ich habe dir ja noch gar nicht erzählt, was noch passiert ist.

Ich bringe Mila auf den neuesten Stand und berichte ihr, wie Tiagos Ex-Freundin bei uns aufgetaucht war und ihren gemeinsamen Sohn plötzlich bei uns abgeladen hatte.

Mila – 19:49
Das ist ja krass. Aber irgendeinen Haken hat, glaube ich, jeder Mann. Nobody is unperfect. Ich finde, du solltest trotzdem wieder nach Portugal zurückfliegen.

Ich rolle die Augen und muss grinsen. Mila und ihre Sprichwörter.

Ich – 19:51
Ja, nobody is perfect. Am liebsten würde ich wirklich wieder meine Sachen packen. Was gibt es dir bei dir Neues?

Mila – 19:52
Wir haben gerade voll den Stress. Hinter unserem Schlafzimmerschrank ist die ganze Wand total verschimmelt und nicht nur da: Hinter jedem Schrank in unserer Wohnung hat sich dicker, schwarzer Schimmel gebildet. Ich könnte gerade wirklich nur heulen. Jetzt ist klar, warum Piet in letzter Zeit ständig allergische Reaktionen hat. Wir wollen hier nur noch weg, die ganze Wohnung muss saniert werden. Ich gucke schon auf allen Portalen und fragen rum, aber wir konnten noch keine bezahlbare Wohnung finden. Es ist echt der Horror.

Ich – 19:53
Wie schrecklich! Da müsst ihr wirklich auf der Stelle raus!

Ich – 19:57
Mir kommt da gerade so eine Idee. Wieso zieht ihr nicht erstmal in meine Wohnung. Ihr könnt sofort einziehen.

Mila – 20:02
Ehrlich? Jojo, das wäre wirklich die perfekte Lösung! Ich rede gleich mal mit Piet, aber das Angebot können wir nicht ausschlagen. Ich ekle mich unendlich, sobald ich die Wohnung betrete.

Ich – 20:03
Kann ich verstehen! Und ich würde mich wirklich sehr über euren Einzug freuen. Übrigens ... Simon hat mich offiziell von Jojo in Hanna umgetauft.

Mila – 20:07
Hanna? Gefällt mir gut! Ist gebongt.

Während ich mit Mila schreibe, erhalte ich auch eine Nachricht von Tiago. Ein schlechtes Gewissen überfällt mich. Ich hatte ganz vergessen, mich bei ihm zu melden.

Tiago – 19:57
Ist alles in Ordnung? Bist du gut gelandet? Ich vermisse dich jetzt schon. Diego redet auch nur von dir und fragt, wann du wieder hier bist.

Ich – 19:58
Der Flug war furchtbar. Nicht, weil es Turbulenzen gab, sondern weil er mich ein zweites Mal so weit von dir weggebracht hat. Ich vermisse dich auch so sehr. Die Kündigung habe ich tatsächlich erhalten. Ich könnte nur heulen.

Tiago – 20:00
Das tut mir leid. Aber das ist vielleicht gut für mich. Komm schnell wieder her, mi querida!

Die letzten zwei Wörter muss ich mir übersetzen lassen. Mir wird ganz warm, als ich ihre Bedeutung verstehe, denn sie meinen so etwas wie »meine Liebste« oder »mein Herz«. Sie lassen mir meine derzeitige Situation nicht ganz so ausweglos erscheinen.

Auch der Einzug von Mila und Piet wirkt wie ein Lichtstrahl am dunklen Himmel.

KAPITEL 31

Am nächsten Morgen sitze ich im Wartezimmer vom Bürgeramt, um meine gestohlenen Papiere neu zu beantragen. Ich bin nur froh, dass mein Führerschein nicht auch in der gestohlenen Tasche war, nur Bargeld, Geldkarte und Ausweis.

Angestrengt starre ich auf die Nummernanzeige und kontrolliere, ob meine Wartenummer dort schon aufgerufen wird, als mein Handy klingelt.

Ich beeile mich, es so schnell wie möglich aus meiner Tasche zu bekommen, doch es liegt mal wieder ganz unten.

Als ich es endlich zu greifen bekomme, lasse ich es fast fallen, weil ich viel zu hektisch das Gedudel beenden möchte.

Entschuldigend wende ich mich an die Mitwartenden.

Die Nummer auf dem Display kenne ich nicht, sie hat aber eine Berliner Vorwahl. Ich gehe aus dem Wartezimmer raus, aber so, dass ich die Nummernanzeige noch im Blick habe.

»Hallo?«

»Oh, hey, nicht so skeptisch. Ich bin's, Simon. Ich wollte gerade schon auflegen ... Bist du denn wieder gut in Berlin angekommen oder gab es noch mehr Probleme mit der Rückreise?«

»Äh, wow, mit deinem Anruf hab ich jetzt nicht gerechnet ... Ja, ich bin endlich wieder in Berlin und sitze gerade im Bürgeramt, um alle Papiere neu zu beantragen.«

»Na immerhin, du bist wieder in Deutschland. Ich bin auch wieder zurück. Was ist denn aus deinem Job geworden?«, will er wissen.

»Ich habe eine Kündigung erhalten und weiß jetzt ehrlich nicht, wie es nun weitergehen soll.«

»Das ist ja echt mies gelaufen für dich. Aber warum ich anrufe: Ich hatte dir doch gesagt, dass wir Leute mit deiner Ausbildung suchen. Da bist du mir gleich wieder eingefallen. Hast du nicht Lust, morgen zu einem Vorstellungsgespräch herzukommen?«

»Äh, wirklich?« Mein One-Night-Stand als Kollege? Ich weiß nicht.

»Wieso nicht? Wir suchen händeringend neue Leute und du suchst einen Job. Los, komm schon. Einen Versuch ist es wert!«

Na ja, schaden kann es wirklich nicht. Und wenn es nichts wird, so ist es schon mal eine gute Übung für weitere Gespräche.

»Ja, gut«, entscheide ich nach kurzem Zögern.

Simon klingt erleichtert. Er nennt mir noch den Namen des Unternehmens und die genaue Adresse, die ich mir in meinem Handy notiere.

»Ich sehe gerade, dass meine Nummer aufgerufen wird, ich muss Schluss machen, wir sehen uns dann morgen.«

Ich eile in das angezeigte Büro und als ich es wieder verlasse, bin ich etwas ernüchtert. Ich habe nicht damit gerechnet, dass es bis zu drei Wochen dauern kann, bis man einen neuen Ausweis erhält.

Drei Wochen, um mir zu überlegen, wie mein Leben weitergehen soll. Portugal oder Berlin?

Vielleicht war der Anruf von Simon ein Wink des Schicksals?

Doch mein Herz schlägt definitiv im Takt der portugiesischen Nationalhymne.

Am nächsten Tag mache ich mich fertig für das Bewerbungsgespräch bei Simons Arbeitgeber. Ich habe meinen Lebenslauf aktualisiert und ein allgemeines Anschreiben angefertigt.

Zum Glück passt mir auch noch mein alter Hosenanzug. Da ich den nicht oft getragen habe, sieht er auch noch tadellos aus.

Meine wilden Locken sind heute so widerspenstig, dass ich sie lieber zu einer eleganten Frisur hochstecke. Ein klein wenig Make-up und dann muss ich auch schon los.

Die Fahrt mit den öffentlichen Verkehrsmitteln dauert nicht lange. Statt einer Stunde, die ich zu meiner alten Arbeitsstätte brauchte, fahre ich nur eine halbe.

Ich könnte die Strecke später vielleicht sogar mit Fahrrad fahren. Das wäre schon mal eine positive Veränderung.

Auch das Gebäude macht einen freundlichen und hellen Eindruck. Mit dem Fahrstuhl geht es in die dritte Etage, wo ich das Büro suche, das Simon mir genannt hat.

Da ich zehn Minuten zu früh dran bin, bleibe ich noch auf dem Flur stehen und warte vor der Tür.

Als sie sich öffnet, schrecke ich zusammen.

Simon steht vor mir, im Anzug.

Er sieht ganz anders aus, nicht mehr wie der Surfer-Boy vom Strand, den ich kennengelernt habe. Der Anzug steht ihm aber auch sehr gut.

Schnell versuche ich, den Gedanken daran zu verdrängen, dass wir beide uns noch ganz anders gesehen haben. Nackt im Hotelbett. Doch es ist so, wie wenn man nicht an einen rosa Elefanten denken soll, man macht es trotzdem. Hitze schießt mir in die Wangen.

»Ach, du bist schon da«, sagt er und strahlt mich wieder mit seinen weißen Zähnen an. Er reicht mir seine Hand.

Unauffällig wische ich meine feuchte Hand an der Hose ab, bevor ich sie ihm reiche.

Denke nicht daran, dass du mit ihm geschlafen hast, denke nicht daran, dass du mit ihm geschlafen hast, denke nicht ....

Schüchtern grinse ich ihn an.

»Setze dich doch schon mal, ich hole noch etwas zu trinken.« Dann geht er.

Ich atme tief durch und betrete das Büro. Das Einzige, was hier an den Simon erinnert, den ich im Urlaub kennengelernt habe, ist das Bild von einem Surfer an der Wand.

Ich war davon ausgegangen, dass da mehrere Personen vor mir sitzen und mit mir das Gespräch führen werden, doch ich sehe nur zwei Stühle an dem Tisch.

Simon betritt hinter mir den Büroraum und schließt die Tür. Er schenkt mir Wasser in ein Glas ein.

Ich bedanke mich und frage nach: »Führen nur wir beide das Gespräch?«

Er lacht belustigt auf. »Da mir das Unternehmen gehört, führe ich in aller Regel die Gespräche, ja.«

Ich schlucke, ich dachte, er sei hier nur ein Angestellter und nicht der Chef. Meine Wangen fühlen sich an wie heiße Kochplatten.

Aber gut, wenn er hier die oberste Instanz ist und mich zum Gespräch einlädt, dann muss ich ihn ja schon halb überzeugt haben.

Ich gebe ihm meinen Lebenslauf, den er aufmerksam studiert. Er stellt mir einige Fragen zu meiner bisherigen Arbeit und erklärt mir, was sein Unternehmen so macht. Es handelt sich um einen Druckerdienstleister, sie haben erst vor Kurzem deutschlandweit expandiert. Hier in Berlin ist die Hauptstelle und von hier aus wird sehr viel koordiniert, daher sucht er auch mehrere Leute.

»Ich habe noch ein paar weitere Gespräche und würde mich dann wieder melden, wenn ich mich entschieden habe, ok?«

»Ja, sehr gerne, ich bin definitiv interessiert«, sage ich und grinse ihn breit an.

»Ich auch.« Er zwinkert mir zu. Immer dieses Zwinkern.

KAPITEL 32

Es klingelt an der Tür und ich renne zur Gegensprechanlage. Letzte Woche kam endlich ein Techniker und hat sie repariert. Noch einmal möchte ich nicht von Alex vor der Tür überrascht werden.

»Wir sind's«, höre ich die schnaufende Stimme von Mila.

Ich drücke auf den Knopf und höre, wie unten die Tür summt und aufgestoßen wird. Schnell ziehe ich meine Schuhe an und laufe Mila und Piet entgegen.

»Danke, die ist echt schwer«, sagt Mila und drückt mir die erste Umzugskiste in die Arme.

»Uff, ja du hast recht.« Unter dem Gewicht der Kiste gehe ich in die Knie.

»Piet, Jo, äh, nee, Hanna – Hanna, Piet«, stellt Mila mir ihren Freund vor.

Da ich keine Hand frei habe, winke ich ihm nur mit dem Zeigefinger.

Er nickt mir lächelnd zu. »Hallo, vielen Dank, dass wir bei dir einziehen dürfen. Mila ist ja in unserer Wohnung fast durchgedreht.« Er verdreht die Augen.

Ich muss kichern, Mila hatte nie erwähnt, dass Piet aus Sachsen kommt, sein Dialekt ist nicht zu überhören.

»Hey, dir läuft doch ständig die Nase und du hast dicke, rote Augen«, kontert Mila.

»Herzlich willkommen«, unterbreche ich die beiden und muss grinsen. »Ich wohne erst seit Kurzem alleine hier und ich hasse es. Von daher tut ihr mir einen Gefallen.«

Ich habe in den letzten Tagen schon einmal das Schlafzimmer geräumt und ziehe nun auf die ausziehbare Couch um, die ist zwar kein luxuriöses Bett, aber trotzdem sehr bequem.

Mit meinem Vermieter habe ich besprochen, dass die beiden übergangsweise zur Untermiete die Wohnung beziehen können.

Wir tragen eine Kiste nach der anderen und einige Möbel nach oben.

»Lass den Korken knallen!«, fordere ich Piet auf, nachdem der letzte Umzugskarton seinen vorläufigen Abstellort erreicht hat. Erschöpft von der Schlepperei lassen wir uns auf die Couch fallen, die die beiden mitgebracht haben, und die nun ihren Platz im geräumigen ehemaligen Schlafzimmer gefunden hat. Wir lassen die Sektgläser klirren.

»Auf uns und unsere WG!«, ruft Mila lachend.

Am Montag begleitet Mila mich zu meinem ehemaligen Arbeitgeber, um alle meine privaten Dinge aus dem Büro zu holen und die Schlüssel in der Personalabteilung abzugeben.

Dieser Weg ist nicht leicht für mich und Mila muss mir die ein oder andere Träne wegwischen. Sie mimt meinen privaten Aufmunterungscoach mit »Spezialisierung auf Aufbau des verloren gegangenen Selbstwertgefühls« und sie macht ihren Job richtig gut.

»Wirklich schade, dass wir jetzt nicht mehr den gleichen Arbeitsweg haben, sonst hätten wir immer zusammen fahren können«, stelle ich seufzend fest.

Mila nimmt mich in den Arm. Sie ist wirklich eine großartige Freundin für mich geworden und das macht mir die Entscheidung, ob ich zurück nach Portugal gehen soll, nicht einfacher.

»Wir können doch auch weiterhin in Kontakt bleiben und gemeinsam über Skype Germany´s Next Topmodel zu Ende sehen«, schlägt Mila vor. »Außerdem werde ich dich bestimmt im Sommer mal eine Woche besuchen kommen.«

»Ich weiß nicht, was ich machen soll. Ganz ehrlich. Kann ich einfach meine Zelte abreißen und ins Ausland gehen, ohne zu wissen, wohin mich die Reise bringt?«

»Wann, wenn nicht jetzt? Du hast keinen Job, keinen Partner, der dich hier hält, im Gegenteil. Ich sehe doch, wie sehr dir dein Tiago fehlt. Und der lebt nun mal in Portugal.«

Bei diesen Worten brennen meine Augen und werden schon wieder feucht. Sie hat so recht.

Was hält mich hier noch? Wenn ich ehrlich bin: Nichts – außer die Freundschaft zu Mila und Piet. Und jeden Tag, den ich länger von Portugal und Tiago entfernt bin, wird mein Herz schwerer.

Nachdem wir die Kiste mit meinen Sachen nach Hause gebracht haben, machen wir uns auf den Weg zur Agentur für Arbeit, um mich arbeitssuchend zu melden beziehungsweise um uns zu erkundigen, was wäre, wenn ich erst einmal ins Ausland gehen würde.

»In diesem Falle stehen Sie dann dem Arbeitsmarkt nicht zur Verfügung und erhalten für die Zeit des Auslandaufenthaltes kein Arbeitslosengeld. Die Jobsuche ist jetzt Ihre Arbeit. Sie haben zwar auch Anspruch auf Urlaub, aber nicht sofort«, erklärt mir die Dame von der Agentur. »Sie müssen dann auch daran denken, eine Auslandskrankenversicherung abzuschließen.«

Nachdem die Formalien erst einmal alle erledigt sind, machen wir uns auf den Weg nach Hause. Während des Gesprächs konnte ich meine Emotionen zügeln. Doch auf dem Heimweg spreche ich meine Gedanken laut aus.

»Ich habe keinen Ausweis und Geld vom Amt bekomme ich auch nicht, wenn ich jetzt nach Portugal gehe. Das kann ich also vergessen.« Enttäuscht sehe ich auf den Boden und kämpfe erneut gegen die Tränen an, die sich in mir anstauen und ihren Weg nach draußen suchen.

Mila nimmt mich mitfühlend in den Arm. »Wir lassen uns heute Essen nach Hause liefern und gehen mal durch, was du noch so für Optionen hast.«

Langsam laufen wir die Treppen zu unserer Wohnung hoch.

Ich schließe die Wohnungstür auf und bleibe zögerlich in der halbgeöffneten Tür stehen.

Eigentlich sollte nur Piet zu Hause sein, aber war da nicht noch eine zweite Stimme zu hören? Hat er sich einen Kumpel eingeladen?

»Geh doch mal, ich muss aufs Klo!«, sagt Mila und schiebt mich in die Wohnung. Ich lasse sie vorbei und sie steuert schnurstracks auf die Toilettentür zu.

Die Stimmen im Wohnzimmer verstummen.

Ich hänge den Schlüssel an den Haken und realisiere erst später, dass der zweite Schlüsselbund daneben in den letzten Wochen nicht mehr dort hing. Als ich vorsichtig um die Ecke durch die Scheibe der Wohnzimmertür blicke, erstarre ich.

KAPITEL 33

Neben Piet auf dem Sofa sitzt Alex, beide haben eine Bierflasche in der Hand und scheinen sich gut unterhalten zu haben. Ich glaube, ich habe etwas von Piets Lieblingsthema, Autos, gehört.

Mein erster Reflex ist, rückwärts wieder raus zu rennen.

Doch das ist jetzt meine Wohnung. Soll er doch gehen.

Dann fallen mir die Formulare vom Vermieter ein.

»Gut, dass du da bist, dann kannst du gleich die Änderung des Mietvertrages unterschreiben, dass du hier offiziell ausgezogen bist«, sage ich mit frostiger Stimme.

Alex lässt die Bierflasche, die er gerade zum Mund führen wollte, sinken und starrt mich an.

»Ähm, ich lass euch dann mal alleine«, sagt Piet und schiebt sich an mir vorbei, dabei klopft er mir auf den Oberarm.

Ich ziehe langsam meine Jacke aus und stelle die Schuhe in den Schuhschrank, bevor ich die Unterlagen vom Vermieter zusammensuche und mit einem Stift zur Couch komme.

Alex rutscht ein Stück zur Seite, ich setze mich neben ihn und breite die Papiere auf dem Tisch aus.

Alex Hand wandert langsam über meinen Rücken. Mit der anderen Hand schiebt er mir eine lose Haarsträhne aus dem Gesicht.

Äh, halt!

Stocksteif sitze ich da, während er mir ins Ohr flüstert: »Willst du es dir nicht noch mal überlegen? Wir gehören doch zusammen!«

Das verschlägt mir doch tatsächlich die Sprache. Als ich sie wiederfinde, sage ich: »DU hast mich doch wegen einer anderen Frau verlassen! Es war deine Entscheidung, unsere Beziehung wie ein Blatt Papier zu zerknüllen und in den Müll zu werfen! Außerdem bleibe ich nicht hier.« Ich versuche, ruhig zu wirken, doch innerlich bebe ich.

»Wie ... Wo ... Wo gehst du denn hin?«, stammelt er sichtlich perplex.

Alex Gesichtsausdruck werde ich wohl nie vergessen. »Nach Portugal, ich habe dort jemanden kennengelernt.«

»Der Typ aus'm Hotel, hm? Seit wann bist'n du so'n Flittchen?« Seine Stimme klingt verbittert.

»Bitte? Geht's noch?«, frage ich. Das Entsetzen ist meiner Stimme deutlich anzuhören.

»Du gehörst mir und sonst keinem! Merk dir das!«, spricht er im Befehlston und lallt verdächtig dabei.

Seine Hand wandert über meinen Oberschenkel.

»Lass das! Ich gehöre niemandem!« Ich schlage ihm auf die Hände.

Er zieht sie kurz weg, nur um mich dann an den Schultern zu packen und sich auf mich zu drücken.

»Hey, lass das!«, rufe ich erneut.

Er presst seinen Mund auf meine Lippen.

Sein Körpergewicht raubt mir die Luft zum Atmen.

»Finger weg!« Plötzlich wird Alex nach hinten gerissen.

Er knallt gegen den Couchtisch. »Au, spinnt ihr?« Er guckt verdattert zu Piet und Mila.

Ich ringe um Fassung.

»Unterschreibe hier einfach und dann verschwinde!«, fauche ich ihn an. Ich tippe mit dem Finger im Takt meines galoppierenden Herzens auf das Unterschriftenfeld.

Alex zögert lange, wirft mir einen unheimlichen Blick zu, aber letztendlich greift er nach dem Stift und unterzeichnet widerwillig. »Ich werd' dann mal geh'n, aber glaub bloß nicht, du wirst damit so einfach davonkommen!« Er trinkt den letzten Schluck Bier aus der Flasche aus. »Wir sehen uns! Schlaft gut!« Seine Stimme hat einen drohenden Unterton. Dann verlässt er die Wohnung.

Als er mit einem lauten Knall die Tür hinter sich zuschmeißt, puste ich hörbar die Luft aus meinen Lungen. »Danke!«, sage ich an meine beiden Freunde gerichtet. »So habe ich Alex noch nie erlebt. Ich hatte so Angst.« Wie zur Bestätigung fangen meine Knie an, zu zittern.

Mila kommt zu mir rüber und nimmt mich in den Arm. »Ich will gar nicht wissen, was er getan hätte, wenn wir nicht da gewesen wären.«

Ja, das möchte ich mir auch nicht vorstellen. Eine Träne rollt über mein Gesicht und landet auf Milas Bluse.

»Aber immerhin ist das mit dem Mietvertrag erledigt. Was meinte er mit dieser komischen Andeutung?«, sagt Mila.

»Ich stelle mal lieber die Klingel aus, falls er heute Nacht auf die Idee kommt, uns aus dem Bett zu klingeln.« Piet verschwindet und geht zum Sicherungskasten.

Während wir drei eine Weile auf der Couch sitzen und versuchen, die Situation zu verdauen, macht sich mein Magen lautstark bemerkbar.

»Ach, Mensch, wir wollten doch was zu essen bestellen!«, ruft Mila und schlägt sich mit der Hand gegen die Stirn.

»Mir ist heute nach dem Schreck ganz doll nach Sushi«, sage ich und merke, wie mir schon bei dem Gedanken an die gebackenen Sushi-Rollen das Wasser im Mund zusammenläuft.

»Bäh, Sushi. Da bin ich raus. Asiatisch gerne, aber kein Sushi« Mila schüttelt sich angeekelt.

»Zum Glück liefert mein Stammladen beides«, sage ich und gebe die Bestellung im Laptop ein.

»Schreib rein, dass die Klingel kaputt ist und der Lieferant anrufen soll, wenn er hier ist«, fällt Mila ein.

Anderthalb Stunden später sitzen wir mit dicken Bäuchen und etwas angeheitert von einer Flasche Hugo auf dem Balkon und genießen die letzten Sonnenstrahlen des Tages.

Heute war es schon überraschend warm in Berlin. Die Luft wurde im Laufe des Tages immer stickiger und es ist unerträglich schwül geworden. In der Wohnung ist es nicht angenehmer.

Dicke, dunkle Wolkentürme bauen sich in der Ferne auf.

»Das gibt sicher noch ein Gewitter«, meint Piet. Die Wetter-App bestätigt seine Vermutung. Der Wind wird stärker und wir können bereits ein leises Donnergrollen hören.

Als die ersten Tropfen den Balkonfußboden befeuchten, flüchten wir nach drinnen. Wenig später zucken grelle Blitze über den schwarzen Himmel, der Donner scheppert hinterher, Sturzbäche fallen vom Himmel.

Wir setzen uns auf den Fußboden vor der Balkontür und beobachten das Naturschauspiel interessiert.

Ich muss an das Gewitter in Portugal denken. Nach unserem zweiten ersten Kuss. Mein Herz fühlt sich an, als würden sich Gewichte daran hängen.

Mila und Piet lauschen meinen Erzählungen von dem Urlaub.

»Was war das?«, fragt Mila auf in die gemütliche Atmosphäre hinein.

»Was war was? Bis auf das Gewitter habe ich nichts gehört«, antworte ich und auch Piet zieht nur fragend die Schultern in die Höhe.

Doch dann höre ich es auch.

»Das kommt vom Flur. Ich gehe mal gucken«, sage ich. Durch den Spion kann ich nichts erkennen, es ist dunkel im Treppenhaus. Mit einem Mal ist auch nichts mehr zu hören.

Ich öffne die Tür einen Spalt breit und sofort fliegt sie mir entgegen.

Vor mir steht ein völlig durchnässter Alex und schnauft wütend. »Ich habe zehn Mal geklingelt, wieso machst du nicht auf?«, fährt er mich an. »Ich musste die Nachbarn bitten, mich reinzulassen. Weißt du, wie peinlich das ist?«

»Alex, was willst du hier?«, frage ich.

Eine starke Bierwolke weht mir entgegen. Angewidert verziehe ich das Gesicht.

»Ich wohn hier, muss meinen Schlüssel vergessen haben«, sagt er ganz selbstverständlich und will sich an mir vorbeischieben.

»Halt, Alex, wir haben uns getrennt. Du wohnst hier nicht mehr. Du hast vorhin unterschrieben, dass du den Mietvertrag kündigst und einen Schlüssel bekommst du auch nicht mehr!«, stelle ich klar, nehme seinen Schlüsselbund und werfe ihn durch die offene Tür in Milas Bett.

»Du Miststück, hast mir überhaupt nichts zu sagen!«, fährt er mich an.

»Alex, übertreibe es nicht. Geh jetzt, schlaf deinen Rausch aus und morgen sieht die Welt schon wieder ganz anders aus!« Die Ansage kommt von Piet. Er erscheint hinter mir im Türrahmen und hält ein Telefon in der Hand. »Oder muss ich die Polizei rufen?«

»Was willst du?«, fragt Alex lallend. »Is' das etwa dein nächster Lover? Ha, so'n Winzling?« Alex lacht übertrieben auf.

Zehn Fragezeichen ploppen gleichzeitig über mir auf. Was ist mit ihm los? Er hatte sich doch schon mit Piet unterhalten. Wieso denkt er, ich hätte mit ihm etwas? Wie viel hat er denn getrunken?

»Alex, verschwinde jetzt!«, brülle ich und meine Stimme überschlägt sich fast.

»Schrei mich ja nicht so an, du kleine Bitch!« Alex sieht mich mit einem Blick an, der mich an Psychopaten aus Psychothrillern erinnert. Er starrt mich an, fast als würde er mich so festhalten können, und dann sieht er plötzlich durch mich hindurch. Seine Augen sind rot vom Alkohol.

Er packt mich bei den Schultern, schüttelt mich durch und schubst mich rückwärts.

Schmerzerfüllt schreie ich auf, als ich auf den Boden aufkomme.

Auch Mila, die inzwischen dazu gekommen ist, kreischt erschrocken auf.

Völlig verdattert hocke ich auf der Erde. Wie durch einen Nebelschleier bekomme ich noch mit, dass Alex etwas Unverständliches brüllt, dabei einige Gegenstände von der Kommode runter fegt und Piet offenbar die Polizei anruft.

Wieder beginnen meine Beine zu zittern und mir wird trotz der schwülen Wärme in der Wohnung eisig kalt. Ich ziehe die Füße an mich heran und starre mit glasigen Augen auf den Fußboden.

Erst als die Türklingel ertönt, zucke ich zusammen und komme wieder bewusst zu mir. Ich war zwar nicht ohnmächtig, doch irgendwie habe ich die letzten Minuten ausgeblendet. Ich habe nicht mitbekommen, wie Alex mich weiter beschimpft und mir gedroht hat, wie Piet ihn aus der Wohnung geworfen, die Klingel wieder angestellt und wie Mila die herunter geworfenen Sachen aufgehoben hat.

Zwei Polizisten betreten die Wohnung.

Piet zieht mich hoch und wir setzen uns auf die Couch. Ich bekomme kaum einen Ton heraus, während Piet und Mila schildern, was sich ereignet hat.

In meinem Kopf drehen sich die Fragen wie in einem Brummkreisel. Ist das gerade wirklich passiert? War das der Mann, den ich heiraten, mit dem ich Kinder haben wollte?

Mein Kopf will das nicht wahrhaben, nicht akzeptieren, kann das nicht in Einklang bringen mit dem Alex, mit dem ich jahrelang zusammengelebt habe.

Im Nachhinein kann ich gar nicht mehr widergeben, was ich den Polizisten gesagt habe. Es ist mir schier unvorstellbar, dass ich Alex angezeigt habe.

Als sie endlich weg sind, will ich nur noch eins: schlafen. Ich ziehe die Couch aus und baue mithilfe von Mila mein Bett.

Mila und Piet verziehen sich in ihr Zimmer und ich schlafe auf der Stelle ein.

Am nächsten Morgen dröhnt mir der Schädel. Mir kommt dieser Auftritt von Alex vor wie ein schlechter Traum.

Ich öffne das Dachflächenfenster. Draußen lacht mich die Sonne an und die Luft riecht herrlich frisch. Doch in mir toben noch immer die Gewitterwolken von gestern Abend.

Ich höre Mila und Piet im Schlafzimmer kichern, beschließe, die beiden nicht zu stören, und decke den Frühstückstisch.

Doch dann fällt mein Blick auf mein Handy. Vierundzwanzig verpasste Anrufe und dreiundfünfzig WhatsApp-Nachrichten. Von Alex.

Mit einem Schlag wird mir richtig übel.

Ohne seine Nachrichten zu lesen oder anzuhören, lösche ich alles und blockiere seine Nummer.

Auch in meinem E-Mailpostfach finde ich eine E-Mail von ihm mit dem Betreff: »Du bist mein!«

Mit zittrigen Fingern lösche ich auch diese Mail ungelesen und gebe ein, dass E-Mails von diesem Absender direkt im Mülleimer landen.

Dann werfe ich mein Handy in die Ecke, gehe ins Bad und wasche mein Gesicht mit eiskaltem Wasser. Ein ungewöhnlich blasses Gesicht starrt mich im Spiegel an. Wassertropfen fallen von meinem Kinn auf mein Schlafshirt.

Wieso? Wieso, Alex, machst du das?

Ich stehe eine Weile einfach so da, ehe ich mein Gesicht abtrockne.

Zurück in der Küche mache ich erst einmal Kaffee für meine Mitbewohner und für mich einen Schoko-Cappuccino.

Ich setze mich mit meiner dampfenden Tasse hin, da kommt Mila lachend aus ihrem Zimmer. Als sie mich sieht, bleibt sie abrupt stehen und fragt: »Ist alles ok? Oder hast du dich gestern doch mehr verletzt als gedacht?« Sie schenkt mir einen besorgten Blick und kommt näher.

»Nein, mir geht es gut, körperlich zumindest«, versuche ich, sie zu beruhigen.

»Wegen Alex? Das gestern ging echt viel zu weit. Gut, dass die Polizei so schnell da war. Da ist er ganz schnell abgehauen. Der wird hier sicher nicht mehr aufkreuzen.«

»Dafür bombardiert er mich jetzt mit Nachrichten, Anrufen und E-Mails.«

»Nee, oder? Das glaube ich jetzt nicht! War das gestern nicht deutlich genug? Der soll die Füße stillhalten. Schließlich hat er alles kaputtgemacht. Piet, komm mal, Alex terrorisiert Hanna jetzt auch noch!«

Piet erscheint – nur in Boxershorts bekleidet – in der Küche. Seine braunen Haare stehen verstrubbelt in alle Richtungen.

Piet ist definitiv kein Arnold Schwarzenegger, aber Mila mag Männer, an denen ein bisschen was dran ist. Außerdem hat sie sich ihr Abo im Fitnessstudio auch nur der guten Vorsätze wegen angeschafft. Sie findet regelmäßig Ausreden, warum sie nicht hingehen könne.

Nachdem wir Piet über die Neuigkeiten informiert haben, kratzt er sich am Kopf. »Tja, wie die Polizei gestern meinte, kann man da nicht viel machen. Wir können einfach nur hoffen, dass er sich wieder einkriegt und dich in Ruhe lässt.«

Ja, das hoffe ich auch!

KAPITEL 34

»Ihr könnt unbesorgt zur Arbeit gehen«, rufe ich Mila zu, während ich ihnen Brote schmiere und in Dosen für die Arbeit packe.

Mila kommt aus dem Bad, sie hat ihr Alltags-Make-up aufgelegt und eine dezente Parfümwolke umschwebt sie. »Wirklich?«, fragt sie.

»Los, ihr müsst jetzt gehen, sonst kommt ihr zu spät!« Ich gebe beiden die Brotdosen und schiebe sie entnervt aus der Wohnung.

»Aber, wenn was ist, meldest du dich sofort oder du rufst die Polizei!«, weist Piet an, bevor ich die Tür vor ihren Nasen schließe.

Ich stelle mich mit dem Rücken an die Tür und atme tief ein. Ruhe. Doch ich fühle mich alles andere als bereit, den Tag alleine in dieser Wohnung zu verbringen.

Nachdem ich die Küche aufgeräumt habe, lege ich mich mit einem Buch auf den Balkon.

Die Sonne scheint und für Ende April ist es richtig schön warm. Die Vögel zwitschern ihre Melodien und ein wunderbarer Duft vom Fliederstrauch, der vor dem Haus seine ersten Blüten präsentiert, steigt mir in die Nase.

Als mich mittags mein Magen laut knurrend aus meinem spannenden Buch reißt, stehe ich widerwillig auf und koche mir ein paar Nudeln mit Pesto.

Tiago müsste bereits ausgeschlafen haben. Ob er mir schon geschrieben hat?

Dazu müsste ich allerdings mein Handy anmachen.

Nach kurzem Zögern überwinde ich mich und hole es aus der Ecke, in die ich es heute früh geworfen hatte.

WhatsApp-Nachrichten von Mila und Tiago ploppen auf. Mila fragt nur nach, ob bei mir alles ok sei. Ich gebe ihr ein kurzes Lebenszeichen, damit sie beruhigt arbeiten kann und dann lese ich, was Tiago mir schreibt.

Tiago – 13:35
Guten Morgen, mi querida, hast du gut geschlafen? Können wir mal skypen? Ich vermisse dich so.

Kurz darauf winkt er mir über den Bildschirm meines Laptops zu. Tränen schießen mir in die Augen. Wie gerne wäre ich jetzt bei ihm.

»Hey, ist alles in Ordnung?«, fragt er etwas abgehackt.

Bevor ich antworten kann, höre ich die kindliche Stimme von Diego im Hintergrund und sehe auch schon, wie er sich neben Tiago schiebt und mich angrinst.

»Hallo, Hanna!«, ruft er.

»Wow, du sprichst ja schon Deutsch!«, rufe ich erstaunt und wische mir schnell die Tränen weg.

»Naja, Hallo hat er geübt.« Tiago wuschelt Diego über den Kopf. »Aber jetzt sag, was ist los?«

»Ach, ich vermisse dich nur so sehr und es ist so schön, dich endlich mal wiederzusehen, auch wenn es nur über den Bildschirm geht«, sage ich.

Vor Diego möchte ich nicht über Alex reden. Tiago kann mir da aus der Ferne eh nicht helfen.

»Was gibt es bei euch Neues?«, frage ich daher.

»Gute Nachrichten: Wir haben nun für Diego eine Lösung gefunden. Er ist jetzt tagsüber immer bei mir. Und wenn ich abends zur Arbeit gehe, bringe ich ihn zu meiner Mutter, wo er dann schläft und am Wochenende kann er zu meiner Schwester. An meinem freien Abend bleibt er zu Hause bei mir«, erklärt er und strahlt mich an.

Es sieht so aus, als würden die beiden mit dieser Regelung ganz gut klarkommen.

»Meine Familie hat ihn sofort ins Herz geschlossen und sie möchten ihn gar nicht mehr hergeben.«

»Das klingt super. Freut mich, dass das alles so gut läuft bei euch beiden. Hat sich seine Mutter denn mal gemeldet?«

»Nein, seitdem sie weg ist, habe ich nichts von ihr gehört. Aber das hat sie gesagt, dass sie in den nächsten Wochen nicht erreichbar sein wird. Nur ... Diego fragt ständig nach ihr.«

»Na, hoffentlich kommt sie wieder und hat sich nicht abgesetzt«, gebe ich zu bedenken.

Diego sagt etwas und Tiago übersetzt für mich: »Diego fragt, wann du wieder herkommst. Er vermisst dich auch.«

Dieser schelmisch unschuldige Blick von Tiago bringt mich zum Lachen, das erste Mal am heutigen Tag. »Ich bin mir noch nicht sicher, ob ich das wirklich machen kann«, sage ich und schaue auf den Boden.

»Wieso nicht? Also, wir vermissen dich hier sehr und du bist hier jederzeit willkommen«, sagt Tiago und mir wird ganz warm im Bauch.

»Ach, mit den Behörden ist das alles nicht so einfach ...«, sage ich. Ein lautes Piepen aus der Küche unterbricht mich. »Oh, ich muss in die Küche, meine Nudeln sind fertig«, rufe ich und renne davon.

Mit meinem vollen Teller setze ich mich wieder vor den Laptop. Während ich esse, erzählen Diego und Tiago mir, was sie in den letzten Tagen erlebt haben. Sie scheinen wirklich gut miteinander auszukommen.

Nach einer halben Stunde beenden wir das Gespräch, weil Tiago und Diego noch eine Runde draußen Fußball spielen wollen, bevor Tiago zur Arbeit muss. Trotz der boomenden Sommersaison nimmt er sich viel Zeit für seinen Sohn.

Ich klappe den Laptop zu und lasse meinen Gefühlen ihren Lauf. Tränen bahnen sich nun den Weg ans Licht und laufen unaufhörlich. Weil ich Angst vor Alex habe, weil ich Tiago so sehr vermisse, weil ich jetzt am liebsten in Portugal wäre und weil das nicht geht.

Als meine Augen irgendwann leergeweint sind, lege ich mich wieder auf den Balkon und lese weiter mein Buch, tauche in die Geschichte ein, bis meine Realität immer mehr in Vergessenheit gerät. Der Himmel ist zu einer grauen Wolkendecke geworden, doch es ist immer noch herrlich warm.

Ich schrecke hoch, als ich ein Geräusch von der Tür höre. Im ersten Moment schießt mir die Erinnerung an Alex gestern Abend durch den Kopf, doch dann höre ich die fröhliche Stimme von Mila. »Huhu, ich bin wieder da. Wie geht's dir? Alles ok? Wieso schreibst du denn nicht mal zurück. Du weißt doch, dass ich mir Sorgen mache.«

Erleichtert, dass es Mila ist und nicht Alex, atme ich aus. »Ja, es ist alles gut. Ich habe den ganzen Tag nur gelesen und mein Handy ausgestellt. Ich wollte keine Nachrichten mehr von Alex bekommen.«

»Verstehe. Aber, dass er hier nicht noch mal aufgekreuzt ist, ist doch schon mal ein gutes Zeichen. Vielleicht hat er es endlich kapiert und lässt dich in Ruhe.«

»Ja, hoffentlich.«

Zwanzig Minuten später hören wir ein Auto vor dem Haus parken. Piet kommt von der Arbeit nach Hause. Vollbepackt mit Einkaufstüten betritt er die Wohnung und verkündet lauthals im breiten Dialekt: »Hallo, ihr Hübschen, heut wird gekocht!«

»Oh, ok, dieser Ansage darf man wohl nicht widersprechen«, sage ich lachend.

»Nope. Keine Widerrede. Heut gibt's feine Rindersteaks mit mediterranem Gemüse. Ihr schnippelt und ich bin für das Fleisch zuständig.«

»Alles klar, Chef«, sage ich und wir machen uns an die Arbeit.

»Das ist mega lecker! Guck mal, wie zart das Fleisch ist! Mila, hast du ein Glück«, sage ich mit vollem Mund, »dass dein Freund so begabt in der Küche ist. Alex konnte ja gar nicht kochen.«

»Bin ich auch, den gebe ich nicht mehr her.« Mila guckt ihren Piet mit leuchtenden Augen an.

Er bedankt sich mit einem Kuss bei ihr.

»Wie lange seid ihr jetzt zusammen und wie habt ihr zwei euch eigentlich kennengelernt?«, frage ich.

»Das müssten jetzt fünf Jahre sein, oder?«, sagt Piet.

Mila blickt mit seitlich verzogenem Mund an die Decke und sagt dann: »Ja, das kommt hin. Und kennengelernt haben wir uns auf einem Konzert – »STARS for FREE« war das – hier in Berlin. Es hatte wie aus Eimern geschüttet und meine Freundin und ich hatten keine Regenjacken dabei. Da hielt ein Typ einfach seinen Schirm über mich. Ich drehte mich um und der Kerl lächelte mich extrem süß an. Dann sagte er: »Hallo, ich bin Piet.« Er hat extra versucht, Hochdeutsch zu reden. Da war es um mich geschehen.«

»Ach, wie romantisch! Ihr passt aber auch echt gut zusammen, finde ich.«

»Ja, das sehe ich auch so!«, stimmt Piet mir zu, legt einen Arm um Mila und grinst. Doch dann wird seine Mine etwas ernster. »Wir fahren übrigens am Freitag nach Chemnitz, zum Haus meiner Eltern. Die sind über das Wochenende verreist und wir passen auf Haus und Katze auf«, eröffnet er mir und kratzt sich hinter dem Ohr.

Meine Mundwinkel wandern nach unten. »Oh«, sage ich an Mila gewandt, »das hattest du noch gar nicht erwähnt.« Ich nippe an meinem Glas, um meine Enttäuschung zu verbergen.

»Ist das etwa dieses Wochenende schon? Ich hab das ganz verpeilt, tut mir leid.« Mila guckt so überrascht drein, dass ich ihr das wirklich abnehme.

»Das habe ich mir schon gedacht, deswegen habe ich es ja gerade nochmal gesagt«, sagt Piet und zwinkert, »ich kenne dich doch. Du würdest doch sogar deinen eigenen Geburtstag vergessen, wenn ich dich nicht vorwarnen würde.«

»Haha«, sagt Mila und knufft Piet in die Seite.

»Ist das ok für dich, wenn wir fahren und dich hier allein lassen?«

Nein, ist es nicht. Ich habe Angst alleine hier. Was ist, wenn Alex wieder auftaucht?

Aber ich sage nur: »Klar, ich habe ja vorher auch schon alleine hier gewohnt. Macht euch ein schönes Wochenende.«

Meine Laune ist in den Keller gesunken. Mila und Piet versuchen, mich aufzuheitern, und machen Scherze ohne Ende. Ich lächle an den richtigen Stellen und versuche, mir nichts anmerken zu lassen.

Als ich ins Bett gehe, schaue ich noch einmal auf mein Handy und bin erleichtert, nur die von Mila erwähnten Nachrichten sowie ein paar liebe Zeilen von Tiago zu lesen.

Tiago – 22:12
Es war schön, dich heute zu sehen. Ich meine es wirklich ernst, komm wieder zu mir zurück.

Ich – 23:15
Ich vermisse dich seit vorhin noch tausend Mal mehr. Hier

geht es gerade drunter und drüber. Ich bin nur froh, dass meine Freundin und ihr Freund jetzt bei mir wohnen. Das hilft mir sehr. Gute Nacht und viel Spaß bei der Arbeit.

Tiago – 23:16
Da wohnt ein Mann bei dir in der Wohnung?

Ich – 23:17
Piet ist Milas fester Freund und ich bin sehr froh darüber, dass er hier ist. Bist du etwa eifersüchtig?

Tiago – 23:17
Ich doch nicht. Ich habe aber das Gefühl, du verschweigst mir etwas.

Ich – 23:18
Ich bin müde. Wir schreiben/reden ein anderes Mal weiter. Kuss!

Danach schalte ich mein Handy aus, doch meine Müdigkeit ist auf einmal wie weggeblasen. Ein schlechtes Gewissen zieht sich wie ein Umhang über meine Schultern, weil ich nicht weiß, ob ich Tiago die Wahrheit über die Geschehnisse der letzten Tage sagen sollte. Einerseits möchte ich es ihm unbedingt mitteilen, immerhin führen wir eine Art Beziehung. Auch wenn wir uns gerade nicht körperlich nahe sein können. Ich möchte mit ihm ehrlich über alles reden können.

Andererseits kann er mir nicht helfen, er ist viel zu weit weg und hat mit seinem Sohn genug um die Ohren. Er soll sich nicht auch noch Sorgen um mich machen müssen. Nachher kommt er noch auf die Idee, hierher zu fliegen und legt sich mit Alex an. Nein, das will ich nicht. Ich will nicht, dass ihm irgendwas passiert, schon gar nicht wegen mir.

KAPITEL 35

Für den nächsten Morgen habe ich meinen Wecker ausgestellt, wozu sollte er auch klingeln, ich habe ja eh nichts vor.

Als ich um zehn Uhr aufstehe, sind Mila und Piet schon lange fort zur Arbeit.

In der Küche finde ich einen gedeckten Frühstückstisch für mich vor. Neben dem Teller liegt ein Zettel von Mila: »Wollten dich nicht wecken, lass es dir schmecken und mach dir einen schönen Tag!«

Das habe ich vor. Ähnlich wie gestern packe ich mich auf den Liegestuhl auf dem Balkon und lese mein Buch weiter. Es ist herrlich, in die Welt der Protagonisten einzutauchen, und durch deren Geschichten die eigenen Probleme in den Hintergrund zu schieben.

Zehn Seiten vor Ende klingelt mein Handy und zeigt eine unbekannte Nummer an.

Etwas zögerlich schiebe ich das grüne Symbol zur Seite und frage: »Ja?«

»Was fällt dir ein, meine Nummer zu blockieren? Was soll der Mist?«

Alex.

Geschockt lasse ich das Handy fallen. Was mache ich jetzt?

Ich hebe es vorsichtig auf, Alex ist leider noch in der Leitung.

»Lass mich in Ruhe!«, brülle ich hinein und drücke auf den roten Button. Mit zittrigen Händen lege ich das Handy auf den Tisch neben mir.

Dann wähle ich Milas Nummer.

Sie geht sofort ran. »Hanna, alles ok?«

»Alex hat sich eine neue Nummer besorgt und mich angerufen«, platze ich gleich heraus.

»Das darf doch nicht wahr sein! Was hat er gesagt?«

»Ich weiß nicht mehr, ich glaube, er hat mich angeschnauzt, warum ich ihn überall blockiert habe. Ich habe ihm gesagt, er soll mich nicht mehr kontaktieren und habe aufgelegt.«

»Gut so, lass dich nicht in Diskussionen einwickeln. Weißt du was, ich lasse meinen Sport heute sausen, ich hab eh keine Lust, und komme gleich nach der Arbeit zu dir nach Hause.«

»Danke, ich bin gerade so durch den Wind. Irgendwie habe ich so ein komisches Gefühl.«

»Geht mir auch so. Halt durch! Bis später«, sagt Mila und legt auf.

Aufgeregt laufe ich über den Balkon. Meine Hände zittern. Ich nehme wieder mein Buch und lese weiter, um mich abzulenken. Doch es fällt mir schwer, mich in die Geschichte zurückzufinden. Immer wieder wandern meine Gedanken zu Alex.

Als Mila endlich nach Hause kommt, überrasche ich sie mit einem gedeckten Tisch. Immerhin hat das Kochen mich ablenken können. Mein Buch liegt noch aufgeklappt auf dem Balkon.

»Hmmm, gefüllte Paprika, mein Lieblingsessen!«, ruft Mila freudestrahlend. »Das riecht ja mega lecker. Was habe ich nur für ein Glück, mit zwei so hervorragenden Köchen zusammen zu wohnen. Piet ist auch gleich hier.«

In dem Moment öffnet sich auch schon die Tür und Piet steckt den Kopf herein.

»Na, dann können wir ja gleich auftun«, sage ich fröhlich.

Das Thema Alex vermeiden wir jedoch erst einmal.

»Das war so lecker. Du machst mir wirklich Konkurrenz!«, sagt Piet, nachdem wir alle drei die Teller abgeleckt haben.

Ich öffne gerade den Mund, um etwas zu antworten, da surrt die Türklingel los, und zwar Sturm. »Alex«, sage ich nur und ahne Schlimmes.

»Wartet hier, ich geh!«, weist Piet an, doch Mila und ich folgen ihm.

»Mach die Tür auf!«, brüllt eine wütende Stimme durch die Gegensprechanlage, sodass sogar Mila und ich sie verstehen können, ohne den Hörer am Ohr zu haben.

»Reg dich ab, sie ist nicht zu Hause«, sagt Piet.

»Erzähl keinen Scheiß! Ich weiß, dass sie da ist!«, brüllt Alex weiter. »Mach auf, du Idiot!«

Piet hängt den Hörer wieder in die Halterung, doch da Alex nicht aufhört, pausenlos zu klingeln, geht Piet erneut zum Sicherungskasten und stellt die Klingel ab. »So, damit sollte fürs Erste Ruhe sein.« Klatschend wischt er sich die Hände sauber, obwohl sie gar nicht schmutzig waren.

Mila läuft zum Dachflächenfenster und drückt sich an die Scheibe, um hinunterzusehen. »Er hat aufgegeben und schwingt sich auf sein Rad. Jetzt ist er um die Ecke gebogen. Weg.« Sie dreht sich zu uns.

»Ein Glück.« Ich merke, wie ich wieder innerlich zu zittern begonnen habe.

»Darauf trinken wir erstmal einen Schnaps. Hast du was da?«, sagt Piet und durchsucht die Küchenschränke. »Ah, hier!« Er findet eine angefangene Wodkaflasche von Alex und gießt uns drei Gläser ein.

Nach dem Anstoßen trinke ich das Glas auf ex aus und huste, weil es so im Hals brennt.

Mila und Piet lachen über meinen Gesichtsausdruck. »Gucken wir noch zusammen einen Film?«, fragt Mila später. »Ich brauche jetzt was zum Lachen.«

Wir setzen uns auf meine Couch und suchen eine Komödie aus. Der Film ist wirklich sehr lustig, doch er geht auch sehr lange. Ich erwische mich ständig dabei, wie ich lautstark gähnen muss. Bevor der Film zu Ende ist, fallen mir auch schon die Augen zu.

Ich bekomme keine Luft.

Etwas verdeckt meinen Mund und die Nase. Panisch versuche ich, mich von der Hand zu befreien, doch ich bringe nur erstickte Laute zustande.

Ich werde auf die Couch gedrückt und goldene Sterne tanzen vor meinen Augen. Nur langsam gewöhne ich mich an die Dunkelheit und erkenne die Umrisse von Alex.

Alkoholgeruch weht mir um die Nase. Angeekelt drehe ich meinen Kopf zur Seite.

»Sei leise und halt still!«, knurrt Alex mich an.

Doch ich denke gar nicht daran. Meine Beine kämpfen sich unter der Decke hervor und als sie endlich frei sind, ziehe ich mein Knie hoch und ziele auf seine Weichteile.

Alex schreit vor Schmerz auf und lässt kurz von mir ab.

Ich nutze die Sekunde und rufe: »Mila, Piet, Hilf ...«

Doch da verdeckt schon wieder seine große Hand meinen Mund.

Im Schlafzimmer geht Licht an, das durch den schmalen Spalt unter der Tür hindurchscheint.

Kurz darauf fliegt die Tür auf und Piet kommt drohend mit einem erhobenen Baseballschläger ins Wohnzimmer. »Lass die Finger von Hanna! Ich warne dich!«

Alex sieht irritiert zwischen Piet und mir hin und her und lockert seinen Griff.

Mein neuer Spitzname scheint ihn zu verwirren. Er starrt mich an, als müsse er sich vergewissern, ob wirklich ich da vor ihm liege.

Nun kommt auch Mila aus unserem ehemaligen Schlafzimmer gelaufen und schaltet das Licht an. Sie gibt einen erschrockenen Laut von sich. »Wie bist du hier reingekommen? Verschwinde! Die Polizei ist bereits auf dem Weg.«

»Ach, ihr habt doch alle 'n Ding an der Klatsche! Mischt euch nicht ein! Das hier ist meine Wohnung und ich will meine Frau zurück!«, schreit Alex und geht auf Piet los.

Der hebt den Baseballschläger wieder in die Höhe.

»Alex, was soll das? Wir sind nicht mehr zusammen«, sage ich ganz ruhig und bin selber darüber erstaunt.

Alex dreht seinen Kopf langsam zu mir um und fixiert mich mit seinen roten Augen. »Du, du Miststück! Du schmeißt mich aus meiner Wohnung raus? Na, warte!«

Jetzt stürmt er wieder auf mich zu, doch da höre ich schon die Sirene des Polizeiautos. Alex erstarrt, dann dreht er sich um und rennt zur Eingangstür. »Du wirst schon noch merken, was du davon hast. Dein rotes Wunder wirst du erleben! Das verspreche ich dir!«

»Das heißt blaues Wunder! Und lass dich hier nie wieder blicken!«, schreit Mila ihm hinterher und wirft die Tür zu.

Als Alex unten aus dem Hauseingang herauskommt, schaut er noch einmal hoch zum Fenster, an dem ich mich mit meinen Mitbewohnern versammelt habe.

»Wenn ich dich nicht haben kann, bekommt dich keiner!«, ruft er zu uns hinauf. Ein unangenehmes Gefühl kriecht mir wie eine Schlange über den Rücken.

»Scheiße!«, ruft Piet und Mila und ich sehen ihn erschrocken an. Er klatscht sich die flache Hand an die Stirn. »Wir hätten ihn ins Bad sperren und für die Polizei festhalten sollen«, ruft Piet.

»Diesen großen Kerl? Vergiss es! Aber die Polizei wird ihn sicher schnell finden«, sagt Mila optimistisch.

Als die Polizisten eintreffen, schildern wir ihnen, was passiert ist und erstatten Anzeige.

Der größere der beiden Beamten sieht sich die Tür an. »Wie konnte er in die Wohnung kommen? Hier kann ich keine Einbruchsspuren entdecken. Hatte er einen Schlüssel?«

»Nein, den habe ich ihm nach der Trennung abgen...«, sage ich, doch da taucht ein Bild von einer rothaarigen, jungen Frau vor meinem inneren Auge auf. In ihrem Schlüsselkasten baumelt ein silberner Schlüssel.

»Seine Schwester! Sie hat einen Ersatzschlüssel. Den wird er sich geholt haben. Sie wohnt nicht weit entfernt. Mist, wieso habe ich nicht daran gedacht?«

Bianca hat immer die Blumen bei uns gegossen, wenn wir im Urlaub waren und sie hat den Briefkasten geleert. Das war sehr praktisch. Genauso hatte Alex einen Schlüssel von ihrer Wohnung.

»Schreiben Sie uns bitte die Adresse der Schwester auf. Dort werden wir vorbeischauen.«

Ich suche einen Zettel, auf dem ich die Adresse notiere, und finde auch noch ein halbwegs aktuelles Foto von Alex, das ich den Polizisten überlasse.

Diese versprechen, die Gegend nach ihm abzusuchen, und verabschieden sich wieder.

Ich gähne laut und bin unendlich erschöpft. Doch das Adrenalin in meinen Adern lässt mich gleichzeitig hellwach fühlen.

»Ihr solltet wieder ins Bett gehen«, sage ich zu Piet und Mila.

»Und was ist mit dir?«, fragt Mila.

»Ich glaube, ich kann nicht schlafen. Ich mache mir den Fernseher an. Aber erstmal schieben wir die Kommode vor die Tür. Mit der Angst, dass Alex hier wieder plötzlich in der

Wohnung stehen könnte, bekomme ich kein Auge zu. Helft ihr mir?«

»Ja, das ist eine gute Idee«, meint Piet, »und morgen tauschen wir als erstes das Schloss aus. Ich melde mich auf Arbeit krank und bleibe bei dir. Der Typ hat ja echt nicht mehr alle Tassen im Schrank.«

»Und ich schlafe bei dir auf der Couch. Da ist genug Platz für uns beide.« Mila geht ins Schlafzimmer und holt ihre Decke und ein Kissen.

»Wo hast du überhaupt den Baseballschläger her?«, frage ich Piet.

»Ach der, ich habe das früher in der Grundschule mal gespielt. Auch wenn ich da die totale Niete war, ich wusste, der Schläger wird noch mal für was gut sein.« Er gähnt. »Na gut, ich geh dann mal wieder ins Bett. Gute Nacht, Mädels.«

»Gute Nacht«, sagen Mila und ich im Chor.

»Mila?«

»Hm?«

»Ich bin so froh, dass ihr hier wohnt und ich das nicht alleine durchmachen muss. Danke für eure Hilfe.«

»Ich bin auch froh, dass wir hier sind.«

KAPITEL 36

Ich schrecke hoch. »Mila, hast du das gehört?«

»Ja, habe ich«, flüstert sie zurück.

Piets Kopf schaut um die Ecke. »Sorry Mädels, ich wollte euch nicht wecken. Ich wollte Brötchen vom Bäcker holen, aber die Kommode steht noch vor der Tür und ich brauche eine starke Frau, um sie wieder zurück zu rücken.«

Wir stehen auf und packen gemeinsam an.

Piet gibt Mila noch einen Kuss und geht hinaus mit den Worten: »Kaffee ist schon fertig und Wasser für deinen Cappu ist auch aufgesetzt.«

»Du bist unser Held«, lobe ich ihn und muss wie so oft über seinen sächsischen Dialekt schmunzeln.

Mila nimmt unsere dampfenden Tassen und wir gehen auf den Balkon. Die Sonne lacht schon ihr schönstes Lächeln und die Luft duftet nach Frühling. Mein Lachen ist jedoch in den Keller gegangen. Die Erinnerungen an die letzte Nacht erdrücken mich. Ich schmecke Galle auf der Zunge und nehme rasch einen Schluck aus meiner Tasse und verbrühe mich.

Von der Straße ertönt ein Aufschrei. Piet!

Ich fahre herum, schütte mir dabei den Cappuccino über die Hände und fluche. Dann beugen wir uns über die Brüstung des Balkons.

Piet steht fassungslos vor seinem 5er Golf. »Scheiße! Was ist das denn?«

Und nun erkennen auch wir, was er sieht.

»So ein Arschloch! Aufgeschlitzt«, flucht Piet weiter.

Mila sieht mich an.

Wir denken beide an den gleichen Namen. Alex.

»Was lässt er sich noch einfallen? Einbruch, Körperverletzung, Sachbeschädigung? Wo soll das enden?« Milas Stimme überschlägt sich förmlich.

Hilflosigkeit und Scham mischen sich, legen sich wie Ketten um meinen Körper. Jetzt werden Mila und Piet auch noch direkt mit hineingezogen.

»Ich will das nicht! Ich will, dass es aufhört!«, stammle ich immer wieder vor mir her. »Ganz ehrlich, so habe ich ihn in den ganzen Jahren unserer Beziehung nicht erlebt.«

Piet telefoniert mit seinem Handy.

»Das reicht. Wir fahren schon heute nach Chemnitz. Bloß weg hier!«, sagt Mila, nimmt ihr Handy und ruft im Büro an, um sich für den Rest der Woche krankzumelden. »So, erledigt. Pack schon mal deine Sachen, Hanna, du kommst mit!«

Ob man hören kann, wie mir der Stein von meinem Herzen plumpst, als sie das zu mir sagt?

Mila und ich treten gleichzeitig mit den gepackten Taschen in den Flur.

Piet kommt von draußen herein, in der Hand hält er eine Tüte mit Brötchen. »Dieser Scheißkerl. Hat alle Reifen zerstochen und den ganzen Lack zerkratzt. Wenn ich diesen Kerl in die Finger bekomme ...! Die Polizei ist auf dem Weg.«

»Komm, wir essen jetzt erstmal.« Mila nimmt Piet den Einkauf ab und geht in die Küche.

Gerade als Piet in seine frisch geschmierte Nutella-Schrippe beißen möchte, klingelt es an der Haustür. »Super Timing«, stöhnt er, geht runter und zeigt der Polizei den Schaden.

Nach einer halben Stunde ist er wieder oben und beißt endlich in sein wohlverdientes Brötchen.

»Ich habe ihnen gesagt, dass nur Alex dahinterstecken kann. Aber sie meinten, das seien nur Vermutungen und daher kann ich nur Anzeige gegen Unbekannt erstatten. So ein Schwachsinn.«

»Waren es die gleichen Polizisten wie letzte Nacht«, frage ich, »oder waren es andere? Haben sie dir was sagen können, ob sie Alex gefunden haben?«

»Nein, es waren wieder andere und zu Alex konnten oder wollten sie mir auch nichts sagen.« Er lässt die Schultern sinken.

»Wir haben übrigens beschlossen, heute schon nach Chemnitz zu fahren. Ich habe mich krankgemeldet und schon unsere Taschen gepackt.«

»Äh, aber mein Auto ist nicht fahrtauglich«, gibt Piet zu bedenken, »und außerdem müssen wir noch auf den Abschleppdienst warten.« Er sieht auf sein Smartphone.

Doch dann fällt mir etwas ein. »Mein Auto ist doch noch da. Fahren wir doch einfach damit«, sage ich.

»Ach ja, stimmt. Habe ich ganz vergessen.« Piet sieht total mitgenommen aus. »Ich fahre jetzt jedenfalls erst einmal mit dem Fahrrad zum Baumarkt und besorge ein neues Türschloss.«

Da sich der Baumarkt in der Nähe befindet, ist Piet schnell wieder zurück und macht sich an die Arbeit.

Piet ist gerade mit der Tür fertig und gibt uns die neuen Schlüssel, da kommt endlich das Abschleppauto an und lädt Piets Auto auf.

»Tschüss Auto, komm heil wieder«, feiert Piet theatralisch den Abschied von seinem geliebten 5er Golf und winkt ihm hinterher, bis das Abschleppauto langsam um die Ecke biegt und nicht mehr zu sehen ist.

»Einsteigen, bitte!« Ich halte die Tür meines Wagens einladend geöffnet.

Als wir drei endlich im Auto sitzen, starte ich den Motor.

»Zum Glück ist jetzt um die Mittagszeit wenig Verkehr.« Mila lässt sich gemütlich auf die Rückbank fallen.

Ich biege flott um die Ecken und freue mich über die grüne Welle. Innerhalb von drei Minuten sind wir auf der Autobahn Richtung Chemnitz.

»Ich bin so froh, dass ihr mich mitnehmt. Ich könnte jetzt nicht alleine in der Wohnung bleiben«, sage ich dankbar.

»Das ist doch selbstverständlich!« Piet lächelt mich an und seine Worte wärmen mein Herz.

»Ich lass dich doch nicht mit diesem Verrückten alleine! Wir machen es uns schön bei Piets Eltern. Sie haben ein großes Haus, Sauna und Whirlpool. Jede Menge Wellness – das wird super«, sagt Mila und legt mir von hinten eine Hand auf meine Schulter. »Piet, mach doch mal Musik an!«

Er drückt die Knöpfe und Kylie Minogue schreit uns »Can't Get You Out Of My Head« entgegen. Er stellt das Radio etwas leiser. »Oh, da vorne, das sieht nach Stau aus. So ein Mist.«

Ich nehme den Fuß vom Gas und trete auf die Bremse.

»Hm, da muss gerade erst was passiert sein, meine Verkehrsapp zeigt noch nichts an«, sagt Mila mit dem Blick aufs Handy.

Ich trete noch einmal auf die Bremse und wundere mich, dass mein Auto nicht langsamer wird. Die Tachonadel fällt nicht.

»Ich kann nicht bremsen«, rufe ich und schaue zwischen meine Beine. Das Bremspedal ist komplett durchgetreten, doch noch immer bleibt die erhoffte Wirkung aus.

»Was? Fahr rüber!«, ruft Mila. »Los, auf den Standstreifen!«

Ich sehe aus dem Beifahrerfenster, dann in den Rückspiegel. Nervös kaue ich auf meiner Unterlippe. »Da sind zu viele Autos!« Mir wird heiß und kalt gleichzeitig. Mein Herz rast. Ich schmecke den metallischen Geschmack von Blut.

»Ich kann nicht bremsen!«, schreie ich immer hysterischer. »Es geht nicht!«

Meine Hände werden feucht. Meine Finger kribbeln. Als käme kein Blut mehr an. Sie fühlen sich taub an. Ich habe das Gefühl, keine Luft mehr zu bekommen.

Rechts von mir fährt ein Auto, voll beladen. Hinten sitzen drei Kinder. Ein hellblondes Mädchen winkt uns zu und grinst.

»Piet, mach doch was!«, brüllt Mila von hinten.

»Was denn? Ich komm doch nirgendwo ran.«

Die stehenden Autos kommen immer näher. Rote Warnlichter zucken vor mir auf. Das Heck des weißen Lieferwagens ist bereits verdammt dicht.

»Die Handbremse!« Mila klingt heiser.

Richtig! Die Handbremse!

Ich ziehe an dem Hebel. In dem Moment greift mir Piet ins Lenkrad. Das Auto schleudert herum. Es gibt einen Ruck.

Ich verliere die Orientierung. Alles dreht sich. Irgendetwas fliegt durch die Luft. Es trifft mich am Kopf. Der Gurt schnürt mir die Luft ab.

Ich presse die Augen zu.

Stopp!

Doch es ist zu spät.

Das war's. Ich werde sterben.

Im nächsten Moment höre ich einen lauten Knall.

Alles wird schwarz.

KAPITEL 37

»Piep ... piep ... piep ...«

Was ist das? Wo kommt dieses Geräusch her?

Ich öffne ein Auge. Es ist dunkel und ich erkenne nur schemenhaft, dass etwas über meinem Kopf baumelt.

Wo bin ich?

Bevor ich eine Antwort darauf erahnen kann, versinke ich bereits wieder in Dunkelheit.

»Piep ... piep ... piep ...«

Das Geräusch verursacht mir Kopfschmerzen. Es dröhnt wie ein Paukenschlag in meinen Ohren.

Blinzelnd öffne ich die Augen, doch die Helligkeit sticht mir mitten ins Gehirn.

Dunkelheit, schützende, graue Düsternis!

Als ich das nächste Mal die Augen öffne, steht eine weiß gekleidete Frau neben mir. »Guten Tag, Frau Sommer. Wie geht es Ihnen? Schön, dass sie endlich wach sind.«

Ich will ihr antworten, doch mein Hals kratzt so verdammt, als hätte ich tagelang nicht gesprochen. Hustend räuspere ich mich, bis ich ihr endlich sagen kann: »Mein Kopf tut weh, eigentlich tut mir alles weh.«

»Das ist nach solch einem Unfall normal. Sie hatten sogar sehr viel Glück, alle Prognosen sind durchaus positiv.«

»Unfall? Was für ein Unfall?«

»Können Sie sich nicht daran erinnern?«

In meinem Kopf setzen sich die Zahnräder knirschend in Gang. Nein, da ist keine Erinnerung an einen Unfall. Langsam schüttele ich den Kopf. Aua.

Sie zückt einen Kugelschreiber, der sich als eine Lampe entpuppt, und leuchtet mir in die Pupillen.

Ich presse die Augen zusammen. Ein weiterer Blitz durchzuckt mein Gehirn.

»Sie haben ein stumpfes Bauchtrauma mit Ruptur der Milz erlitten und wir mussten das Organ entfernen. Sie haben viel Blut verloren und sind deswegen vermutlich noch etwas schlapp. Außerdem haben Sie sich ein Schädel-Hirn-Trauma zugezogen, eine kurzzeitige Amnesie ist da nicht unüblich. Aber jetzt gönnen Sie sich etwas Ruhe. Wir werden später noch weitere Tests machen.«

Ich lasse mich zurück in mein Kissen sinken. Unendlich viele Fragen wirbeln durch meinen Schädel. Doch sie finden nicht den Weg zu meinem Mund. Meine Zunge klebt trocken an meinem Gaumen. Was war bloß passiert? Was ist meine letzte Erinnerung?

In meinem Kopf ist eine große Leere, als hätte jemand einen Stöpsel gezogen und mein Geist ist hindurchgeschlüpft. Nur noch eine Hülle mit einer längst vergangenen Vergangenheit sitzt in diesem Bett. Ich bekomme keine genaue Situation zu greifen. Was bleibt, ist Ratlosigkeit.

Mein Blick wandert durch das Krankenhauszimmer. Erst jetzt fallen mir die zwei großen Blumensträuße auf meinem Tisch auf.

Das nervige Piepen ist nicht mehr zu hören. Das muss die Ärztin wohl ausgeschaltet haben. Es ist mit einem Mal so still im Raum. Ohrenbetäubend still.

Der Gestank nach Desinfektionsmittel verursacht ein Pochen hinter meiner Stirn und ein flaues Gefühl im Bauch, das an Übelkeit grenzt.

Meine Augen werden schwer, ich schließe sie und sinke wieder in dieses wohltuende Dunkel.

Als ich sie das nächste Mal öffne, sehe ich eine mir sehr vertraute Person neben meinem Bett.

»Wie schön, dass du da bist«, sage ich und lächele.

»Hey, wie geht's dir? Du hast uns einen ganz schönen Schreck eingejagt.«

»Sie sagen, es sieht gut aus. Mir fehlen nur ein paar Erinnerungen.«

»Ich habe schon mit der Ärztin gesprochen. Du sollst dir Zeit lassen und keinen Stress haben. Die Erinnerung kommt von ganz allein zurück. Also, versuch, nicht weiter zu grübeln, lies ein Buch, wenn das geht, und schlafe viel, dann wird das von ganz allein wieder.«

»Ich versuche es. Bekomme ich gar keinen Kuss?«, frage ich. Kommt es mir nur so vor oder zögert Alex einen Moment zu lange?

»Ist bei dir alles ok?«

»Ähm, ja, ich muss nur gleich wieder los zur Arbeit. Ich habe den Anruf bekommen, dass du endlich wach bist und bin sofort hergekommen. Du wurdest ja endlich verlegt. Auf der Intensivstation haben sie mich nicht zu dir gelassen. Nur die engste Familie.« Er rollt mit den Augen. Dann gibt er mir einen Kuss und erhebt sich. »Ich komme heute Abend noch mal.«

Verwirrt über den kurzen Besuch, lässt er mich zurück.

Zehn Minuten später kommen meine Eltern ins Zimmer.

Meine Mutter hat Tränen in den Augen, als sie auf mich zukommt. »Hallo, meine Süße. Ich bin so froh, dass du wach bist. Ich hatte ja solche Angst! Wie fühlst du dich?« Sie drückt mich fest und ich stöhne auf vor Schmerzen. Die Narbe auf meinem Bauch beginnt zu pochen. Mein Papa beugt sich über mich und gibt mir einen Kuss auf die Wange.

Er ist erstaunlich wortkarg, was vermutlich auch daran liegt, dass er Krankenhäuser hasst.

Ich erzähle meinen Eltern das Gleiche, was ich zuvor schon Alex gesagt habe.

»Woran erinnerst du dich als Letztes?«, fragt meine Mama. Ich zucke die Schultern. »An nichts Genaues. Ich bin so müde.«

»Die Ärztin sagte uns auch, wir sollen dir die Möglichkeit lassen, dich allein an alles zu erinnern. Du brauchst jetzt viel Ruhe. Wir gehen auch gleich wieder, dann kannst du schlafen.« Da sind so viele Fragen in meinem Kopf, doch ich nicke nur und meine schweren Augenlider fallen auch schon wieder zu.

Jedes Mal, wenn ich meine Augen öffne, kommt jemand Neues in mein Zimmer. Gegen siebzehn Uhr betritt Mila, meine Kollegin, mein Krankenzimmer.

Was macht sie denn hier? Sie hat ihren linken Arm im Gips und mehrere Schrammen im Gesicht.

»Hey!«, sagt sie und schaut mich erwartungsvoll an.

»Hey?«, sage ich mehr fragend als antwortend. »Was machst du denn hier? Und was hast du mit deinem Arm angestellt?« Ich deute auf ihren Gips.

Sie runzelt die Stirn und sieht irgendwie so aus, als würde sie meine Frage nicht so ganz verstehen.

»Hanna, weißt du denn nicht, was passiert ist?«

Hanna?

Wieso nennt sie mich so? So hat mich seit der zweiten Klasse keiner mehr genannt. Mein Rufname ist doch Jojo. Damals war ich die Jojo-Königin auf dem Schulhof. Das hat mir den passenden Spitznamen eingehandelt.

Ich schüttle nur den Kopf und sage: »Die Ärzte nennen es Amnesie – Gedächtnisverlust. Hab wohl ganz schön was auf den Kopf bekommen. Ich weiß nicht, was passiert ist und irgendwie sagt mir auch keiner was. Alle reden nur davon, meine Erinnerung solle von allein wiederkommen.«

»Verstehe. Uns geht es jedenfalls bis auf ein paar Schrammen und Knochenbrüchen gut. Wir dürfen wieder nach Hause.« Wir? Knochenbrüche? Hatte Mila auch einen Unfall?

Doch mein Mund ist irgendwie träger als meine Gedanken und die ganzen Fragen bleiben auch dieses Mal in meinem Kopf gefangen und finden nicht den Weg nach draußen.

»Ich komme dich morgen noch mal besuchen, ja? Piet und ich fahren jetzt erstmal in die Wohnung und schauen dort nach dem Rechten. Ich hoffe, du bist auch schnell wieder auf den Beinen!«

»Danke, ja, das hoffe ich auch.« Irgendwas ist merkwürdig. Diese Vertrautheit zwischen Mila und mir – die war vorher nicht in dieser Art vorhanden. Wir haben uns doch immer nur oberflächlich in den Mittagspausen unterhalten.

Das Reden und Denken strengt mich erstaunlich an. Wieder gähne ich erschöpft und döse weg.

Als ich abends erwache, steht ein Tablett neben mir auf dem ausgezogenen Beistelltisch. Wollte Alex nicht noch mal vorbeikommen? Es ist schon zwanzig Uhr. So spät wird er doch wohl nicht mehr kommen oder?

Ich hebe den Deckel von dem Tablett, beschmiere die trockenen Stullen mit Butter und packe mir die trostlosen Wurstscheiben rauf. Ein geschmackloser Brei bildet sich zwischen Zunge und Gaumen und rutscht langsam meine Speiseröhre hinab.

Wenig später öffnet sich die Tür erneut, doch es ist nicht Alex.

»Ah, Sie sind wach und haben ooch schon jejessen. Dat is' jut. Ick möchte jerne mal mit Ihnen uffstehen. Dafür muss ick

Ihnen aber vorher den Blasenkatheter zieh'n«, begrüßt mich eine ältere, rundliche Krankenschwester mit Berliner Dialekt.

Ich habe mich ehrlich gesagt schon gewundert, warum ich gar nicht auf die Toilette muss. »Vorhin war wieder Ihr Verlobter hier. Sie haben aber so tief jeschlafen, dasse jar nicht wach jeworden sind, ick soll Ihnen aber schöne Grüße ausrichten. Ist ja echt ein Schnuggelchen ...«, erzählt sie und zwinkert mir zu.

Mein Verlobter? Hat Alex mir inzwischen einen Heiratsantrag gemacht und ich kann mich daran nicht mehr erinnern? Mein Herz verkrampft sich. Das wäre ja furchtbar! Schon seit meiner Kindheit male ich mir aus, wie ich diesen Antrag erhalten werde. Jetzt habe ich ihn erlebt und – da ist nichts? Keine Erinnerung?

»So, tief einatmen, dat kann kurz etwas wehtun!«, sagt Schwester Gabi, wie ich ihrem Namensschild entnehmen kann, und sie hat recht, es tut weh.

Zischend ziehe ich die Luft ein.

»Dat haben wa jeschafft«, sagt sie und sieht mich lächelnd an. Danach zieht sie mich an den Armen in Sitzposition. »Schön sitzen bleiben und nich' nach unten gucken, der Kreislauf muss erstmal in die Jänge kommen.«

Nachdem ich zwei Runden im Zimmer gelaufen bin, darf ich mich wieder hinlegen.

»Zeigen Se mal dat Pflaster. Das hat ja janz schon jesuppt. Wir machen mal ein neues drauf«, sagt sie und zieht mit einem Ruck den Wundverband ab.

Ich ziehe scharf die Luft ein.

»Tut ma' leid, aber so ist es immer am besten. Wenn Se Hilfe beim Toilettenjang benötigen, klingeln Se ruhig. Ick hab Ihnen 'ne Schmerztablette hinjelegt, die könn' Se nehmen, wenn die Beschwerden stärker werden.« Dann verlässt sie mit dem Tablett mein Zimmer.

Ich durchsuche die Schubfächer des Beistelltisches, doch die Fächer sind leer. So ein Mist, wo ist bloß mein Handy?

Mein Kopf schmerzt bei jeder Bewegung mehr und mehr. Ich greife zur Tablette und schlucke sie mit Wasser hinunter.

Dieses Mal dauert es eine Weile, bis ich wieder einschlafen kann. Grübeleien halten mich wach. Wie ist der Unfall passiert? War ich schuld daran? War ich allein unterwegs? Doch da ist nichts, nur schwarze, gähnende Leere.

Das Rätseln macht mich irgendwann dann doch müde und ich sinke wieder in einen tiefen, traumlosen Schlaf.

Am nächsten Morgen werde ich früh wach. Vier Menschen in weißen Kitteln treten an mein Bett. Die Visite steht an. Ich werde gefragt, welche Erinnerungen ich an den Unfall habe und was das Letzte ist, woran ich mich erinnern kann. Doch ich bin noch immer nicht schlauer. Mein Kopf schmerzt und ich darf noch eine Tablette nehmen.

Die Ärzte scheinen soweit zufrieden mit mir zu sein, Hirnblutungen oder Ähnliches konnten sie nicht feststellen, doch wann und ob die Amnesie wieder verschwindet, können sie mir leider nicht sagen.

»Und ohne dieses Organ kann ich leben?«, frage ich.

Der eine Mann blättert mit krauser Stirn in den Unterlagen in seiner Hand. »Sie meinen die Milz?«

Ich nicke.

»Ja, da hatten Sie noch mal Glück. Ein Leben ohne Milz sollte problemlos sein.«

Erleichtert atme ich aus, als ich wieder allein in meinem Zimmer bin.

Gegen elf Uhr kommt Mila wieder. Sie sieht mich unsicher an.

»Hey, wie geht es dir?«, frage ich sie, erfreut, endlich wieder ein bekanntes Gesicht zu sehen.

»Danke, ganz gut, nur der Arm schmerzt manchmal noch sehr, vor allem nachts. Ich kann kaum schlafen. Wie geht's dir?«

»Die Narbe am Bauch tut weh, aber mit Schmerzmitteln ist es erträglich. Mein Kopf dröhnt auch noch und ich habe noch immer nicht meine Erinnerung zurück.« Ich schiebe mich mit den Armen nach hinten, um mit dem Oberkörper etwas höher zu kommen.

»Gestern, als ich gegangen bin, habe ich gedacht, ich hätte Alex gesehen«, sagt Mila und blickt mich forschend an.

»Ja, das kann gut sein, er war wohl hier, aber ich habe so tief geschlafen, dass ich das gar nicht mitbekommen habe. Stell dir vor, ich kann mich nicht mal mehr an seinen Heiratsantrag erinnern.«

Täuscht es mich, oder sieht sie mich überrascht an? Ja, doch, der Blick hat was Erschrockenes an sich.

Erklärend fahre ich fort: »Ja, ich weiß, ich finde das auch ganz furchtbar. Auf diesen Moment habe ich seit meiner Kindheit gewartet und nun ist es für mich, als wäre es nie passiert.«

Mila räuspert sich mehrmals, bis sie wieder zu reden beginnt. »Ich habe dir etwas mitgebracht« Sie überreicht mir einen dieser bunten Drogerie-Stoffbeutel.

»Ui, der ist aber schwer. Was ist da drin?« Ich werfe einen Blick hinein. »Meine Tagebücher? Wie bist du denn an die geraten?«

Mila zuckt mit den Schultern und bleibt still. Abwartend beobachtet sie mich.

»Das ist ja der Wahnsinn. Ich wusste gar nicht mehr, dass ich die noch irgendwo aufgehoben habe!«

»Ich dachte mir, du willst sie lesen, vielleicht hilft dir das ja dabei, dich zu erinnern, es sind ja schließlich deine eigenen Worte und Erinnerungen.«

»Danke, das ist lieb von dir! Ich freue mich total. Dann hab ich wenigsten etwas zu tun. Es ist so langweilig hier. Wenn ich nicht gerade schlafe, zerbreche ich mir den Kopf.«

»Das kann ich mir vorstellen. Ich muss leider los. Ich soll noch einmal zur Gipskontrolle kommen. Mach es gut und ich hoffe, du kannst dich ganz schnell wieder erinnern.«

Nachdem Mila wieder gegangen ist, nehme ich mir eines der Tagebücher aus dem Beutel.

Ein Foto fällt heraus. Lächelnd betrachte ich es. Es zeigt IHN. Wie hieß er noch? Tiago? Meine erste große Liebe in Portugal. Was aus ihm wohl geworden sein mag? Wie er heute wohl aussieht? Noch immer so gut?

Ich schlage das Buch auf und beginne zu lesen.

Weit komme ich jedoch nicht. Immer wieder verschwimmen die Buchstaben vor meinen Augen. Trotzdem ist es schön, in die Zeit von damals abzutauchen. Ich fühle mich fast wieder wie das vierzehnjährige Mädchen von einst. Und auch wenn ich jetzt verlobt bin, darf man doch ein bisschen das Foto seiner verlorenen ersten Liebe anschmachten, oder?

Nach dem Mittagessen schlafe ich ein.

Als die Tür wieder geöffnet wird, schrecke ich auf.

Alex steht vor mir und begrüßt mich lächelnd mit einem Kuss. »Na, wie geht's dir heute? Gestern hast du geschlafen, als ich dich besuchen wollte. Aber ich war da, wirklich!«

Ich muss lachen. »Ja, ich weiß, Schwester Gabi hat es mir erzählt.« Stöhnend richte ich mich auf. »Kannst du mir vielleicht beim Aufstehen helfen? Ich muss mal.«

Ich bleibe auf der Bettkante sitzen und warte darauf, dass sich die Welt langsam aufhört zu drehen. Dann stützt Alex mich auf dem Weg zur Toilette.

Als ich aus dem Bad zurückkomme, strahlt Alex mich an. »Ich habe dir Snickers und deinen Schoko-Cappuccino mitgebracht.«

»Vielen Dank.«

»Ich weiß doch, dass du ohne deinen Cappuccino nicht kannst. Erwartest du heute noch Besuch?«

»Mila war vorhin schon da und, ob meine Eltern heute noch kommen, weiß ich nicht.«

»Aha«, sagt er und wirkt mit seinen Gedanken irgendwie abwesend. »Ich muss leider auch schon wieder los, ich suche ein neues Auto, unseres hat ja leider einen Totalschaden erlitten. Mach's gut.«

Wieso hat er es denn so eilig? Ich wollte ihn doch noch so viel fragen. Zum Beispiel, ob er weiß, wo mein Handy abgeblieben ist.

Also hatte ich den Unfall offenbar mit unserem Skoda. Schade, ich mochte dieses Auto und so lange hatten wir ihn auch noch nicht. Wir haben uns extra für ein großes Familienauto entschieden, immerhin möchten wir ja bald ein Kind haben. Schwanger scheine ich jedenfalls noch nicht zu sein, sonst hätten die Ärzte mir sicher etwas gesagt. Oder wollen sie mich mit der Schocknachricht verschonen? Meine Hand wandert auf meinen Bauch, doch natürlich merke ich nichts außer den Schmerz meiner Narbe.

Später besuchen mich meine Eltern.

»Hallo Schatz, du siehst heute schon viel besser aus!« Meine Mutter gibt mir einen Kuss zur Begrüßung auf die Stirn.

»Ja, ich darf auch schon aufstehen. Mila war heute hier und weißt du, was sie ...«, setze ich an, doch dann stocke ich.

Wo sind meine Tagebücher hin? Hat Mila die Bücher nicht vorbeigebracht? Hatte ich nicht bereits darin gelesen? Oder stimmt mit meinem Kopf doch womöglich was nicht richtig?

Habe ich mir das nur eingebildet? Ich bin mir nicht mehr sicher.

»Was wolltest du sagen?«, fragt Papa nach.

»Ach nichts, schon gut. Ich bin irgendwie noch ziemlich durcheinander. Es macht mich fertig, dass ich mich nicht erinnern kann. Ich weiß noch nicht mal, was genau passiert ist. Keiner sagt mir was.«

»Das liegt vermutlich daran, dass sich alle an die Anweisung der Ärztin halten. Du sollst so wenig Stress und Aufregung wie möglich haben.« Meine Mutter lächelt und streichelt mir über die Haare. »Das Wichtigste ist doch, dass es dir gut geht. Du lebst und bist in ein paar Tagen hoffentlich wieder fit.«

Meine Eltern machen mir einen Schoko-Cappuccino und wir unterhalten uns noch eine Weile über Belangloses, damit ich mich ja nicht aufrege.

Bescheuert ist das. Ich habe doch so viele Fragen, so viele Lücken in meinem Kopf. Was ist, wenn meine Erinnerungen gar nicht mehr wiederkommen?

Meine Eltern sehen mich hilflos an.

Wehe, es kommt ein Satz wie »Abwarten und Tee trinken!«.

Da setzt mein Vater auch schon an: »Kommt Zeit, kommt Rat.«

Stöhnend lasse ich mich nach hinten in mein Kissen fallen und raufe mir die Haare. »Ich bin aber nicht der geduldigste Mensch«, sage ich.

Meine Eltern werfen sich einen dieser wissenden Blicke zu, die ich hasse.

Kurz darauf verabschieden sie sich und ich bleibe allein zurück. Ohne etwas zu lesen.

Ich bin mir sicher, dass die Tagebücher hier waren und ich mit dem Lesen angefangen hatte. Das kann doch kein Traum gewesen sein.

Ich bleibe nicht lange allein. Eine Schwester betritt mein Zimmer und verkündet fröhlich: »Hallo, Frau Sommer, wir können Sie jetzt auf die normale Station verlegen. Dort sind Betten freigeworden.«

Welche normale Station? Wo war ich denn bisher?

Doch ich sollte mich auf das Wesentliche besinnen, bevor ich es wieder vergesse. »Wissen Sie, wo meine Tasche ist? Ich vermisse mein Handy und mein Portemonnaie.«, frage ich mit kratziger Stimme.

»Tut mir leid, das weiß ich nicht, ich werde mal nachfragen«, sagt die Schwester.

Mit einem Rollstuhl und in meinem sexy Krankenhaushemd – mit offenem Rückteil – schiebt sie mich über einen langen Flur, inklusive Fahrstuhlfahrt, über einen weiteren langen Flur. Zimmer 145 wird mein neues Reich.

Erleichtert stelle ich fest, dass nur ein weiteres Bett in dem Zimmer steht und das ist noch leer. Die Schwester hilft mir in das Bett, verabschiedet sich dann von mir und schiebt den Rollstuhl hinaus.

Ich ärgere mich, dass ich nicht auf ihr Namensschild geguckt habe. Hoffentlich vergisst sie nicht, nach meinen Sachen zu suchen.

Immerhin habe ich hier einen Fernseher und den schalte ich auch sogleich an. Jede Ablenkung ist mir willkommen.

Ich lasse eine Serie laufen, die ich nicht kenne, und gucke für den Rest des Abends in die Flimmerkiste.

Am nächsten Morgen erscheint die Visite erst nach dem Frühstück. Die Ärztin lächelt mich nach ihrer Untersuchung erfreut an und meint, ich könne morgen entlassen werden, wenn es mir nicht schlechter gehen sollte.

»Äh, sollte ich nicht erst wieder mein Gedächtnis zurückbekommen?«, frage ich überrascht.

Die Ärztin lacht über meinen entsetzten Tonfall.

»Es ist wahrscheinlicher, dass Ihre Erinnerungen in Ihrem gewohnten Umfeld zurückkehren«, meint sie und schreibt etwas auf die geöffnete Akte vor sich.

»Kann ich dann nicht schon heute gehen?«

Sie schüttelt den Kopf. »Eine Nacht würde ich Sie gerne noch zur Beobachtung hierlassen.«

Schade.

Und schon ist die Göttin in Weiß wieder aus meinem Zimmer verschwunden.

Mein nächster Besucher ist Alex. Der kommt aber früh heute.

»Hey, musst du gar nicht arbeiten?«, frage ich ihn nach dem Begrüßungskuss.

»Ich habe frei«, sagt er. »Ich musste dich ganz schön suchen. Hättest mir ja mal Bescheid sagen können, dass du umgezogen bist.«

»Ich habe doch kein Handy«, sage ich.

»Ach, ja«, erwidert er knapp.

»Ich kann morgen wohl entlassen werden, meinte die Ärztin.«

»Na, das sind ja tolle Neuigkeiten«, findet Alex. »Gestern habe ich kein Auto gefunden. Ich habe mir heute noch einige Autohöfe vorgenommen. Wenn ich was entdecke, können wir morgen für eine Woche wegfahren.«

»Ähm, hm...«, stottere ich, »die Ärztin meinte, in meiner gewohnten Umgebung ist es wahrscheinlicher, dass meine Erinnerungen zurückkommen.«

Alex macht eine wegwerfende Handbewegung. »Ach, so ein Quatsch. Urlaub ist genau das Richtige für dich. Ich suche uns was Schönes raus. Ich muss dann mal los.«

Zum Abschied gibt er mir einen Kuss und ich bleibe mit einem merkwürdigen Gefühl im Bauch zurück.

KAPITEL 38

»Huhu, na, wie geht's dir heute?«, begrüßt mich Mila am Nachmittag.

»Ganz gut, ich kann morgen sogar nach Hause.«

»Oh, wie toll. Und sind inzwischen deine Erinnerungen wiedergekommen?«

Ich schüttele den Kopf.

»Inzwischen werde ich wohl auch schon verrückt. Ich dachte, du hast mir gestern meine Tagebücher mitgebracht, doch da habe ich mich wohl getäuscht.«

»Bei dir stimmt alles, ich habe sie dir wirklich mitgebracht. Wo sollen sie denn hin sein? Ich habe übrigens heute noch eins gefunden.« Sie reicht es mir und ich ziehe die Stirn kraus.

»Ich dachte echt, ich habe mir das nur eingebildet. Das ist ja merkwürdig. Wo sollen die nur sein? Die Schwestern haben sie doch nicht weggeräumt.« Ich stehe vorsichtig auf und durchsuche meinen Tisch und Schrank, doch da ist nichts. Gar nichts.

Und dann fällt mir noch etwas anderes ein. »Ich habe ja gar keine Klamotten hier. Wenn ich morgen gehe, brauche ich doch was zum Anziehen.«

»Kein Problem, ich gehe nach Hause und packe dir eine kleine Tasche. Zahnbürste brauchst du vermutlich auch? Sorry, da hätte ich auch eher dran denken können.«

Sie bemerkt den verwirrten Ausdruck auf meinem Gesicht. »Achso, du weißt ja vermutlich nicht mehr, dass wir bei dir eingezogen sind.«

Ähm, nein! Woher soll ich das auch wissen? »Echt? Wieso? Seit wann wohnt ihr bei uns?«

»Ich erzähle dir später mehr. Vielleicht hilft dir dein Tagebuch ja auf die Sprünge. Ich hole dir jetzt erstmal ein paar Sachen. Bis später dann.«

Na toll. Da überrumpelt sie mich mit so einer Info und haut gleich wieder ab. Wieso wohnt sie jetzt bei uns? Und ihr Freund auch? So groß ist doch unsere Wohnung gar nicht, dass da vier Personen leben können ...

Ein lauter Knall reißt mich aus meinen Gedanken.

Das Tagebuch ist vom Bett gerutscht. Ich hebe es auf und blättere darin. Es scheint sich um mein letztes Tagebuch zu handeln. Viele Gedichte stehen dort drin und es ist nur bis zur Hälfte gefüllt. Doch auf der letzten Seite, die beschrieben ist, stocke ich.

Da sind kurze Notizen aus diesem Jahr aufgeführt.

27.03. Trennung von Alex

Hä? Was soll das denn? Alex steht doch hier jeden Tag auf der Matte und alles ist wie immer. Was war da vorgefallen? Vielleicht sind wir ja wieder zusammengekommen? Weiterlesen!

09.04. Reise nach Portugal – allein!

Ich war allein in Portugal? Ich bin in ein Flugzeug gestiegen, mit meiner Flugangst? Die Handschrift ist eindeutig meine. Hmmm ...

Hinter der Zeile steht noch ein Zusatz in Klammern: erster One-Night-Stand mit Simon.

Ich klappe das Tagebuch zu. Das ist doch ein Scherz. Das kann nie und nimmer stimmen. Mila erlaubt sich da bestimmt einen großen Spaß mit mir. Selbst, wenn ich das erlebt hätte, wüsste ich das doch. Oder etwa nicht?

Und wer ist Simon? Ich kenne keinen Simon.

Argh, wie gerne würde ich jetzt Mila anrufen und sie fragen. Nur, wo ist mein Handy? Wollte die Schwester nicht danach suchen?

Doch da stand noch mehr, ich bin zu neugierig, um es nicht zu lesen. Ich blättere das Buch wieder auf und suche die Zeile, bei der ich stehengeblieben war.

10.04. Alex ist mir hinterher gereist – habe ihn weggeschickt. Ich habe Tiago gefunden!

Was? Ich habe Tiago, den Jungen vom Foto, gesucht bzw. gefunden? Unglaublich. Toll, und ich weiß trotzdem nicht, wie er jetzt aussieht. Warum kam Alex nach Portugal und ich habe ihn wieder weggeschickt?

In Gedanken schicke ich wüste Verwünschungen an mein Ich aus der Vergangenheit, weil ich mich so kurz gefasst habe.

15.04. Tiago – dahinter ist ein Herz gemalt.

Ok, was hat das jetzt zu bedeuten? In meinen Terminplanern hatte ich damals immer die Tage so markiert ... Moment, habe ich mit ihm geschlafen? Oh, Gott, das wird ja immer verrückter. Und was ist mit Alex?

17.04. Kündigung

Ich habe gekündigt? Oder wurde ich gekündigt?
    Stopp, ich habe keinen Job mehr?
    Hinter meiner Stirn kribbelt es.
    Bloß nicht ohnmächtig werden!

20.04. Mila und Piet ziehen bei mir ein

Es stimmt also, was Mila mir erzählt hat.

23.04. Alex dreht durch, Polizei

What? Das klingt jetzt unheimlich.

25.04. Alex ist bei uns eingebrochen

Es wird nicht besser.

Aber das passt doch alles nicht. Er besucht mich doch jeden Tag und tut so, als wäre nie etwas gewesen.

Ein ungutes Gefühl pflanzt sich tief in meinen Bauch ein.

Mila, wann bist du wieder da? Ich brauche dich! Dringend! Ich habe Fragen, sehr viele Fragen!

Aber erstmal muss ich dringend aufs Klo. Ich schwinge mich vom Bett und laufe einen Schritt Richtung Toilette. Das war offenbar zu stürmisch. Mir ist schwindlig und mir wird schwarz vor Augen. Ich sinke auf meine Knie und versuche, ruhig zu atmen. Keine Panik! Du bist nur zu schnell aufgestanden.

Als ich endlich wieder das Krankenzimmer erkennen kann, stehe ich langsam auf. In diesem Moment ist es, als würde mich ein Blitz treffen, mitten durch den Kopf hindurch.

Und plötzlich ist alles wieder da. Die Fragen, die mir gerade noch durch den Kopf jagten, haben eine Antwort.

Ich gehe ein paar Schritte und halte mich an der Tür zum Badezimmer fest. Der Druck auf die Blase ist inzwischen groß. Als ich mich auf die Toilette setze, fühlt sich mein Kopf ganz komisch an, ein merkwürdiges Druckgefühl.

Alex. Das war nicht echt, wie er sich die letzten Tage gegeben hat. Wahrscheinlich hat er auch meine Tagebücher eingesteckt, damit ich mich nicht daran erinnere, was er gemacht hat. Er hat das Auto von Piet verwüstet.

Und schlagartig kommt mir ein grausamer Gedanke. Die Bremsen. Von meinem Auto. Sie haben nicht mehr funktioniert. Das kann nicht sein, so etwas würde er doch nicht machen. Oder?

ODER?

Oh, mein Gott, ist mir übel. Atmen! Immer weiter ruhig atmen!

Ich muss mit irgendjemanden reden.

Schnell betätige ich die Klospülung und verlasse das kleine, graue Bad. Anstatt mich wieder ins Bett zu legen, gehe ich auf den langen Flur und überlege, wie der Weg zu meiner ersten Station war.

Tatsächlich finde ich sie. Nur die Schwester, die mich in mein neues Zimmer gebracht hat, entdecke ich nicht. Im Schwesternzimmer frage ich erneut nach meinen Wertsachen.

»Moment, ich schaue mal in den Computer«, sagt die kleine blonde Schwester und schiebt sich die Brille zurück. »Da steht, die Sachen wurden ihrem Verlobten übergeben.«

Wums! Das fühlt sich wieder an wie so ein Schlag in den Magen. Meine Erinnerungen scheinen sich zu bewahrheiten. Mit Alex stimmt irgendwas nicht.

Ich bedanke mich bei der Schwester und gehe in mein Zimmer zurück.

Wie benommen lasse ich mich auf das Bett fallen.

Wie konnte ich auf Alex so hereinfallen? Oh Gott, will er mich morgen entführen? Von wegen einfach verreisen, er sucht uns was raus. Pah. Vergiss es! Mit dir gehe ich keinen Schritt mehr gemeinsam.

Ein neuer Gedanke überwältigt mich. Tiago! Er hat seit Tagen nichts von mir gehört. Eine große Welle des Vermissens überrollt mich. Wie konnte ich ihn nur komplett vergessen?

Ich greife zu dem Telefon, das neben meinem Bett steht. Doch es ist nicht freigeschaltet. Mist. Wie kann ich jetzt meine Eltern oder Mila erreichen?

Doch das brauche ich gar nicht, denn soeben schwingt die Tür auf und meine Eltern stehen vor mir.

Ich breche augenblicklich in Tränen aus.

Meine Mutter stürzt auf mich zu. »Was ist los? Ist was passiert? Soll ich einen Arzt holen?«

»Nein!«, sage ich schluchzend. »Ich kann mich wieder erinnern. Und hier läuft irgendwas mächtig schräg.«

Meine Mutter kommt auf mich zu, nimmt mich in den Arm und sagt: »Wie meinst du das? Das ist bestimmt alles etwas viel für dich. Leg dich erstmal hin.«

»Das meine ich nicht. Ich rede von Alex!«

»Was ist mit Alex? Ihr habt euch doch getrennt oder nicht?« Nun sieht meine Mutter mich verwirrt an.

»Ja, aber das wusste ich nicht mehr und er ist in den letzten Tagen vor dem Unfall durchgedreht und«, setze ich an und stoppe. Kann ich das wirklich aussprechen? »Ich habe die Befürchtung, er hat etwas mit dem Unfall zu tun.«

Meine Eltern wirken, als hätte ich ihnen soeben erzählt, dass Geister wirklich existieren. Meine Mutter ringt nach Worten, die nicht den Weg aus ihrem Mund finden. Sie setzt sich neben mich und fasst mir an die Stirn.

»Ich meine es Ernst. Ich habe gerade die Schwester gefragt und sie meinte, meine Wertsachen wie Handy und so wurden meinem Verlobtem übergeben.«

Meine Mutter zieht die rechte Augenbraue hoch. »Verlobt?« Sie grinst etwas dümmlich.

Ich werfe die Hände in die Luft. »Ich bin nicht verlobt. Wir haben uns getrennt und Alex kam an und hat mich beschimpft, wurde handgreiflich und ist sogar in der Nacht bei mir eingebrochen. Außerdem hat er das Auto meines

Mitbewohners demoliert. Und dann hat er so getan, als wüsste er nicht, wo meine Sachen nach dem Unfall geblieben seien. Er war jeden Tag hier und spielte mir eine intakte Beziehung vor. Er möchte morgen mit mir verreisen, wenn ich hier entlassen werde.« Ich schnappe nach Luft.

»Also, wenn das stimmen sollte, dann ...«, setzt mein Vater an.

»Was heißt hier, wenn? Glaubst du mir nicht?«, schreie ich meinen Vater an.

»Ganz ruhig, reg dich nicht auf! Du weißt, das ist nicht gut. Natürlich glauben wir dir. Man darf ja wohl noch mal nachfragen. Du hast immerhin gerade eine schwere Kopfverletzung erlitten.«

Die Tür öffnet sich und Mila kommt mit einer kleinen Reisetasche in der Hand herein.

Gott sei Dank!

Ich falle ihr förmlich um den Hals.

Sie wirkt erleichtert, als ich ihr erzähle, dass sich etwas bei mir getan hat. Dann drückt sie mir Briefumschläge in die Hand.

»Du hast Post bekommen, einmal von der Sparkasse. Ich glaube, deine neue Geldkarte. Und einmal vom Bürgeramt. Außerdem ein Schreiben von irgendeiner Firma.«

Zuerst reiße ich den Briefumschlag vom Bürgeramt auf.

»Yeah, mein Ausweis ist schon fertig. Ich kann ihn abholen, das ging mal schnell. Und was ist das noch für ein Brief?«

Mit zittrigen Fingern reiße ich den nächsten Umschlag auf.

»... telefonisch nicht erreichen. Wir freuen uns, Ihnen mitteilen zu können, dass wir Ihnen die Stelle als Assistentin der Geschäftsführung anbieten ...«

Mila guckt mich fragend an.

»Simon bietet mir einen Job in seinem Unternehmen an«, erkläre ich.

»Simon?«, fragt sie und flüstert dann: »Oh, äh, der Simon?« Ich werfe ihr einen scharfen Blick zu und deute mit den Augen auf meine Eltern.

»Das wäre ja super«, mischt sich meine Mutter in unser Gespräch ein.

»Darum kümmere ich mich später. Erstmal muss ich dich was fragen.« Ich mache eine bedeutungsschwere Pause. »Mila, täusche ich mich oder ist Alex gefährlich?«

Mila blickt zwischen mir und meinen Eltern hin und her. »Also, wenn ich ehrlich bin, ich habe auch schon daran gedacht, dass er die Bremsen an deinem Auto manipuliert haben könnte. Zutrauen würde ich es ihm, so wie ich ihn kennengelernt habe.«

Die Bestätigung von Mila erleichtert mich auf der einen Seite, doch sie macht das ungute Gefühl Alex gegenüber nur noch größer.

Mein Herzschlag verdoppelt sich. »Ich werde morgen gleich zur Polizei gehen und Anzeige gegen ihn erstatten.«

Mein Vater schreitet entschlossen ein. »Nicht erst morgen früh! Wir rufen die Polizei jetzt hierher!«

Keine zwanzig Minuten später stehen zwei Polizeibeamte an meinem Bett. Dieses Mal ist auch eine blonde Frau dabei. Sie nehmen die Aussagen von Mila und mir auf und wir erstatten Anzeige.

Die Beamten versprechen uns, dem nachzugehen, und werden Alex suchen, um ihn zu befragen.

»Aber Alex wird morgen früh hier auftauchen, um mich abzuholen«, gebe ich zu bedenken.

Die Polizistin scheint meine Panik zu bemerken.

»Am besten, Sie rufen Herrn Rother an und teilen ihm mit, dass sie erst um zwölf Uhr entlassen werden. Wir sprechen mit der Stationsärztin, inwieweit eine Entlassung morgen gleich um neun Uhr möglich wäre. Sind Sie damit einverstanden?« Sie blickt fragend in die Runde.

Mein Vater reagiert als Erster. »Ja, das klingt nach einem guten Plan. Und falls Sie ihn nicht vorher finden, können Sie ihn ja direkt hier einlochen.«

Meine Mutter blickt irgendwie immer noch entgeistert drein.

Als die Polizisten das Zimmer verlassen, lehne ich mich seufzend zurück und werfe mir eine weitere Schmerztablette ein. Mein Kopf schmerzt höllisch.

»Morgen kommst du dann erstmal mit zu uns nach Hause«, erklärt mein Vater.

Ich nicke.

»Das hätte ich nie von ihm gedacht.« Meine Mutter wirkt, als stände sie unter Schock.

Papa ergreift ihre Hand und zieht sie nach draußen.

Mila tippt mir an die Schulter. »Hier, nimm mein Handy, hast du seine Nummer im Kopf?«

»Ja, klar!« Ich wische mir über das Gesicht, nehme ihr dann das Mobiltelefon ab und tippe die Nummer automatisch ein.

Das Freizeichen ertönt. »Tuuut, tuuut, tuuut...«

»Er geht nicht ran. Vermutlich, weil er die Nummer nicht kennt. »Dies ist die Mailbox von Alex Rother, sprecht nach dem Piep!«

Es schrillt unangenehm in meinem Ohr.

»Hallo, Alex, ich bin's Ha..., äh Jojo. Ääääh, ich … Ich habe gerade mit der Schwester gesprochen, äääääh, ich werde morgen gegen, äääh, zwölf Uhr entlassen. Es wäre schön, wenn, wenn du mich dann abholen könntest.« Schnell lege ich auf. Ich hasse es, auf die Mailbox zu sprechen.

Ok, das wäre also erledigt.

Nach einer halben Stunde kommen die beiden Polizisten wieder und berichten, dass sie Erfolg hatten und die Ärztin noch heute den Entlassungsbrief schreiben würde. Auch die Schwestern sind informiert, dass Alex nicht mehr zu mir gelassen werden dürfe.

Erleichtert und gleichzeitig total angespannt, lehne ich mich im Bett zurück.

Ob das gut geht?

KAPITEL 39

Am nächsten Morgen holt mein Papa mich aus dem Krankenhaus ab.

»Können wir bitte zuerst zu einem Handyladen fahren? Ich brauche ein neues Handy«, sage ich, als wir im Auto sitzen.

»Genieß doch lieber mal die Zeit ohne Handy, so schaffst du viel mehr. Die Leute heute hängen ständig an diesen Teilen und unterhalten sich überhaupt nicht mehr. Und dann wundern sie sich, dass sie nichts mehr schaffen.«

Mein Vater und seine tollen Ratschläge. Ich verdrehe die Augen. »Ja, aber stell dir vor, du hast einen Unfall, bist nicht erreichbar und du kannst Mama nicht darüber informieren, weil sie im Urlaub ist.«

Er zieht die Stirn kraus.

»Ich habe mich in Portugal verliebt«, erkläre ich.

»In das Land?«

»Nein, in den Jungen, du weißt schon – damals in der Bar.«

»Das ist doch schon etliche Jahre her«, erwidert mein Vater und guckt mich an, als hätte ich doch einen größeren Dachschaden davongetragen.

»Ich habe ihn wiedergetroffen. Und ich muss mich bei Tiago melden. Er weiß doch gar nicht, was passiert ist.«

Mein Vater wirkt noch immer nicht wirklich überzeugt.

»Bitte!«, sage ich und sehe ihn eindringlich an.

Wenig später parkt er das Auto vor einem Geschäft für Smartphones, in dem ich mir ein neues Gerät und eine neue Nummer besorge. Der Verkäufer hilft mir beim Einrichten und überreicht mir zum Schluss ein funktionsfähiges Telefon.

Ich stürme aus dem Laden, im Auto schließe ich es sofort an das Ladekabel an und installiere und öffne die Facebook-App. Tiagos Nummer habe ich mir nicht gemerkt, aber immerhin kann ich so Kontakt aufnehmen.

Er wird mir als online angezeigt. Merkwürdig, so früh? Hält Diego ihn auf Trab?

Bei dem Gedanken an Diego und Tiago wird mein Herz kribbelig warm.

Mit zittrigen Fingern klicke ich auf das Symbol für den Videochat. Es tutet.

Doch dann wird der Anruf abgelehnt. Irritiert blicke ich auf das Display.

Ich versuche es noch einmal.

Das gleiche Spiel, wieder abgelehnt.

Was soll das? Ist er sauer auf mich? Nimmt er es mir übel, dass ich mich so lange nicht gemeldet habe?

Ich schreibe ihm: Warum nimmst du das Gespräch nicht an? Ich muss mit dir reden!

Er liest es, das wird mir angezeigt. Doch auch darauf reagiert er nicht.

Ich starre auf das Display, das nur meine traurige Spiegelung anzeigt, nicht jedoch das erwartete freundliche Lächeln von Tiago.

In mir keimt die Frage auf, ob er keinen Kontakt mehr will. Mein Herz fühlt sich an, als würde es von außen versteinern. Die kalte Kruste bricht schmerzhaft. Denkt er, ich hätte ihn vergessen? Nun gut, so falsch würde er da nicht liegen. Aber ich kann mich wieder erinnern und ich will mit ihm reden.

Ich werde es später einfach noch einmal versuchen.

Das Auto meines Vaters kommt vor meinem Elternhaus zum Stehen. Als wäre die Welt noch genauso in Ordnung wie in meiner Kindheit, liegt der Garten mit seinen bunten Blüten und dem ruhigen Wasser im Teich wie eine geheime Idylle vor mir.

Eine trügerische Idylle.

Ich verschwinde sogleich im Bett.

In der letzten Nacht habe ich kaum ein Auge zubekommen. Zu viele Gedanken sind mir durch den Kopf gegeistert. Unter anderem die Frage, wie Alex reagieren wird, wenn er merkt, dass ich ihn an der Nase herumgeführt habe. Wird er der Polizei direkt in die Arme laufen? Und was ist, wenn nicht? Dann wird er wissen, dass meine Erinnerungen wiedergekehrt sind. Wird er vermuten, dass ich erstmal bei meinen Eltern unterkomme und mich dort aufsuchen?

Bei diesem Gedanken wird mir ganz komisch im Magen, flau vor Angst. Doch vielleicht geht ja auch alles gut.

Nachdem ich drei Stunden geschlafen habe, weckt mich das Hundegebell des Nachbarn. Wütend knalle ich mein Fenster zu. Dabei stolpere ich über die Tasche, die Mila mir gepackt hat.

Ich nehme meinen Laptop heraus, klappe ihn auf und ich bekomme erstmal die Meldung, dass mein Akku leer ist. Genervt seufze ich und gehe wieder zur Tasche, um das Netzteil herauszuholen und anzuschließen.

Als der Bildschirm endlich aufleuchtet, öffne ich Facebook und sehe, dass Tiago online ist.

Ich klicke auf den Button für den Videochat.

Die Internetverbindung hier im Ort ist schrecklich, total lahm. Es dauert eine gefühlte Ewigkeit, bis das Geklingel endlich verstummt und sich ein schwarzer Bildschirm aufbaut.

Ich rubble meine Hände, um Wärme in sie hineinzubekommen.

Die Verbindung bricht ab.

»Verdammt.«

Nächster Versuch – auch er scheitert.

Ich bin mir nicht sicher, ob es an der schlechten Leitung liegt oder Tiago mich wieder wegdrückt.

Doch auch die nächsten fünf Versuche scheitern.

Vor Entsetzen schießen mir die Tränen in die Augen.

Will er mich nicht mehr? Hat er mich schon vergessen? War ich womöglich doch nur ein kurzer Urlaubsflirt für ihn? War das alles gar nicht echt?

Oder wurde mir im Krankenhaus eine andere Version der Realität eingespielt, der falsche Film eingelegt. War ich gar nicht in Portugal gewesen? Hat es das zwischen Tiago und mir nie gegeben?

Nicht nur Alex, meinen Job – nein, auch Tiago oder meinen Verstand habe ich verloren. Vermutlich beides.

Schluchzend vergrabe ich mich in das Kissen und ziehe mir die Decke über den Kopf. Er schmerzt und mein Herz brennt.

Irgendwann dringt keine Feuchtigkeit mehr nach außen. Ich ringe nach Luft. Mein Herz ist zu kalter Asche geworden. Ich fühle mich innerlich leer, ausgebrannt.

Am späten Nachmittag wage ich einen erneuten Versuch, eine Verbindung zwischen mir und Tiago herzustellen. Auch wenn ich mit dem gleichen Ergebnis wie in den Stunden zuvor rechne.

Mit versteinertem Gesicht beobachte ich, wie meine Anfrage ignoriert wird. Wütend drücke ich auf den Aus-Schalter an meinem Laptop und klappe ihn mit einem lauten Knall zu.

Eine Stunde später gehe ich draußen auf der Wiese spazieren. Die rotgoldene Sonne lacht mir ihre letzten Strahlen entgegen. Ich ziehe mein Handy aus der Jackentasche, drücke ein letztes Mal auf das Symbol mit der Kamera und erwarte gar nicht mehr, dass er das Gespräch annimmt. Kurz darauf erkenne ich endlich Tiago vor mir. Im ersten Moment denke ich, mein Gehirn spielt mir einen Streich. Zu viel Wunschdenken, zu viel Vermissen.

Doch er bewegt sich, er ist es wirklich.

»Hey«, sage ich, weil mir erstmal nichts Besseres einfällt.

»Hey! Was hast du da am Kopf?«, fragt er.

Er sieht sauer aus.

Die Worte wollen förmlich aus mir heraussprudeln, doch meine Synapsen brauchen ewig, um die Leitungen zu löten. »Es tut mir leid, dass ich mich nicht gemeldet habe. Ich hatte einen Autounfall und war im Krankenhaus.«

Immerhin das Nötigste bekomme ich zustande. Ich kann beobachten, wie Tiagos Gesichtsausdruck entgleist und er mich erschrocken anstarrt.

»Was ... Was ist passiert? Geht es dir gut?« Seine Worte überschlagen sich fast. »Ich hatte ja keine Ahnung ...«

»Es ist eine lange Geschichte. Die Kurzform ist: Alex ist völlig ausgetickt und ich befürchte, er hat sich an meinem Auto zu schaffen gemacht. Die Bremsen haben nicht mehr funktioniert. Ich lag bis heute im Krankenhaus und hatte mein Gedächtnis verloren. Aber meine Tagebücher haben mir auf die Sprünge geholfen.«

Tiagos Blick verändert sich. Er sieht wieder wütend aus. Glaubt er mir nicht?

»Ich komme zu dir und verprügele den Kerl!«, ruft er impulsiv.

Erleichtert, dass er nicht denkt, ich würde lügen, seufze ich. Ich freue mich natürlich darüber, dass Tiago sich so für mich einsetzen möchte, doch ich bremse ihn. »Das lässt du mal schön bleiben. Du hast einen Sohn, um den du dich kümmern musst und ich habe schon alles der Polizei gesagt, die werden sich darum kümmern.«

»Aber ... aber ... aber ...«, ringt er nach Worten.

Offenbar ist meine Wortfindungsstörung auf ihn übergegangen.

»Ich vermisse dich. Komm zu mir. Hier bist du vor diesem kranken Kerl sicher.«

Mein Herz springt bei diesen Worten hoch in die Luft und macht einen Salto. Und tatsächlich fällt in diesem Moment meine Entscheidung. Das Gefühl, Tiago für immer verloren zu haben, hat mich fast umgebracht.

Ja, ich werde nach Portugal gehen. Ich muss hier weg. Vor allem weg von Alex.

War dieser Gedanke immer in meinem Kopf herumgegeistert, so hat sich meine Sehnsucht nach Tiago und der Wunsch, ihn endlich wieder in die Arme zu nehmen, ins Unermessliche gesteigert. Es ist fast wie ein körperlicher Schmerz, der mich überfällt.

»Ich komme zu dir«, sage ich.

Tiago springt einmal in die Luft und jubelt auf.

Tränen der Freude bilden sich in meinen Augen, als ich sehe, wie sehr er sich über meine Antwort freut.

»Wann kommst du?«, will er wissen.

»So schnell, wie ich einen Flug bekomme!«

Wir verabschieden uns und ich buche sofort mein fliegendes Taxi ins Glück.

KAPITEL 40

Zurück im Haus meiner Eltern wähle ich die Nummer, die oben auf dem Briefkopf steht, und wackele dabei ungeduldig mit dem linken Bein auf und ab.

Simon meldet sich mit geschäftig klingender Stimme und rasselt seinen Begrüßungstext herunter.

»Hallo, ich bin's, Hanna. Ich habe Post von dir bekommen«, sage ich.

»Hanna, hallo. Schön, dass du dich meldest. Kann ich mit dir rechnen?«, fragt er und klingt, als erwarte er ein »Ja« von mir.

»Ähm, es ist so ... Wie soll ich das jetzt sagen?« Wieder fallen mir nicht die richtigen Worte ein. Nach einer kurzen Pause fahre ich fort und erzähle, was mir zugestoßen ist.

»Oh Gott, Hanna, ist alles ok? Geht es dir gut? Soll ich dich ...«, setzt er an, doch ich unterbreche ihn.

»Ja, mir geht es wieder gut. Ich habe zwar noch Schmerzen und brauche noch etwas Ruhe ... Ich muss jetzt allerdings eine Entscheidung treffen und ich glaube, ich gehe eine Weile von hier weg – ins Ausland. Daher kann ich dein Jobangebot leider nicht annehmen, obwohl ich es unter anderen Umständen sofort getan hätte.«

Schweigen am anderen Ende.

»Verstehe«, kommt als knappe Antwort und nach einem erneuten Schweigen sagt er: »Ich hoffe, der Kerl landet bald hinter Gittern. Dass mit dem was nicht stimmt, war mir sofort klar.«

Mir war das nicht so klar.

»Hanna?«, fragt Simon.

»Ja?«

»Ich kann nicht sagen, dass ich mich über deine Antwort freue, aber ich wünsche dir viel Glück für deine Reise. Wenn du zurückkommst – mein Angebot steht. Frag ruhig nach, ob hier eine Stelle für dich frei ist, ja?«

Seine Worte rühren mich und Gänsehaut überrollt meine Arme. »Danke, das ist unglaublich lieb von dir. Das gibt mir wirklich Kraft. Mach's gut, Simon Winter«, sage ich und bin mit einem Mal ganz traurig, dass ich ihm die Absage erteilen muss.

»Mach's gut, Hanna Sommer!«, sagt er und ich kann sein Augenzwinkern durchs Telefon hören und muss lächeln.

Die Reaktion meiner Eltern auf meine Entscheidung ist ebenso nicht überraschend vor Freude. Im Gegenteil. Meine Mutter hält es für eine Kurzschlussreaktion und sät mir jede Menge Zweifel ein, warum ich diesen Schritt nicht gehen könne. Ich müsse mir doch sofort einen neuen Job suchen – hier in Deutschland. Und was ich denn in Portugal wolle, so ein armes Land.

Auch mein Vater wirft ein, ich würde mir meine ganze Zukunft verbauen. Ich hätte Abitur, ich müsse hoch hinauf. Außerdem ein Typ im Ausland, noch dazu ein DJ und auch noch mit einem Kind ... Ich solle mir bloß nicht gleich auch ein Kind andrehen lassen.

Achselzuckend gehe ich drei Schritte zurück und sage nur: »Ich will nur noch weg hier. Ich habe ehrlich Angst, was Alex sich noch ausdenkt, um mich zurückzubekommen. Vielleicht will er mich auch nur noch umbringen?« Ein kalter Schauer rennt mir über den Rücken. »Außerdem ist es mein Leben, ich bin unendlich verliebt und ich möchte meine eigenen Fehler machen. Ihr könnt mich nicht vor allem beschützen! Und Diego hat jetzt schon einen Platz in meinem Herzen, der Junge ist so toll!«

Mein Vater wendet sich mit einem unverständlichen Knurren ab.

Meiner Mutter treten die Tränen in die Augen. »Wie willst du denn da Geld verdienen? Du sprichst doch gar kein Portugiesisch! Und wann sehen wir uns dann wieder?«

Ja, das mit dem Job bereitet mir auch noch ziemlich Bauchschmerzen, dafür habe ich noch keine Lösung. Von meinem ehemaligen Arbeitgeber habe ich immerhin eine kleine Abfindung erhalten und die hält mich erst einmal über Wasser. Miete muss ich bei Tiago nicht zahlen und irgendwie werden wir das schon hinkriegen. Zur Not werde ich sicher irgendetwas finden wie Gartenarbeiten, Putzen oder als Tellerwäscher in einer Hotelküche.

»Spätestens in drei Monaten werde ich wiederkommen, je nachdem wie ich das da mit dem Aufenthalt klären kann. Kann Papa mich übermorgen zum Flughafen fahren?«

»Übermorgen schon?« Meine Mutter reißt die Augen weit auf und das Entsetzen ist ihr deutlich ins Gesicht geschrieben.

Ich nicke zaghaft.

Ohne eine Antwort verlasse ich den Raum und bleibe hinter der Tür stehen, um tief durchzuatmen.

Ich höre, wie meine Mama leise schluchzend sagt: »Sie ist doch unser einziges Kind. Ich kann sie nicht so weit weggehen lassen.«

Meine Beine fühlen sie an wie aus Blei, als ich langsam die Treppe hochsteige. Auch meine Augen bleiben nicht trocken, doch ich packe trotz aller Zweifel meine Sachen in meinen Koffer.

Etwas später klopft es an meiner Tür und meine Mama steckt ihren Kopf herein. Ihre Augen sind geschwollen und rot.

Schweigend kommt sie auf mich zu und nimmt mich fest in den Arm. Ihr vertrauter blumig-holziger Duft strömt mir in die Nase und legt sich wie eine warme Decke um meine Schultern.

»Ich möchte nicht, dass du gehst. Ich habe Angst und werde dich unendlich vermissen. Aber wahrscheinlich ist das egoistisch. Du solltest deinen Weg gehen«, sagt sie. »Papa ist zwar immer noch dagegen, aber du bist erwachsen und ich rede mit ihm.«

Zwei Tage später steht mein Vater hupend vor dem Haus und wartet, bis ich schnaufend mit den ersten beiden Koffern aus meiner Wohnung komme. Erst als ich an seine Scheibe klopfe, steigt er aus.

»In Portugal musst du das ja auch alleine schaffen«, sagt er und grinst mich provozierend an.

»Da erwartet mich aber männliche Unterstützung!«, erwidere ich.

Während er meine Koffer im Kofferraum verstaut, laufe ich hoch und hole mein restliches Gepäck.

Den Rest der kurzen Fahrt legen wir weitestgehend schweigend zurück. Ich schreibe Mila, dass ich nun auf dem Weg bin, bedanke mich für den schönen letzten Abend mit ihr und Piet gestern.

Mila – 10:52
Mach es gut, Hanna. Du wirst mir sehr fehlen! Aber wir bleiben ja in Kontakt.

Am Flughafen hilft mein Papa mir mit dem Gepäck und bringt mich zur Kofferabfertigung.

»Das soll ich dir noch von Mama geben«, sagt er und hält mir einen Briefumschlag hin. Ich nehme ihn zögerlich ab und stecke ihn in meine Tasche.

Zum Abschied drückt mich mein Papa und gibt mir einen Kuss auf die Wange. Glitzert da etwas Feuchtes in seinen Augen?

Nach einem intensiven Räuspern sagt er: »Ich muss zurück zum Auto, sonst muss ich so viel für die Parkgebühren zahlen und meine Mittagspause ist fast vorbei.«

Ich sehe ihm hinterher und winke, als er sich umdreht.

Er winkt zurück und in meinem Hals bildet sich ein dicker Klumpen.

In der Wartehalle öffne ich den Briefumschlag und lese die Zeilen in der mir so vertrauten Handschrift meiner Mutter:

»Liebe Johanna, ich kann es kaum fassen, dass du jetzt wirklich deine Koffer packst und alleine so weit weg von uns ziehst. Mein kleines Mädchen, wann bist du auf einmal so erwachsen geworden? Als du geboren wurdest, habe ich mir gewünscht, dieses Band zwischen uns würde niemals reißen. Doch jetzt wird es sehr lang gedehnt und das schmerzt sehr.

Ich wünsche dir, dass du glücklich in Portugal wirst und dieses Abenteuer dir für immer in guter Erinnerung bleiben wird. Ich bewundere deinen Mut und wünsche dir alles Gute. Und wenn etwas ist, wir sind immer für dich da! Ich habe dir noch ein wenig Startgeld eingepackt. Aber sag Papa nichts davon!

In Liebe, Mama«

An dem leicht gewellten Papier kann ich erkennen, dass sie beim Schreiben ziemlich geweint haben muss und mit aufgestellten Härchen auf den Armen rollen auch mir Tränen der Rührung und des Abschieds übers Gesicht.

KAPITEL 41

Mit lautem Summen und Poltern fährt das Flugzeug sein Fahrwerk aus, bevor es kurze Zeit später sanft auf der grell flimmernden Landebahn aufsetzt und zum Flughafengebäude rollt. Die Passagiere applaudieren. Meine steifen Finger klatschen auch.

Der Flug verlief zum Glück ganz ruhig und war nicht so nervenaufreibend wie der vorherige Hinflug nach Portugal.

So macht mir das Fliegen sogar Spaß, also, im Nachhinein betrachtet. Während des Fluges saß ich starr wie ein Opossum in Gefahr auf meinem Sitz und zählte die Sekunden, bis das Flugzeug endlich sicher auf dem Boden stand.

Am Gepäcklaufband muss ich dieses Mal deutlich länger warten, ich reise ja auch mit wesentlich mehr Gepäck und war dieses Mal sogar pünktlich zum Check-In.

Endlich erspähe ich meinen ersten Koffer auf dem schwarzen Laufband und warte auf die zwei weiteren.

Ich hieve sie mithilfe eines freundlichen Mitreisenden mit schütterem Haar auf dem Kopf und Schnauzbart im Gesicht auf den Gepäckwagen. Vorher kontrolliere ich natürlich akribisch die Namensschilder an den Koffern. Man lernt ja aus seinen Fehlern.

Bemüht, den schweren Wagen unter Kontrolle zu halten, dirigiere ich ihn zum Ausgang. Schon von Weitem entdecke ich Tiago. Kurz bevor ich ihn erreiche, lasse ich meinen Kofferwagen los und renne ihm entgegen.

Seine Augen weiten sich, als er mich sieht, und sein Mund formt dieses unglaubliche Lächeln, das meine Knie schlackern lässt.

Auf der Hälfte der Strecke treffen wir aufeinander und ich springe ihm in die Arme. Er hebt mich in die Höhe und wirbelt mich eine ganze Drehung herum, bevor er mich abstellt und mir einen langen und sehnsüchtigen Kuss gibt.

Ich wünschte, er würde niemals enden.

Doch um uns herum drängeln so viele Menschen und unsere Lippen lösen sich schneller voneinander, als mir lieb ist.

Wir gehen Hand in Hand zu dem Gepäckwagen zurück und Tiago erkundigt sich nach meiner Reise. Er übernimmt die schwere Kofferladung und schiebt sie zum Auto, ganz gentlemanlike.

Im Auto folgt ein zweiter und wesentlich längerer Kuss, der sofort dieses kribbelige Gefühl in mir weckt, das Verlangen, jeden einzelnen Zentimeter seines Körpers zu erforschen.

Viel Zeit bleibt uns aber nicht, schließlich steht heute noch ein wichtiger Termin auf dem Plan.

Während der Autofahrt fällt mir auf, dass sich die Umgebung in den wenigen Wochen verändert hat. Das Grün ist ein wenig dem Braun der Trockenheit gewichen.

Meine Rückkehr fühlt sich nicht so an wie beim ersten Mal. Nicht wie Urlaub. Eher wie nach Hause kommen.

Nachdem ich meine Koffer in Tiagos Wohnung abgestellt und ich mich in ein hübsches Kleid geworfen habe, gehen wir gemeinsam die Straßen entlang zu einem Restaurant.

Heute ist der fünfzigste Geburtstag von Tiagos Mutter und der wird groß gefeiert. Ich werde mit einem Schlag seine ganze Familie kennenlernen, was mir ehrlich gesagt ganz schön

Muffensausen beschert. Wie wird seine Familie auf diese ausländische Freundin reagieren?

Ich wollte Tiagos Mama unbedingt etwas schenken, wusste nur nicht, was. Was schenkt man jemanden, den man nicht kennt? Sie ist schließlich so etwas wie meine Schwiegermutter in spe.

Tiago meinte, ich solle etwas typisch Deutsches mitbringen, was ich gar nicht so einfach fand. Als Erstes fiel mir natürlich die Kuckucksuhr ein oder etwas typisch Bayrisches, aber Bier oder Wein wollte ich nicht mitbringen. Ich habe mich für einen Bildband von Deutschland entschieden. Für Diego habe ich noch ein Berlin-Memory-Spiel sowie einmal »Mensch ärgere dich nicht« mitgebracht und ein paar Süßigkeiten.

Kurz bevor wir das Restaurant erreichen und die palmenumsäumte Straße entlanglaufen, merke ich, wie meine Beine immer weicher werden, auch meine Hände beginnen zu zittern und sind schweißnass.

Tiago bleibt stehen und zieht mich an sich heran. »Was ist los? Bist du aufgeregt?«

In gespielter Leichtigkeit schüttele ich den Kopf und winke mit der Hand ab. »Ich lerne gleich deine komplette Familie kennen. Nein, bin ich gar nicht ... Natürlich bin ich nervös! Was ist, wenn sie mich nicht leiden können?«

Tiago grinst mich mit diesem Lächeln an, das ich so sehr an ihm liebe und in den letzten Wochen unglaublich vermisst habe. »Mach dir keinen Kopf, sie werden dich lieben.« Seine Worte besiegelt er mit einem ausdauernden Kuss, der meinen ganzen Körper elektrisiert. Die überlaufene Straße tritt in weite Ferne. Für mich stehen nur noch Tiago und ich auf ihr. Ich könnte ihn ewig so ansehen und küssen.

Doch da wird Tiago von jemanden gerufen, der seinen Kopf aus dem Restaurant streckt, in dem die Geburtstagsfeier stattfindet.

Ich halte Tiagos Hand fest umklammert, als wir das Restaurant betreten. Warme und nach unterschiedlichen Speisen duftende Luft und ein lautes Durcheinander empfangen uns, doch als wir den gemieteten Extraraum betreten, herrscht mit einem Mal Stille.

Ich fühle, wie die Blicke der Familie zu mir wandern, an mir hängen bleiben und mich wie ein Nacktscanner absuchen.

Betreten schaue ich auf den Boden und wische mit meinem Fuß ein paar unsichtbare Krümel zur Seite.

Die erste Reaktion kommt von Diego, der freudestrahlend auf mich zu rennt und laut »Hannaaaa!« ruft, bevor er mir stürmisch in die Arme springt.

Tiago sagt etwas auf Portugiesisch und einige Familienmitglieder lachen und nehmen wieder ihre Gespräche auf.

Doch dieses Gefühl bleibt, dass ich die neue, fremde und vielleicht auch etwas exotische Freundin bin.

Tiago führt mich zu einer kleinen schlanken Frau mit einem grünen Kleid und einer Brille auf der Nase, ihre Haarfarbe sieht in dem Licht eher dunkelblond aus.

Das soll seine Mutter sein? Bis auf die ähnliche Form der Augenbrauen kann ich keine großartige Ähnlichkeit feststellen. Sie wirkt eher unscheinbar, stellt sich aber als fröhlich und herzlich heraus.

Ich krame umständlich mein Geschenk aus dem Beutel und überreiche es ihr, woraufhin sie mich fest in die Arme nimmt und mir zwei Küsschen auf die Wangen drückt.

»Happy Birthday«, wünsche ich und kämpfe gegen das Stimmengewirr der Familie an.

Zum Dank erhalte ich ein strahlendes Lächeln.

Es folgt eine lange Begrüßungszeremonie. Unzählige Male werde ich mit Küsschen links und Küsschen rechts begrüßt, sogar von den ganzen Männern der Familie. Etwas unangenehm ist mir das im ersten Moment schon. Wieso schütteln sie hier nicht einfach die Hände?

Tiago holt zwei Stühle an den Tisch und alle rücken so zusammen, damit wir neben seiner Mama sitzen können.

Auf der rot-weiß-karierten Tischdecke stehen einige Entradas bereit, frisches Weißbrot, Oliven, Sardinenaufstrich, Butter und Käse.

Es wird Sangria getrunken und viel erzählt, nur ich verstehe kein Wort und komme mir fehl am Platze vor.

Immerhin unterhält sich Tiago mit mir.

»Wo ist eigentlich dein Vater?«, frage ich ihn und schaue mich suchend um.

Tiago seufzt. »Mein Vater ist schon gestorben. Ich habe ihn nur zwei Mal gesehen, einmal als ich sechs Jahre alt war und dann auf seiner Beerdigung vor neun Jahren.«

»Oh, das tut mir leid, das wusste ich nicht«, stammle ich, weil ich mal wieder in den Schmalztopf gestapft bin.

Aber Tiago winkt ab. »Schon ok. Ich hatte nie wirklich eine Beziehung zu ihm und es ist auch schon lange her.«

Trotzdem macht es mich traurig, dass er ohne seinen Vater aufwachsen musste. Ich frage mich, ob seine Schwestern auch den gleichen Vater haben oder sind es nur Halbschwestern? Sie haben auf den ersten Eindruck wenig Ähnlichkeit miteinander. Doch ich komme nicht dazu, das nachzufragen, da das Hauptgericht "mista de carne" serviert wird – gemischtes gegrilltes Fleisch, hauptsächlich vom Schwein und Hühnchenfleisch, zusammen mit Reis, Pommes und grünem Salat mit Tomaten und Zwiebeln.

Nach dem Essen versammeln sich Diego und einige andere Kinder um uns und wollen von mir wissen, wie einige Worte auf Deutsch heißen. Manches Wort finden sie so lustig, dass sie sich halb kaputtlachen, weil sie es nicht aussprechen können wie Brötchen und Rührei. Außerdem bringe ich ihnen

Wörter wie Schwimmflügel oder Dreikäsehoch bei zur Erheiterung aller Umstehenden.

Kurz darauf setzen sich auch seine drei Schwestern zu uns und wollen alles über mich wissen. Bei Fragen zu Berlin und Deutschland nehme ich den geschenkten Bildband zur Hilfe und zeige, welche Sehenswürdigkeiten es bei uns gibt.

Unterbrochen wird die lustige und ausgelassene Stimmung, als der Nachtisch gebracht wird – eine typisch portugiesische Torte wird serviert, die sehr, sehr süß schmeckt. Außerdem gibt es noch jede Menge andere Süßspeisen zur Auswahl wie Milchreis, Wackelpudding, Schokoladenmousse und Obstsalat. Ich komme mir vor wie im Schlaraffenland.

Als Tiago nach draußen verschwindet, um eine Zigarette zu rauchen, nutzt Patricia, eine seiner Schwestern, die Chance, um mir ein wenig auf den Zahn zu fühlen. »Wie habt ihr euch denn kennengelernt?«

Ich stutze. Hat Tiago seinen Schwestern noch nichts von mir erzählt?

»Also, genau genommen haben wir uns kennengelernt, als wir vierzehn Jahre alt waren. Ich habe hier Urlaub gemacht und war sofort in ihn verliebt. Als ich vor einigen Wochen wieder hierherkam und ihn gesehen habe, war es, als wäre ich nie weg gewesen. Ich habe den Splitter meines Herzens, den ich damals hier verloren habe, wiedergefunden.«

»Aaaw, wie romantisch. Und glaubst du, er ist der Richtige für dich? Ich meine, er hat wegen seines Jobs bisher jede Freundin verloren.«

Ich zucke die Schultern und sehe zum Fenster. Vor Tiagos Gesicht leuchtet ein kleines rotes Licht auf und weißer Rauch steigt nach oben. Er unterhält sich mit einem anderen Mann.

Über seine Ex-Freundinnen haben wir noch nicht weiter geredet. »Dazu kann ich nichts sagen. Wir werden sehen, was kommt.«

Sie nickt und überlegt kurz, vermutlich, ob sie die nächste Frage stellen sollte. »Und Diego? Macht es dir gar nichts aus, dass er einen Sohn hat?«

Mein Blick wandert zu dem Jungen, der mit anderen Kindern durch den Raum tobt, und ich beobachte ihn eine Weile. »Ich muss zugeben, im ersten Moment war es ein Schock, als er vor mir stand. Doch in der kurzen Zeit, in der wir uns kennengelernt haben, habe ich mich auch in ihn verliebt. Ich möchte auch Kinder haben und daher freue ich mich, dass er da ist und unser Leben bereichert.«

Sie öffnet den Mund, doch da steht Tiago neben uns und sieht uns fragend an. »Verhörst du meine Freundin? Lass das!« Er lacht und macht eine Handbewegung, als würde er ein Huhn wegscheuchen.

Sie steht auf und Tiago setzt sich neben mich. »Ich hoffe, sie war nicht zu direkt? Sie hat da so ein Talent für.«

»Nein, alles gut«, sage ich schnell, doch die Worte seiner Schwester hallen noch eine Weile durch meine Gedanken.

Die Sangria steigt mir langsam zu Kopf und die Reise steckt mir noch in den Knochen. Wie kann ich mich elegant von dieser Feier verabschieden?

Als ich Diego beim Gähnen erwische, wittere ich meine Chance. Ich schaue auf die Uhr, inzwischen ist es schon kurz vor halb zwölf und ich schlage Tiago vor, Diego nach Hause ins Bett zu bringen. Ich gähne ebenso demonstrativ.

Tiago macht nicht den Eindruck, als würde er auch schon nach Hause wollen.

»Warte, ich habe noch etwas für dich«, sagt er zu mir und hält seinen Zeigefinger in die Luft, während er in seiner Jacke etwas sucht. Zum Vorschein kommt ein silbern glitzernder Schlüssel mit einem roten Schlüsselbund. Spaßhaft geht er in die Knie und verneigt sich vor mir, als er mir den Schlüssel überreicht.

»Der ist für dich. Der Schlüssel zu meinem Herzen« Er fasst sich an die linke Brust.

»Ok, steh auf, jetzt wird es schmalzig«, sage ich und hoffe, dass keiner diese Situation mitbekommen hat. Doch ich entdecke einige auf uns gerichtete Gesichter, die uns gespannt beobachten. Allen voran: Patricia. Die meisten grinsen nett und wenden sich tuschelnd wieder ab.

Insgeheim jedoch hat mein Herz einen riesigen Hüpfer gemacht und quillt über vor Liebe.

»Ich bleibe auch nicht mehr lange«, sagt er mir, doch ich winke ab.

»Hab Spaß! So eine Feier findet doch nicht alle Tage statt.« Ich gebe Tiago einen Abschiedskuss und überlege in dem Moment, ob das hier überhaupt so üblich ist, dass man sich vor der Familie küsst. Piets Schwägerin kommt aus Weißrussland und er hat mal erzählt, dort würden sie sogar die Tanten und Onkel siezen, die Schwiegereltern erst recht. Wer weiß, ob es hier auch solche Benimmregeln gibt.

Doch Tiago erwidert meinen Kuss ohne Hemmungen, also scheint es in Ordnung zu sein.

Ich winke zum Abschied nur kurz in die Runde, dann schnappe ich mir Diego, der gerade mit einem anderen Jungen um die Tische jagt.

Erst protestiert er und möchte noch nicht gehen, doch kaum schließt sich die Restauranttür hinter uns, da scheint er just in diesem Moment unendlich müde zu werden und keinen Zentimeter mehr gehen zu können. Er schlingt seine Ärmchen um meinen Hals und ich trage ihn die Straße entlang. Zu meinem neuen Zuhause mit meinem eigenen Schlüssel – hier in Portugal.

Wir sind keine hundert Meter vom Restaurant entfernt, da höre ich meinen Namen. War das Tiago? Hat er es sich doch anders überlegt?

Ich drehe mich um und kneife leicht die Augen zusammen, um besser sehen zu können. Mit langen Schritten kommt er auf uns zu.

Am sternklaren Himmel zieht blitzschnell ein heller Lichtschweif vorbei und ich muss lächeln. Auch dieses Mal hat der Zauber der Sternschnuppen mich nicht im Stich gelassen und meinen Wunsch erfüllt. Ich habe Tiago gefunden und nun leben wir sogar zusammen. Mein Glück scheint perfekt.

Tiago nimmt mir Diego ab und gemeinsam laufen wir nach Hause. Ich schließe mit meinem Schlüssel unsere Wohnung auf und es fühlt sich einfach richtig an. Ich sauge tief den Geruch der Wohnung ein, der jetzt der Duft von meinem zu Hause, meinem neuen Leben ist.

Nachdem wir Diego ins Bett gebracht haben, treffen wir uns noch einmal auf dem Balkon und schauen in den traumhaften Nachthimmel. Ein warmer Luftzug weht durch meine Haare. Ich schließe genießerisch die Augen und atme tief die frische Meeresluft ein. Die Palmen vor dem Haus bewegen sich sacht im Wind.

Hätte mir vor ein paar Wochen jemand gesagt, dass ich mal im Ausland leben werde, ich hätte es ihm nicht geglaubt. Doch nun bin ich hier in diesem wunderschönen Land und habe sogar so etwas wie einen Sohn und einen Mann, die ich unglaublich liebe – und sie lieben mich.

Ich bin gespannt, wie mein Abenteuer hier in Portugal weitergeht.

NACHWORT

Dir hat die Geschichte von Hanna gefallen? Du hast das Gefühl, es sind noch einige Fragen offen?
Dein Gefühl täuscht dich nicht. Du kannst dich freuen. Es geht weiter.
Wenn du wissen möchtest, wann es soweit ist und wie die Fortsetzung heißt, folge mir auf Instagram, Facebook oder sieh auf meiner Internetseite nach.

Deine Meinung ist gefragt!

Danke, liebe Leserin und lieber Leser, dass du dir die Zeit genommen hast, meinen Roman zu lesen. Hat dir das Buch gefallen? Sehr gerne kannst du mir dein Feedback persönlich zukommen lassen und natürlich freue ich mich auch über eine Rezension auf Amazon. Das hilft mir als Autorin enorm dabei, neue Leser zu finden.
Ich danke dir sehr für dein Feedback und deine Unterstützung!

autorin.ella.lane@gmail.com

Du findest mich außerdem hier:
www.ellalane.de
www.instagram.com/autorin.ella.lane
www.facebook.com/ella.lane.503

DANKSAGUNG

Danke an meine Familie, die mir ermöglicht hat, meinen Traum zu erfüllen. Ich liebe euch!

Ich danke Tiago, ohne ihn wäre diese Geschichte nie entstanden. Danke für die Zeit, die du dir genommen hast, um meine zahlreichen Fragen zu beantworten.

Vielen Dank an meine Testleser: Frederike Knecht, Sarah Nieporte, Michaela Seber, Paula Visscher-Osburg, Franziska Frosina, Conni Hensel, Anne Martin, Kerstin Tetzel, Paulin Jakelski, Zoann May, Harriet Wollenberg, Tanja Schippa, Rita Göritz, Jenny Grube, Julia Radeczky, Jona Gellert, Irene Feichtmeier, Anne Schemmerling, Manu Bertram, Katharina Dernedde, Sabrina Göttsching, Verena Seitz, Franziska Schenker, allen Teilnehmern der WOW-Gruppe, allen voran Annika Bühnemann, Fiona Schmidt, Caro Cuccoli, Kisten Aust, A.D. Wilk, Sandy Mercier und meine Mama und meinen Papa.

Außerdem danke ich der Autorin Serena Avanlea, die übrigens nicht nur tolle Bücher schreibt, sondern auch YouTube-Videos für Autoren macht, sowie der Youtuberin Mara von dem Kanal marahonig für die Hilfe und die Beantwortung meiner vielen Fragen.

Sollte ich jemanden vergessen haben, so tut es mir unendlich leid. Ich danke natürlich auch dir! Sag mir Bescheid, ich lade dich auf einen Kaffee oder Tee ein.

ÜBER DIE AUTORIN

Ella Lane ist das Pseudonym einer Berliner Autorin, die im Jahr 1986 das Licht der Welt erblickte.
Gedichte und Geschichten schrieb sie seit ihrer Kindheit und Jugend. Es gibt ein Foto, da saß sie im Jahr 2000 im Garten ihrer Eltern und hämmerte auf eine alte Schreibmaschine ein. Später hat sie Frisurenvideos auf YouTube veröffentlicht (Jugendsünden und so). Heute schreibt sie Romane mit viel Herz und Herzschmerz.
Im Sommer findet man Ella meist in einer Finnhütte im Wald am See – ohne Strom und fließendem Wasser. Oder auf dem Stand Up Paddle Board.

EXTRA

Um die Vorfreude auf die Fortsetzung zu steigern, erfährst du hier meinen aktuellen Arbeitstitel und den Entwurf meines Klappentextes.
Ob es sich dabei um die finale Version handeln wird, kann ich nicht versprechen, aber ich wollte dich an meinem aktuellen Stand teilhaben lassen.
Mir würde es weiterhelfen, wenn du mir sagst, ob du beides ansprechend findest.

WENN STERNSCHNUPPEN VERGLÜHEN

Palmen, Strand, große Liebe?

Hanna hat ihre Entscheidung, nach Portugal zu ihrer Jugendliebe Tiago zu ziehen, nicht bereut.
Leben dort, wo andere Urlaub machen? Na klar!
Doch es häufen sich immer mehr Probleme, mit denen sie vorher nicht gerechnet hat.

Wird ihre Liebe diese Konflikte überstehen und Portugal ihre Heimat werden? Und was macht eigentlich Simon, der One-Night-Stand aus dem Urlaub?